D1854327

grafit

Chemnitzer Str. 31, D-44139 Dortmund
Internet: http://www.grafit.de
E-Mail: info@grafit.de

Umschlaggestaltung: Peter Bucker
Druck und Bindearbeiten: CPI books, Leck
ISBN-13: 978-3-89425-650-0
ISBN-10: 3-89425-650-8
1. 2. 3. 4. 5. / 2008 2007 2006

Jacques Berndorf

Eifel-Kreuz

Kriminalroman

grafit

Das Wetter war umgeschlagen. Es war kalt, ein halber Sturm wehte, und vor uns lagen wie eine Mauer die schwarzen Forsten der Schnee-Eifel, wo die Drachen hausten …

Ernest Hemingway, der um die Jahreswende 1944/45 als Kriegsberichterstatter mit den alliierten Truppen in die Eifel vorrückte, wo in den Tagen darauf mehr amerikanische Soldaten starben als im gesamten Vietnamkrieg.

Für meine Frau Geli.

Für Nadine und Simon, irgendwo in Down Under, *auf Bali oder sonst wo.*

Für Beate und Thomas Weber in Emsdetten.

ERSTES KAPITEL

Es war so ein Morgen, an dem alles schieflief. Wie üblich schwebte ich in tranigem Zustand die Treppe hinunter in die Küche und versuchte, einen Kaffee herzustellen. Mein Hund Cisco stürmte in den Raum und sprang an mir hoch, weil er wahrscheinlich der Meinung war, er habe mich vier Wochen nicht gesehen. Dazu jaulte er von Herzen, bellte ein paarmal und pinkelte in heller Begeisterung eine Serie hübscher, mattgelber Ornamente auf die Küchenfliesen. Von dem Getöse angelockt, erschien mein Kater Satchmo, verzog sich beim Anblick Ciscos aber sicherheitshalber auf den Küchentisch, fauchte kurz und machte sich über eine halbe Frikadelle her, die ich dort über Nacht deponiert hatte.

Ein Blick durch das Fenster verriet mir, dass draußen heller Sonnenschein war, dass ein paar Schäfchenwolken am Himmel trieben, dass irgendwelche blöden Vögel zwitscherten, dass da zwei Schmetterlinge mit Namen Kleiner Fuchs durch die laue Luft taumelten, dass eine Hummel gegen die Fensterscheibe brummte, vielleicht, um mich aufzufordern, herauszukommen und mein Dasein in diesem Erdenjammer freudig zu bestaunen. All die Zeichen ekelhafter Lebenslust waren mir von Herzen zuwider.

Ich war allein im Haus, meine Existenz ging mir auf die Nerven, so etwas wie Privatleben hatte ich nicht vorzuweisen, beruflich sah ich weder ein Nahziel noch etwas von bleibendem Wert, was ich betreiben konnte. Ich hätte den

Rasen mähen müssen und mein Teich gammelte im Zeichen haushoher Schilf- und Grasbewachsung seinem jähen Ende entgegen. Mir war durchaus bewusst, dass alle meine lieben Fische jeden Tag an akutem Sauerstoffmangel eingehen konnten. Mein Teich würde Schlamm sein und ich würde an seinem Ufer sitzen und darüber nachsinnen, wieso alles auf Erden dem Untergang geweiht war, noch ehe man sich richtig daran erfreuen konnte. *Diem perdidi,* sagten die Lateiner: Ich habe den Tag verloren.

Natürlich genügte Satchmo die halbe Frikadelle nicht und ich gab ihm noch einen ordentlichen Schlag Industriefleisch in sein Schälchen. Cisco bekam einen Napf Wasser und zwei Handvoll steinharter Kekse, die angeblich sein Wohl und Wehe steuerten. Merksatz: Auch wenn es dir beschissen geht, sorge für deinen Haushalt. Im Falle deiner Beerdigung darf niemand sagen können: Er hat sich zuletzt ja so gehen lassen …

Die Kaffeemaschine äußerte ein letztes Blubbern und ich goss mir einen Becher voll. Heraus kam heißes Wasser, ich hatte vergessen, Kaffeepulver in den Filter zu tun. Also das Ganze noch einmal.

Es folgte die Besichtigung meines Wohnzimmers, das Zurückziehen der Vorhänge, das Öffnen der Terrassentür, das Einschalten des Fernsehers – alles wie gehabt.

Auf dem Bildschirm sagte jemand voller Inbrunst: »Und jetzt gucken wir uns an, was alles drin ist in diesem leckeren Gericht. Da wären zweiunddreißig Prozent Kohlenhydrate …« Der Mann war etwa fünfzig, und es dauerte zwei Sekunden, ehe ich begriff, dass das, was er auf dem Kopf trug, keine Wurzelbürste aus der Küche war, sondern seine ins Strohgelbe gefärbten Haare. Ich schaltete ihn ab, ich kann morgens um diese Zeit mit geklonten Wesen nichts anfangen.

In dem Moment schellte es an der Tür.

Tante Anni krähte: »Guten Morgen, mein Lieber! Es ist Zeit für einen ausgreifenden Spaziergang. Die Welt lacht.«

»Davon bin ich nicht überzeugt«, erwiderte ich. »Komm rein. Wenn du Glück hast, kriegst du einen Kaffee.«

»Du hast nicht zugehört. Ich will wirklich spazieren gehen.«

»Das ist doch alles eitel Zeug«, murrte ich.

»Du bist mal wieder seit Wochen schlecht drauf«, stellte sie fest. »Du brauchst eine Frau oder so was in der Art. Jedenfalls eine Korrektur.«

»Willst du nun einen Kaffee? Oder bist du nur gekommen, um zu korrigieren?«

»Gut«, schnaufte sie und trat ein. Sie trug ihre blauen Turnschuhe aus Leinen, die aus der Zeit der Bauernkriege stammen mussten. Dazu weiße Söckchen. »Das gibt meinen Füßen freies Spiel«, pflegte sie zu sagen.

Ich holte uns den Kaffee und hockte mich ihr gegenüber in einen Sessel.

Es war für mich geradezu bestürzend, wie gesund sie war und wie viel Spaß sie am Leben hatte. Sie musste, wenn mich nicht alles täuschte, inzwischen zweiundachtzig sein. Sie hatte drei- oder viermal ernsthaft versucht zu sterben, aber es war ihr nicht gelungen. Stattdessen war ihr Gelächter über das eigene Alter und seine Wehwehchen immer lauter geworden. Von ihr stammt der berühmte Satz: »Heute, mein Lieber, geht es mir blendend. Abgesehen von den anhaltenden Schwindelgefühlen, dem Ziehen in der rechten Nierengegend, der Atemnot, den häufig auftretenden ekelhaften Blähungen und drei beschissenen Hühneraugen.«

Cisco lief zu ihr und nahm neben ihr auf dem Sofa Platz. Sie streichelte ihn gedankenverloren, sah mich an und fragte: »Im Ernst, was ist mit dir los?«

»Ich weiß nicht genau. Wahrscheinlich ist einfach tatsächlich nichts los und ich kann nicht zugeben, dass das so ist.«

»Warum kommst du nicht zu mir, um zu reden? Warum gehst du nicht zu Rodenstock und Emma? Warum verkriechst du dich in dieser Bude?«

»So eine Phase hat doch jeder mal.«

»Deine Weisheit betört mich.«

»Ich will euch nicht auf den Nerv gehen.«

»Das ist eine sehr dumme Bemerkung.«

Satchmo tauchte maunzend auf und rieb sich an ihren Beinen. Dann sprang er neben Cisco auf das Sofa, rollte sich ein und blinzelte träge.

»Ich habe eben einen Witz gelesen«, sagte sie. »Einen aus der Eifel: Da erlaubt die Großmutter der kleinen Enkelin, auf dem Dachboden herumzustöbern. Dann kommt die Kleine herunter, rennt zur Omi und sagt: ›Guck mal, da lag dieser Regenschirm.‹ Und sie zeigt einen alten Schirm, dessen Speichen verbogen sind und dessen Tuch zerrissen ist. ›Der ist kaputt, den schmeiße ich jetzt in die Mülltonne!‹ Daraufhin sagt die Oma: ›Nein, nein, nein. Für im Haus zu tragen, reicht der immer noch!‹« Tante Anni strahlte mich an.

»Du hast gewonnen«, sagte ich und konnte mir ein Grinsen nicht verkneifen.

»Wenn ich einen Schnaps haben könnte …«, erwiderte sie bescheiden.

Ich goss ihr einen Obstler vom Stefan Treis von der Mosel ein und sagte: »Shalom!«

Vorsichtig nippte sie an dem Gebräu. »Weißt du, Junge, wir haben nur diesen einen Tanz.«

»Ich habe davon gehört.«

»Dann tanz! Es muss ja nicht gleich ein Wiener Walzer linksherum sein, es reicht auch ein Schieber.« Sie kicherte. »Wir nannten das früher Schieber, wenn ein Mann seine Partnerin mit starrem Gesicht und seiner ganzen Figur einfach vorwärts schob und dabei den Eindruck erweckte, als besuche er seine eigene Beerdigung. Und jetzt gehe ich spazieren. Gehst du mit?«

»Nein, ich bleibe hier. Ich lache noch ein bisschen über deinen Witz.«

»Mach das«, nickte sie und trank den Schnaps aus. Dann stand sie auf und verschwand über die Terrasse. Sie hinterließ einen sanften Duft nach Eau de Cologne.

Ich fütterte die Fische und stellte fest, dass sich die englische Wasserminze geradezu wüst ausbreitete und mindestens drei Meter in das Wasser hineingewachsen war. Da, wo sie sich nicht hatte durchsetzen können, war das rankende Vergissmeinnicht mit langen hellgrünen Trieben und kleinen hellblauen Blüten wie ein Keil über die Oberfläche geschossen. Das alles war entschieden zu viel Grünzeug. Sogar die Sumpfsegge hatte sich Anteile des Wassers erobert. Ich wünschte mir zum tausendsten Mal ein kleines Gummiboot, damit ich meinen Hintern nicht nass machen musste, wusste aber gleichzeitig, dass ein nasser Hintern an einem warmen Tag ungeahnte Wohligkeit verbreiten konnte. Wie auch immer: Ich würde mannhaft sein und tapfer und endlich den Teich säubern.

Am Vogelhäuschen tummelte sich ein Schwarm Sperlingsvögel, wenngleich die Futterquelle leer war. Macht der Gewohnheit. Ein Rotkehlchen gesellte sich dazu und kurz darauf ein Dompfaff. Ich hockte auf dem Plastikstuhl in der Sonne und dachte über Tante Annis Bemerkungen nach. Ich kam zu dem Schluss, dass ich nichts anderes war als ein melancholischer, stinkfauler Fastfuffziger, der einfach vor sich hin gammelte, statt irgendetwas zu unternehmen, was Sinn machte. Am meisten stank mir, dass ich mich in diesem vollkommen idiotischen Zustand auch noch bedauerte.

Die pechschwarze Katze von Doro schlich langsam um die Hausecke, sprang an der Terrassenmauer hoch, linste ins

Haus, drehte sich, entdeckte die kleine Schale mit den Brekkies, hockte sich andächtig davor und genehmigte sich ein Häppchen. Ich wollte sie warnen, aber es war zu spät: Hoch aufgerichtet wie ein gefalteter Bettvorleger betrat Satchmo die Bühne und zitterte vor Erregung. Die Schwarze ging zwei Schritte zur Seite und senkte leicht den Kopf, als wollte sie sagen: »Nun hab dich nicht so.« Aber mein Satchmo war auf Zoff aus und fauchte ein paarmal, ehe er die Schwarze anging. Sie schrien wüst herum und prügelten sich, wobei sie zunächst darauf achteten, sich nicht allzu wehzutun. Irgendwann wurde es Satchmo dann doch zu gemütlich und er fiel über sie her. Er musste eine harte gewischte Rechte am Kopf hinnehmen und gab jämmerliche Töne von sich. Schließlich türmte die Schwarze und Satchmo bildete sich ein, gesiegt zu haben. Er kam zu mir an den Teichrand und blutete wie ein Ferkel aus einem Riss hinter dem linken Ohr.

»Das hast du wunderbar gemacht«, lobte ich ihn. »Obwohl du keine Eier mehr hast.«

Wahrscheinlich erwartete er von mir seine augenblickliche Einlieferung auf eine Intensivstation, jedenfalls wirkte er plötzlich tödlich beleidigt und schob ab, um seinen Schmerz zu genießen. Katzen werden mir letztlich immer unheimlich sein.

Ich ging ins Haus und zog mich teichgemäß um, ein uraltes T-Shirt, eine abgeschnittene Jeans, Gartenlatschen.

Tante Anni hatte recht, wir hatten nur diesen einen Tanz, und warum sollte ich nicht vorübergehend im Teich tanzen? Die Vorstellung erheiterte mich: Baumeister hüfttief im Schlamm, leidenschaftlich und hingebungsvoll Tango tanzend.

Ich gestehe, ich habe immer ein wenig Angst davor, in den Teich zu gehen. Nicht weil ich wasserscheu bin, sondern weil mich der Gedanke plagt: Jetzt zertrete ich eine kleine Welt nach der anderen. Was wahrscheinlich so ist.

Das Wasser war kühl und sehr angenehm und ich paddelte genussvoll, ehe ich den ersten Arm voll Grün erfasste und einfach ausrupfte. Es waren wohl viele Doppelzentner herauszurupfen, bis der Teich von der drohenden Verlandung befreit sein würde und wieder leben konnte.

Ich stand gerade wackelig auf einer steil abfallenden Strecke, da schrillte das Telefon. Ich ließ es schrillen, verlor aber den Halt und tauchte rückwärts in meine schwimmenden Kostbarkeiten. Als ich wieder Luft bekam, muss ich wie ein garnierter Karpfen ausgesehen haben, lange Triebe von der Minze hingen malerisch rechts und links von meinem Kopf und meiner Schulter herab.

Das Telefon schrillte wieder.

Ich fluchte unflätig und ließ es klingeln.

Als es zum dritten Mal losging, wusste ich, dass der Unbekannte keine Ruhe geben würde. Ich entstieg dem Bade und schlurfte auf die Terrasse.

Ein Handtuch hatte ich nicht, daher rannte ich mit Höchstgeschwindigkeit durch mein Wohnzimmer zum Telefon, ergriff es und lief wieder hinaus, wohl wissend, dass ich ein Chaos hinterließ. Eine wunderschöne, tropfende, schlanke Ranke vom Vergissmeinnicht schmückte mein neues Sofa.

Das Telefon blieb stumm, natürlich.

Ich entschied, mir erst mal eine Pfeife zu stopfen, und wählte eine McRooty von Vauen. Mit ihr fühle ich mich immer so harmlos und gemütlich.

Dann endlich wieder das Telefon.

Ein misstrauischer Rodenstock fragte: »Bin ich da richtig? Bin ich mit Eurer Königlichen Hoheit Baumeister verbunden?«

»Was redest du für ein Zeug?«

»Was man so redet, wenn man nicht genau weiß, ob der Angerufene noch lebt. Wie geht es dir?«

»Hervorragend. Warum fragst du?«

»Weil es bereits vier Wochen her ist, dass du mir die letzte Unterredung gewährt hast. Es hätte ja sein können, dass du nach Timbuktu gereist bist. Willst du gar nicht wissen, was deine Freunde so treiben?«

»Ach, Scheiße, Rodenstock. Ich habe mir mal eine Auszeit genommen. Aber nun ist Schluss damit. Tut mir leid.«

»Das ist schön zu hören. Meine Frau wollte heute Abend Spaghetti kochen, aber das wird nun wohl nichts.«

»Was soll denn dieses undeutliche Gefasel?«

»Es gibt Arbeit, falls du Arbeit magst.« Er räusperte sich. »Vielleicht hörst du erst mal zu und entscheidest dann.«

»Gut, ich höre.«

»Also, die Mordkommission hat seit vier, fünf Stunden mit zwei Leichen zu tun. Eine junge Frau, Alter etwa fünfundzwanzig, wurde erschossen und dann in einem Waldstück abgelegt. Kopfschuss von hinten aus einer sehr kurzen Entfernung. Sieht nach einer Hinrichtung aus. Wenn du von Hersdorf in Richtung Weißenseifen fährst, kommst du durch den Staatsforst Gerolstein. Da, wo du nach Mürlenbach abbiegst, triffst du auf drei Wege, die in den Wald führen. Auf dem mittleren Weg wurde sie gefunden. Die Frau ist noch nicht identifiziert. Bei der zweiten Leiche handelt es sich um einen Gymnasiasten. Achtzehn Jahre jung, aus der Eifel. Er hängt in einer alten feudalen Villa, die wegen ihrer früheren Geschichte St. Adelgund heißt. Den Fall kann ich nicht schildern, das musst du dir selbst ansehen.«

»Wie bitte? Wieso hängt er?«

Er räusperte sich wieder und entgegnete widerwillig: »Wie gesagt, das musst du dir selbst ansehen.«

»Haben die Fälle etwas miteinander zu tun?«

»Weiß man noch nicht.«

»Und wo finde ich diese Villa?«

»Fahr nach Prüm. Von dort aus begibst du dich auf die Große Eifelroute nach Südsüdost, Richtung Schönecken. Durch Schönecken durch, dann nach links in Richtung Hersdorf. Du befindest dich dann praktisch auf der Rückseite der Bertradaburg in Mürlenbach. Hast du das drauf?«

»Ja.«

»Linker Hand steht ein pompöses, schlossartiges Gebäude aus rotem Sandstein, ungefähr dreihundert bis vierhundert Meter von der Straße entfernt an einer schmalen Stichstraße, mitten in einem Tannenwald.«

»Und wo bist du?«

»Ich starre fassungslos auf diesen Jungen. Werde aber weiterfahren zu der toten Frau. Das dürften von hier aus acht bis zehn Kilometer sein.«

»Lässt Kischkewitz uns denn an den Jungen heran?«

»Ja, wenn du dich wie immer an die Regeln hältst und schweigst und nicht fotografierst und niemanden nach Einzelheiten fragst. Gib Gas, Alter. Der Anblick des Jungen ist geradezu lähmend.«

»Wo ist denn Emma?«

»Hier, neben mir. Du kannst sie mit zurücknehmen, wenn du hier fertig bist. Bis später.«

Es war mir ziemlich gleichgültig, auf welche Weise ich an Kleidungsstücke kam. Ich rannte, immer noch triefend, durch das Haus nach oben, streifte die Teichsachen ab, stellte mich unter die Dusche, zog wahllos an, was mir in die Quere kam, belud meine Weste mit allem Nötigen und fuhr los.

Ich liebe unsere Nachbarn, die Holländer. Aber warum die dauernd in die Eifel fahren, um ausgerechnet hier mitten auf irgendwelchen Kreuzungen ihren Straßenatlas zu entdecken, wird mir ständig ein Rätsel bleiben. Diese jetzt standen im Kreisverkehr in Dreis und diskutierten. Ich hoffe, die Diskussion führte irgendwann zu einem glücklichen Ende.

Wenn dir gerade keine Holländer im Weg stehen, triffst du in der Eifel garantiert auf einen Truck. Und vor dem Truck fahren weitere vier bis sechs Trucks. Solltest du kein Selbstmordtyp sein, bescheidest du dich und studierst von hinten Achsaufhängungen und Stoßdämpfer. Bis Gerolstein trödelte ich hinter einem Laster her.

Ich entschied mich für die Nebenstrecke nach Schönecken, die hinter Büdesheim beginnt und sich durch eine bemerkenswert schöne Landschaft schlängelt. Wiesenhügel, schnurgerade gezogene Buschreihen, die Erosion verhindern sollen, eine Landschaft, die Gelassenheit vermittelt und keine Atemlosigkeit duldet, eine sanft hin- und herschwingende kleine Straße, die die Ausstrahlung von etwas Privatem hat. Dann geht es plötzlich in einer Linkskurve hügelab zu einer scharfen S-Kurve, durch ein Tal mit einem Bach, anschließend wieder aufwärts und dann parallel zu dem Bach, der jetzt rechts durch die Wiesen mäandert, an den Ufern flankiert von vielen Erlen.

Wo steht dieses St. Adelgund?

Endlich sah ich es, zwei kleine rote Türme ragten aus hohen Tannen. Die schmale Stichstraße, die durch die Wiesen dorthin führte, wurde von einem Streifenwagen blockiert, an dessen rechter Seite ein Beamter lehnte. Er sah mich und winkte gelangweilt: »Sie können durch, Sie werden erwartet.«

Das war neu, das verwirrte mich etwas.

Ich lenkte den Wagen über den Bach in den Schatten des Waldes und blickte verblüfft auf St. Adelgund, von dessen Existenz ich bis heute nichts gewusst hatte. Es war ein mächtiges Haus, das Gebäude wirkte ungemein bedrohlich, kalt und arrogant. Ein dunkelgrünes Eisentor verhinderte ein Weiterkommen, nach rechts und links verlief eine sicherlich zweieinhalb Meter hohe Mauer aus rotem Backstein bis in den Wald hinein.

Ich parkte den Wagen neben vier zivilen Fahrzeugen und der Limousine eines Beerdigungsunternehmers. Der alte braune Mercedes gehörte Kischkewitz, den Sprinter konnte ich den Spurenspezialisten und Technikern zuordnen.

Es war sehr still, der Wind kam sanft das Tal herunter und ich fragte mich, ob in diesem düsteren Haus je ein Mensch glücklich gewesen war. Mir fiel auf, dass es keine Gardinen gab, dass alle Fenster über eine Doppelverglasung verfügten und dass sie so klar und sauber waren, als seien sie gestern erst geputzt worden. Der Schornstein entließ eine matte Rauchfahne in den Sonnenschein.

Der rechte Flügel des eisernen Tores quietschte leise, als ich ihn vorwärts schob.

Die mächtige Haustür öffnete sich und ein Uniformierter kam heraus. Er nahm seine Mütze ab und kratzte sich in den Haaren. Dann sah er mich und hielt inne. Er schien misstrauisch.

»Was suchen Sie hier?«, blaffte er, um etwas besonnener hinzuzusetzen: »Darf ich erfahren, wer Sie sind?«

»Mein Name ist Baumeister, ich kenne Herrn Kischkewitz sehr gut. Kriminalrat a. D. Rodenstock hat mich hierher bestellt.«

»Ach so«, sagte er, seine Stimme war brüchig. »Ja, dann gehen Sie mal rein. Das ist nichts für schwache Nerven. Wie in einem schlechten Film ist das.« Er drehte sich um und hielt die Tür für mich auf. »Wer sich das wohl ausgedacht hat? Ich muss unbedingt einen Moment was anderes sehen und eine rauchen.«

Ich schloss die Tür hinter mir und stand in einem gewaltigen Treppenhaus, in dem kein Licht brannte. Ich fühlte mich an die mystische, rätselhafte, schreckauslösende Villa der *Rocky Horror Picture Show* erinnert. Die Treppe nach oben war mindestens drei Meter breit, der Fußboden war mit exquisiten holländischen Kacheln ausgelegt, so wie es reiche Leute vor 1930 geliebt hatten. Jede Tür war eine zweieinhalb Meter hohe Kostbarkeit aus Eifeleiche, mit Schnitzereien aus Linden- oder Ulmenholz belegt. Alles zusammen bildete eine überzeugende Demonstration von Einfluss und Macht.

Undeutlich vernahm ich Stimmen und andere Geräusche. Es ging noch einmal drei Stufen hoch in die eigentliche Halle, an deren Ende eine zweiflügelige Tür weit offen stand.

Sie hatten ihn vor der jenseitigen Stirnseite des Raumes aufgehängt, ihn auf ein hohes Kreuz aus Birkenstämmen genagelt: Sie hatten ihn gekreuzigt.

Das Bild war bizarr und es schlug mir wie ein Hieb in den Magen.

Kischkewitz' Frauen und Männer hatten rechts und links des Toten zwei schwere Scheinwerfer auf den Boden gestellt, wohl um den Spurensuchern ihre Arbeit zu erleichtern. So hing er da, unübersehbar im grellen Licht, und war der Mittelpunkt einer geradezu atemberaubenden Szene.

Der Tote war fast nackt, trug nur ein dunkelgraues Stück Tuch, das ihm um die Hüften geschlungen worden war. Der Kopf mit den blonden, langen Haaren hing nach links geneigt in der unnachahmlichen Demut, die seit fast zweitausend Jahren mit diesem Bild verbunden ist. Das Gesicht hatte die sanfte Härte und den matten Glanz von Marmor, dabei sehr friedlich. Seine Augen waren geschlossen. Und überall an seinem Körper war Blut, das zu dunklen Flecken geronnen war. Dort, wo es kein Blut gab, war seine Haut bleich, nahezu weiß.

Links von mir sagte Emma leise: »Sie trauen sich noch nicht, ihn abzuhängen, sie fürchten, sie könnten etwas übersehen.« Sie saß auf einem Hocker.

»Das ist ... das ist unglaublich«, stammelte ich.

»Ja«, sagte sie. »Wenn du es einfach auf dich wirken lässt, ist er Christus, nichts als Christus.«

»Ich weiß, dass er achtzehn Jahre alt wurde. Wie heißt er, wer ist er?«

»Das ist Sven, Sohn höchst ehrbarer Eltern. Der Hausname lautet Dillinger. Sven wurde seit vier Tagen vermisst.«

»Wer hat das hier entdeckt?«

»Entdeckt hat es eigentlich niemand. Die Mordkommission in Trier und die Kriminalgruppe in Wittlich haben jeweils anonyme Anrufe erhalten. Sie sind sofort hierher gerast und haben Sven so gefunden. Die Scheinwerfer stammen übrigens nicht von den Kriminaltechnikern, wie du vielleicht meinst. Sie standen schon da und waren eingeschaltet. Das Kreuz ist mit vier schweren, schrägen Holzbalken auf dem Parkett verankert. Dabei entstand natürlich ein bisschen Schmutz, so etwas geht nicht ohne Abfälle. Dieser Abfall aus Borkenstückchen und Sägespänen wurde zusammengekehrt und gemeinsam mit der kleinen Kehrschaufel und dem Besen sorgfältig in die Ecke des Raumes gelegt ... Während ich so rede, habe ich eine Vision: Ich sehe den Täter irgendwo stehen und kichern. Das alles hier ist in Szene gesetzt worden, das sollte so gefunden werden. Jemand wollte eine Botschaft loswerden.«

»Eine Botschaft muss jemanden haben, an den sie sich richtet.«

»Richtig. Aber der Adressat ist noch unbekannt.« Emma zündete sich einen Zigarillo an. »Unser Freund Kischkewitz ist nervös und wird zunehmend nervöser. Das ist wieder mal eine Geschichte, die für ihn alles oder nichts bedeuten kann.«

»Wieso das? Schau dir das Bühnenbild an, schau dir diesen Toten an, da muss es von Spuren wimmeln.«

»Denkst du«, erwiderte sie spöttisch. »Ob du es glaubst oder nicht, sie haben bisher nicht einen einzigen brauchbaren Fingerabdruck gefunden. Nicht einmal auf den Birkenstämmen.«

»Das kann doch gar nicht sein!«

»Doch, das ist Fakt«, nickte sie. Abrupt fauchte sie: »Was soll das hier, Baumeister? Jemand geht in den Wald, schlägt eine ziemlich massive Birke und zimmert ein Kreuz daraus. Dann hat er das Kreuz hergebracht und diesen Jungen daraufgenagelt. Und zwar nicht so, wie es viele Jesusdarstellungen zeigen, sondern so, wie es historisch wahrscheinlicher ist: Die schweren Nägel sind durch die Sehnen in der Handwurzel getrieben worden und nicht durch die Handflächen. Das alles, ohne einen brauchbaren Fingerabdruck zu hinterlassen. Und dann wurde die Polizei benachrichtigt.«

»Wieso sind die Jesusdarstellungen falsch?«, fragte ich etwas dümmlich.

»Es gibt Untersuchungen, die die Bibel auf Schwachstellen abklopfen. So wie Jesus auf den meisten Darstellungen am Kreuz hängt, kann er vor zweitausend Jahren nicht am Kreuz gehangen haben. Das war damals nicht möglich, er wäre abgestürzt.«

In diesem Moment schrie Kischkewitz wütend: »Martin, verdammte Hacke, geh sicherheitshalber die Rückseite und Vorderseite des Opfers noch einmal an!«

Von hinten wurde eine fahrbare, grell quietschende Leiter dicht an den Toten gefahren. Jemand in der weißen Arbeitskleidung der Techniker kletterte hinauf, drehte den Kopf und brüllte zurück: »Ihr seid ja alle beknackt, es gibt einfach keine Prints!«

»Versuch es, bitte«, seufzte Kischkewitz, deutlich ruhiger. »Tut mir leid.«

»Hat er euch angerufen?«, fragte ich und deutete in Kischkewitz' Richtung.

»Nein«, sagte Emma. »Er war auf einer Gewerkschaftskonferenz in Koblenz und hat auf dem Rückweg bei uns reingeschaut, nur so, Guten Tag sagen. Und während er bei uns war, kriegte er den Anruf von seinen Kollegen.«

Ein junger Mann schoss plötzlich durch die Tür unmittelbar neben uns und sagte atemlos: »Chef! Der Vater! Der Vater kommt! Wir konnten ihn nicht aufhalten.«

»Um Gottes willen«, stöhnte Kischkewitz.

Er rannte durch den Raum in die Halle und befahl: »Macht den Laden dicht!«

Emma sprang von ihrem Hocker und schloss die große Tür.

Ein Automotor heulte auf, erstarb. Dann knallte eine Tür, jemand rief voller Erregung: »... schließlich geht es um meinen Sohn!«

Kischkewitz' Stimme war deutlich zu vernehmen: »Das ist ein Tatort. Bleiben Sie draußen.«

»Du lieber Gott«, seufzte Emma. »Wie soll der Mann das verstehen?«

Kischkewitz sagte wieder etwas, wesentlich leiser. Dann wurde es ganz still, bis ein hoher, verzweifelt klingender Ton aus der Halle in den Saal schallte. Der Mann weinte.

»Was ist mit der Frau im Wald?«, fragte ich.

»Sie ist noch nicht identifiziert«, antwortete Emma. »Sie liegt in einem Waldstück in Richtung St. Thomas. In der Gemarkung von Weißenseifen. Kopfschuss.«

»Und wie wurde sie entdeckt?«

»Ein Bauer, der sich einen Eichenstamm aus dem Wald ziehen wollte, hat sie gefunden.«

»Vor diesem Fund?«

»Vor diesem Fund. Die Nachricht kam ungefähr eine halbe Stunde früher. Bei der Frau ermittelt eine Gruppe der Wittlicher.«

Draußen wurde ein Auto gestartet.

Kischkewitz kehrte zurück und wirkte verunsichert. Er sah mich an, nickte und murmelte: »Das ist noch mal gut gegangen. Kein Vater würde diesen Anblick aushalten. Martin, hast du inzwischen was?«

»Nee«, sagte der Mann auf der Leiter, »hier ist einfach nichts. Das ist alles clean.«

Kischkewitz stieg die andere Seite der Leiter hoch. »Das kann doch nicht sein, dass ihn niemand ungeschützt berührt hat und dass das verdammte Kreuz ohne jede Spur ist!«

»Sieht aber so aus«, murmelte Martin. »Bis auf das Einschussloch ist hier nichts.«

Fragend blickte ich zu Emma.

»Er wurde wahrscheinlich erst erschossen, ein Kopfschuss, den kannst du von hier aus nicht sehen. Vermutlich war er also schon tot, als er gekreuzigt wurde.« Das klang wie ein Seufzer.

Entschlossen ordnete Kischkewitz an: »Wir nehmen ihn noch nicht ab! Wir beginnen mit allem noch mal von vorn. Und noch etwas, Leute: Seht zu, dass ihr das Fenster findet, durch das das Kreuz gereicht wurde. Es muss Berührungsspuren, Schleifspuren geben. «

Eine Frau in dem Pulk der Techniker stöhnte.

»Das Ganze von vorn!«, wiederholte Kischkewitz brüllend. »Macht eure Augen auf!«

Anschließend kam er langsam zu uns, schüttelte den Kopf, sagte aber nichts.

»Was ist das hier für ein Haus?«, fragte ich.

»Irgend so ein Kölner mit viel Geld hat sich das Ding gebaut. Das muss um das Jahr 1890 gewesen sein. Der Mann war ein leidenschaftlicher Jäger. Später wurde es an die Diözese in Trier verkauft. Schwestern zogen ein. Sie machten daraus ein Heim für Waisenkinder und schwer erziehbare Jugendliche. Auch gestrauchelte Mädchen sind hier untergekommen. Um 1980 zog sich die Kirche plötzlich zurück und das Haus stand leer. Zehn Jahre später erstand es wieder jemand aus Köln, für einen Appel und ein Ei. Er brachte es mit viel Geld in Schuss und starb darüber. Die Gemeinde sollte es zurückkaufen, aber die hatte kein Geld. Im Moment sieht es so aus, dass die Witwe des letzten Besitzers das Gebäude notdürftig in Ordnung hält, aber erwartet, dass die Gemeinde einen Käufer findet. Wenn du es haben willst – es kostet nur einen Euro. Allerdings wird wohl allein die Heizungsrechnung deine Rente auffressen.«

»Und wieso hängt dieser Junge hier? Ich meine, es muss doch eine Verbindung zwischen dem Jungen und diesem Haus geben.«

»Das ist in der Tat merkwürdig.« Kischkewitz zündete sich einen seiner grauenhaft riechenden Stumpen an. »Bis jetzt wissen wir von keiner Verbindung zwischen dem Jungen und dem Haus. Die Besitzerin aus Köln hat vor einem Jahr neue Sicherheitsschlösser und Überwachungskameras installieren lassen. Die Schlösser sind an keiner Stelle angekratzt, eingebrochen ist hier also niemand. Der Einzige, der vor Ort einen Schlüssel hat, ist der Ortsbürgermeister. Und der hat ihn niemandem gegeben. Trotzdem muss noch jemand über einen Schlüssel verfügen und hat uns den Toten serviert. Und falls du glaubst, dass die Kameras irgendetwas aufgezeichnet haben, liegst du falsch. Die sind irgendwie ausgeschaltet worden und haben Pause gemacht.«

»Haben die Aufzeichnungsgeräte denn wenigstens die Pausen notiert?«

»Nein. Das ganze System ist außer Funktion gesetzt worden. Ich war immer schon der Meinung, dass der Segen der Elektronik ein Gerücht ist.«

»Was ist mit der Frau bei Weißenseifen?«

Kischkewitz ließ sich an der Wand herunterrutschen. Erschöpft hockte er auf dem alten Parkett. »Sie ist sehr teuer gekleidet, trägt ein Vermögen an Klamotten mit sich herum und Diamanten um den Hals, die ich für ein Jahresgehalt nicht kaufen kann. Sie war eine schöne Frau, ganz ohne Zweifel, und sie ist nicht am Auffindungsort getötet worden. Sie liegt da wie entsorgt. Allerdings haben wir keine frischen Reifenspuren gefunden, also ist auch die Frage, wie die Leiche dorthin gelangte, ungeklärt.« Er schnaufte unwillig. »Ich bin froh, dass ihr das hier sehen könnt. Es verstößt zwar gegen jede Regel, aber wir können Hilfe gebrauchen.« Er lächelte flüchtig. »Und in der Vergangenheit war eure Einmischung ja durchaus schon mal dienlich. Also, falls euch etwas dazu einfällt …«

»Ob das hier eine religiöse Botschaft ist?«, fragte Emma leise.

»Ich habe keine Ahnung«, erwiderte Kischkewitz wütend. »Der Mörder hat gewollt, dass wir mit diesem Szenario konfrontiert werden. Wenn ich Christus am Kreuz sehe, denke ich automatisch: Das ist der Sohn Gottes, der hinwegnimmt die Sünden der Welt. Also gut, nehmen wir das an. Aber um welche Sünden geht es? Wo wurden diese Sünden begangen, wer beging sie? Andererseits ist auch denkbar, dass dieser Junge da an dem Kreuz bestraft werden sollte. Für Sünden, die er begangen hat. Er hat eine uralte Strafe empfangen, die Strafe des Kreuzes. So wie der Jude namens Jesus, der niemals in seinem Leben vorhatte, eine eigene Religion zu gründen. Vielleicht steckt hinter dem Mord die Überlegung, dass die Moral auf dieser Welt abhanden gekommen ist, dass Ethik nicht mehr sichtbar ist, dass es zunehmend an ideellen Werten fehlt, dass eine böswillige Wirtschaftsform, die wir gnädig Globalisierung nennen, unseren Planeten an den Rand des Untergangs treibt.« Kischkewitz stöhnte erneut. »So ein Mord von möglicherweise religiösen Eiferern macht mir Angst. Was soll ich bloß der Presse sagen? Die kann ich kaum hinhalten.«

»Sag ihnen am besten die Wahrheit«, riet Emma. »Wenn du ihnen etwas verschweigst, gehen die Spekulationen ins Bodenlose.«

Kischkewitz wandte sich wieder mir zu. »Natürlich haben wir Spuren von Händen und Fingern gefunden. Aber das sind nur Schlieren, weil Handschuhe im Spiel waren. Da hat jemand sehr sauber gearbeitet.«

»Gibt es in anderen Räumen Anzeichen dafür, dass sich in letzter Zeit Menschen in der Villa aufgehalten haben?«, wollte Emma wissen.

»Nein.«

»Was ist mit dem Dachstuhl und dem Keller?«, fragte ich.

»Nichts. In zwei Kellerräumen stehen alte Möbel rum, typische Rumpelkammern. Ansonsten ist das Haus völlig leer, so, als wäre seit vielen Jahren niemand hier gewesen.«

»Die Fenster sehen aber aus wie frisch geputzt«, teilte ich meine Beobachtung mit.

»Das hat der Ortsbürgermeister organisiert. Für den Fall, dass ein Kaufinteressent auftritt. Vor einer Woche hat er eine Polin hergefahren, ihr das Haus aufgeschlossen und, als sie fertig war, wieder abgesperrt. Mit der haben wir schon gesprochen. So, und jetzt muss ich zu den Eltern des Jungen.« Er stemmte sich hoch, nickte uns zu und verschwand.

»Schlimme Aufgabe«, sagte Emma. »Davor hatte ich mein ganzes Berufsleben lang Angst. Was machen wir jetzt?«

»Ich kann dich heimbringen. Ich denke mal, zu der Frau werde ich nicht mehr fahren, ich werde Kischkewitz nach Fotos fragen. Wahrscheinlich ist sie ja sowieso schon auf dem Weg in die Rechtsmedizin nach Mainz. Vorher würde ich mir allerdings gern das ganze Haus ansehen, die Atmosphäre einfangen.«

»Gut«, nickte Emma. »Ich warte so lange. Und dann mache ich *Spaghetti con aglio, olio e peperoncino.* Du bist herzlich eingeladen. Aber nicht vor neun Uhr abends.«

In dem Moment meldete sich ihr Handy und sie lauschte kurz. Dann teilte sie mir mit: »Meine Pläne haben sich soeben geändert. Rodenstock kommt her und nimmt mich wieder auf. Gute Reise durch dieses Haus, und falls du Gespenstern begegnest, grüß sie schön.«

Ich fing im Keller an.

Die meisten Räume waren tatsächlich kahl und leer und sahen so aus, als habe man sie am Tag zuvor ausgefegt. Der Heizungsraum war sehr groß, der Brenner neu, die mächtigen Öltanks geradezu jungfräulich.

Die alten Möbel waren in zwei nebeneinanderliegenden Räumen verstaut. In dem linken lagerten vor allem alte Stühle. In dem rechten war so etwas wie eine eigene Welt entstanden: Kommoden, uralte Eichenkisten, Sessel, das Gerüst eines Doppelbettes, ein auseinandergenommener Schrank, weiß lackierte alte Küchenmöbel und eine große Menge mit Brokat überzogener Polster von irgendwelchen Sitzgelegenheiten bildeten ein geordnetes Chaos. Ein Antiquitätenhändler hätte hier reiche Beute machen können.

Verblüffend war, dass es in diesem Raum vollkommen anders roch als in den anderen. Die sanfte Note von Moder und Feuchtigkeit fehlte völlig, der Duft des alten leer stehenden Hauses war nicht auszumachen.

Stattdessen roch es eindeutig nach irgendwelchen Essenzen, die Frauen und Männer von heute benutzen, weil die Werbung ihnen sagt, das sei der Geruch für den Sieger, für den Sportsmann, für den cleveren jungen Manager, der allein wegen seiner fantastischen Ausdünstungen von schönen Frauen angehimmelt wird.

Wenn man die Tür dieses Raumes öffnete, lief man zunächst gegen vier Küchenstühle, weißer Schleiflack. Dahinter stand hochkant eine Kiste, die vielleicht schon mit Columbus gereist war. In der Breite nach rechts folgten der Aufsatz eines alten Schrankes, daneben eine Lücke, dann zwei aufeinandergestellte alte Holzsessel mit dicken tiefblauen Polstern.

Ich quetschte mich durch die Lücke.

Wer immer die Szene angerichtet hatte, er mochte behagliche deutsche Bürgerlichkeit im Geist der stillosen Achtundsechziger. Vor mir lagen zwei große Matratzen nebeneinander. Weitere Matratzen von der Sorte grau-weiß gestreifter Stoff lehnten an der Wand. Zwischen den Matratzen auf dem Boden befand sich ein alter Kerzenleuchter aus Zinn, in dem weiße Haushaltskerzen abgebrannt worden waren, ein benutzter, aber leerer Aschenbecher, zwei Colaflaschen, leer, und zwei Flaschen Wodka, jede halb voll.

Ich sagte irgendetwas Dummes, wahrscheinlich: »Heiliges Kanonenrohr!«, und verließ den Keller.

Weil ich mir nicht vorwerfen lassen wollte, oberflächlich zu sein, öffnete ich anschließend jede Tür im Haus bis hinauf zum Dachboden. Doch ich fand sonst nichts, was bemerkenswert war.

Emma hockte nach wie vor im Speisesaal auf ihrem Hocker dicht an der Wand und beobachtete Kischkewitz' Truppe, die gerade dabei war, das Kreuz mitsamt dem Körper des Jungen langsam nach vorn zu kippen.

»Im Keller ist etwas«, sagte ich.

»Alte Möbel«, erwiderte sie leichthin.

»Nein. Besucher.«

Sie warf mir einen prüfenden Blick zu, stand auf und lief hinaus in die Halle und die Treppe hinunter. Nach drei Minuten kehrte sie zurück. »Du hast recht. Kischkewitz dreht durch, wenn er davon hört. Wie bist du darauf gekommen?«

»Es roch so anders«, antwortete ich.

»Heh, Peter«, rief Emma.

Ein dünner, großer Mann drehte sich um und kam zu uns.

»Im Keller ist was«, sagte Emma. »Das dürft ihr nicht vergessen.«

»Wie?«, fragte dieser Peter.

»Schau es dir an«, murmelte Emma. »Die Tür steht offen, der rechte Raum.«

Peter verschwand, tauchte nach ein paar Minuten mit einem krebsroten Kopf wieder auf und schrie: »Wer hat den Keller abgesucht?«

»Ich«, antwortete ein dicklicher junger Mann vollkommen gleichgültig.

»Dann geh noch mal runter! Da warten garantiert weitere vier Stunden Arbeit auf dich.«

»Wieso denn das?«, fragte der dickliche Mensch weinerlich.

»Dich hätten sie besser ins Archiv gesteckt«, blaffte der, der Peter hieß. Dann beugte er sich vor, klatschte wütend auf seine Oberschenkel und zischte: »Verdammte! Und das heute, wo meine Frau Geburtstag hat! Warum kriege ich immer diese gottverdammten Praktikanten!« Er richtete sich wieder auf und herrschte den Dicklichen an: »Jetzt beweg dich endlich in diesen Keller und schau dir an, was du übersehen hast! Aber komm um Gottes willen nicht auf die Idee aufzuräumen. Tanja, geh mit ihm, sonst baut er noch mal Blödsinn.«

Aufreizend langsam wandte sich der dickliche Praktikant um und verließ den Speisesaal.

Stattdessen erschien Rodenstock. Er küsste seine Frau auf das Haar und ich fühlte Neid aufkommen.

»Aha, sie nehmen ihn schon ab«, stellte Rodenstock fest. »Die Frau ist auf dem Weg in die Rechtsmedizin. Eine vollkommen artfremde Erscheinung, sie passt nicht in den Wald, irgendwie unwirklich. Irgendetwas Neues hier?«

»Baumeister hat im Keller Besuch entdeckt«, antwortete Emma. »Gerade noch rechtzeitig.«

»Dein Freund und Helfer, die Internationale Presse in der Eifel«, sagte Rodenstock ironisch. »Muss ich das sehen?«

»Unbedingt«, nickte Emma.

»Also, ich fahre dann«, teilte ich mit. »Und ich komme zum Essen. Den anderen Tatort sehe ich mir morgen an.«

»Warte mal! Sag noch, was hast du als Erstes gedacht, als du diesen toten Jungen hier gesehen hast?« Rodenstocks Gesichtsausdruck wirkte auf einmal sehr verkrampft.

»Weiß nicht«, antwortete ich. »Anfangs erinnerte ich mich an Kreuzigungsdarstellungen, wie man sie früher in der Eifel in biblischen Geschichten aufgeführt hat. Unwirklich, rührend hilflos, eben Laientheater. Aber jetzt, nachdem mir klar geworden ist, dass dieser Junge dargeboten werden sollte, friere ich. Irgendwie erscheint mir diese Inszenierung simpel und gleichzeitig eiskalt. Ach, Rodenstock, erspar mir das jetzt, wir wissen noch zu wenig.«

Er nickte. »Bis später dann«, sagte er.

»Moment – was hast du denn gedacht?«

»An religiöse Fanatiker, an Extremisten, ja sogar an Terroristen«, antwortete er.

»Das eine muss das andere nicht ausschließen«, erwiderte ich nachdenklich. »Ich sehe euch bei den Nudeln.«

Ich setzte mich in mein Auto und fuhr gemächlich Richtung Heimat. Ratlos fragte ich mich, was Menschen dazu getrieben haben könnte, einen Achtzehnjährigen zu kreuzigen. Halt, Korrektur: einen Achtzehnjährigen erst zu erschießen und dann zu kreuzigen. Oder meinetwegen erst zu kreuzigen und dann zu erschießen. War der Junge geopfert worden? Geopfert wofür?

Hinter Pelm fuhr ich auf einen Parkplatz und hockte mich an den kleinen Bach, der sich munter gurgelnd durch die Wiesen des Tales schlängelte. Ich stopfte mir eine schön gebogene Caminetto aus dem italienischen Cucciago und versuchte, ruhig zu werden. Mein Hirn produzierte einen Wust von schnell wechselnden, bedrückenden Bildern, keine Spur von Gelassenheit, keinerlei Möglichkeit zur Konzentration.

Aber auf was sollte ich mich auch konzentrieren? Auf einen Achtzehnjährigen aus gutem Haus, den man gekreuzigt hatte? Ich kannte nur seinen Namen, und das war buchstäblich alles – Sven Dillinger.

Eine Zeit lang lauschte ich dem Plätschern des Baches.

Was ist eigentlich eine Kreuzigung? Eine Hinrichtungsform für Verbrecher und Aufständische bis weit in das dritte Jahrhundert hinein. Die Menschen wurden an das Kreuz gebunden oder genagelt und buchstäblich für jedermann ausgestellt. Meistens war das Kreuz nur ein Pfahl, später wurde es der Schandpfahl des Mittelalters. Die Betroffenen starben tagelang, ganz langsam, und die Gnade ihres Landesherrn war sehr groß, wenn er ihnen zum Ende hin einen schnellen Schwertstreich gewährte. In der Regel ließ man die Leichen am Kreuz verwesen. Der sagenumwobene Kaiser Konstantin I., der höchst privat seine halbe Familie ermorden ließ, hatte diese ziemlich brutale Tötungsform in seinen frühen Jahren ausgiebig befürwortet, bis er dann das Christentum zur Staatsreligion erklärte und das Kreuz einen vollkommen anderen Sinn bekam. Die Geschichtsbücher nannten ihn Konstantin den Großen, obwohl seine Größe bei näherem Hinschauen sehr fragwürdig war. Kindern, die um Einschlafgeschichten baten, konnte man mit Konstantin nicht kommen – zu viel Hass und Blut klebte an dem Mann und zu viel fragwürdige Verherrlichung durch die katholische Kirche.

Endlich trödelte ich nach Hause, dort setzte ich mich an meinen Teich, schmauchte vor mich hin und hatte ständig das Bild in meinem Kopf, wie Sven Dillinger blutverschmiert an seinem Kreuz gehangen hatte. Es würde mir Albträume bereiten.

Tante Anni trat durch das Gartentor und hüpfte behände über die Terrassentreppe zu mir herunter.

»Emma hat angerufen und gesagt, du nimmst mich mit. Ich bin eingeladen, ich will auch Spaghetti.«

»Das ist schön. Willst du einen Schnaps?«

»Natürlich.«

Ich stellte ihr einen Plastikstuhl neben meinen und ging ihr einen Schnaps holen.

»Ihr habt neue Fälle, sagt Emma. Dann hast du ja jetzt Arbeit«, stellte sie fest.

»Ja, das stimmt, das habe ich. Wobei mir einfällt, dass ich in Hamburg anrufen muss, weil sie wissen sollten, dass da eine Geschichte kommt. Bin gleich wieder da.«

Ich wählte die Hamburger Nummer und erwischte Neumann, der etwas muffig erschien, was aber nichts besagte, weil er immer muffig war.

»Ich habe eine mögliche Geschichte. Hier ist ein achtzehnjähriger Gymnasiast erst erschossen und dann gekreuzigt worden, beziehungsweise vielleicht auch umgekehrt.«

»Gekreuzigt? Ist die Eifel derart zurückgeblieben, dass dort noch gekreuzigt wird?« Er lachte meckernd.

»So sieht es aus.«

»Gibt es Bilder?«

»Ab morgen Nachmittag.«

Ich würde Kischkewitz darum bitten. Er wusste, dass ich nichts an die Tagespresse weitergab und ihm meine Geschichte zur Freigabe vorlegen würde.

»Wie viel Text?«

»Bis jetzt maximal zehn Zeilen.«

»Dann verstehe ich das richtig, dein Anruf ist eine Warnung?«

Manchmal formulierte er gut, ich musste lachen. »Ja, genau, das ist erst mal nur eine Warnung. Die BILD wird auf dem Titel eine halbe Seite bringen, wie ich das einschätze. Und der *Focus* wird sich zieren, weil er das für eine schmuddelige Geschichte hält.«

»Also gut. Vorläufig eine Seite. Aber vergiss nicht, mein Lieber, dass ohne Bilder nichts läuft.«

»Der Junge am Kreuz«, versprach ich siegessicher.

»Das wäre angenehm«, erwiderte er. »Weiß man denn schon etwas über das Motiv?«

»Nein.«

»Für eine Meldung mit einer derart wichtigen Bedeutung und dermaßen gewaltiger krimineller Energie ist deine Ankündigung geradezu sensationell substanzlos. Denk dran: Wir zahlen nichts, falls das Ding nicht ins Blatt kommt.«

»Warum rufe ich dich eigentlich an?«

»Das weiß ich auch nicht«, sagte er seufzend. »Lass von dir hören, wenn du mehr hast.«

»Ich bin entzückt«, hauchte ich, aber er hatte schon aufgelegt.

Ich gesellte mich wieder zu Tante Anni, die traumverloren in meinen Teich starrte. Sicherheitshalber hatte ich die Schnapsflasche mit nach draußen genommen. Sie trank nie viel, aber dauernd. »Das hilft gegen die Plagen des Alters«, war ihr Kommentar dazu.

»Und? Bist du deine Geschichte losgeworden?«

»Ja, ich glaube schon.«

»Ich denke über diesen gekreuzigten Jungen nach. Wie sah der aus?«

Ich beschrieb ihr die Szene, so gut das ging.

»Weiß man, wie die Unbekannten in dieses Haus gekommen sind?«

»Nein. Aber ich vermute, dass es für jemanden, der sich mit solchen elektronischen Haussicherungen auskennt, kein großes Problem darstellt, so eine Anlage auszuschalten. Man muss wahrscheinlich nur ein paar Tricks kennen. Und jetzt komm, junge Frau, die Nudeln warten.«

Sie grinste: »Ich bin geil auf Nudeln.«

Als wir vom Hof fuhren, blieben Satchmo und Cisco zurück und sahen uns betrübt nach. »Ihr fresst doch sowieso keine Nudeln«, sagte ich beschwichtigend, aber in Wahrheit wusste ich das gar nicht genau, ich hatte es noch nie versucht. Deutlich erinnerte ich mich an meine erste Katze Molli, die leidenschaftlich gern grüne Bandnudeln mit Knoblauch fraß.

Wir rollten vor Rodenstocks Haus, er stand in der Tür und erwartete uns. Sein etwas grimmiger Gesichtsausdruck sagte mir, dass etwas vorgefallen sein musste.

»Wir haben Post bekommen«, verkündete er.

Wir marschierten hinter ihm her, er lief durch die Küche zum Esstisch, streichelte dabei seiner Frau kurz über die Schultern und setzte sich. »Nehmt Platz, bitte.«

»Was für Post?«, fragte ich.

Er drehte ein Foto um, das auf dem Tisch lag. »Das hier.«

Es war ein Farbfoto von der Größe einer Postkarte, gedruckt auf einem normalen DIN-A4-Blatt, und zeigte den gekreuzigten Sven Dillinger. Zweifellos war es in dem düsteren Bau St. Adelgund aufgenommen worden.

»Kein Kommentar dabei, einfach nur dieses Foto. In unserem Briefkasten. Jemand macht sich lustig, da hat jemand nicht die geringste Furcht. Das gleiche Foto ging übrigens auch nach Trier und nach Wittlich.«

»Vielleicht will dieser Jemand erwischt werden«, bemerkte

Emma von ihren Töpfen her. »Vielleicht geht es gar nicht um Hohn und Spott, vielleicht sucht der Fotograf Hilfe.«

»Hilfe wobei?«, fragte Rodenstock scharf. »Bei einem Mord?«

»Hast du die Nachbarn gefragt, ob vor eurem Haus ein Auto gehalten hat?«, fragte ich.

»Natürlich. Niemand hat irgendwen gesehen.«

Ich überdachte das. Dann murmelte ich: »Da stimmt was nicht. Es fehlt etwas, etwas ganz Entscheidendes. Ob Hohn und Spott oder aber das Bedürfnis, Hilfe zu bekommen, der Grund für die Fotos sind, können wir noch nicht entscheiden. Aber es fehlen Adressaten. Und zwar Zeitungen, Radiostationen, Fernsehleute. Denn wenn die unbekannten Täter sich schon lustig machen oder um Hilfe rufen wollen, dann müssen sie Öffentlichkeit suchen.«

Rodenstock musterte mich einen Augenblick. »Du hast recht. Das müssen wir abklären.« Er stand auf und verschwand im Wohnzimmer, wo er auf seinem kleinen Schreibtisch so etwas wie einen Kommandostand aufgebaut hatte.

Wir hörten ihn telefonieren, wenig später kehrte er an den Tisch zurück. »Fritz-Peter Linden vom *Trierischen Volksfreund* hat das Foto auch bekommen. Er glaubte, jemand wollte ihm einen Streich spielen, dachte, dass es sich um eine Fotomontage handele. Ich habe ihm gesagt, dass er sich an die Kripo wenden soll. Es macht keinen Sinn, so zu tun, als sei diese Sache nicht geschehen. Was, zum Teufel, läuft da ab?«

»Jetzt macht mal eine Pause«, sagte Emma am Herd. »Die Spaghetti kommen. Und ich will gut gelaunte Leute am Tisch sehen. Du, Anni, könntest bitte das Weißbrot schneiden, und du, Rodenstock, könntest darüber nachdenken, unseren Gästen etwas zu trinken anzubieten.«

»Nichts als Arbeit«, schnurrte Tante Anni vergnügt.

Rodenstock seufzte nur tief auf und machte sich an die Arbeit.

»Was wissen wir über diesen Sven? Wo ging er zur Schule?«, fragte ich, Emmas Weisung ignorierend.

»Bei Bleialf zu Klosterbrüdern«, sagte Rodenstock. »Auf eine alte, ehrwürdige Institution. Erst seit etwa zehn Jahren ist sie auch für Mädchen zugänglich.«

»Dann war Sven so etwas wie ein Fahrschüler?«

»Ja. Er fuhr jeden Tag mit seinem eigenen Pkw. Der Vater hat seine Datscha in Stadtkyll stehen und gilt als schwerer Rechtsausleger. Sagt jedenfalls das Geschwätz. Sven hat eine Schwester, Julia Dillinger. Sie ist zwei Jahre jünger und besucht die gleiche Schule.«

»Wie war Sven als Schüler?«

Rodenstock stellte Weinflaschen und Wasser auf den Tisch. »Angeblich sehr gut und den Lehrern zum Teil überlegen. Aber auch das ist erst mal nur ein Gerücht.«

»Die Stimme, die anonym bei der Polizei angerufen hat, war das eine junge Stimme, alte Stimme, erwachsen, jugendlich, männlich, weiblich?«

»Die Beamten sagen übereinstimmend weiblich und jugendlich. Und die Stimme sei ruhig gewesen, keine Spur von Aufregung. Erst kam der Satz: ›Ich habe einen Mord zu melden!‹ Dann folgte sachlich die Angabe der Adresse. Natürlich haben die Beamten unterbrochen und darauf bestanden, dass die Anruferin ihren Namen und ihren Standort angibt, aber die hat einfach nicht reagiert und aufgelegt.«

»Wann warst du zuletzt an deinem Briefkasten?«

»Gestern, und dann eben, als ich das Foto fand. Jemand mit einem sehr schnellen Auto muss die Abzüge verteilt haben. Nein, wahrscheinlich waren das zwei oder mehr Leute, denn anders wäre das nicht zu schaffen gewesen, die Fotos nach Trier, nach Wittlich und bis hierher in die Vulkaneifel zu bringen. Ärgerlich ist, dass auch diese Fotos keine Fingerabdrücke aufweisen, als wären sie vom Himmel geregnet. Ich habe das sofort geprüft. Handschuhspuren ja, Schlieren auch, aber Prints keine.«

»Jetzt ist es aber gut«, sagte Emma leicht säuerlich. »Wenn die Nudeln kalt werden, macht es keinen Spaß.«

»Gibt es in der Eifel denn religiöse Eiferer?«, fragte Tante Anni. Sofort duckte sie sich, sagte hastig: »O je!«, und sah Emma um Nachsicht bittend an. Wie ein reuiger Dackel.

Rodenstock antwortete trotzdem: »Natürlich gibt es die. Immer schon, und je nach Lage der Dinge hat man sie angebetet oder verschwiegen. Und zuweilen haben sie Teuflisches angerichtet.«

»Rodenstock!«, mahnte Emma.

Also aßen wir erst einmal, und da es sehr gut schmeckte, herrschten Frieden und Nachsicht.

Rodenstocks Handy störte die Idylle, er meldete sich: »Ja, bitte?«, und ging in den Wohnraum hinüber. Er hörte eine ganze Zeit nur zu, sagte höchstens Ja und Nein und Ach so.

Tante Anni flüsterte hingerissen: »Der Rotwein ist fulminant«, und Emma flüsterte zurück: »Auf dem Sektor hat Rodenstock wirkliches Talent. Weine und Schnäpse – das kann er.«

Der so Gelobte kehrte zurück, legte das Handy neben seinen Teller und murmelte nach einer angestrengten Weile: »Kischkewitz' Leute sind sich jetzt ziemlich sicher, dass es sich bei der toten Frau um eine gewisse Gabriele Sikorski handelt. Sie wurde seit einer knappen Woche vermisst, stammt aus Frechen bei Köln und ist … war dreiundzwanzig Jahre alt. Ihr Vater ist ein millionenschwerer Industrieller, Hans Sikorski. Er baut Filteranlagen. Die junge Frau ist eingeschrieben an der Uni in Bonn, Fächer Germanistik und Philosophie. Warum sie hier erschossen aufgefunden wurde, kann sich der Vater nicht erklären. Er sagt vielmehr, seine Tochter habe überhaupt keine Beziehungen in die Eifel. Er selbst hat sie als vermisst gemeldet. Und zwar am vergangenen Montag, nachdem er drei Tage lang, also seit dem Freitag davor, nichts von ihr gehört hatte. Eine Verbindung zu Sven Dillinger scheint es nicht zu geben. Der Vater behauptet entschieden, er habe den Namen Sven Dillinger noch nie gehört. Wie übrigens auch die Eltern Dillinger sagen, dass sie von keiner Gabriele wissen. Sikorski ist nun auf dem Weg nach Mainz, um seine Tochter in der Rechtsmedizin zu identifizieren. Unter Umständen haben wir es also mit zwei Morden zu tun, die nichts miteinander zu tun haben.«

»Mir fehlt schon wieder etwas«, meinte ich. »Sven und Gabi haben doch Autos gefahren. Wo sind die Wagen? Und seit wann genau fehlte denn Sven?«

»Sven ist am Sonntagmorgen zum letzten Mal zu Hause gewesen. Wir haben heute Donnerstag. Die Eltern haben sich zunächst keine Sorgen gemacht, weil der Junge ziemlich oft über Nacht ausblieb, ohne sich abzumelden. Er übernachtete häufig bei Freunden, da gibt es wohl eine Clique. Zwischen ihm und seinen Eltern bestand so eine Art Abmachung, dass er weitestgehend treiben konnte, was er wollte, sofern er sich halbwegs regelmäßig meldete. Dass er vier Tage nicht zu Hause auftauchte und sich nicht meldete, ist allerdings noch nie vorgekommen. Er fuhr einen kleinen, alten, schwarzen BMW. Seine Mutter hat zwar die Polizei angerufen und gemeldet, dass sie ihren Jungen vermisst. Aber zu einer regelrechten Suchanzeige hat sie sich nicht durchringen können. Gabriele Sikorski fuhr einen feuerwehrroten Porsche 911.«

Da hockten wir also, mampften erstklassige, höllisch scharfe Spaghetti und erinnerten uns schweigsam an andere Treffen dieser Art, die immer voller Lachen und lebhafter

Diskussionen gewesen waren. Heute waren wir geradezu beängstigend still.

Die kluge Tante Anni murmelte: »Wir sollten vielleicht schlafen gehen, damit das Bild des Gekreuzigten in euch ein wenig an Bedrückung verliert.« Sie stand auf und begann, den Tisch abzuräumen.

Rodenstock nickte düster. »Ich sage Bescheid, wenn etwas Neues passiert.«

Zehn Minuten später fuhren wir heim. Ich setzte Tante Anni vor ihrer Wohnung ab und trollte mich nach Hause.

Mein Hund lag platt wie eine Wanze auf der Terrasse und bewegte seinen Schwanz in heller Freude genau zwei Mal hin und her, um dann wieder in dumpfem Brüten zu versinken. Satchmo lauerte im Efeu auf meiner Mauer, bewegte und reckte sich in Zeitlupe, fand dann aber alles öde und sackte zusammen, als habe ihn ein totaler Knock-out erwischt. Den Zaunkönig sah ich wie ein winziges Bällchen durch die Hecke flitzen. Das macht er immer, wenn die Sonne versunken ist.

Es war zehn Minuten vor Mitternacht, als Rodenstock anrief und brummelte: »Sie haben die Autos gefunden. Sie standen nebeneinander auf einer Lichtung im Rücken des Hauses St. Adelgund. Ungefähr drei- bis vierhundert Meter entfernt. Beide Schlüssel steckten, beide Handys lagen jeweils im Handschuhfach und beide Handys sind offensichtlich tagelang nicht benutzt worden.«

»Das heißt dann wohl, dass die beiden sich kannten?«

»Davon ist auszugehen«, antwortete Rodenstock. »Ich habe ein mieses Gefühl bei der Sache.«

»Warum?«

»Der Junge war achtzehn, die Frau dreiundzwanzig. Beide durch Kopfschüsse getötet. Also hingerichtet. Der eine noch dazu symbolträchtig gekreuzigt. Ihre Autos stehen brav nebeneinander im Wald, ihre Handys besagen nichts. Und wir wissen nichts. Nicht, was sie verbunden hat, nicht, wodurch sie einen solchen Hass auf sich gezogen haben. Keine Spuren, keine Motive.«

»Wir stehen am Anfang«, wandte ich ein. Aber nicht einmal für mich selbst klang das überzeugend. Seit ich Sven am Kreuz hängen gesehen hatte, spürte auch ich eine bohrende Beklemmung. »Wir hören voneinander.«

Bis vier Uhr morgens lag ich wach und lauschte, wie mein Igel durch den Garten schnüffelte.

ZWEITES KAPITEL

Ich musste irgendetwas Erschreckendes geträumt haben, denn ich wurde blitzartig wach und saß schnell atmend aufrecht. Ich konnte mich nicht erinnern, was für ein Traum mich geplagt hatte, aber an weiteren Schlaf war nicht zu denken. Es war zehn Uhr und mein Kater kratzte an der Schlafzimmertür.

Wie Gott mich geschaffen hatte, lief ich in die Küche hinunter und setzte Kaffee auf, heute sogar mit Pulver. Als ich anschließend die Vorhänge vor der Terrassentür aufzog, fiel mein erster Blick auf seine Schuhe. Die Schuhe, die er am häufigsten trug, die, die angeblich atmeten und die ich heimlich seine Angriffsschuhe nannte.

Ich öffnete die Tür. »Willst du einen Kaffee?«

»Wäre nicht schlecht«, antwortete Rodenstock träge und streckte sich auf dem Liegestuhl.

»Kognak? Bitterschokolade?«

»Wäre noch besser.«

»Eine Zigarre habe ich nicht.«

»Aber ich.«

Ich rannte zurück ins Schlafzimmer, zog mir etwas an, verzichtete auf weitere Verschönerungen und konzentrierte mich auf die Gastgeberrolle. Schließlich saßen wir uns gegenüber und er vollzog sein ganz persönliches Ritual: Kaffee, Bitterschokolade, Kognak. Und er hielt ein brennendes Streichholz an die Zigarre.

Nach dem ersten Zug räusperte er sich. »Ich weiß nicht, ob ich mich überhaupt einmischen soll. Vielleicht bin ich längst zu alt.«

»Und deshalb hockst du auf meiner Terrasse und machst dir Gedanken um diesen mysteriösen Fall?«

»Du machst dich lustig über mich.«

»Nein, mache ich nicht. Wo fangen wir an?«

Er grinste. »Wir sollten uns aufteilen. Ich nehme die junge Frau, du den jungen Mann. Irgendwo muss es eine Nahtstelle geben. Emma sagte heute Morgen übrigens, wir sollten uns raushalten. Ich solle endlich das Alter genießen und, davon abgesehen, hätte ich gar keinen Draht zur Jugend von heute.«

»Daraufhin warst du beleidigt.«

»Selbstverständlich.« Er nippte an dem Kognak. »Und damit es wirkt, habe ich das Haus wütend verlassen.«

»Doch du rechnest nicht damit, dass es wirkt?«

»Nein.«

Wir schwiegen. Ich stand auf und fütterte meine Fische. Die Kröte, die jetzt im dritten Jahr bei mir zu Hause war und die ich Hulda getauft hatte, bekam etwas Besonderes: ein Stück altbackenes Brötchen, Sechskorn, sauber zerrissen und zwischen die Schilfstängel geworfen. Sie würde sich nicht bewegen, ich würde sie nicht zu Gesicht kriegen, aber sie war da. Spätestens am Abend würde sie sich melden und danke quaken.

»Was ist mit der Möglichkeit, dass die Autos zufällig nebeneinander geparkt wurden?«, fragte ich.

»Das habe ich auch in Betracht gezogen. Aber dieser Parkplatz ist im Grunde kein Parkplatz, er ist das Ende eines Waldwegs, der nicht mehr benutzt wird. Zufällig gerät niemand dorthin. Und der Junge hing im Haus daneben an seinem Kreuz und war mausetot.«

»Meinst du, dass diese Gabriele auch im Haus war?«

»Ich denke, dass wir davon ausgehen sollten.«

»Was ist, wenn jemand anderes die Autos gefahren hat? Die Türen waren nicht verriegelt und die Schlüssel steckten.«

»Auch das ist nicht auszuschließen. Ich werde mit Gabrieles Vater sprechen. Oder siehst du einen anderen Weg?«

»Für mich ja. Sven scheint ja wenig Zeit im Elternhaus verbracht zu haben. Es war von einer Clique die Rede. Ich würde gern etwas über seine Freunde erfahren. Aber wer weiß etwas darüber?«

»Die Lehrer«, antwortete Rodenstock wie aus der Pistole geschossen. »Aber ob die etwas sagen? Das wird doch im Augenblick ein komplett aufgescheuchter Haufen sein: eine katholische Schule, von der ein Schüler gekreuzigt wurde ...«

»Aber es muss jemanden geben, der weiterhelfen kann.«

»Die katholische Kirche«, entgegnete er fromm.

»Das ist nicht dein Ernst! Die ist schlimmer als jede Behörde. Das wird Tage dauern, ehe ich da jemanden an die Strippe bekomme, der mir Auskunft geben kann, ob es in ihrem Verein jemanden gibt, der über die Schüler dieser Schule Bescheid weiß.«

»Du wirst doch wohl irgendeinen Menschen kennen, der sich auskennt!«

»Ja, stimmt, schon.«

»Du wirkst nicht gerade positiv. Suchst du einen Grund, die Geschichte nicht zu machen?«

»Könnte sein«, nickte ich. »Ich befürchte, wir müssen in menschliche Abgründe steigen, und das scheue ich im Moment. Aber wie auch immer: Fangen wir an.«

»Das ist brav«, grinste er. »BILD macht übrigens mit der Geschichte auf. Titel: *Brutal: Tod am Kreuz.* Plus Riesenfoto. Haupttenor: Deutschland – fassungslos.«

»Es gibt wohl jemanden, der genau das erreichen wollte.«

»Wir telefonieren.« Damit stand er auf und schlurfte zu seinem Auto. Er hatte den Kognak nicht ausgetrunken und an der Zigarre nur einmal gezogen. Vermutlich ging es ihm wie mir, vermutlich hatte er Angst.

Rodenstocks Ratschlag folgend, rief ich Dominik Graf an, Pastoralreferent in Daun, ein Hans Dampf in allen Gassen.

»Hast du zwei Minuten Zeit?«

»Habe ich. Ich rate mal: Es geht um den Gekreuzigten.«

»Richtig. Mich interessiert das Gymnasium dieses Ordens. Wer weiß da Bescheid? Wer kennt den Laden?«

Er lachte. »Du bist der Sechste heute, der mich das fragt.«

»Wie das?«

»Was denkst du? Deine ganze Branche steht auf der Matte und blockiert sämtliche Caritas-Stationen. Also, die Patres geben keine Auskunft, das ist schon mal sicher. Aber vielleicht kann dir Thomas Steil helfen. Der gibt an der Schule Religion und Philosophie.«

»Was ist das für ein Typ?«

»Ein guter Mann. Setzt sich ein, ist sich für nichts zu schade. Ein richtiger Arbeiter im Weinberg des Herrn. Willst du die Telefonnummer? Hast du was zu schreiben? Zu der Schule brauchst du dich übrigens gar nicht erst zu bemühen. Die hat für mindestens zwei Tage dichtgemacht. Auf Anordnung der übergeordneten Behörde ADD in Trier. Außerdem hat das Generalvikariat in Trier ein Redeverbot ausgesprochen.«

»Kennst du denn die offizielle Stellungnahme?«

»Selbstverständlich. ›Da hat sich etwas abgespielt, das weder mit der Kirche noch mit dem Orden noch etwas mit dem schulischen Betrieb zu tun hat.‹«

»Soll ich das glauben?«

»Das ist mir wurscht.« Er lachte wieder. »Jetzt die Telefonnummer?«

Ich bedankte mich und er murmelte beim Abschied: »Ich

wünsche dir alles Gute bei der Recherche. Das wird einen schönen Krach geben. Das tut mal ganz gut.«

Anschließend rief ich diesen Thomas Steil an.

»Mein Name ist Baumeister. Ich bin Journalist. Ich würde gern die Strukturen dieses Gymnasiums kennenlernen und etwas über den Toten erfahren, den ich gestern an seinem Kreuz hängen sah.«

»Sie meinen das Foto?« Er redete mit tiefer, kräftiger Stimme und etwas bedächtig.

»Nein, nein, ich meine nicht das Foto. Ich war in St. Adelgund, ich habe Sven Dillinger tatsächlich gesehen.«

»Aber ich verstehe diesen furchtbaren Vorgang nicht, ich habe keine Ahnung! Wenn ich ehrlich sein soll, bin ich eigentlich nur verwirrt.«

»Das macht nichts«, sagte ich und mir war klar, dass das lahm klang.

»Na ja, Sie werden mich aber nicht zitieren können, im Sinne der Kirche bin ich ein elend kleines Licht.«

»Das macht auch nichts.«

Schweigen.

»Kennen Sie Büdesheim?«, fragte er.

»Na ja, was man so kennen nennt.«

»Ich wohne in einem alten, kleinen Haus genau gegenüber der Kirche. Und Sie müssen entweder gleich kommen oder aber morgen.«

»Dann komme ich sofort.«

Ich drückte, soweit es möglich war, aufs Gaspedal, als könne ich damit Steils Bedenken zerstreuen, und ich hoffte, er würde nicht genug Zeit finden, seine Entscheidung zu bereuen. Wenig ist schlimmer als ein wackelnder Informant.

Er öffnete die Tür des alten Hauses: ein großer, schlanker Mann in Jeans und einem blau karierten Hemd; er rauchte eine selbst gedrehte Zigarette.

»Kommen Sie herein«, sagte er. »Mögen Sie was trinken?«

»Wasser, wenn es geht.«

»Kein Problem.« Er ging vor mir her in einen kleinen Wohnraum, in dem eine weinrote Couchgarnitur stand. Vor den Fenstern Blumenkästen mit Geranien, in der Ecke ein großes, überfülltes Bücherregal, daran angelehnt eine Gitarre, im Regal ein Fernseher, der nicht viel größer war als eine Zigarrenkiste. Keine Anzeichen von Frau oder Kindern. Auf dem Tischchen zwischen uns ein übervoller Aschenbecher, der vermutlich seit vierzehn Tagen dort stand. Die klassische, niemals aufgeräumte, aber heitere Junggesellenbude.

Er goss uns Wasser ein und hockte sich mir gegenüber auf einen Sessel. »Das ist schon eine ganz schlimme Sache«, bemerkte er.

»Mir wurde gesagt, Sie würden an der Schule, die Sven Dillinger besuchte, unterrichten. Ist das richtig?«

»Ja, das stimmt. Religion und Philosophie. Und am Nachmittag beaufsichtige ich auch schon mal das Silentium, die Schulaufgaben der Schüler. Ich bin ein Springer, der immer dann kommt, wenn Not am Mann ist. Daneben bin ich zuständig für besondere Jugendmessen und biete im gesamten Dekanat Eheberatungsgespräche an. Ich habe eine Ausbildung in Psychologie. Normalerweise geht es um Aggressionsabbau und Krisenbewältigung.«

»Wieso eine Kreuzigung?«, fragte ich. »Wissen Sie dafür eine Erklärung?«

»Nicht wirklich«, sagte er zögernd. »Kreuzigungen sind natürlich immer mal wieder ein Thema im Unterricht. Waren es auch in Svens Klasse. Wir haben darüber gesprochen, wie sie abliefen, für welches Delikt sie ausgesprochen wurden und so weiter.«

»War das erst kürzlich oder ist das schon länger her?«

»Vor rund einem halben Jahr«, sagte er. »Natürlich ist mir

das sofort eingefallen. Aber wo soll da eine Verbindung zu diesem schrecklichen Verbrechen sein? Das erscheint mir abartig. Die ganze Sache ist abartig.«

»War Sven denn an dem Kreuzigungsthema besonders interessiert?«

»Eindeutig nein. Sagen Sie mal, für welches Blatt schreiben Sie eigentlich?«

»Für das Nachrichtenmagazin aus Hamburg. Aber es ist absolut nicht sicher, dass die Geschichte überhaupt gedruckt wird. In jedem Fall kann ich Ihnen versichern, dass ich Sie nicht zitieren werde. Ich stehe nicht unter dem Druck der Zeitungsschreiber, mir geht es mehr um Hintergründe. Und im Moment suche ich einen Schlüssel in das Leben des Sven Dillinger.«

Er überlegte eine Weile, nickte dann nur.

Zum ersten Mal bemerkte ich eine gewisse Starre in seinen Augen. Es schien so, als sei er gar nicht da, als sei er mit anderen Dingen beschäftigt.

»Was war Sven für ein Mensch?«, fragte ich weiter.

Er lächelte schmal und antwortete: »Ein Alphatier.«

»Für einen Kirchenmann ist das eine etwas seltsame Auskunft«, sagte ich.

Nun grinste er. »Mag sein. Aber Sven ist ... er war ein Typ, der immer das Sagen hatte. Es geschah ganz selbstverständlich, dass er zum Anführer gemacht wurde. Und natürlich genoss er das.«

»Bei welchen Themen wurde er Anführer? Bei so Sachen wie der Gestaltung der Schülerzeitung?«

»Nein, nein. Bei schlichtweg allen Themen. Er war ja körperlich nicht der Kräftigste. Aber er brachte die stärksten Typen dazu, sich ihm unterzuordnen. Alexander Wienholt zum Beispiel. Der Alex ist ein Zweimetermann, der noch nicht so richtig begriffen hat, dass er mit einem begeisterten

Händedruck eine Hand zerquetschen kann. Der hatte zunächst was gegen Sven. Ich weiß nicht, warum, vielleicht spielte ein Mädchen eine Rolle. Auf jeden Fall flog Sven in der großen Pause plötzlich quer über den Schulhof. Alex hatte mal eben zugelangt. Sven sagte kein Wort, Alex auch nicht. Vierundzwanzig Stunden später sehe ich die beiden zusammen auf dem Pausenhof stehen, Alex lauschte Svens Worten und wirkte wie ein friedvoller Dackel. Was ich damit sagen will: Sven hat jeden auf seine Seite gezogen, jeden, den er wollte.«

»Bezieht sich das auch auf Mädchen?«

»Durchaus. Allerdings mit nicht ganz komplikationsfreien Begleiterscheinungen. Es gab Zickenkriege noch und nöcher, zum Teil unerträglich. Wenn Sie vor einer Klasse stehen und eine Antwort auf die Frage erwarten, warum im alten Palästina die Frauen in der Sippe eine große Macht besaßen, und wenn dann eine Schülerin sich meldet und sagt: ›Ich finde Tanjas Antwort von eben richtig mies bürgerlich und beschissen‹, dann stehen Sie ziemlich dumm herum, wenn Sie das ernst nehmen, weil Sie nicht wissen, dass zwischen den beiden Damen gerade ein heftiger Krieg tobt.«

»Hatte Sven denn eine feste Freundin?«

Er sah mich konzentriert an, ohne mich wirklich wahrzunehmen. Schließlich zuckte er zusammen und fragte: »Entschuldigung, aber wo war ich gerade?«

»Bei der Frage, ob Sven eine Freundin hatte.«

»In dem Sinne, dass er mit einem Mädchen fest ging, nicht. Aber er hatte eine Favoritin. Und es war typisch für ihn, dass er diese junge Frau seine Schwachstelle nannte. Das wiederum hatte zur Folge, dass sich die junge Dame für eine Woche krankschreiben ließ. Sie war tödlich beleidigt.«

»Sagen Sie, ging das so weit, dass er mit den Mädchen schlief?«

Er schüttelte sich leicht. »Das weiß ich nicht, aber ich nehme es an.«

»Was bringt Sie zu der Annahme?«

»Na ja, Sven war so ungeheuer lebenslustig, so lebensbejahend. Die Ehelosigkeit katholischer Priester bezeichnete er als eine nervtötende Idiotie. Er nannte sie die entscheidende Fehlhaltung in der Entwicklung der Gesellschaft.«

»Mit solchen Bemerkungen ist er nicht von der Schule geflogen?«

»Nein. Die Lehrer mochten ihn. Wir waren uns alle einig, er sei krass, aber er müsse sich nur die Hörner abstoßen. Nun ja, in Wahrheit ist das nicht der eigentliche Grund, weshalb er nicht ... weshalb er nicht verstoßen wurde.«

»Und was war der Grund?«

»Sein Vater unterstützt die Schule mit großen Summen. Geld stinkt bekanntlich nicht.«

»Was verstehen Sie unter einer großen Summe?«

»Man munkelt von einem sechsstelligen Betrag. Jedes Jahr.«

»Wusste Sven davon?«

»Ich denke, ja. Warum auch nicht?«

»Mir ist zu Ohren gekommen, dass Sven Teil einer Clique war. Wie sieht diese Clique aus?«

Steil drehte sich eine neue Zigarette, schnell und routiniert. Anschließend hob er den Kopf und sagte: »Wie war noch mal die Frage?«

Ich seufzte und dachte: Du bist vielleicht ein Schätzchen! »Ich fragte nach Svens Clique.«

»Ja, ja, die Clique. Wie alle Cliquen dieser Altersklasse nicht wirklich beständig. Mal kommt jemand hinzu, mal wendet sich jemand anderen Leuten zu oder wird quasi verstoßen. Aber es gibt einen harten Kern. Zum Beispiel Dickie, ein sehr dickes Mädchen, das schon vor drei Jahren von der Schule abgegangen ist und stattdessen arbeitet. Sie macht beim *Aldi* in Prüm die Lagerverwaltung. Ich hätte ja gedacht, sie verliert den Kontakt zu den anderen, weil ihr Leben ein anderes geworden ist. Aber das Gegenteil war der Fall. Sie ist ein besonders aktives Mitglied, sie sorgt für ihre Freunde. Wenn kein Bier im Haus ist, schleppt sie einen Kasten an.«

Seine Augen glitten zurück, weiteten sich und ich wusste, er war wieder in seiner eigenen Welt.

»Und was ist mit Svens Favoritin?«

»Die Isabell.« Sichtbar kehrte er zurück auf sein weinrotes Sofa. »Isabell ist so eine nordische Göttin mit ellenlangen Beinen und blondem Haar. Einen Kopf größer als Sven. Tat der Sache aber keinen Abbruch. Sven belustigte das, er meinte: ›Gut, dass das so ist. Wenn ich versage, ist sie da und haut alle meine Gegner zusammen.‹ Mein Gott, ich weiß überhaupt nicht, ob Isabell fähig sein wird, mit diesem … Gekreuzigten umzugehen.«

»Hat sie auch einen Hausnamen?«

»Isabell Prömpers. Mehr Eifel geht nicht. Sie will übrigens Medizin studieren und zu *Ärzte ohne Grenzen* gehen. Mit dem Notendurchschnitt schafft sie das auch.«

»Und Sven? Wollte der auch Medizin studieren?«

»Nein. Soweit ich weiß, Biologie.«

»Wer gehört noch zu der Clique?«

»Der erwähnte Alex Wienholt und eben Dickie Monschan. Dann sind da noch Marlene Lüttich, Sarah Schmidt, Benedikt Reibold und Karsten Bleibtreu. Daneben gibt es noch Figuren, die manchmal dazugehören, manchmal aber nicht. Nennen wir sie mal Saisonarbeiter. Das sind fünf oder sechs.«

»Kommen wir mal zur anderen Front der Alltäglichkeiten. Zu den Lehrern. Sie sagten eben, die Lehrer mochten Sven.

Doch er scheint ja ein Typ gewesen zu sein, der sich nicht scheute, Widerworte zu geben, unpopuläre Meinungen äußerte. So jemand schafft sich doch auch Gegner?«

»Ja, schon. Alles hängt davon ab, wie gut ein Lehrer mit Kritik umgehen kann. Und einige Kollegen können das überhaupt nicht.«

»Gibt es ein Beispiel?«

Er war mir wieder entglitten, starrte über meine Schulter hinweg auf die Wohnzimmertür. Er sah Dinge, die ich nicht sehen konnte, und was er sah, schien bösartig zu sein. Seine Wangenknochen mahlten. Dann zogen Schleier vor seine Augen und er schien von tiefer Traurigkeit erfüllt.

»Vielleicht ist es besser, ich gehe. Ich kann ja morgen oder übermorgen wiederkommen.«

»Wie bitte?« Er griff nach dem Plastikpäckchen mit dem Tabak und drehte sich eine Zigarette. Die Vorgängerin verbrannte derweil langsam im Aschenbecher. »Ach so, ja. Was wollte ich sagen?«

»Ich hatte um Beispiele von Kollegen gebeten, die Schwierigkeiten mit Sven hatten.«

»O ja. Immer wieder gab es Zoff, vor allem wegen einer Sache. Das ist ein heikler Punkt, ein sehr heikler Punkt: die Jesuszitate, ganz allgemein. Wir hören dauernd: Jesus hat gesagt, Jesus hat gemeint, Jesus ist der Ansicht ... und so weiter. Streng genommen fantasieren wir, denn wir wissen ja gar nicht, was Jesus tatsächlich gesagt oder gemeint hat. Nichts ist historisch belegt. Darüber konnte Sven die Geduld verlieren und regelrecht ausflippen. Einmal hat ein Kollege ihn mit den Worten rausgeschickt, er solle gefälligst endlich die Weisheit von Mutter Kirche anerkennen. Damit hatte er Sven eine pralle Flanke gegeben, denn der brüllte zurück, genau diese Weisheit könne er nirgendwo finden.«

»Wie heißt dieser Lehrer?«

Nun sah er mich hellwach an. »Das kann ich nicht sagen. Das müssen Sie verstehen.«

»Warum nicht? Angesichts der schrecklichen Tat kommt ohnehin alles raus.«

»Das ist Sache der betreffenden Lehrer.«

»Können Sie sich denn vorstellen, dass Sven gekreuzigt wurde, um ihn öffentlich zu bestrafen?«

Ich hatte ihn schockieren wollen und meine Worte zeigten Wirkung. Steil starrte mich an und rutschte zurück in den Sessel. »Das würde bedeuten, dass ein Lehrer den Mord begangen hat! Das möchte ich nicht erörtern, das kann ich nicht.«

»Sven ist nicht nur gekreuzigt worden, er wurde auch erschossen. Mit einem Schuss in den Kopf.«

Seine Augen blickten ungläubig. »Das wusste ich nicht.«

»Nein, das konnten Sie auch nicht wissen. Ich stelle die Frage mal anders: Welche Lehrer bezeichneten Sven als einen schlimmen Störenfried?«

Er quälte sich, sein Mund öffnete und schloss sich wieder, seine Hände glitten fahrig über die Holzplatte des kleinen Tisches.

»Ich möchte lieber abbrechen«, sagte er, seine Stimme klang rau. »Das ist etwas, was mich nicht selbst betrifft. Von mir kann ich behaupten, dass ich Sven sehr mochte.«

»Na gut«, erwiderte ich. »Ich verschwinde. Aber ich werde wiederkommen.«

Er nickte still.

»Und entschuldigen Sie, dass ich Ihnen das Wochenende versaut habe.«

»Oh«, sagte er leichthin. »Das macht nichts.«

Der Mann war vollkommen zerrissen. Da gab es Wut, da gab es Trauer, da gab es Resignation. Und ich hatte keinen Zugang zu ihm gefunden.

Als ich vor dem kleinen Haus in der Sonne stand, schien es mir so, als sei ich aus einem unergründlichen Moor auf die feste Erde zurückgekehrt. Ich brauchte ein paar Sekunden, um das Büschel kleiner blauer Leberblümchen zu erkennen, das in dem winzigen Vorgarten blühte. In weiter Ferne, über dem Tal der Mosel, ballten sich Gewitterwolken, es wurde schwül.

Nun gut, also ein zweiter Schritt. Aber wohin? Dickie? Dickie Monschan? Warum nicht. Der *Aldi* in Prüm musste leicht zu finden sein.

Als ich im Auto saß, meldete sich Rodenstock. Stinksauer berichtete er, Gabriele Sikorskis Vater habe jede Unterhaltung verweigert. Zumal Rodenstock ja gar kein echter Kriminaler sei, stattdessen nur ein alt gewordener Exkriminalist.

»Aber stell dir vor, Emma! Emma war sehr rührig. Bei uns zu Hause sitzt ein enger Kumpel Svens, ein gewisser Alex Wienholt. Der Junge ist vollkommen durch den Wind.«

»Deine Emma ist eben die beste aller Ermittlerinnen. Auch wenn sie meint, ihr seid in Rente und zu alt für das Gewerbe. Ich fahre jetzt zu einer jungen Dame namens Dickie Monschan. Danach komme ich zu euch.«

Der *Aldi* war tatsächlich leicht zu finden und wurde von einer Unmenge an Rentnern bevölkert, die Einkaufslisten in den Händen hielten, in lockeren Gruppen zusammenstanden und sich über die komischen Dinge des Lebens amüsierten.

»Ich suche Frau Monschan«, sagte ich an der Kasse.

Die Kassiererin war alt und grau und wirkte gestresst. »Die ist im Lager. Aber da können Sie nicht rein. Sie müssen zur Geschäftsführung. Das ist Frau Pawlek.«

Ich klopfte an die Tür, auf der ein Schild besagte: *Geschäftsleitung. Maria Pawlek.*

Eine Frauenstimme bat matt: »Herein.«

Sie saß an einem Tisch vor einem Stapel Listen und anderer Papiere und erweckte nicht den Eindruck, als habe sie Lust, darin zu blättern und irgendetwas herauszufinden. Maria Pawlek war eine schöne Frau, sie hatte die mahagonifarbenen Haare lang wachsen und sich rote Strähnchen verpassen lassen. Und sie erweckte den Eindruck, als habe sie jeden Moment vor, fristlos zu kündigen.

»Mein Name ist Baumeister, ich bin ...«

»Ein Journalist und Sie wollen mit Dickie Monschan sprechen. Und ich sage Ihnen, Sie sind schon der Fünfte Ihrer Zunft und ich werde Sie nicht an Dickie heranlassen. Die ist nämlich vollkommen fertig und heult sich die Seele aus dem Leib. Keine Chance.«

»Aber ich bin ein Journalist aus der Eifel. Ich meine, wer ist das schon?«

»Keine Chance! Und dabei bleibt es.«

»Verdammt, Sie machen mich stinksauer! Ich habe Sven Dillinger am Kreuz hängen sehen und will verstehen, was da abgelaufen ist. Und dazu brauche ich Dickie Monschan.«

»Die ist heute schon zwei Stunden lang in der Mangel der Kriminalbeamten gewesen. Das reicht!«

»Dann geben Sie mir Auskunft, bitte. Wer ist Dickie Monschan? Wie ist sie? Wie kam sie in die Clique? Wo ist sie zu Hause? Wie sind die Eltern? Welche Rolle spielt die Clique in ihrem Leben? Hat sie eine Idee, wer Sven Dillinger gekreuzigt haben könnte? Und weiß sie, dass er vorher erschossen worden ist ...?«

»Wieso vorher erschossen?«, fragte sie schrill.

»Sven Dillinger ist erschossen worden, bevor er an das Kreuz genagelt wurde. Ich würde von Dickie Monschan gern wissen, ob sie Feinde kennt, die es fertigbringen, ihn zwei Mal zu töten.«

»Das ist doch verrückt«, sagte sie müde.

»Das ist aber passiert. Ich mache Ihnen einen Vorschlag. Sie holen Frau Monschan her und ich stelle meine Fragen. Dabei werde ich versuchen, behutsam zu sein. Wenn ich trotzdem unfair werde oder zu weit gehe, stoppen Sie die Sache und ich verschwinde. Was meinen Sie?«

»Ich fühle mich für Dickie verantwortlich, ich bin so etwas wie eine Ziehmutter, müssen Sie wissen.« Das war ganz klar ein Statement: Bis hierher und keinen Millimeter weiter.

»Das ist gut, dann werden Sie es nicht zulassen, dass ich zu weit gehe.«

»Für wen schreiben Sie eigentlich?«

Ich erklärte ihr meine Situation.

»Und Sie garantieren faire Fragen?«

»Ja.«

»Na gut. Ich frage sie, ob sie will. Sie sollten auch wissen, dass sie ein gebranntes Kind ist, ein schwer gebranntes Kind.«

Die Frau stand auf, sie war klein und zierlich. Als sie an mir vorbei den Raum verließ, registrierte ich den Duft von Laura Biagiotti.

Nach etwa zehn Minuten stieß sie die Tür wieder auf und sagte beruhigend: »Ich bleibe da, mein Schatz, ich bin in jeder Sekunde dabei.« Dann wandte sie sich an mich. »Das ist Dickie, Dickie Monschan.«

Dickie war tatsächlich sehr dick und plumpste neben mir auf einen Stuhl, als habe sie eine viel zu weite Strecke zurückgelegt. Sie hatte strohblondes langes, sehr strähniges Haar, ein rotes Gesicht und total verheulte, geschwollene Augen. Nach den strengen Maßstäben ihrer Generation war sie eindeutig ein Elendstier. Doch sie trug ein schwarzes T-Shirt, auf dem in großen weißen Buchstaben stand: *Okay, ich bin dick. Aber Sie sind hässlich!* Eine bessere Kampfansage hatte ich lange nicht zu Gesicht bekommen.

Lapidar sagte sie: »Tach!«, und hielt die Augen gesenkt. Dann hob sie den Kopf ein paar Zentimeter und bemerkte: »Schießen Sie los.«

»Wie haben Sie von Svens Tod erfahren?«

»Ich hatte gestern meinen freien Tag. Ein Freund hat die Nachricht im Radio gehört und mich dann angerufen. Die genaue Zeit weiß ich nicht mehr. Das muss aber nachmittags gewesen sein.«

»Konnten Sie das gleich glauben?«

»Nein, konnte ich nicht. Ich habe dann Alex angerufen. Wir haben endlos miteinander geredet. Aber nichts Logisches, nichts von Belang. Dauernd mussten wir weinen.«

»Waren Sie jemals im Haus St. Adelgund, in dem Sven gefunden wurde?«

»Nein. Nie. Ich habe nicht mal von dem Haus gewusst.«

»Wie funktioniert diese Clique? Sieht man sich jeden Tag? Oder nur am Wochenende?«

»Wie das so ist. Alles läuft über Handy. Wann man sich trifft, wo man sich trifft, was anliegt und so weiter.« Ihre rechte Hand spielte mit der linken. Diese Linke lag auf ihrem Oberschenkel wie ein toter Vogel.

»Die Clique ist also eine Clique wie jede andere, würden Sie sagen?«

»Korrekt.«

»Seit wie vielen Jahren ist die Clique eine Clique?«

»Ach, seit Ewigkeiten, weiß ich nicht genau.«

»Und Sie gehörten schon immer dazu?«

»Ja. Ich bin auch mal aufs Gymnasium gegangen, daher kam das.«

»Sie war eine der besten Schülerinnen in ihrer Klasse«, mischte sich Maria Pawlek ein. »Doch dann wurde ihr Vater arbeitslos und Dickie musste Geld verdienen. Das war sehr hart.«

»Mein Vater trinkt zu viel«, setzte Dickie Monschan tonlos hinzu.

»Nicht nur das«, sagte Maria Pawlek mit starker Akzentuierung der einzelnen Worte.

»Kann man sagen, dass Sven der Häuptling der Clique war?«

»Korrekt.«

»Und was zeichnete ihn dazu aus?«

Ihr Kopf kam ruckartig hoch, eindeutig sah sie mich mit Verachtung an. »Sven war faszinierend. Was denn sonst?«

»Das war eine dumme Frage«, lenkte ich ein und setzte leise nach: »Kann man sagen, dass Sie Sven geliebt haben?«

Sie überlegte keinen Moment. »Ja, das stimmt. Ich habe ihn geliebt wie einen Bruder.«

»Ist das richtig, dass er mit Isabell Prömpers zusammen war?«

Dickie wandte den Blick zum Fenster und antwortete langsam: »Mal mehr, mal weniger. Sven sagte, er wolle sich niemals fest binden. Das sei sowieso nicht durchzuhalten. Natürlich war Isabell sauer, aber dagegen konnte sie nichts machen.«

»Haben Sie jemals von einer gewissen Gabriele Sikorski gehört, die einen roten Porsche fährt?«

»Das haben mich schon die Kriminalisten gefragt. Nein, habe ich nicht. Wer soll das sein?«

»Sie ist tot in einem Wald gefunden worden. Ebenfalls in den Kopf geschossen. Sie könnte ungefähr zur gleichen Zeit getötet worden sein wie Sven. Also, haben Sie mal von dieser Frau gehört?«

»Nein, nie.«

»Kommen wir zu der Schule. Gibt es unter den Lehrern jemanden, den man als Svens Feind bezeichnen könnte? Ich frage deshalb, weil ich erfahren habe, dass Sven schon mal provokante Ansichten vertrat. Der Thomas Steil hat mir das erzählt, wollte aber keine Namen nennen. Thomas Steil kennen Sie sicher auch, oder?«

»Ja, ja, den kenne ich auch.«

»Also noch mal: Hatte Sven unter den Lehrern einen Feind?«

»Sie meinen einen richtigen Feind, nicht einfach ein mieses Ekelpaket, oder?«

»Ja, genau.«

»Auf jeden Fall Bruder Rufus. Der ist Schulsekretär, kein Lehrer. Er managt die Schule. Ein scharfer Hund, er hat oft gesagt, man müsse Sven eigentlich von der Schule jagen. Er gehöre einfach nicht in eine gute katholische Jugend und sei für ewig verloren für den Glauben. Mit der Ansicht stand er nicht allein da, aber so einfach war Sven ja nicht von der Schule zu jagen.«

»Warum nicht?«

»Weil Svens Vater viel Geld spendet.«

»Das wusste Sven selbstverständlich.«

»Natürlich.«

»Wissen Sie, wie Svens Verhältnis zu seinem Vater war?«

»Nee, nicht wirklich. Jeder hat ja mal Krach mit seinen Eltern.«

»Sie würden also Bruder Rufus als einen Gegner Svens bezeichnen. Und wie sind die Namen der anderen Gegner?«

»Na ja«, antwortete das Mädchen zögerlich. »Ich denke, ich möchte lieber keine Namen nennen, weil ich nicht genügend weiß. Ich bin doch schon Jahre von der Schule runter. Nun gut, außer Bruder Rufus war da noch ein Mathelehrer, der Studienrat Gerhards. Dem hat Sven mal mitten in einer Stunde den neuesten Jesus-Witz erzählt. Gerhards ist zwar kein Priester, war aber trotzdem stinksauer und hat gesagt, für den Witz müsse man Sven von der Schule schmeißen.

Irgendwann hat er sogar gebrüllt, dafür müsse Sven exkommuniziert werden.«

»Wissen Sie den Witz noch?«

Dickie wurde augenblicklich lockerer, ihre Verkrampfungen schienen sich zu lösen, ihre Hände bewegten sich nicht mehr.

»Klar. Also, der letzte Papst ist gestorben und kommt oben ans Himmelstor. Petrus öffnet und fragt: ›Ja, bitte?‹ – ›Ich bin der Papst‹, sagt der Papst. – ›Ja, und?‹, fragt Petrus und schließt die Himmelstür. Nach einer Weile klingelt der Papst noch einmal. Petrus öffnet wieder und fragt: ›Was kann ich für Sie tun?‹ – ›Ich bin der Papst‹, sagt der Papst energisch. – ›Augenblick mal‹, entgegnet Petrus genervt und geht zu Jesus und sagt: ›Komischer Vogel. Hör dir den mal an.‹ Jesus geht an die Himmelstür und bleibt dort eine Weile. Dann kommt er zurück und lacht schallend. ›Ich habe doch vor zweitausend Jahren am See Genezareth einen Angelverein gegründet. Den gibt's immer noch.‹« Sie beobachtete mich eindringlich.

Ich lachte und auch Maria Pawlek kicherte.

Unvermittelt stellte Dickie mit scharfer Stimme fest: »Genau das war typisch für Sven. Er wollte, dass die Kirche normal bleibt, ›Kirche für Menschen‹, hat er immer gesagt. Er war der Ansicht, dass Jesus niemals eine neue Religion wollte. Und dass neunundneunzig Prozent seiner angeblichen Sprüche reine Erfindung seien. Sven führte die Tatsache an, dass kein Mensch, der Jesus persönlich gekannt hat, auch nur einen Satz schriftlich hinterlassen habe. Die Leute konnten doch gar nicht schreiben, sie gehörten zur untersten Klasse, sie waren die Getretenen.« Ihre rechte Hand flog an den Mund, sie murmelte: »Oh, Dickie, kannst du nicht ein Mal dein Maul halten.«

»Das ist schon okay«, sagte ich.

»Auch Dickie hatte eine Auseinandersetzung mit Pater Rufus«, erklärte Maria Pawlek. »Das war sehr unschön, um es mal ganz vorsichtig auszudrücken.«

»Ich kann es ja sagen«, sagte Dickie. »Ist doch nur eine Schweinerei, die viele an der Backe haben: Mein Vater hat mich missbraucht. Immer wieder. Ich war sechzehn, als es hieß, dass ich arbeiten müsse, um die Familie zu unterstützen. Ich wurde zu Pater Rufus gerufen. Der fragte mich, warum ich die Schule verlassen wolle. Ich sei doch gut, das Abitur würde kein Problem für mich darstellen. Da habe ich erzählt, dass ich Geld verdienen muss und dass mein Vater mich missbraucht. Immer, wenn er will. Und dass ich das eigentlich nicht länger aushalten könne. Das Arschloch ist nur kurz zusammengezuckt. Dann hat er mit mildem Lächeln erwidert, das sei mal wieder typisch der alte, sündige Adam, und ich käme am leichtesten aus der Sache raus, wenn ich meinem Vater sagte, dass ich seine brave Tochter sei. Liebevoll sollte ich ihm das sagen, ganz besonders liebevoll. Dann würde mein Vater mich schon verstehen und mich in Ruhe lassen. Ich habe es nicht fassen können, ich habe …« Die Tränen schossen ihr in die Augen und sie bekam keine Luft mehr. Dickie stand auf und rannte hinaus.

Maria Pawlek murmelte: »Sie trägt eine sehr große Wunde in sich herum und sie weiß nicht, wie sie diese Wunde schließen kann.«

»Warum zeigt sie den Vater nicht an?«

»Das hat sie ja vor. Aber das ist sehr schwer. Manchmal ist sie so verstört, dass sie für mehrere Tage verschwindet.«

»Und wohin verschwindet sie dann?«

»Sie treibt sich im Wald herum oder sie geht in das Gartenhaus von Isabell Prömpers.«

»Wusste Sven über Dickie Bescheid?«

»Ja. Er wollte damals unbedingt, dass sie auf dem Gymnasium blieb. Dafür wollte er sogar sammeln und ihr ein Apartment mieten, damit sie von dem Vater wegkommt. Aber Dickie hat das nicht gewollt. Sie musste arbeiten, sie hat noch drei kleine Geschwister. Und die Mutter trinkt mittlerweile auch.«

»Ich gebe Ihnen meine Karte. Wenn Dickie erzählen will, wenn Ihnen etwas einfällt: Einfach anrufen, ich komme dann. Wo wohnt Dickie eigentlich zurzeit?«

»In einer kleinen Wohnung bei mir im Haus. Ich habe sie zu mir genommen, sie wäre sonst vor die Hunde gegangen.« Die kleine, zierliche Frau knallte ihre rechte Hand auf die Tischplatte und zischte: »Ich könnte das Schwein erwürgen.«

Ich legte meine Visitenkarte vor sie hin, sagte kein Wort mehr, sondern ging hinaus. Es war mir unmöglich, so etwas wie einen tröstlichen Spruch zu formulieren.

Ich rief Rodenstock an und fragte, ob Alex Wienholt noch da sei.

»O ja. Der Kerl brauchte mal ein bisschen Abstand. Für den ist das hier wie im Exil, du brauchst dich nicht zu beeilen.«

Ich nahm das wörtlich, fuhr nach Hause, setzte mich an meinen Teich und dachte über Dickie Monschan nach, die so ganz eiflerisch handfest ihre drei kleinen Geschwister nicht im Stich lassen wollte, das Gymnasium hinter sich ließ, tausend Träume aufgab, von ihrem Vater vergewaltigt wurde, als Lagerverwalterin Bierkisten und Senfpaletten schleppte und als einzigen Trost die Zugehörigkeit zu einer Clique feierte, die von einem Jungen geführt wurde, den sie liebevoll Bruder nannte. Welch ein Spektrum in einem neunzehnjährigen Leben.

Dickie hatte eindeutig geäußert, dass mehrere Lehrer diesen Sven nicht gemocht hatten. Aber was heißt schon ›nicht mögen‹? Ich musste versuchen, an Namen heranzukommen, und hatte gleichzeitig die Ahnung, dass das eine schwierige

Reise werden würde. Immerhin hatten schon zwei meiner Gesprächspartner diesbezüglich gemauert. Und was, wenn die Schule, die Lehrer überhaupt nichts mit der Sache zu tun hatten? Mit wem hatten wir es eigentlich zu tun? Wer richtet zwei blutjunge Menschen durch Kopfschüsse hin? Und wer kreuzigt anschließend einen von ihnen, in einem Gebäude, das niemand zu kennen scheint?

Satchmo kam um die Ecke, begrüßte mich maunzend und ließ sich neben mich ins Gras fallen. Cisco folgte und legte sich neben Satchmo. So hätte der Tag langsam und betulich zur Neige gehen können, ich hätte ihnen noch einen Happen Industriefleisch gegeben, sie zum Zähneputzen geschickt, das Abendgebet sprechen lassen und dann mein Haus verschlossen.

Stattdessen fuhr ich rüber nach Heyroth zu Emma und Rodenstock, um mich den nächsten Rätseln auszusetzen.

Den Namen Wienholt hätte ich eher im Münsterland erwartet als in der Eifel.

»Er liegt im Liegestuhl hinter dem Haus«, berichtete Emma. »Weißt du, wer sonst noch zu Svens Clique gehört?«

»Ja. Wie kommt es, dass Wienholt hier ist?«

»Glück und Können«, grinste Emma. »Kischkewitz hat mir Namen und Wohnort verraten. Dann habe ich dort angerufen und mit seiner Mutter geredet. Die war stinksauer, weil seit Stunden Fernsehteams vor ihrem Haus lauerten. Dass Alex Wienholt als bester Freund des Gekreuzigten gilt, hat sich herumgesprochen. Also habe ich vorgeschlagen, dem Jungen eine Pause zu gönnen und ihn hierher zu bringen. Alex ist in der Garage in Mamis Autos gekrochen und sie hat ihn hergebracht.«

»Emma, du Seele unseres Geschäftes! Hat er was gesagt, hat er eine Vorstellung, wer Sven das angetan haben könnte?«

»Hat er nicht. Geh ruhig hin, er ist ein ganz Lieber.«

Ich sah durch die Fenster des Wohnzimmers, dass Rodenstock wild gestikulierend telefonierte, und umrundete das Haus.

Emma hatte Liegestühle angeschafft, deren Leinenbahnen von einem vermutlich neurotischen Künstler gestylt worden waren. Es war ein Gemisch aus Himmelhoch und Rabenschwarz, aus grellroten Flecken und tiefblauen Sternen. Und dazwischen wabbelten irgendwelche giftgrünen runden Tiere mit jeweils sieben Armen. Stark anheimelnd das Ganze, aber nicht geeignet für Migränetypen.

Alex Wienholt lag in einer solchen Stoffbahn, hatte die Arme über der Brust gefaltet, die Augen geschlossen. Weil sich zudem zwei gigantisch große Sonnenblumen anmutig über ihn neigten, fühlte ich mich an die Wachabteilung eines fürsorglichen psychiatrischen Krankenhauses erinnert.

An den Spannungen seiner Gesichtsmuskeln war zu erkennen, dass er nicht schlief. Ich setzte mich neben den Liegestuhl in das Gras und begann, mir eine Pfeife zu stopfen. Ich wählte eine St. Claude, weil sie einen großen Kopf hat und beruhigend viel Tabak fasst.

»Ich bin Siggi Baumeister, ich bin Journalist. Ich arbeite mit Rodenstock und seiner Frau zusammen, wenn es in der Eifel um Verbrechen geht. Wir sind so eine Art privater Verein, der nicht gegen die Kripo arbeitet, sondern neben ihr. Ich habe andere Prioritäten zu setzen als ein Kriminalist. Was haben Sie gedacht, als die Nachricht kam, Sven Dillinger sei gekreuzigt worden?«

Er öffnete die Augen nicht, zeigte keine Neugier, kein Erstaunen. Seine Antwort erfolgte unverzüglich: »Nichts habe ich gedacht. Ich konnte gar nichts denken. Es war wie ein Schlag auf die Zwölf. Ich habe mit Dickie telefoniert, aber ich glaube, wir haben nur Blödsinn geredet. Danach habe ich mit Marlene gesprochen. Deren erster Satz war, das weiß ich noch genau: ›Du willst mich verscheißern.‹ Dann fing sie an zu heulen und legte auf. Daraufhin habe ich Benedikt angerufen, der seinem Vater gerade beim Rasenmähen geholfen hat. Nachdem ich ihm das mit Sven erzählt hatte, wiederholte er mindestens zehnmal hintereinander: ›Das ist ein Scherz, Mann, das ist ein Scherz ...‹ Er konnte gar nicht mehr damit aufhören. Gedacht? Gedacht habe ich gar nichts. Später bin ich in die Küche gelaufen. Im Eisschrank hat mein Vater eine Flasche Korn stehen. Die habe ich mir an den Hals gesetzt, aber gespürt von dem Zeug habe ich nichts. Ich bin wach geworden, als mein Vater vor mir stand. Ich saß auf der Treppe im Haus und er brüllte rum, wie ich dazu komme, seinen Korn zu trinken. Das war abartig.«

»Können Sie sich eine Person vorstellen, die zu so einer Tat fähig ist?«

»Nein!«, antwortete er schroff.

»Dickie erzählte mir, es gibt Lehrer, die was gegen Sven hatten. Bis hin zu einer Art Feindschaft.«

Er beugte sich vor und rieb sich die Augen. »Das ist richtig. Aber von denen ist doch keiner von der Art, die so etwas tun. Klar, die labern rum, die sind ständig dabei, den Katholizismus zu erneuern und wünschen sich ins Mittelalter zurück, die fluchen auf so Leute wie Sven. Aber kreuzigen?« Er drehte den Kopf zu mir. »Sven war jemand, der polarisierte. Entweder du warst für ihn oder du warst gegen ihn. Dazwischen gab es eigentlich nichts.«

»Haben Sie sich auch mal mit ihm gestritten?«

Er zögerte. »Nicht wirklich«, sagte er dann.

»Dickie hat mir gesagt, Sven war faszinierend. Würden Sie dem zustimmen?«

»Unbedingt.«

»Was zeichnete ihn so aus? Können Sie das beschreiben?«

»Ja, sicher. Hm ... Sie haben doch bestimmt von dem Buch *The Da Vinci Code* gehört? Klar; wir haben es alle gelesen, obwohl wir es eigentlich nicht durften. Die Kirche sagt ja, es sei ein böses Buch. Das muss man sich mal vorstellen: Im Jahre 2006 kriegst du die kirchliche Order, deine Hände von dem Stoff zu lassen. Und warum? Weil ein Autor mit dem uralten Gerücht spielt, Jesus habe mit Maria Magdalena ein Kind gezeugt. Davon abgesehen war Sven der Meinung, der Roman tauge als Krimi nichts, sei schlecht strukturiert und stilistisch beschissen. Außerdem, sagte Sven, habe der Autor historische Fehler eingebaut. Ich kann das nicht beurteilen, Sven wusste da besser Bescheid. Wie auch immer: Richtig verboten hatten die Pauker den Stoff nicht. Das konnten sie ja gar nicht; sie haben nur gesagt, sie erwarten von einem Gymnasiasten, dass er das Buch nicht anpackt. Und Sven ging hin und pinnte ein weißes DIN-A4-Blatt an das Schwarze Brett. Darauf stand: *Ich habe das Buch gelesen,* plus Unterschrift. Nach drei Tagen waren achtzig Unterschriften auf dem Blatt. Erst dann realisierten die Lehrer die Aktion und das Echo war riesig. Pater Rufus riss den Zettel vom Brett und schrie herum. So viel Stunk hatte ich noch nie erlebt. Doch die Sache ging weiter. Anderntags schrieb Sven einen Jesus-Witz auf und pinnte das nächste Stück Papier ans Schwarze Brett.«

»Jesus-Witz? Einen hat mir Dickie schon erzählt. Wie geht dieser?«

»Ach, der ist uralt: Klein Fritzchen wird von Berlin aus in die Ferien geschickt. Nach Bayern, in die Alpen. Dort machen sie jeden Tag Ausflüge unter der Leitung katholischer Nonnen. Auf einmal sehen sie ein Eichhörnchen, das munter über die Wiese am Waldrand hüpft. Da fragt Schwester Theodora: ›Na, Fritzchen, kannst du uns sagen, wie dieses liebe braune kleine Tier heißt?‹ Fritzchen überlegt ein paar

Sekunden und antwortet dann: ›Also, normalerweise würde ick sagen, dat is een Eichkater. Aber wie ick den Vaein hier kenne, wird det wohl dat liebe Jesulein sein.‹ Der Witz hing zwei Tage aus, dann wurde Sven zum Direktor bestellt. Weil Sven aber sagte: ›Das war ich nicht!‹, konnte der nichts machen. Zu beweisen war da nichts.«

Alex lachte und stand auf. Der Junge war ein riesiger Kerl, er musste mehr als zwei Meter messen.

»Du meine Güte, wo bekommen Sie denn Hemden und Hosen her, in der Größe?«

Er grinste. »In Köln gibt's so 'nen Spezialladen.«

»War die Geschichte damit zu Ende?«

»Nein, natürlich nicht. Der Elternbeirat wurde zusammengerufen. Was da besprochen wurde, wissen wir nicht so genau. Ich weiß aber, dass mein Buch *Sakrileg* plötzlich weg war. Mein Vater hat es verbrannt. Natürlich ohne mich zu fragen. Ähnliches passierte anderen auch. Die Eltern haben mal wieder komplett neben der Spur reagiert, keiner von denen hatte das Buch gelesen, sie wussten gar nicht, worum es wirklich ging.«

»Sven wurde in dem Haus St. Adelgund gekreuzigt. Waren Sie jemals dort?«

»Nein.«

»Das Haus verfügt über Kameras und andere elektronische Sicherheitsvorrichtungen. Fällt Ihnen jemand ein, der sich mit so was auskennt, der so ein System überlisten kann?«

Er lächelte, fast ein wenig spöttisch. »Das kann kein großes Problem sein. Der Benedikt könnte so was, zum Beispiel. Der ist mal in den Daten der örtlichen Kreissparkasse spazieren gegangen. Das habe ich selbst gesehen.«

»Gehört dieser Benedikt auch zur Clique?«

»Na ja, so ein bisschen. Es gibt viele, die mal dazugehören und mal nicht.«

Ich wagte mich etwas weiter vor. »Halten Sie es für möglich, dass jemand aus der Clique etwas mit den scheußlichen Vorgängen zu tun hat?«

»Nein! Das ist unvorstellbar.«

Emma kam auf die Terrasse heraus und verkündete: »Es gibt eine Kleinigkeit zu essen, wenn ihr wollt.«

»Nur noch eine Frage«, sagte ich hastig. »Jemand hat Sven gekreuzigt. Und dann hat er die Szene fotografiert und die Fotos herumgefahren, zu den Ermittlern nach Trier und nach Wittlich und zu den verschiedensten Medien. Wer macht so was?«

»Das weiß ich doch nicht«, antwortete Alex. Langsam wandte er sich mir zu und murmelte: »Das heißt ja, dass jemand wollte, dass alles rauskommt.«

»Richtig«, nickte ich. »Leider verstehen wir die Botschaft aber nicht. Was soll alles rauskommen?«

Alex blieb stumm, sein längliches Gesicht wirkte ratlos und war gleichzeitig voller Kummer.

Emma hatte eine Unmenge Schnittchen hergerichtet, als wollte sie eine Kompanie der Bundeswehr abfüttern. Sie tat den üblichen Hausfrauenspruch: »Viel ist es ja nicht, ich hoffe, es reicht für den ersten Hunger.«

Ohne Worte waren wir uns einig, dass wir Rücksicht auf den schwer getroffenen Alex nehmen wollten, weshalb wir nicht weiter über den Fall sprachen, sondern ratschten wie gute Hausfrauen auf einem Kaffeekränzchen.

Rodenstock meinte: »Der Lachsschinken ist fantastisch!«

Ich schob nach: »Probier mal die Cervelatwurst. Ungeheuer gut!«

Darauf sagte Emma: »Ich wollte immer schon wissen, wie sie den Eifler Bergkäse herstellen. De-li-zi-ös!«

Und dann starrten wir uns an, als hätten wir das Rad erfunden.

Alex Wienholt aß lustlos und trank eine Menge von Rodenstocks exquisitem Rotwein von der Mosel. Der Junge hielt den Blick auf den Tisch gerichtet und schien nicht zuzuhören.

Plötzlich sagte er: »Was ich noch fragen wollte: Ist Sven eigentlich mit derselben Waffe erschossen worden, mit der auch diese Frau erschossen wurde?«

»Die Untersuchungen laufen. Das steht noch nicht fest.« Rodenstock musterte ihn. »Ich bringe Sie gleich nach Hause, Alex. Die Fernsehfritzen werden inzwischen aufgegeben haben.« Er lächelte. »Wir können nicht verhindern, dass die Medien weiter versuchen werden, an Sie heranzutreten. Niemand kann das. Falls es eine Hilfe ist: Wann immer Sie Auskunft geben sollen, fragen Sie telefonisch bei mir oder Baumeister an, ob Sie sich darauf einlassen können.«

Alex Wienholt erwiderte kein Wort, sondern nickte nur.

Wenig später fuhren die beiden los, und Emma und ich blieben etwas ratlos zurück, bis sie mit energischem Ton vorschlug: »Machen wir eine Zeittafel. Das durchaus meiste dieses Falles spielt sich zu einer Zeit ab, über die wir nicht das Geringste wissen. Bist du einverstanden?«

»Einverstanden«, sagte ich und berichtete ihr schnell und konzentriert von meinen Gesprächen mit dem Pastoralreferenten Thomas Steil und dem Mädchen Dickie Monschan. Ich schloss mit dem Satz: »Beide versuchen den Eindruck zu vermitteln, dass die Clique eine ganz normale Jugendclique ist. Aber ich bin immer misstrauisch bei so viel Normalität. Und außerdem bin ich erstaunt, dass auch du dich so in den Fall reinhängst.«

»So ist es aber.«

Emma ging zur Westwand des Wohnzimmers und nahm die vier Drucke von der Wand, die Jagdszenen aus dem französischen 16. Jahrhundert zeigten. Dann verschwand sie kurz und kehrte mit einer großen Rolle Packpapier in den Händen zurück. »Hilf mir mal.«

Wir legten zwei Bahnen quer über die Wand, pinnten sie an und bekamen so eine beschreibbare Fläche von rund zwei mal vier Metern.

»Lass uns tageweise vorgehen«, entschied Emma. »Und wir nehmen an, dass Sven und die kleine Sikorski sich kannten. Einverstanden? Natürlich bist du einverstanden, Widerstand ist sowieso zwecklos. Und weshalb ich mich einmische, kann ich dir genau sagen. Ich habe mindestens zwei Stunden vor diesem Gekreuzigten in dem Saal in St. Adelgund gehockt und mich ständig gefragt, wie dieser Junge gelebt hat. Ich hätte auch gern gewusst, wie er lachte und sich freute. Ich glaube, ich hätte ihn gern gekannt. Er hatte so ein schönes Gesicht. So. Als Erstes müssen wir festhalten, dass wir nicht wissen, wann sich die Tat genau ereignete. Gehen wir davon aus, dass Sven, wie seine Eltern aussagen, zum letzten Mal am Sonntagmorgen zu Hause war. Ist das richtig?«

»Richtig. Heute ist Freitag. Wir sollten am vergangenen Sonntag mit der Liste einsetzen.«

»Falsch«, korrigierte sie kühl. »Wir müssen mit dem Freitag davor beginnen. Denn ab diesem Tag hat Vater Sikorski seine Tochter Gabriele vermisst. Das ist eine volle Woche her. Stimmst du zu?«

»Ich stimme zu und erinnere mich quälend, dass ich niemanden danach gefragt habe, wann er oder sie Sven jeweils zuletzt gesehen hat. Nun gut, wir haben bei Gabriele eine Fehlzeit von gut einer Woche, bei Sven immerhin von knapp sechs Tagen. Wobei wir die genauen Todeszeitpunkte noch nicht kennen. Und nicht mit letzter Sicherheit wissen, ob Sven getötet wurde, bevor er ans Kreuz genagelt wurde, oder umgekehrt. Deine Liste wird verdammt mager aussehen.«

»Es wird unsere Aufgabe sein, diese Liste mit Inhalt zu füllen. Ich notiere also den Freitag vergangener Woche als ersten Tag.«

Sie arbeitete mit schnellen, energischen Bewegungen, listete die Wochentage auf. Das Ergebnis war eine Tabelle, in die nur zwei Ereignisse eingetragen waren: *Freitag – Gabriele S. verschwunden, Sonntagmorgen – Sven D. verschwunden.*

Stumm starrten wir auf das Packpapier, bis ich sagte: »Ich bin hundemüde und möchte schlafen.«

»Du hast recht, ich schmeiße dich raus.«

Ich fuhr heim und wollte mich gerade ins Bett packen, als das Telefon schrillte.

»Baumeister hier.«

»Papa, ich bin's, Clarissa. Ich muss mit dir reden.«

»Kein Problem, ich höre.«

»Na ja, das sagst du so. Aber so einfach ist das nicht.« Ihrer Stimme war deutlich zu entnehmen, dass sie kurz vor einem Heulkrampf stand.

»Wenn es nicht einfach ist, dann mach es einfach. Sag mir, was los ist, damit du reden kannst.«

»Papa, ich liebe eine Frau.«

Automatisch dachte ich: Warum geht es nicht eine Nummer kleiner? »Na, und? Was ist denn daran so furchtbar?«

»Papa, ich bin eine Lesbe!« Sie war eindeutig hysterisch.

»Halt mal still«, sagte ich langsam. »Mit wem hast du bis jetzt darüber geredet?«

»Mit Mami, natürlich.«

»Was sagt die?«

»Ich soll mit meinem Therapeuten darüber sprechen.«

»Gehst du etwa immer noch zu einem Therapeuten?«

»Eigentlich nicht.«

»Und was hältst du von dem Vorschlag?«

»Ehrlich gestanden, nichts. Was geht den mein Leben an?«

»Richtig so, würde ich sagen. Wie sieht sie denn aus?«

»Wie, wie sieht sie aus? Was soll das?«

»Wie sieht deine Geliebte aus, habe ich gefragt. Ist sie schön, ist sie hässlich, ist sie farblos, ist sie kleinkariert?«

»Nein, nein. Sie ist schön!«

»Klasse. Wie alt?«

»Zwanzig.«

»Das passt doch. Wo lebt sie?«

»Hier in München natürlich.«

»Was ist daran natürlich? Ist sie witzig? Hat sie was auf dem Kasten? Kann sie über sich selbst lachen?«

»Also, Papa, du fragst Sachen! Was soll ich denn darauf antworten?«

»Keine Ahnung. Aber zunächst einmal ist die Nachricht doch gut, oder? Du bist verliebt, deine Geliebte ist schön. Du bist lesbisch, du hast das entdeckt, du bist sprachlos, du bist verwirrt. Ja, und? Ist doch nichts Schlimmes, sondern was Schönes, oder? Stell dir vor, du wärst verheiratet, hättest drei Kinder und an deinem fünfundvierzigsten Geburtstag würdest du entdecken, dass du in Wahrheit Frauen liebst. Dann, würde ich sagen, hättest du ein Problem.«

»Ja, aber, ich meine, also, was ich sagen wollte …, ich muss doch …, also, es ist doch so, dass ich jetzt all meinen Freunden sagen muss: April, April! Bis jetzt war alles falsch.«

»Wie heißt sie eigentlich?«

»Sie heißt Jeanne, wie die französische Jeanne.«

»Arbeitet sie, studiert sie, privatisiert sie? Wusste sie denn immer schon, dass sie lesbisch ist?«

»Nein, das ist alles neu, für sie auch.«

»Was ist in deinem Bauch, wenn du an sie denkst?«

»Na ja, hm, ich würde mal sagen, dass …«

»Clarissa, liebst du diese Frau?«

»Ja.«

»Wunderbar! Dann ist das so und du solltest dich freuen. Wie lange geht das schon?«

»Seit drei Wochen.«

»Und seit wann weißt du, dass du Frauen liebst?«

»Na ja, wenn ich ehrlich sein soll, seit vier oder fünf Jahren. Himmel! Wie soll ich das nur Bernd sagen?!«

»Wer ist Bernd?«

»Das ist der, mit dem ich offiziell zusammen bin, und das schon ziemlich lange.«

»Schick ihn vorsichtig in die Wüste.«

»Papa, das geht doch nicht! Der springt vor die S-Bahn, der bricht zusammen.«

»So leicht bricht es sich nicht. Vielleicht bist du gar keine reinrassige Lesbe, vielleicht bist du bisexuell? Hast du schon einmal darüber nachgedacht?«

»Papa!«

»Hör zu: Du hast wahrscheinlich erwartet, dass ich laut aufschreie und allen meinen Leuten in der Eifel erzähle: Ach Gott, ach Gott, meine Tochter ist homosexuell! Ist das nicht schrecklich? Aber so reagiere ich nicht, weil es gelogen wäre. Wenn du lesbisch bist, eine feste Freundin hast und zufrieden und lustvoll lebst, kannst du doch nicht von mir erwarten, dass ich Theater mache! Es gibt Schwule, es gibt Lesben, übrigens sogar hier in der Eifel. Einige finde ich Klasse und mag sie gern, andere sind einfach Schwuchteln, mit denen ich meine Schwierigkeiten habe. Aber Schwierigkeiten massenweise habe ich auch mit sogenannten Heteros. Also, was willst du von mir, was hast du geglaubt, was ich sage?«

»Ich weiß nicht.«

»Clarissa, ich mache dir einen Vorschlag: Setz dich in die Bahn und ruf mich an, wenn du in Koblenz bist. Ich hole dich ab.«

»Das habe ich gewollt, Papa, genau das!«

»Na, siehste.«

Ich legte auf und stand einigermaßen dümmlich herum. Messerscharf schloss ich: Das ist alles kein Wunder! Du versagst elend als Vater und in der Folge liebt deine Tochter dann Frauen.

Es lebe eine ausgewogene Halbbildung.

Ich schlief in den Samstag hinein und wurde um acht Uhr von Rodenstock geweckt, der hohlklingend verkündete: »Du musst in Büdesheim aufschlagen. Thomas Steil hat sich erhängt! Ja, ich weiß, du hast Emma von dem Gespräch erzählt. Kischkewitz erwartet, dass du kommst. Wahrscheinlich bist du der Letzte, der ihn lebend gesehen hat.«

DRITTES KAPITEL

Es regnete in Strömen und ich verschwendete einen Gedanken an die Touristen in Daun, die frohgemut ein sonniges Wochenende in der Eifel hatten verbringen wollen und keine Regenschirme bei sich hatten.

Beim Überfahren der Eisenbahnlinie hinter Dockweiler kam ich gefährlich ins Schlingern und konnte mich und das Auto nur durch eine Vollbremsung retten. Ich atmete tief durch und fuhr etwas langsamer.

Wieso hatte sich Thomas Steil erhängt?

Vor seinem kleinen Haus stand nur ein Auto, ein schwerer, schwarzer BMW aus Trier. Im nächsten Moment rollte Kischkewitz mit seinem alten, braunen Mercedes um die Kirche herum und parkte die Kiste neben mir.

»Morgen. Ich sehe, Rodenstock hat dich erreicht.«

»Ja. Was ist hier passiert?«

»Wir wissen es nicht. Noch nicht.«

»Wer hat ihn gefunden?«

»Die Ehefrau. Vor anderthalb Stunden.«

»Es gibt eine Ehefrau?«

»Eine Ehefrau und drei Kinder. Wann warst du gestern hier?«

»Etwa zwischen elf und eins am Mittag. Mir ist aufgefallen, dass er mit seinen Gedanken immer wieder ganz woanders war. Manchmal konnte er sich noch nicht mal an eine Frage erinnern, die ich ihm gerade erst gestellt hatte.«

»Gehen wir rein.«

Die beiden Todesermittlungsbeamten aus Trier saßen in der winzigen Küche und rauchten.

Einer von ihnen stand auf: »Morgen, Chef. Wir haben uns die Sache angesehen, ihn aber noch nicht heruntergenommen. Eindeutig Suizid, würden wir sagen. Keine Fremdeinwirkung. Er hängt oben auf dem Dachboden.«

»Die Ehefrau?«

»Die sitzt nebenan im Wohnzimmer. Fix und fertig.«

»Ich schau mal«, murmelte Kischkewitz und stieg die alte Holztreppe hinauf. Es dröhnte. Ich folgte ihm. Er kletterte die alte Knickleiter zum Dachboden hoch.

Thomas Steil hing an einem Seil, das er über einen Querbalken geworfen hatte. Seine Kleidung war grotesk. Er trug einen grauen Anzug, der wie ein Sack an ihm herabhing. Dazu eine grellrote Krawatte über einem kackbraunen Hemd. Strahlend gelbe Socken zu schwarzen Halbschuhen setzten dem Ganzen die Krone auf. Er wirkte wie ein Clown, wie ein ganz trauriger Clown, nur die Pappnase fehlte. Unter ihm lag ein alter Küchenstuhl. Mein Blick fiel auf einen überfüllten Aschenbecher, der auf den Bodenbrettern stand. Wahrscheinlich hatte er pausenlos geraucht und gegrübelt und keinen anderen Ausweg gesehen.

»Siehst du irgendetwas Auffälliges?«, fragte Kischkewitz.

»Nichts«, antwortete ich dumpf.

»Hat er bei dem Gespräch mit dir Andeutungen gemacht? Lebensverdruss, tiefe Resignation, so was in der Art?«

»Nein, das nicht.«

»Schreib mir bitte einen Bericht und fax ihn mir zu.«

»Klar, selbstverständlich.«

»Wie war er?«

»Ein netter Kerl«, sagte ich vage und wusste, dass das nichts besagte. »Seltsam zerrissen.«

»Hat er was zu Sven Dillinger beitragen können?«

»Nein. Außer dass der Junge bei den Lehrern wohl nicht nur beliebt war.«

»Das weiß ich schon«, seufzte Kischkewitz. »Ich habe im Auto Fotos für dich. Erinnere mich daran, dass ich sie dir gleich gebe.«

Nacheinander polterten wir wieder die Leiter und die Treppe hinunter.

»Hängt ihn ab«, sagte Kischkewitz. »Ich bestehe auf einer Obduktion, sicherheitshalber. Wegen möglicher Zusammenhänge mit dem Fall Dillinger. Sagt das dem leitenden Oberstaatsanwalt.«

»Geht klar, Chef. Machen wir.«

Kischkewitz öffnete die Tür zum Wohnzimmer und ich hörte ihn etwas weniger forsch sagen: »Es tut mir leid, Frau Steil, mein herzliches Beileid. Darf ich trotzdem ein paar Fragen ...« Er schloss die Tür und ich vernahm nur noch undeutliches Gemurmel.

Thomas Steil hatte hier gelebt, als gebe es seine Frau und die Kinder nicht. Wie war das möglich? Ich war verblüfft. Aber was hatte ich schon über den Mann und sein Leben gewusst?

Unvermeidlich stellte sich mir die Frage, ob ich ihm irgendwie hätte helfen können. Die Antwort lautete: Nein. Aber immer, wenn ich künftig seinen Namen hören würde, würde mich ein unbehagliches Gefühl befallen. So viel war sicher, das wusste ich aus anderen Erfahrungen.

Nach einer halben Stunde erschien Kischkewitz wieder, ging zu seinem Auto, reichte mir eine Mappe mit den Fotos und sagte: »Ich verschwinde. Du kannst mit der Frau sprechen, ich habe keine Einwände.«

Ich stopfte mir eine Pfeife, rauchte sie an und ging zurück ins Haus. Oben polterte etwas. Sie hängten ihn wohl ab, dann würde ein Beerdigungsunternehmer kommen und den Leichnam zur Rechtsmedizin nach Mainz fahren.

Ich klopfte an die Tür zum Wohnzimmer und die Frau antwortete mit einem klaren »Herein, bitte!«.

»Guten Tag, mein Name ist Baumeister, ich bin Journalist. Ich war wohl der Letzte, der mit Ihrem Mann gesprochen hat.«

Sie schüttelte bedächtig den Kopf und antwortete: »Nein, das waren Sie nicht. Thomas war gestern Nachmittag ins Generalvikariat in Trier bestellt. Sie haben ihn fristlos gefeuert.«

Ich setzte mich auf den Sessel ihr gegenüber. »Warum das?«

»Weil er das Vertrauen seines Arbeitgebers missbraucht hat.«

»Aber was hat er denn getan?«

Die Frau des Pastoralreferenten war eine schmale Frau mit großen braunen Augen und einem energisch wirkenden Mund.

»Sein Fehlverhalten ist im Sinne der Kirche eindeutig. Er hatte Familie und gleichzeitig eine Freundin. Ich war seine Frau, hatte aber einen Freund. Es war vollkommen klar, dass sie ihn feuern würden. Pastoralreferenten müssen selbstverständlich in katholischer Ehe leben und den Moralvorstellungen der Kirche genau entsprechen. Tun sie das nicht, verstoßen sie gegen eine Klausel ihres Anstellungsvertrags und berechtigen die Kirche zur fristlosen Kündigung. Das klingt wie Mittelalter, ist auch Mittelalter.« Ihre Gesichtszüge waren hart geworden.

»Haben Sie mit ihm gesprochen, nachdem er aus Trier zurückgekommen war?«

»Natürlich. Er rief mich an und sagte mir, dass alles aus sei.«

»Was haben Sie geantwortet?«

»Dass das Leben weitergeht. Dass er Mut haben soll, dass die katholische Kirche nicht alles ist.«

»Und? Haben Sie ihn erreicht?«

»Wohl nicht, oder?« Endlich weinte sie. Sie weinte ganz still, schluchzte nicht.

»Moment mal, die Kirche hat aber doch als Arbeitgeber eine Fürsorgepflicht ihren Angestellten gegenüber.«

»Ja? Die übt sie aber nicht aus. Sie ist brutal, unglaublich brutal. Und das Schlimmste ist, dass die normale Welt da draußen das alles mitmacht.«

Von oben war wieder ein Poltern zu hören.

»Jetzt … jetzt legen sie ihn in die Kiste, nicht wahr? Das tun sie doch jetzt, oder?« Sie flüsterte: »Ich würde so gern schreien.«

»Dann schreien Sie doch«, sagte ich in die Stille.

Vor der Tür stellte ein Mann fest: »Schorsch, wir kriegen die Wanne nicht hoch.«

Die Frau begann zu schreien.

Erst war es ein durchdringend hohes Heulen, dann wurde es tiefer, zwei, drei Atemzüge lang setzte sie aus. Dann wurde es zunehmend wütender. Und dann schrie sie wirklich. Sie schrie so sehr, dass es mir körperliche Schmerzen bereitete.

Die Tür öffnete sich mit Wucht, das Gesicht des Mannes war rot, er wirkte erregt. Ich hob die Hand, er starrte mich an, kam zu sich und nickte leicht. Lautlos schloss er die Tür wieder.

Die Frau schrie immer noch mit aller Kraft und sie wurde geschüttelt von ihrer Wut und Traurigkeit. Es dauerte lange, es dauerte viel zu lange.

»Was erzähle ich bloß den Kindern?«, stammelte sie endlich. »Er war doch ihr Held.«

»Das kann er doch bleiben«, sagte ich und fand meine Bemerkung im gleichen Augenblick dümmlich.

»Ich muss heim«, sagte sie. »Wie lange dauert so was? Ich meine, die Untersuchung?«

»Drei, vielleicht vier Tage«, sagte ich, wobei ich es nicht wusste. »Darf ich Sie anrufen?«

»Ja, natürlich. Ich wohne in Daun, meine Nummer steht im Telefonbuch. Worüber haben Sie mit ihm gesprochen?«

»Über das Gymnasium.«

»Da hat er bestimmt viel zu erzählen gewusst.«

»Nein, eigentlich nicht.«

»Das kann nicht sein! Er hat noch gestern zu mir gesagt, dass jetzt auch die ganze Schulgeschichte ans Tageslicht kommt.«

»Das höre ich zum ersten Mal.«

»Es gab einen Skandal. Wussten Sie das nicht?«

»Nein, wusste ich nicht. Um was ging es denn da?«

»Das hatte wohl irgendwas mit diesem Gekreuzigten zu tun. Einzelheiten hat mir Thomas nicht erzählt.« Sie stand auf, ein Lächeln flackerte auf ihrem Gesicht auf: »Danke schön.« Sie nickte mir zu und verließ das Zimmer.

Nun war es wieder gespenstisch ruhig.

Mich befiel die Panik. Ich musste raus aus diesem Haus! Ich hatte das Gefühl, nicht mehr richtig atmen zu können. Als ich durch die Haustür trat, wurde es besser, als ich den Himmel sah, war die Angst verschwunden.

Im Eingang erschien ein Mann, dann ein zweiter. Sie trugen die Wanne zwischen sich. Einer der beiden rief mir zu: »Wir sind dann weg.« Ich hob zustimmend die Hand.

Kleine Menschengruppen standen herum und starrten uns an.

Einer der Kriminalbeamten kam zu mir, hielt mir einen Schlüssel hin und sagte gleichgültig: »Sie wissen ja wohl, wem der Hausschlüssel zusteht.«

»Nicht mir. Oder gut, geben Sie ihn mir, ich gebe ihn weiter.«

Zuerst fuhr der Wagen mit der Leiche weg, dann verschwanden die Kripoleute aus Trier, dann setzte ich mein Auto in Bewegung. Einen Kilometer weiter hielt ich auf einem Parkplatz und rief Rodenstock an.

»In dem Gymnasium gab es einen Skandal. Dieser Selbstmörder wusste davon. Hat aber leider seiner Frau nichts Genaues erzählt. Sie wusste nur so viel, dass Sven Dillinger damit zu tun gehabt haben soll.«

»Wie kam es zu dem Selbstmord?«

»Thomas Steil wurde gestern ins Generalvikariat nach Trier zitiert und fristlos gefeuert. Er lebte nicht katholisch genug.«

»Das klingt alles nicht gut, das klingt nach einem Haufen schmutziger Wäsche«, seufzte Rodenstock und fügte hinzu: »Und was treibst du nun?«

»Ich muss erst einmal eine Pause machen. Das hier war gar nicht schön. Also, ich bin zu Hause.«

Als ich durch Dreis fuhr, entschied ich, etwas zu essen. Ich steuerte die *Vulkanstuben* an, die raffiniert mit *Feiner deutscher Küche* warben und das Versprechen sogar hielten. Es war ganz erstaunlich, was Klaus Jaax auf die Teller zauberte. Ich hegte natürlich die Hoffnung, dass mich das ein wenig aus dem Land der Resignation vertreiben würde.

Wenig später standen Schweinemedaillons mit handgemachten Nudeln, eine Unmenge an Gemüse und ein Teller gemischter Salat vor mir. Ich weiß, dass das sehr bieder klingt, aber man muss es gegessen haben, um es richtig würdigen zu können. Während ich speiste, erzählte mir Ellen, die Tochter des Hauses, begeistert von ihrem Pferd, mit dem sie leidenschaftlich gern durch Felder und Wiesen streifte. Das ist so meine Art, die Realitäten des Lebens zurückzuerobern.

Tatsächlich half es auch dieses Mal und ich konnte das Bild, wie Thomas Steil an dem Holzbalken hing, abrufen, ohne zu schaudern. Warum hatte er sich wie ein Clown gekleidet, warum diese grellen Farben, der schlotternde Anzug?

Satt und träge rollte ich heim und spielte mit dem Gedanken, mich noch einmal ins Bett zu legen.

Das ging nicht.

Sie wartete in einem grünen Peugeot Cabrio auf meinem Hof und stieg aus, als ich meinen Wagen neben ihren stellte. »Ich muss mich entschuldigen für diesen Überfall, aber ich bin einfach neugierig«, sagte sie.

»Das an sich ist noch kein Charaktermangel«, versicherte ich ihr. »Kommen Sie rein, wollen Sie einen Kaffee?«

»Ein Wasser wäre mir lieber.«

»Na gut, dann ein Wasser.«

Maria Pawlek war lässig gekleidet in Jeans und einem leuchtend roten unterhemdartigen Bekleidungsstück, das heutzutage wohl unter der Bezeichnung Top läuft und damit nicht zwingend Qualität bedingt. Doch in diesem Fall fand ich, vorsichtig ausgedrückt, dass Maria Pawlek sehr hübsch aussah, was man heutzutage bei der merkwürdigen Sprachverformung wohl auch interessant nennen könnte. Aber den Ausdruck fand ich ausgesprochen dämlich. Zu sagen: »Frau Pawlek, Sie sehen sehr interessant aus!«, erschien mir wie blanker Hohn.

Ich stellte das Glas Wasser vor sie hin und sagte: »Sie sehen ausgesprochen hübsch aus.«

Sie errötete sanft und murmelte artig: »Danke.«

Ich schloss die blödeste Bemerkung an, die unter diesen Umständen möglich war. »Thomas Steil hat sich in der letzten Nacht erhängt.«

Sie sagte nichts, sie erstarrte.

Ich stotterte herum: »Entschuldigung. Er war gestern Nachmittag in das Generalvikariat in Trier bestellt und wurde fristlos gefeuert.«

Sie überlegte einen Moment, nickte langsam und stellte fest: »Das passt!«

»Was passt?«

»Dass er fristlos gefeuert wurde. Weil seine Ehe in einer Krise steckt, weil sie nicht mehr zusammenleben, weil sie aber gemeinsame Kinder haben, weil Caritas von der Kirche selbst nicht verteilt wird, weil sie einfach unduldsam ist. Und weil sie gleichzeitig unter dem Diktat der Sparsamkeit handelt. Ich gehe jede Wette mit Ihnen ein, dass der Arbeitsplatz vom Thomas nicht wieder besetzt wird. Mein Gott, der Thomas! Das tut richtig weh.«

»Seine Frau hat ihn heute früh am Morgen gefunden.«

»Haben Sie ihn … haben Sie ihn gesehen?«

»Ja, habe ich. Wie er da hing, wirkte er wie ein Clown. Ein schlabberiger grauer Anzug, eine grellrote Krawatte, unmögliche gelbe Socken in schwarzen Halbschuhen. Ich frage mich immer noch, was das bedeuten soll.«

»Es fehlte nur die rote Pappnase, nicht wahr?«, fragte sie.

»Ja, das stimmt.«

»Die Pappnase dazu trug er vor vier Wochen, als die Kleinen im Kindergarten ein Fest feierten.«

»Haben Sie ihn da erlebt?«

»Ja. Ich war mit Dickie dort und wir waren einer Meinung, dass wir selten einen so guten Clown gesehen haben wie Thomas.« Sie dachte einen Augenblick nach und strahlte plötzlich. »Wissen Sie was? Er ist nach Trier gegangen, um sich feuern zu lassen. Er wusste, was passieren würde. Der Clown ist ein Zeichen dafür, dass er sie verarscht hat. Das ist es!«

»Dann wäre es besser gewesen, er hätte sich weiter durchgebissen, anstatt den Kirchenoberen zu erlauben, sich überlegen zu fühlen. Ich frage mich, wie sie mit seinem Tod umgehen werden.«

»Überhaupt nicht«, sagte sie fest. »Sie werden kein Wort darüber verlieren. Bestenfalls werden sie sagen, dass sein Leben und Tod seine Sache waren, nicht ihre.«

Maria Pawlek erinnerte mich plötzlich an Thomas Steils Ehefrau. Da war neben großer Traurigkeit auch viel Wut.

Mein Telefon störte. Clarissa sagte verlegen: »Papa, wir sind schon in Koblenz.«

»Was heißt ›wir‹?«

»Na ja, Jeanne und ich. Was hast du denn geglaubt?«

»Nichts. Pass auf, im Bahnhof gibt es ein Restaurant. In einer Stunde bin ich da.«

»Sie müssen weg, nicht wahr?«, fragte Maria Pawlek.

»Das ist leider richtig. Meine Tochter steht in Koblenz auf dem Bahnhof und ich habe versprochen, sie abzuholen.«

»Das geht natürlich vor«, versicherte sie. »Ich komme ein andermal wieder.«

»Das wäre schön«, sagte ich und meinte es auch so. »Würden Sie mir einen Gefallen tun? Können Sie Dickie Monschan einmal fragen, ob sie von einem Skandal weiß, der das Gymnasium betrifft?«

Sie stand auf, reichte mir die Hand und sagte: »Viel Glück wünsche ich Ihnen.«

»Das kann ich gebrauchen«, murmelte ich.

Als sie weg war, verfluchte ich meine Tochter, was man eigentlich als guter Vater nicht tun sollte. Ich weiß das, aber ich richte mich so selten nach mir.

Ich benutzte die neue, provisorische Autobahnauffahrt im Liesertal zwischen Nerdlen und Daun. Eine langsam wachsende Brücke, die den Steuerzahler einige Millionen kostete.

Was sich da an Stahl, Beton, Schotter und Teer durch die Landschaft fraß, war beeindruckend, wenngleich die Wunden, die das schlug, mindestens ebenso beeindruckend waren. Aber der politische Wille, die A1 unbedingt auf Tondorf zuzutreiben, war durch nichts zu stoppen gewesen. Spezielle Wildzäune waren gebaut worden, für die dem Vernehmen nach pro Kilometer etwa eine Million Euro hingelegt worden waren. Vor meinem geistigen Auge sah ich meinen Landrat am Zaun stehen, wie er das Rotwild liebevoll beruhigte und sanft zur nächsten Wildbrücke geleitete, die wiederum auch diese oder jene Million gekostet hatte. Wenn die Eifler die Chance bekommen, richtig viereckiges Geld auszugeben, dann tun sie das und genießen es über alle Maßen. Solange es nicht ihr eigenes ist.

Auch in Koblenz war Samstagnachmittag – die stadteinwärts führende B9 war auf vier Spuren dicht. Die Gesichter, in die ich schaute, waren grau und ohne jede Hoffnung. Aber irgendwie ging es dann doch im Schleichgang weiter, sodass ich am Löhrcenter abfahren und den Bahnhof ins Visier nehmen konnte. Ich erwischte einen äußerst fragwürdigen Parkplatz und stapfte dann auf die Deutsche Bahn zu.

Sie saßen nicht im Restaurant, sondern sie standen davor und erinnerten mich an kleine Kinder, die man ausgesetzt hatte.

Ich weiß nicht, ob ich es erwähnte, meine Tochter Clarissa ist sehr hübsch. Sie ist groß gewachsen und schlank und hat Rasse, wenn ich das so sagen darf.

Das Wesen, das sie im Schlepptau hatte, musste als schön bezeichnet werden. Ebenso groß wie Clarissa, ebenso schlank, mit einem Helm aus langen blonden Haaren. Ob sie eine Lesbe war oder nicht: Sie würde in vielen Kinderzimmern Unheil anrichten.

»Ich bin der Vater, mein Name ist Siggi«, röhrte ich frohgemut, hielt das Wesen eine Sekunde an der Schulter fest und wandte mich dann meiner Tochter zu, die ihre Arme ausbreitete und mich kräftig drückte.

»Ich bin so was von froh!«, sagte Clarissa in meine Halsbeuge. »Weißt du, eigentlich wollten wir was essen. Aber die Leute gucken alle so. Da haben wir hier gewartet. Ach, Väterchen!«

»Die Leute gucken so, weil ihr so hübsch seid. Was machen wir jetzt?«

»Essen?«, fragte Jeanne.

Mir fiel erst jetzt auf, dass sie eine Brille trug. Diese Brille wirkte eindeutig erotisch.

»Essen!«, nickte ich. »Ich weiß auch, wo. In der *Kaffeewirtschaft.* Ein klasse Etablissement mit hervorragenden Salaten. Wenn ich euch so anschaue, leidet ihr doch bestimmt unter irgendwelchen Diäten.«

»Ich esse alles«, stellte Jeanne klar.

»Ich auch«, sagte meine Tochter.

»Also, los!«

Ich fuhr ein paar Straßen weiter, umrundete die Altstadt, parkte unten am Moselufer und führte mein Lesbenpaar die schmalen Straßen hinauf zur *Kaffeewirtschaft.*

Wir ergatterten einen guten Tisch mit Blick auf den ganzen Rest der Welt und ich betrachtete diese Sprösslinge vor mir nicht ohne Rührung. »Wie geht es euren Seelen?«

»Sehr gemischt«, erklärte meine Tochter.

»So zwischen Heulen und Lachen.« Jeanne legte ihren Kopf an Clarissas Schultern. »Wie lautet noch der Klassiker: himmelhoch jauchzend und zu Tode betrübt.«

»Zu Tode betrübt? Na, hört mal. So seht ihr aber eigentlich nicht aus.«

»Das Problem ist, dass sich alle möglichen Menschen neu auf uns einstellen müssen. Und das macht es so schwierig.«

Clarissa, das war sehr deutlich, war im Augenblick dichter am Weltuntergang als auf einer paradiesischen Insel.

»Also, okay. Dann erledigen wir zuerst die Schwierigkeiten.«

Der Salat wurde aufgetischt. Das, was auf den Tellern zu sehen war, machte den Eindruck, als hätte die Küche jedem von uns einen eigenen Vorgarten angerichtet. Die beiden jungen Frauen zierten sich nicht, sie langten ungehemmt zu, und wegen ihrer ungeheuer schnellen Kaubewegungen wurde jede Unterhaltung gestoppt.

Schließlich atmete meine Tochter einige Male tief durch und lehnte sich zurück. »Mami zum Beispiel. Ich bin total durch den Wind, spreche es endlich aus: ›Wahrscheinlich bin ich eine Lesbe!‹ Und das Einzige, was ihr dazu einfällt, ist ein Therapeut.«

»Ihr müsst den Menschen Zeit geben, mit der neuen Situation fertig zu werden.«

»Genau«, zischte Jeanne. »Zeit! Mein Vater – will Samstagmorgen wie immer zum Golfspielen nach Grünwald und ich sage: ›Hast du mal eine halbe Stunde Zeit für mich?‹ Antwortet er: ›Keine halbe Stunde, zehn Minuten.‹ Da war ich schon mürbe. Der Arsch! Wir standen in der Garage, ich sagte: ›Ich liebe Frauen!‹ Antwortet er: ›Das ist Quatsch.‹ Das war alles.«

Verzweifelt starrten beide auf die Reste ihrer Vorgärten, die vor sich hinwelkten.

»Ihr müsst euch klarmachen, wie sehr solch eine Nachricht die Menschen, die euch nahe stehen, verunsichern kann. Wie geht denn dein Vater sonst mit dir um?«

»Genau so«, antwortete Jeanne scharf. »Sein Standardspruch ist, eine Stunde seiner Zeit kostet fünfhundert Euro.«

»Wahrscheinlich haben deine Eltern sich das nicht träumen lassen«, sagte ich vorsichtig. »Wahrscheinlich haben sie dich mit einem netten jungen Mann verheiratet gesehen und nun bringst du das ganze Gerüst zum Einsturz. Und außerdem löst der Begriff Lesbe unter Umständen immer noch Ängste aus. So was kann Väter, die sehr stolz darauf sind, eine schöne Tochter zu haben, ganz schnell aus der Kurve tragen.« Du lieber Himmel, Baumeister, was redest du für ein Blech! »Nun, esst endlich auf, Mädels, damit wir hier raus und nach Hause kommen.«

Es hatte wieder zu regnen begonnen, aber wir waren fest gewillt, das nicht zur Kenntnis zu nehmen, obwohl der Regen in Höhe von Daun zu einem orkanartigen Unwetter mutierte.

Jeanne wunderte sich: »Das ist ja das Ende der Welt. Gibt's hier noch Eingeborene?«

Meine Tochter konterte mit feinem Spott: »O ja. Zwei oder drei.«

Ich quartierte die beiden auf dem Dachboden ein, auf dem sie immerhin siebzig Quadratmeter mit Beschlag belegen konnten. Was tut man nicht alles für die Seinen.

Die Sorge um das Wohlergehen meiner Besucherinnen ließ mich meine Vorräte überprüfen und ich entdeckte, dass nichts im Eisschrank war, dass ich nicht einmal mehr über Kartoffeln oder Nudeln verfügte, geschweige denn über andere, schönere Sättigungsbeilagen.

Verzweifelt rief ich Emma an und klagte ihr mein Hausfrauenleid. »Komm her und bring sie mit. Heute Abend um zehn musst du sowieso hier aufkreuzen, denn wir haben Nadine Steil, die Frau von Thomas Steil, hergebeten. Wir dachten, es sei interessant zu erfahren, was sie über die Schule weiß. Immerhin ist sie eine Außenstehende und war gleichzeitig über ihren Mann nah dran. Sie bringt nur vorher ihre Kinder zu ihren Eltern nach Winterspelt. Also zehn

Uhr. Und ihr kommt einfach dann, wann ihr wollt. Acht Uhr, oder so.«

»Wie bist du an die Frau herangekommen? Da fällt mir ein, ich habe den Hausschlüssel von Thomas Steil noch.«

»Ich habe sie einfach angerufen. Mir schien, dass sie froh ist über Ablenkung jeder Art.«

Oben unter dem Dach juchzten meine beiden schönen Töchter, es klang nach einer aufregenden Kissenschlacht. Ich fütterte meine Tiere und gab ihnen Verhaltensmaßregeln für die Dauer des Besuches. Dabei war mir klar, dass die Münchner Schönheiten nicht allein zu zweit aufwachen würden. Vermutlich würde Satchmo auf einem warmen Platz zwischen ihnen landen und Cisco – mit der Schnauze platt auf dem Boden – sie angestrengt beäugen und leise japsen, bis sie ihn zur Kenntnis nahmen. Das würde etwa gegen sechs Uhr morgens stattfinden. So aufregend kann Landleben sein.

Gegen halb acht schellte Tante Anni und sagte: »Ich bin auch eingeladen.«

»Gut. Komm herein. Ich habe Besuch. Clarissa und ihre Geliebte.«

Tante Anni bekam augenblicklich runde Augen. »Aber beim letzten Besuch war Clarissa doch noch sehr hetero, oder?«

»Das hat sich geändert, ihr Homosexuellen seid jetzt in der Überzahl.«

»Wie schön«, strahlte Tante Anni, stellte sich in die Tür zum Wohnzimmer und sagte geradezu feierlich: »Seid mir gegrüßt, Kinder.«

Wenig später versammelten wir uns um den großen Esstisch bei Emma und Rodenstock. Die Runde war ausgesprochen heiter, bis Rodenstock auf die Uhr guckte und sagte: »Wir müssen uns noch verständigen. Frau Steil kommt gleich.«

»Ich habe in München in der *Abendzeitung* von dem Gekreuzigten gelesen«, sagte Clarissa. »Und ich habe mir gleich gedacht, dass ihr den Fall recherchiert.«

»Die Frage ist nicht, ob ihr euch das Gespräch gleich anhören dürft. Die Frage ist, ob ihr das wollt«, wandte sich Rodenstock an die jungen Frauen.

»Ich schon«, sagte Jeanne bescheiden.

»Dann brauchen die beiden ein paar Informationen«, meinte Tante Anni.

»Ich fasse zusammen«, nickte Rodenstock. Er fasste zusammen und am Ende war klar, wie wenig wir wussten. Natürlich ließ er sich den Clou nicht entgehen und öffnete die Mappe mit den Tatortfotos, die ich mitgebracht hatte.

»Das hier ist kein Fernsehabenteuer, das ist sehr real. Schaut euch die Fotos an, denkt daran, dass darauf ein Mensch zu sehen ist, ein sehr junger Mensch. Einer, der fühlte und dachte.«

Ich beobachtete meine Tochter und ihre Freundin. Sichtbar hinterließen die Fotos Eindruck. Kein Wunder angesichts von sehr bedrückenden Aufnahmen wie zum Beispiel der Köpfe Svens und Gabrieles, auf denen sogar die Einschusslöcher zu erkennen waren.

»Wir können davon ausgehen, dass Sven Dillinger seine Kreuzigung nicht mehr erlebte, er wurde erst erschossen. Die beiden jungen Leute sind mit derselben Waffe getötet worden, einer Neun-Millimeter-Browning, ein etwas älteres Modell. Der Gedanke ist nahe liegend, dass nicht nur die Tatwaffe, sondern auch der Mörder derselbe ist. Das oder die Motive sind nach wie vor nicht zu erkennen. Wir müssen also eine schwierige Rückpeilung machen. Zwischen Svens Tod und seiner Kreuzigung vergingen nach vorsichtigen Schätzungen zehn bis zwölf Stunden. Da anzunehmen ist, dass die Kreuzigung am frühen Morgen des vergangenen

Donnerstags stattfand, etwa zwischen sechs und acht Uhr, können wir zurückrechnen, dass Sven gegen acht Uhr am Mittwochabend erschossen wurde. Da er am Sonntagmorgen zum letzten Mal gesehen worden ist, haben wir also ein Dunkelfeld von etwa vier kompletten Tagen. Dieses Feld wächst bei Gabriele Sikorski auf sechs bis sieben Tagen an. Diese Zeiträume sind wie schwarze Löcher. Immerhin ist nicht auszuschließen, dass Gabriele Sikorski nur deshalb erschossen wurde, weil sie zufällig Zeugin des Mordes an Sven Dillinger wurde.«

»Und wie passt jetzt der Mann da rein, der sich erhängt hat?«, fragte Jeanne.

»Er kannte Sven und seine Clique sehr gut. Er war ihr Lehrer und wurde fristlos gefeuert, weil er nicht mehr nach den moralischen Normen der Kirche lebte. Er sah wohl keine Zukunft mehr, da hat er sich selbst getötet.« Rodenstock musterte die beiden jungen Frauen. »Ihr könnt es euch überlegen, ich kann euch noch rasch nach Hause fahren.«

»Ich bleibe lieber hier«, erwiderte Clarissa und Jeanne nickte zustimmend.

Es war fast wie im Theater. Wir saßen und warteten auf den Beginn einer Veranstaltung, von der wir nicht wussten, was sie bringen würde.

Um zwanzig Minuten nach zehn traf Nadine Steil ein. Sie trug Jeans und eine schwarze Bluse und wirkte ein wenig hektisch.

Emma sagte sanft: »Das ist eine große Runde geworden, aber das ist alles Familie. Wenn Sie lieber mit mir allein reden möchten, dann geht das selbstverständlich völlig in Ordnung und …«

»Nein, nein, nein. Ich komme damit klar.« Sie setzte sich auf den Stuhl neben Emma. »Ich habe mich verspätet, tut mir leid.« Sie war etwa fünfunddreißig Jahre alt und hatte einen kleinen roten Wildlederbeutel bei sich, in dem sie fahrig irgendetwas suchte. »Wenn Sie mir sagen, was Sie wissen wollen, dann kann ich anfangen.« Tabaktasche und Zigarettenblättchen kamen zum Vorschein. Ihre Finger zitterten so sehr, dass das erste Blättchen zerriss. »Geht noch nicht«, urteilte sie sachlich.

»Wir möchten ein bisschen mehr über das Leben Ihres Mannes erfahren«, begann Emma vorsichtig. »Das wäre hilfreich.«

»Aber mein Mann hat doch mit dem Mord an Sven Dillinger nichts zu tun.« Sie sah uns der Reihe nach an.

»Das wissen wir«, erklärte ich. »Der Hintergrund ist, dass uns Svens Clique interessiert. Wir möchten verstehen, wie sie funktioniert, wie sie in der Schule dastand. Letztendlich, welche Position Sven in der Schule einnahm. Vielleicht bekommen wir so eine Idee, warum man einen Achtzehnjährigen ans Kreuz nagelt.«

»Gut, das verstehe ich. Ich will helfen, soweit ich kann.«

»Moment. Vorher möchte ich aber eine andere Frage stellen«, mischte sich Tante Anni ein. »Hatten Sie je Grund zu der Befürchtung, dass Ihr Mann sich selbst töten wollte?«

Fantastisch!, dachte ich. Gleich die Frage aller Fragen stellen, ehe das Kleingedruckte ins Uferlose führt.

Rodenstock lächelte. »Sie müssen wissen, dass wir fast alle hier eine kriminelle berufliche Vergangenheit haben. Tante Anni war Kriminalrätin, ehe sie in der Eifel den Anker fallen ließ.«

Tante Anni beharrte auf der Frage: »Also: Hatten Sie je Grund zu der Befürchtung, dass sich Ihr Mann das Leben nehmen könnte?«

»Ja«, erwiderte Nadine Steil und schloss die Augen. Dann lächelte sie. »Wissen Sie, Thomas war von der Statur her ja ein Riese. Aber er war sehr empfindsam, er reagierte wie ein

Seismograf. Er konnte unglaublich melancholisch sein, um nicht zu sagen, dass er anfällig für Depressionen war. Als sein Vater starb, war es besonders schlimm. Er sagte: ›Ich glaube, ich habe alle meine Wurzeln verloren.‹ Und dann hatte ich zwei Fehlgeburten. Es war traurig, aber nicht zu ändern. Jedes Mal fiel er in eine ... in eine Art dumpfe Resignation. Einmal meinte er sogar: ›Gott ist nicht mehr auf meiner Seite.‹«

»Suchte er Hilfe? Zum Beispiel bei einem Therapeuten?«, fragte ich.

»Ja, schon. Aber das brachte ihm wohl nichts, er brach es ab. Und dann kam in den letzten Jahren die Angst hinzu, dass die Kirche über kurz oder lang den Pfarrgemeindereferenten und Pastoralreferenten kündigt.«

»Die Johannesgemeinschaft«, stellte Rodenstock fest.

»Richtig«, nickte sie.

»Was ist das?«, fragte Emma.

»Eine Priestervereinigung. Nichts Offizielles, aber sehr einflussreich. Gegründet in den Achtzigern von einem Lehrer der jungen Priester«, erklärte Rodenstock. »Er war der Meinung, dass die Kirche zu viele Laien beschäftigt, dass der Priester als ganz besonderer Sendbote Gottes zunehmend darunter leidet. Der Mann heißt mit Vornamen Johannes, daher kommt der Name. Die Vereinigung ist ein Zusammenschluss von Leuten, die gegen Wortgottesdienste sind, die von Pastoralreferenten betreut werden und bei denen kein Priester benötigt wird. Sie sind strikt dagegen, dass Laien bei einem Gottesdienst kreativ mitwirken. In den Altarraum gehört ein Priester, niemand sonst. Dieser Gemeinschaft kann man nicht beitreten, man bekommt die Mitgliedschaft angetragen. Diese Leute sind sehr traditionsbewusst, was zum Beispiel zur Folge hat, dass die meisten die Messe in lateinischer Sprache lesen. Besonders auf dem

Land wie hier in der Eifel ist das natürlich grotesk. Die Priester predigen haarscharf an der Gemeinde vorbei, zitieren Lateinisches, was kein Mensch versteht. Sie sprechen so abgehoben, dass die Gläubigen in den Kirchenbänken das Gefühl bekommen müssen, sie seien in Wirklichkeit gar nicht gemeint.«

»Woher weißt du das?«, fragte ich verblüfft.

»Ich habe mal Fälle von sexuellem Missbrauch und Pädophilie bei Priestern untersuchen müssen. Da kommt man an diesen Erkenntnissen nicht vorbei.« Rodenstock grinste. »Diese Fälle zeichneten sich grundsätzlich dadurch aus, dass die Kirche jede Hilfe verweigerte. Es wurde gelogen und geleugnet in einem Ausmaß, das geradezu bizarr war. Aber wir haben Frau Steil unterbrochen.«

»Nein, nein«, sagte sie heftig. »Reden Sie ruhig weiter. Auch ich muss erst lernen, alles zu verstehen.«

»Dann erzähle ich mal von einem Fall, mit dem ich damals zu tun hatte. Ein Priester machte eine Reise mit einer Jugendgruppe. Ein Junge, auf den er besonders stand, wurde von ihm hypnotisiert und missbraucht. Dieser Priester war in Hypnose ausgebildet, muss man wissen. Er setzte also den Jungen unter Hypnose und skizzierte dabei das Bild, er habe dem Jungen den Blinddarm herausgenommen. Und damit das alles echt wirkte, malte er dem Jungen an der betreffenden Körperstelle eine Operationsnarbe auf und deckte sie mit einem Pflaster ab. Der Junge spürte tatsächlich Wundschmerzen. Unter dem Vorwand, diese Wunde müsse dauernd behandelt werden, ließ der Priester den Jungen allein in einem Raum liegen und erschien alle paar Stunden, zur Inspektion gewissermaßen. Man muss davon ausgehen, dass er den Jungen währenddessen missbrauchte, immer wieder. Der Junge erzählte später seinen Eltern davon. Zunächst geschah das Typische: Der Junge geriet in den Verdacht, ein Angeber, ein Aufschneider zu sein, jemand, der sich wichtigmachen will und dem die Fantasie durchgeht. Ich fasse mich kurz: Es dauerte zehn Jahre, ehe der Priester geständig war und ehe die Kirche sich bereit erklärte, sich bei dem Kind und seinen Eltern zu entschuldigen. Diese Entschuldigung konnte natürlich niemand mehr ernst nehmen. Derartige Ermittlungen gehörten zu dem Ekelhaftesten, was ich zu leisten hatte, denn man wird immer wieder damit konfrontiert, dass selbst die eigentlich Vernünftigsten aus der Kirchengemeinde entrüstet flöten: ›Unser Pfarrer? Doch niemals unser Pfarrer!‹ Ein Pfarrer ist eben unfehlbar.«

»Aber genau so eine Geschichte läuft doch wohl im Augenblick auch ab«, sagte Nadine Steil erregt.

»Davon wissen wir nichts«, stellte Rodenstock fest.

»Was ist denn passiert?«, fragte Emma.

»Einzelheiten weiß ich leider nicht genau«, antwortete Nadine Steil. »Jedenfalls spielt Sex eine Rolle.«

»Geht es denn um Schüler? Oder um Lehrer?«, fragte ich.

»Schüler sind die Opfer«, erklärte sie. »Aber wovon? – Keine Ahnung.«

»Entschuldigt eine alte Frau«, sagte Tante Anni. »Wir schweifen ab und Sex interessiert mich im Augenblick weniger. Wenden wir uns doch wieder Ihrem Mann zu. Erzählen Sie uns von ihm.«

Nadine Steil sah sie lange an und nickte dann. »Ja, natürlich. Wo fange ich an? Nun, Thomas und ich kannten uns schon seit der Schulzeit. Wobei ich zunächst andere Freunde und er andere Freundinnen hatte.« Sie lächelte in der Erinnerung. »Wie das so ist, wir trafen immer wieder aufeinander. Man sah sich bei der Kirmes, auf der Disco, bei Sportveranstaltungen, Feuerwehrfesten und so. Er war zwei Klassen über mir und machte logischerweise zwei Jahre vor mir Abitur. Jedenfalls sind wir irgendwann zusammengekommen. Und schon damals sagte er: ›Mit dir möchte ich mein Leben verbringen.‹ Ich bin aus allen Wolken gefallen, denn ich wusste, dass Thomas Priester werden wollte. Auf meine Frage antwortete er, er könne sich ein solches Studium über zwölf Semester aus finanziellen Gründen nicht erlauben. Außerdem habe er auch keine Lust, im Zölibat zu leben. Er sei nicht in der Lage, lebenslang zu mogeln. Ich habe vorgeschlagen, ich könnte ja seine Haushälterin werden. Wir haben sehr gelacht …«

»Sie heirateten«, sagte Emma sachlich. »Haben Sie je gedacht, dass das ein Fehler war?«

»Ein Fehler? Nein, nie! Weder ich noch Thomas. Ich bekam das erste Kind, das zweite Kind, das dritte Kind. Wir haben oft darüber geredet, ob wir alles richtig machen. Ob wir die Kinder richtig erziehen, ob wir gute Eltern sind. Aber wir haben nie überlegt, dass die Entscheidung zu heiraten falsch gewesen war. Dann erfolgten diese Schübe der Depression immer öfter und wurden heftiger. Schließlich beschlossen wir, uns eine Zeit lang mal gegenseitig loszulassen. Thomas nannte das ›Loslassen‹. Ja, sicher, die Sturm-und-Drangzeit war vorbei und der Partner längst nicht mehr so attraktiv. Ich denke, viele Ehen durchlaufen eine solche Phase. Und ich war neugierig auf ein anderes Leben.«

»Wer hatte zuerst einen neuen Partner. Sie oder Ihr Mann?«, fragte ich.

»Ich.«

»Und wie reagierte Ihr Mann?«

»Obwohl die Trennung von ihm ausgegangen war, abweisend und schroff. Er war plötzlich ein anderer Mensch. Nur selten hatte er versöhnliche Momente.«

»Was meinen Sie mit abweisend? Hat er Sie einfach ignoriert?« Tante Anni strahlte reine Güte aus.

»Nein. Das wäre ja nicht so schlimm gewesen ... Thomas war schon lange ausgezogen und mein Freund übernachtete oft bei uns. Die Kinder nahmen das nicht nur hin, sie mögen meinen Freund aufrichtig. Es war ein Sonntagmorgen, etwa gegen zehn Uhr. Da kommt Thomas ins Haus. Wir hatten ihn nicht gehört, er wollte auch bloß irgendwelche Akten holen. Plötzlich steht er in der Schlafzimmertür und sieht Matthias neben mir liegen. Wir waren beide nackt. Man muss dabei wissen, dass Thomas und Matthias sich seit vielen Jahren kannten, sie waren fast Freunde. Thomas steht also da und ist leichenblass. Matthias rutscht aus dem Bett und sagt: ›Entschuldigung!‹ Er will an Thomas vorbei, aus dem Zimmer raus. Auf einmal langt Thomas nach ihm, packt ihn oben am Hals und unten am Hintern und fegt ihn durch die Tür ins Treppenhaus. Es scheppert und donnert, die Kinder kommen angstvoll aus ihren Zimmern gerannt. Thomas schreit: ›Raus! Alle raus!‹ Matthias rappelt sich hoch, schnappt sich die Kinder und rennt mit ihnen in die benachbarte Scheune. Und dann legte Thomas los.«

Sie verstummte, die Erinnerungen bewegten sie. Tränen füllten ihre Augen und rannen über ihre Wangen.

Wir blieben still, störten sie nicht. Clarissa und Jeanne starrten betreten vor sich hin, Rodenstock schenkte Wein nach, Emma schüttelte Backwerk aus einer Tüte in einen kleinen Metallkorb und stellte ein großes Holzbrett auf den Tisch, auf dem Käse und Salami mit kleinen Holzspießchen aufgetürmt waren.

Endlich redete Nadine Steil weiter. »Thomas flippte komplett aus, ich habe ihn noch nie so erlebt. Er schrie mich an, ich sei eine Hure, ich sei die ewige Hure, die Maria Magdalena. Ich hätte sein Leben zerstört, ich würde sündig leben, der Herr habe mich längst verstoßen, das ewige Höllenfeuer würde mich erwarten, ich sei Unrat, Schmutz, dreckiger als ein Schwein. Es war so furchtbar, ich wollte nicht glauben, dass das mein Mann war. Und er hörte nicht auf. Bestimmt eine halbe Stunde lang tobte er herum. Dann verließ er das Haus wieder. Ich hatte diese Ausdrücke, mit denen er mich beschimpft hatte, noch nie aus seinem Mund gehört, das passte nicht zu dem Thomas, den ich kannte. Ich will ehrlich sein, ich dachte, er sei verrückt geworden, reif für die Irrenanstalt.«

»Das kann für diese Minuten in Ihrem Haus durchaus zutreffen«, nickte Tante Anni. »Ich nehme an, er hat Sie angerufen, um sich zu entschuldigen.«

»Stimmt. Drei oder vier Tage später. Aber für so etwas kann man sich nicht entschuldigen, das ist passiert und die Uhr lässt sich nicht zurückdrehen.«

»Was ist mit der Frau beziehungsweise den Frauen, mit denen Ihr Mann sich einließ?«, fragte Rodenstock.

»Ich weiß gar nicht, ob er sich richtig mit ihnen einließ.« Sie lächelte flüchtig. »Nicht nur mit der ersten hatte er kein Glück, die Frauen kamen und verschwanden schnell wieder. Einmal rief er an und sagte unter Lachen: ›Alle, außer dir, sind einfach blöde!‹«

»Und die Kinder?«, fragte Emma. »Ich meine, wie sind die mit der Situation klargekommen?«

»Ich habe ihnen beigebracht, dass Liebe kommt, aber auch wieder gehen kann. Das haben sie akzeptiert. Sie kennen auch genau den Unterschied zwischen Eros und Sexualität.« Sie machte eine Pause, horchte in sich hinein. »Jedenfalls hoffe ich das«, setzte sie nach.

»Sagen Sie mal«, Tante Annis Ton wurde härter, »höre ich das richtig zwischen den Zeilen heraus? Kann es sein, dass Sie Ihren Mann noch immer lieben?«

»Ja.« Es klang so, als hätte sie oft über diese Frage nachgedacht und nun endlich eine Antwort gefunden. »Ich habe nie aufgehört damit. Das war mir aber bis heute selbst nicht klar.«

Rodenstock räusperte sich. »Kommen wir jetzt einmal zu dem Gymnasium. Ist das etwas Besonderes? Oder ist das ein Gymnasium wie jedes andere auch?«

»Nein, nein. Das ist eine Eliteschule. Siebenhundert Schüler, rund siebzig Lehrer. Unter der Leitung von einigen Brüdern des Ordens der Knechte Christi. Das ist ein Missionsorden. Aber es gibt kaum noch Patres, denen fehlt der Nachwuchs. Aber die sechs oder sieben Patres bestimmen, was katholisch ist und was nicht. Thomas kommentierte das mit: ›Hauptsache katholisch!‹ Ich würde ergänzen: Hauptsache erzkonservativ katholisch.«

»Ist das eine private Schule?«, fragte ich.

»Nein, nein, da kann jeder hingehen. Zumindest theoretisch. Praktisch ist es so, dass der Grundschullehrer bei dem betreffenden Kind ausdrücklich vermerkt: ›Empfohlen für St. Blasius!‹ Dann werden keine Fragen mehr gestellt, das bedeutet, dass das Elternhaus katholisch konservativ ist und in der richtigen Spur läuft.«

»Das ist kein Internatsbetrieb?«, vergewisserte sich Emma.

»Nein. Den jüngeren Klassen wird empfohlen, bis nachmittags zu bleiben, dann können die Kinder dort ihre Hausaufgaben unter Aufsicht machen. Mein Mann hat da schon mal ausgeholfen, wenn Not am Mann war.«

»Dann ist die Schule der Allgemeinen Dienstleistungsbehörde in Trier unterstellt?«, fragte Rodenstock.

»Richtig. Das ist ein normales Gymnasium, aber eben eine Eliteanstalt. Wer da das Abitur macht, der hat eine klare Bahn vor sich, der hat die ersten Jobs schon in der Tasche und der hat in der Regel auch die Eltern, die die richtigen Kontakte haben. Thomas meinte mal, das käme ihm so vor wie ein Treibhaus: schwül, engstirnig und entsetzlich bigott.« Sie lachte auf. »Das erinnert mich an das Hermine-Desaster! Interessiert Sie das?«

Ein einhelliges Nicken war die Antwort.

Nadine Steil grinste immer noch. »Hermine war zwölf und der Computer ihr liebstes Spielzeug. Wobei Spielzeug eigentlich eine falsche Bezeichnung ist, die Kleine war ein Genie mit dem Ding. Sie hat Thomas mal die Einsatzpläne der Bundeswehr für den Kongo auf den Rechner geholt. Na ja, eines Tages kommt diese Hermine in die Schule und teilt ihren Mitschülern aufgeregt mit: ›Ich habe jetzt ein spezielles Programm für harte Pornos. Seht auf meiner Seite nach, *www.Hermine.de.* Wenn man das eingab, öffnete sich tatsächlich eine Website mit wirklich harten Pornos, zum Teil schon ekelerregenden Fotografien und schlimmen, schweinischen Texten und tausend Links und Querverweisen auf ähnliche Angebote. Schnell machte unter den Schülern die Botschaft die Runde, alle besuchten Hermines Seite. Das ging volle acht Wochen so, die Schüler waren unruhiger als sonst, tuschelten und kicherten. Natürlich gab es auch welche, die das widerlich fanden, aber verraten hat keiner was. Allerdings druckten sich einige Schüler Seiten aus und über kurz oder lang musste es so kommen, wie es kam: Die ersten Eltern entdeckten bei ihren Kinder pornografisches Bildwerk. Aufgeregt wurde eine Elternversammlung einberufen und man kam zu dem Entschluss: Da muss sofort etwas passieren! Und was passierte? Der Leiter der Schule verdonnerte die Eltern und alle anderen Beteiligten zu absolutem Stillschweigen. Er ließ seine Lehrer in den Klassen verkünden: ›Diese Schweinerei hat nicht stattgefunden. Wer darüber spricht, fliegt von der Schule. Eltern, die darüber sprechen, müssen damit rechnen, dass ihre Kinder der Schule verwiesen werden.‹ Mit anderen Worten: Das Hermine-Desaster hat es nie gegeben.«

»Was ist aus dieser Hermine geworden?«, fragten Tante Anni und Clarissa gleichzeitig.

»Im Nachhinein hat sich herausgestellt, dass Hermine das Programm auf einer CD im Aktenkoffer ihres Vaters gefunden und dann auf ihren PC geladen hat. Die Mutter hat sich scheiden lassen und ist mit dem Kind und der angeblichen Morgengabe von rund zwei Millionen Euro aus der Eifel verschwunden.«

»Das lässt mich an das Klima in den Dörfern vor und nach dem Zweiten Weltkrieg denken.« Rodenstock starrte vor sich hin und seufzte: »Ach Gott, die traditionelle Volksfrömmigkeit, das furchtbare Unwissen, das so viel Unheil säte.«

»Wovon sprichst du?«, erkundigte ich mich.

»Vom Einfluss der katholischen Kirche in der Eifel«, gab er zur Antwort. »Von was sonst? Das ist ein trübes Kapitel, nicht aufgearbeitet, kaum reflektiert. Das passt jetzt aber nicht hierher. Frau Steil, was wissen Sie über Sven Dillinger und seine Clique?«

»Nicht viel. Thomas sagte mal, jede Schule leiste sich einen Rebellen, und meinte damit Sven. Wissen Sie was? Thomas hat Tagebuch geführt. Das könnte ich Ihnen geben. Allerdings bräuchten Sie einen Übersetzer, denn er hat es auf Altgriechisch geführt.«

Auf Rodenstocks Gesicht machte sich ein freudiges Grinsen breit. »Das ist ja wunderbar! Altgriechisch kann ich selbst. Wenn Sie mir also das Tagebuch geben würden – ich wäre Ihnen sehr dankbar. Ich missbrauche es auch nicht.«

»Du gibst hier eine erstaunliche Vorstellung«, murmelte ich. »Erst glänzt du mit Kenntnissen über Volksfrömmigkeit und dann kannst du Altgriechisch lesen.«

»Du kennst seine versteckten Werte eben nicht«, strahlte Emma. »So ist er, der Held meiner späten Tage.«

Wir lachten und alle griffen zu ihren Gläsern. Eine Spannung schien zu weichen.

»Ich glaube, ich muss jetzt nach Hause«, sagte Nadine Steil, nachdem sie ihr Glas wieder auf den Tisch gestellt hatte.

»Ist dort jemand?«, fragte Emma.

Sie schüttelte den Kopf. »Matthias ist beruflich unterwegs, die Kinder sind bei meinen Eltern und dort sollen sie auch einige Tage bleiben.«

»Schlafen Sie hier«, sagte Emma sehr bestimmt. »Sonst kommen heute Nacht die Geister.«

Nadine Steil wirkte einen Moment verblüfft, dann verzog sich ihr Mund zu einem Lächeln. »Danke schön, das Angebot nehme ich gerne an.«

»Wir können noch nicht viele Lücken schließen.« Rodenstock deutete auf die beiden Packpapierbahnen an der Wand. »Wir wissen ungefähr, wann Sven getötet und erschossen wurde und dass er und Gabriele mit derselben Waffe getötet wurden. Da auch ihre Wagen beieinanderstanden, sollten wir davon ausgehen, dass die beiden aufeinandergetroffen sind. Die Frage ist, wann und wo?«

»Wir sollten alle Mitglieder dieser Clique befragen. Neben Dickie Monschan und Alex Wienholt gehören wohl dazu: Marlene Lüttich, Sarah Schmidt, Benedikt Reibold, Karsten Bleibtreu und Isabell Prömpers. Ich selbst befrage als Nächste diese Isabell. Sie war so was wie Svens feste Freundin, die interessiert mich.« Ich stopfte mir eine uralte Dunhill, die ich von meinem Vater geerbt hatte, eine klassische, rechtwinklige Kostbarkeit, so einfach und schlicht, dass Oscar Wilde seine Freude daran gehabt hätte.

»Was ist mit der Schulleitung?«, sagte Emma. »Ich würde mir gern Pater Rufus anhören.«

Tante Anni kniff die Lippen zusammen. »Sagt mal, bei all der Konzentration auf die Clique und die Schule – wir können damit vollkommen danebenliegen! Gibt es denn keinen anderen Lebensbereich, in dem Motive zu finden sein könnten?«

»Sehe ich bis jetzt nicht«, antwortete ich. »Ist natürlich möglich, dass sich irgendeine Elternclique als eine kriminelle Vereinigung entpuppt. Aber so etwas kommt in der Eifel relativ selten vor. Nach wie vor sollten wir uns von der Frage leiten lassen: Wer kreuzigt einen Achtzehnjährigen?«

»Kann das eigentlich bedeuten, dass Sven ein ernst zu nehmender Gegner war? Dass man ihn jagte?«, fragte Emma.

»Hm«, antwortete Rodenstock. »Er war auf jeden Fall sehr wichtig. Sonst hätte man sich nicht so viel Mühe mit ihm gegeben.« Er wandte sich an mich. »Übrigens haben die Kriminaltechniker herausgefunden, mit was für einer Kettensäge die Birke umgelegt und zerteilt worden ist: eine kleine Stihl mit einem fünfunddreißiger Blatt, wie sie hier in der Gegend zu Hunderten in den Werkstätten hängen. Das ist also nicht sehr hilfreich.«

»Hat man denn in den Autos Spuren gefunden?«, fragte ich.

»Ja. Beide haben jeweils in beiden Autos gesessen. Weshalb ihre Handys in den Handschuhfächern lagen, ist nach wie vor unklar. Die Speicher der Handys enthalten nichts Auffälliges beziehungsweise vielleicht doch, denn sie enthalten so gut wie keine Daten. Die beiden haben sich gegenseitig angerufen, das immerhin wissen wir. Und: Beide Handys sind erst ein paar Tage zuvor von einem Menschen namens B. Herbert in Bonn gekauft worden. Leider stimmt die angegebene Adresse und damit wahrscheinlich auch der Name nicht. Unterm Strich bleibt niente, nada, nichts.«

»Woher stammt das Tuch, das um Svens Hüfte geschlungen war?«, fragte Emma.

»Das ist ein teurer Stoff, aus dem normalerweise edle Damenkleider geschneidert werden. Mehr ist nicht bekannt.«

»Und was ist mit diesem Matratzenlager, das ich im Keller entdeckt habe?«

»Die Untersuchungen sind noch nicht abgeschlossen. Fest steht, dass sich dort mehr als zwei Personen aufgehalten haben. Die Techniker haben Samen und andere Körpersäfte gefunden, Speichel zum Beispiel. Fest steht auch, dass das Matratzenlager seit mindestens zwei Jahren eingerichtet war. Das besagt das Alter der Spuren. Aber es gibt keine Fingerabdrücke. Auch nicht auf den Flaschen.«

»Irgendjemand will, dass wir überlegen, was fehlende Fingerabdrücke zu bedeuten haben.« Emma zündete sich einen Zigarillo an.

»Man kann es auch anders lesen: Sucht nicht nach Fingerabdrücken, sie sind nicht wichtig«, murmelte Tante Anni.

Beinahe ärgerlich stieß Rodenstock hervor: »Okay, okay. Aber wenn die Fingerabdrücke nicht wichtig sind, was ist dann wichtig?«

»Die Kreuzigung«, antwortete Tante Anni. »Wir sollen nicht nach Spuren suchen, die jemanden belasten, wir sollen uns auf die Kreuzigung konzentrieren und herausfinden, was das bedeutet.«

»Thomas Steil meinte, dass Sven Dillinger kein auffälliges Interesse für das Kreuzigungsthema an den Tag legte«, warf ich ein.

»Na ja, du musst das von einem anderen Standpunkt betrachten. Denk nicht an das Kreuzigungsopfer, sondern an andere, denen die Kreuzigung möglicherweise viel bedeutet.« Emma paffte den übel riechenden Qualm flach über den Tisch. Und dann kam etwas für Emma Typisches. Sie grinste, es leuchtete auf wie ein Strohfeuer. »Was ist, wenn die Clique Sven erschossen und gekreuzigt hat?«

»Auf keinen Fall!«, erwiderte ich sofort. »Die Jugendlichen trauern echt und tief, das ist existenziell. Außerdem deutet der Kopfschuss auf sehr viel Kaltblütigkeit hin. Die Clique? Niemals!«

»Wir betreiben Haarspaltereien«, stellte Rodenstock fest. »Lasst uns hier aufhören und schlafen. Leute, ab nach Hause, ich bin todmüde, auch wenn ich gar nichts getan habe.«

Es war zwei Uhr in der Nacht, als ich bei sanftem Regen Tante Anni vor ihrer Tür absetzte.

»Halt mich um Gottes willen auf dem Laufenden, wie das weitergeht«, forderte sie zum Abschied.

»Das mache ich, aber erst mal hat die Meute Ruh.«

»Das ist ja alles unwahrscheinlich spannend«, Jeanne klang begeistert.

»Ich habe so was schon mal mitgemacht«, gähnte meine Tochter. »Am Ende kommt keiner mehr zum Schlafen und alle sind reif für die Insel.«

Die beiden belegten das Bad eine geschlagene Dreiviertelstunde und ich hockte im Wohnzimmer und versuchte, Fernsehnachrichten zu finden. Aber auf den vierzig Kanälen gab es kaum ein anders Thema als die Fußballweltmeisterschaft, die in wenigen Tagen anrollen würde. Immerhin entdeckte ich auf n-tv ein Spruchband, auf dem zu lesen stand, der amerikanische Präsident habe versichert, das Massaker von Haditha aufmerksam zu untersuchen, falls es denn irgendetwas zu untersuchen gäbe. Auf Teneriffa waren an einem einzigen Tag achthundert Schwarzafrikaner an Land gegangen, gekommen in Nussschalen ohne ausreichend Wasser, ohne irgendetwas zu essen. Und einer von ihnen strahlte, er sei glücklich, in Spanien zu sein. Toronto meldete den wahrscheinlichen Bau einer schmutzigen Bombe. Ich schaltete um und sah einen sogenannten Comedian, der anstelle seines Kopfes einen Fußball trug. Es war absolut nichts los auf diesem Planeten.

Auftritt der beiden Grazien in dünnen Hemdchen.

»Wir wollten Gute Nacht sagen.«

»Schlaft gut, ihr Töchter der Schönheit, morgen gehen wir ein Eis essen.« Ich weiß nicht, warum ich dauernd zu Versprechen neige, die ich nicht einhalten kann.

Als Rodenstock anrief, war es sieben Uhr. Er sagte ohne Übergang und freundliche Einleitung: »Es ist etwas Merkwürdiges passiert. Kurz hinter Guben an der deutsch-polnischen Grenze ist ein roter Porsche 911 mit etwa zweihundertzwanzig Stundenkilometern gemessen worden. Das Nummernschild lautet K XX 10 – der Wagen von Gabriele Sikorski. Zwei Personen, eine Frau und ein Mann, saßen drin. Die Aufnahme ist schon am vergangenen Sonntag gemacht worden, gegen dreiundzwanzig Uhr. Da lebten Gabriele und Sven noch.«

»Wie kommst du jetzt an diese Information?«

»Wie wohl?«

»Was schlägst du vor?«

»Wir fahren hin«, antwortete er. »Vielleicht erfahren wir vor Ort mehr. In einer Stunde?«

»Okay, in einer Stunde.«

Ich schrieb meinen Mädels einen Zettel mit der Nachricht, ich sei mal kurz weg und sie sollten sich anständig benehmen, packte meine Zahnbürste ein und verließ das Haus.

VIERTES KAPITEL

Wir hatten Rodenstocks Wagen genommen und er fuhr wie immer hoch konzentriert und schnell. Ich senkte die Lehne nach hinten und schlief schon, als wir die Autobahn noch nicht erreicht hatten. Rodenstock ist der einzige Mensch, bei dessen Fahrweise ich schlafen kann. Ich wurde erst wach, als er hinter dem Dernbacher Dreieck auf der A3 auf Limburg zubrauste.

»Ich quäle mich«, sagte er, nach einem kurzen Blick zu mir. »Wenn tatsächlich Gabriele Sikorski und Sven Dillinger in dem Wagen saßen – was wollten sie an der polnischen Grenze? Hast du eine Idee?«

»Nein. Aber ich habe eine andere Frage. Was sollte deine Bemerkung über Volksfrömmigkeit in der Eifel?«

»Tradition und Volksfrömmigkeit sind Begriffe, mit denen die Eifel heute noch in Zusammenhang gebracht wird, obwohl sie nicht mehr passen. Aber über lange Jahrzehnte charakterisierte das die Eifel sehr treffend. Denn Tradition und Volksfrömmigkeit ist es zu verdanken, dass die Bewohner der Eifel regelrecht eingepfercht werden konnten.« Er atmete heftig aus. »Das ist ein Kapitel in der Geschichte, über das nicht geredet wird: Die Eifel war wie ein Gefängnis und der Aufseher war die katholische Kirche.«

»Das klingt aber verdammt wütend.«

»Das macht mich wütend«, nickte er. »Vor allem weil das eine selbst verschuldete Inhaftierung war. Natürlich kenne ich die Entschuldigungen, warum die Eifler es dazu haben kommen lassen. Zum Beispiel von dir. Du gehörst nämlich auch zu denen, die da den starren Blick haben.«

»Was meinst du?«

»Hast du mir nicht mal erklärt, dass die Eifel das Pech hatte, wegen der Grenzlage zu den westlichen Nachbarn ein Aufmarschgebiet gewesen zu sein? Dass ihr Landesherr in dieser Gegend nichts anderes als einen strategisch wichtigen Landstrich sah? Kennst du diese Worte noch?«

»Ja, sicher. Aber das ist doch nicht falsch, oder?«

»Nein. Aber das ist nur die Hälfte der Wahrheit. Und es ist eine fantastische Entschuldigung für die Eifel und ihre Bewohner, es macht die Sache irgendwie niedlich. Über die andere Hälfte wird nie gesprochen. Die Eifler selbst sehen es nicht und die katholische Kirche hat kein Interesse daran.«

»Kannst du das ein bisschen ordnen?«

»Fangen wir bei der Auswanderung im neunzehnten Jahrhundert an. Da sind ganze Dörfer mit Mann und Maus von heute auf morgen verschwunden. Sie machten sich auf den Weg in die USA, nach Australien, nach Neuseeland. Du hast diese Auswanderung mal damit begründet, dass hier so eine entsetzliche Armut herrschte. Sie flohen aber nicht nur vor der Armut. Sie flohen auch vor der Knute der Pfarrer. Diese Pfarrer predigten, dass allein das göttliche Sittengesetz alles regle. Alles, was einem widerfährt, sei vom lieben Gott so gewollt und ewiglich. Was natürlich ein Standpunkt ist, den man fast schon dummdreist nennen kann. Tatsächlich, mein Lieber, ist die Eifel nur deshalb so lange zurückgeblieben, weil niemand aus der Eifel heraus- und in diese Gegend hineinkam. Die Leute lernten einfach nichts Neues kennen. Was den Pfarrern nur recht war, so konnten sie weiter ohne Widerspruch ihre Botschaften verkünden und ihre Pfründe bewahren.«

Rodenstock wechselte in Limburg-Nord auf die B49, das Tempo war nach wie vor hoch.

»Was für ein Geist hier herrschte, kann man ja in zahlreichen Schriften nachlesen. Genauso wie, was passierte, wenn dann doch mal jemand in die Welt hinausging. Denk an *Das Weiberdorf* von Clara Viebig. Darin haben die Männer das Dorf verlassen, um im Kohlenpott Geld zu verdienen. Als sie zurückkehrten, waren diese Männer andere Menschen geworden und das Netz von Zwängen und Ritualen, das das Eifeldorf bestimmte, zeigte sich in voller Klarheit. Im Ruhrgebiet hatten sie nämlich Menschen anderen Glaubens getroffen, Menschen, die anders lebten, Menschen, die andere Erfahrungen gemacht hatten, Menschen, die anders über Sexualität und Eros dachten. Oder der Philosophieprofessor Johannes Nosbüsch. Der hat unter dem Titel *Es werde Licht* zurückgeblickt auf seine Kindheit in der Eifel. Nosbüsch verweist darauf, dass anlässlich des Baus des Westwalls in den Jahren 1938/39 zum ersten Mal Menschen in die Eifel kamen, die mit katholischer Enge überhaupt nichts anfangen konnten. Die auch nicht bereit waren, das Diktat der katholischen Kirche anzuerkennen. Eine Episode, die er schildert, geht so: Diese Westwallarbeiter waren in der Regel bei Bauern einquartiert. Und wenn sie abends von der Arbeit heimkehrten, dann zogen sie sich die Hemden aus und wuschen sich mit nacktem Oberkörper am Dorfbrunnen. Sehr zur Empörung der Tugendwächter. Die anständigen katholischen Frauen des Dorfes holten sich die Genehmigung des Pfarrers ein und beschimpften diese Arbeiter, sich so zu zeigen sei Sünde und der Herrgott werde sie gewaltig bestrafen.«

»Und? Kannten die Eifler Seife?«

»Gute Frage. Kannten sie, aber nicht zur Reinigung des Körpers. Die hygienischen Zustände waren erbärmlich. Dafür glaubten sie eben an ihre reinen Seelen. Nicht realisierend, dass sie in Abhängigkeit gehalten wurden. Alles Neue war ausdrücklich vom Teufel. Die Frauen bekamen acht, zehn, zwölf Kinder. Das war die Regel, nicht die Ausnahme. Warum? Unter anderem, weil die Pfarrer diesen Frauen einbläuten, es sei ihre Pflicht vor Gott, Kind nach Kind in die Welt zu setzen.« Rodenstock lachte bitter auf. »Wobei der Beischlaf an sich natürlich des Teufels war. Die einzige Entschuldigung für Beischlaf war die Notwendigkeit, ein Kind zu zeugen. Der Dank dafür, dass eine Frau den schmerzhaften Vorgang der Geburt hinter sich gebracht hatte, war übrigens dann zunächst, dass sie als unrein galt. Sie musste sich aussegnen lassen.«

»Ja, manches ist verlogen …«

»Verlogen?« Rodenstock hieb wütend auf das Lenkrad. »Das ist bigott! Da wird in der Nähe von Wittlich eine achtzehnjährige Magd schwanger. Der Erzeuger ist der Bauer, der dieses Mädchen nötigte, wann immer er wollte. Allerdings durfte das offiziell natürlich niemand wissen. Jedenfalls wurde die junge Frau hochschwanger zur Geburt in ein Krankenhaus gebracht. Bei der Geburt erleidet sie einen Dammriss. Da sagt der behandelnde Arzt: ›Das machen wir schon, du bekommst eine Narkose, dann tut es nicht so weh.‹ ›Kommt nicht infrage!‹, fährt die anwesende katholische Nonne dazwischen. ›Herr Doktor, die Frau hat gesündigt!‹ Und da das Krankenhaus von den Nonnen betrieben wurde, verzichtete der Arzt tatsächlich auf eine Betäubung. Solche Geschichten gibt es zu Hunderten. Zum Glück reden die alten Frauen nämlich endlich darüber, was ihnen widerfahren ist. Diese Dörfer waren wie Treibhäuser, schwül und sündig. In alles redete die Kirche rein, egal ob in das Leben vor der Ehe oder danach. Die Kirche stellte Maßregeln für den sexuellen Umgang auf, indem sie kurzerhand alles als Sünde erklärte. Aber trotzdem hat sich keiner daran gestört, wenn sich der Bauer in aller Öffentlichkeit an der Magd vergriff. Das gehörte eben dazu und war normal.«

»Und du meinst, das hat sich geändert?«

»Auf jeden Fall. In den Sechziger- und Siebzigerjahren des letzten Jahrhunderts ist ein gewaltiger Ruck durch das Land gegangen. Die Eifler waren gezwungen, in zehn Jahren ein ganzes Jahrhundert aufzuholen. Aber sie haben es bravourös geschafft. Mussten sich allerdings auch harten Einsichten stellen. Der Pfarrer war plötzlich ein Mann, der durchaus nicht immer recht hatte. Man musste zur Kenntnis nehmen, dass wunderbare Pfarrer, die sich für ihre Gemeinde engagierten und viel Gutes taten, sich als Männer mit einem verhängnisvollen Hang zur Pädophilie entpuppten. Wobei ich denke, dass die meisten mit der Erkenntnis, dass Pfarrer fehlbar, also auch nur Menschen sind, leben können. Anders sieht es zum Teil bei den Kirchenleuten selbst aus. Habe ich selbst erlebt, dass ein katholischer Priester vor mir saß, der vollkommen fassungslos sagte: ›Aber ich bin Priester, ich bin ein geweihter Mann, ich bin unantastbar.‹«

»Glaubst du, dass die Kirche eine Zukunft hat?«

»Tja, schwierig zu sagen. Es wird ja behauptet, die Kirche resigniere, sie ziehe sich zurück. Und tatsächlich tut sie das auch. Die Versorgung mit Priestern ist dermaßen dünn geworden, dass in Zukunft ein Pfarramt zuständig sein wird für etwa sechstausend Gläubige. Dann ist Schluss mit persönlicher Seelsorge, Kirchen werden entweiht und verkauft werden. Das Ruhrbistum in Essen hat schon einhundert Kirchen aufgegeben, in der ZEIT gab es eine gute Reportage. Da fragte der Reporter einen Küster, was denn mit seiner Kirche geschehen solle. Antwortet der Mann: ›Na ja, letztlich ist das egal, Hauptsache kein Puff.‹ Wenn die Kirche nicht ihre Positionen überdenkt, zum Beispiel Frauen zum Priesteramt zulässt und den Zölibat endlich aufgibt, wird die Volksflucht anhalten.«

»Und der Weltjugendtag in Köln?«

»Das ist ein Event, die große Show, nichts Stabiles. Das ist doch lachhaft: Der Kirchentag in Saarbrücken fordert soziale Gerechtigkeit. Dabei wissen die Leute genau, dass diese Forderung von der Kirche selbst nicht erfüllt wird. Wenn ein katholischer Priester seines Amtes enthoben wird, weil er die Kommunion auch an evangelische Christen verteilte, aber gleichzeitig ein ökumenischer Gottesdienst vom Vorsitzenden der katholischen Bischöfe und einem evangelischen Bischof gehalten wird, sind die Leute verwirrt, verstehen die Welt nicht mehr. Aber erklärt haben wollen sie das eigentlich auch nicht. Denn die Erklärungen sind immer die gleichen und sie sind immer gleichermaßen arrogant. Im Notfall wird als Beweis noch ein Zitat vom heiligen Augustinus angefügt – und niemand kann den Gegenbeweis liefern, dass er das nie gesagt hat.«

»Du wirst giftig.«

»Ja, und das mit Genuss. Und jetzt übernimmst du gefälligst das Steuer. Ich fahre doch nicht ewig für so junge Spunde, die einfach nur zu faul sind.«

Wir hielten an einer Raststätte, aßen etwas und fuhren dann weiter.

Rodenstock brummelte: »Wenn ich so Monologe spinne, komme ich mir hinterher immer ekelhaft vor. Als wüsste ich etwas besser. Dabei weiß ich alles besser, aber daran ändern kann ich nichts.«

Gegen Mittag schlugen wir von Dresden aus auf der A13 die nördliche Richtung ein.

»Wissen wir überhaupt, wo wir hin wollen?«

»Ja, ich habe eine Adresse. Ein Kripomann, zu dem Kischkewitz vor Jahren mal Kontakt hatte, er soll sehr freundlich sein.«

»Und wie lautet die Adresse?«

»Fahr nach Staakow, ein Nest an der B320. Der Mann heißt Dietrich Heimwart und ist heute am Sonntag hoffentlich zu Hause.«

Um Punkt vierzehn Uhr standen wir vor dem Haus und alles war aus Plastik: die Fenster, die Türen. Im Vorgarten hielt ein alter Reichsadler Wacht. Ein Meter Plastik. Gartenzwerge, etwa ein Dutzend – Plastik. An der Hauswand ein Rehkitz mit Mutter, Plastik. Auf einem Rasenstreifen eine Bank, Plastik.

»Lieber Gott!«, betete Rodenstock fromm.

Von dem Mann, der uns öffnete, erschien als Erstes ein gewaltiger Bauch, über dem das blaue, billige Hemd aufklaffte. Er trug Jeans. Das Gesicht war krebsrot, die Augen von einem strahlenden Blau. Der Schnauzbart hatte das Format eines Dickichts. Der Mann war vielleicht fünfzig Jahre alt und wusste mit uns nicht das Geringste anzufangen.

»Was wollt ihr, Leute?«, fragte er.

»Grüße ausrichten, von Oberrat Kischkewitz«, erklärte Rodenstock. »Und um Amtshilfe bitten. Es geht um diesen Raser, um diesen roten Porsche, den ihr mit zweihundertzwanzig Sachen fotografiert habt.«

»Ach so, das«, sagte er. »Deswegen kommt ihr extra her?«

»Extra«, nickte ich.

»Na ja, ihr müsst das wissen. Viel kann ich nicht sagen. Kommt rein.« Er drehte sich um und ging vor uns her in einen beinahe lichtlosen Raum mit betörenden innenarchitektonischen Glanzlichtern. Heimwart ließ sich in einen Sessel fallen und deutete mit der rechten Hand auf ein Sofa. Es war riesig und mit einem Samt von einem dunklen, leuchtenden Rot bespannt. Der ganze Raum war mit Holz vertäfelt, kackbraun und dunkel wie unter Tage. Und überall Nippes. Eine ganze Bildserie von immer demselben dunkelhaarigen Mädchen, unter dessen Wimpern eine Träne quoll –

in Grün, in Rot, in Blau, in Gelb. Jede Menge Reiher, in Holz, in Stein, in Glas. Ein gewaltiger Ölschinken, auf dem ein Auerhahn balzte. Und die Fotografie eines aufgerichteten Grizzlys von gut zwei Metern. Wahrscheinlich lebte das Tier im Oderbruch und riss wöchentlich sechs bis acht Schafe.

»Reizend hast du es hier«, murmelte Rodenstock.

»Das ist meine Frau, die mag das so. Ich selbst sitze lieber im Garten hinterm Haus und grille. Wollt ihr ein Bier?«

»Ja, gern. Mein Kumpel hier, der Siggi, trinkt aber nur Wasser.«

Heimwart musterte mich, als hätte Rodenstock einen Charaktermangel festgestellt, stand dann auf und wankte durch die Tür davon. Er kehrte mit einem Kasten Bier in der Hand zurück, den er der Einfachheit halber neben seinem Sessel deponierte. Ich bekam eine Flasche Wasser. Und sogar ein Glas.

»Ja, wir haben diesen Porsche mit hoher Geschwindigkeit geblitzt. Wie viel genau er über zweihundert lag, wissen wir gar nicht, weil das Gerät bei zweihundert Schluss macht.«

»Und wer ist auf dem Foto zu sehen?«, fragte Rodenstock und nuckelte an seiner Bierflasche.

»Eine Frau am Steuer«, antwortete er, »und ein Mann daneben, aber der ist nicht deutlich zu erkennen.« Er grinste. »Normalerweise heißt es ja immer, Autos dieser Art seien auf dem Weg nach Polen, aber der war in entgegengesetzter Richtung unterwegs.«

»Woher wisst ihr das?«

Heimwart nahm einen Schluck aus der Flasche und wir mussten uns ein wenig gedulden.

»Der Zoll überwacht den Grenzübergang in Guben mit Kameras. Wir haben die Filmaufnahmen gesehen.«

»War der Wagen allein unterwegs oder fuhr er mit jemandem Kolonne? Ist das zu erkennen?«

»Meiner Erinnerung nach gab es kein Begleitfahrzeug. Tja, die Frau wird nicht mehr viel Spaß an dem Auto haben. Der Führerschein ist erst mal weg.«

»Wenn die Halterin des Wagens mit der Fahrerin identisch ist, ist die Frau erschossen worden«, stellte Rodenstock fest.

»O je«, sagte Heimwart, aber auf großes Interesse stieß die Nachricht offensichtlich nicht.

»Und den Mann neben ihr kann man gar nicht erkennen oder nur schemenhaft?«, bohrte Rodenstock weiter.

»Schemenhaft. Ich verstehe immer noch nicht, was ihr hier wollt.«

»Ein Mann, wahrscheinlich dieser Mann, wurde ermordet. Genauer gesagt: erst erschossen und dann gekreuzigt.«

»Sieh mal einer an«, sagte Heimwart in stiller Heiterkeit. »Was es nicht alles gibt, sieh an. Ja, davon habe ich gelesen.«

»Wir sind hier, Kollege, damit wir auf dem kleinen Dienstweg von dir die Fotos der Geschwindigkeitskontrolle und die Filmaufnahmen vom Grenzübergang Guben kriegen. Hat Kischkewitz dich nicht vorgewarnt, dass wir kommen?«

»Doch. Ansehen könnt ihr alles, aber kriegen ist unmöglich. Wo kommen wir denn sonst hin?«

Rodenstock verlor langsam seine Höflichkeit. Ich merkte es daran, dass er seine Hände zu Fäusten schloss und dann wieder öffnete. Das wiederholte sich immer schneller.

»Gut. Dann lass uns die Aufnahmen sehen. Wir werden dann von zu Hause aus einen Hilfeantrag an deine Staatsanwaltschaft richten. Die können uns das Material schicken.«

»Können sie nicht. Beziehungsweise wenn sie es können, werden keine Aufnahmen mehr da sein.«

Rodenstock durchschaute ihn schneller als ich. Er fragte: »Wie viel?«

»Zwei Tausender. Ohne Quittung. Saubere Sache.« Heimwart strahlte uns an und setzte hinzu: »Die Kumpel vom Zoll wollen schließlich auch was haben.« Dann stand er auf. »Ich hole das Material.« Er verließ den Raum.

»Da stimmt doch was nicht«, sagte ich leise.

»Ja, aber was?«

Kumpel Dietrich kam zurück und legte eine DVD und ein paar DIN-A4-Blätter auf den Tisch. »Das ist es.«

Auf den Papieren war Gabriele Sikorski klar zu erkennen. Und neben ihr saß tatsächlich Sven Dillinger, leicht verwischt, aber eindeutig.

»Nimmst du auch einen Scheck?«, fragte Rodenstock.

»Aber ja, warum nicht.«

Rodenstock ließ sich Zeit, Rodenstock tastete sämtliche Taschen ab, Rodenstock fand nach einer Ewigkeit sein Scheckheft. Rodenstock stellte für den Herrn Dietrich Heimwart, Staakow, einen Barscheck über zweitausend Euro aus und schob ihn Richtung Heimwart.

»Falls du mich linkst, wirst du den Tag bereuen, an dem du mich getroffen hast.«

»Sieh dir das Material doch gleich an«, sagte er etwas weinerlich. »Dann weißt du, dass ich anständig liefere.«

Eine Weile herrschte Schweigen.

»Was ist passiert?«, fragte Rodenstock behutsam.

Er hatte die Augen geschlossen. »Meine Frau, meine Frau ist weg.«

»Wohin?«

»Ich weiß es nicht. Mein Sohn ist auch weg. Schon vor einem halben Jahr.«

»Und?«

»In einer Woche versteigert die Bank das Haus.«

»Und du sitzt hier und trinkst Bier.«

»Was soll ich sonst machen? Alles bricht weg.« Heimwart schlug beide Hände vor das Gesicht und schluchzte auf.

»Du bist gar kein Polizist mehr, nicht wahr?«

»Sie haben mich gefeuert.«

»Wann war das?«

»Vor fünf Monaten.« Er nahm die Hände wieder herunter, sein Gesicht war grau und aufgedunsen. Er wirkte ausgebrannt, erschöpft und hoffnungslos.

»Wir nehmen die Aufnahmen mit, ich stecke den Scheck ein und du besorgst dir einen Anwalt.«

»Hat doch keinen Zweck mehr«, sagte er matt.

»Wir gehen«, sagte Rodenstock. »Sieh zu, dass du was unternimmst.«

Wir gingen hinaus und zogen die Haustür hinter uns zu.

»Moment noch«, sagte Rodenstock, drehte sich um und ging zurück zur Haustür. Er klingelte.

Heimwart öffnete ihm und sie sprachen eine Weile miteinander, dann verschwand Heimwart im Haus. Als er wieder auftauchte, drückte er Rodenstock etwas in die Hand, Rodenstock fasste ihn kurz am Arm und lief zum Auto.

»Er hatte natürlich eine Waffe hier, aber ich weiß nicht, ob das die einzige ist. Wobei – wenn er sich umbringen will, wird er so oder so einen Weg finden.«

»Das wäre dann der Zweite«, stellte ich lapidar fest. »Wohin jetzt?«

»Polizei und Zoll in Guben.«

Wir fuhren und ich sann darüber nach, in welchem Stadium wir Dietrich Heimwart angetroffen hatten. Dicht vor der Aufgabe, nahe an der Aufgabe, jenseits der Aufgabe? War er schon ein Wrack, konnte er noch irgendeinen Hafen erreichen?

»So etwas deprimiert«, murmelte ich.

»Das sind wohl die späten Opfer der Wiedervereinigung«, nickte Rodenstock.

Der Mann, der uns bei der Polizei empfing, hieß Gemming.

Er war schlank, drahtig und in den Fünfzigern. Gleich zur Begrüßung sagte er: »Wunder dauern bei uns etwas länger.«

Rodenstock trug unsere Geschichte vor. Dann legte er die Aufnahmen, die uns Heimwart gegeben hatte, auf den Tisch und dazu die Waffe. Er schloss: »Wir wussten nicht, dass Heimwart nicht mehr im Dienst ist.«

»Na ja, eine tragische Figur ist er halt, unser Dietrich. Dem hilft gar nichts mehr, der hat alles verspielt, was er hat. Wer den wohl noch mit Informationen versorgt? Der Sache muss ich nachgehen. Die Aufnahmen der Porschefahrerin könnt ihr natürlich behalten, sie besagen ja nichts. Die Aufzeichnung von der Grenze müssen wir allerdings prüfen.« Er nahm die DVD und schob sie in den passenden Schacht.

Der Porsche war deutlich zu erkennen, genauso wie die Insassen: Gabriele Sikorski und Sven Dillinger. Beide lachten und amüsierten sich über etwas. Dann glitten sie aus dem Bild. Es war nicht auszumachen, ob ein Fahrzeug vor oder hinter ihnen zu ihnen gehörte.

»Die Fahrerin und der Beifahrer sind ermordet worden«, erklärte Rodenstock. »Wir versuchen nun herauszufinden, was sie in der Woche vor ihrem Tod getrieben haben. Es muss irgendeinen Grund geben, weshalb sie in Polen, weshalb sie im Osten unterwegs waren. Aus der eingeblendeten Zeit geht hervor, dass sie am vergangenen Sonntag, also genau vor einer Woche, abends gegen zweiundzwanzig Uhr über die Grenze nach Deutschland zurückkehrten. Wir fragen uns, was sie in Polen wollten. Haben sie sich dort mit jemandem getroffen? Ist ihnen jemand gefolgt?«

»Da bleibt euch nichts anderes übrig, als euch auch die anderen Filme dieses Abends anzuschauen. Vielleicht sieht man auf den Lkw-Fahrspuren etwas Auffälliges. Aber vorher werde ich diesen Oberrat Kischkewitz anrufen, damit er euch bestätigt.«

»Kein Problem«, sagte Rodenstock. »Gibt es hier irgendwo eine Kneipe?«

»Gleich nebenan. Sie heißt *Zur letzten Instanz.* Die Fritten sind klasse und der Hackbraten auch. Ich brauche nicht länger als eine halbe Stunde und komme dorthin.«

Der Hackbraten war wirklich gut, enthielt aber wahrscheinlich siebentausend Kalorien pro Gabel. Wir spachtelten mit verzückter Hingabe.

Kaum waren die Teller abgeräumt, spazierte Gemming herein, bestellte sich einen Kaffee und setzte sich zu uns. »Die Bestätigung ist da und die Kollegen vom Zoll haben keine Bedenken. Sie suchen gerade die entsprechenden Filme heraus. Aber ich hatte selbst Dienst an dem Abend und kann euch jetzt schon sagen, da war nichts los. Das Aufregendste war ein Bus aus Breslau. Rund dreißig Jugendliche, alles Mädchen, saßen darin und sangen Marienlieder. Die haben mir die ganze Nacht damit versaut. Sonst war nichts. Einen Pkw haben wir mit einer geringen Menge Heroin erwischt, einen anderen mit rund zwanzigtausend Zigaretten. Doch nach so etwas sucht ihr ja wohl nicht.«

Rodenstock grinste. »Tja, wenn wir mal wüssten, wonach wir suchen.«

»Ich erinnere mich, von dieser Kreuzigung gelesen zu haben. Die Geschichte ist ja völlig abartig. Nun gut. Der Zoll ist nicht weit. Wenn ihr rauskommt rechts, drei Gebäude weiter. Der Mann heißt Wagner.« Gemming trank seinen Kaffee aus, wünschte uns Glück und ging.

Wagner war ein großer, sehr gut genährter Zweimetermann. Er lärmte, er fühle sich geehrt und habe die entsprechenden Bits und Bytes bereits geladen.

Und dann guckten wir uns an, was an dem Sonntag zwischen einundzwanzig und dreiundzwanzig Uhr an Bussen und Lkws über die Grenze von Polen nach Deutschland gekommen war. Es dauerte endlos, wir entdeckten kein Kennzeichen aus der Eifel und schließlich konnten wir kaum mehr hinsehen. Die Bilder zeigten den immer gleichen Vorgang: Die Fahrer stellten ihre Trucks ab und griffen sich Aktenordner, mit denen sie zum Zoll gingen. Dort gab es wohl Stempel, denn sie kehrten zurück und warteten auf einen Polizeibeamten, der noch einmal auf die Papiere schaute und dann sein Okay gab.

»Guck mal, da ist der Bus mit den Oberschülerinnen aus Breslau«, sagte Rodenstock.

Der Fahrer stieg aus, auf der anderen Seite turnte ein Priester in bodenlanger Soutane heraus und folgte dem Fahrer. Wenig später bekam der Bus grünes Licht und rollte wieder an. Der Fahrer des folgenden Lkw stritt heftig mit einem der Zöllner, zeigte ihm einen Vogel, blickte zum Himmel und schien zu beten.

Wir mussten lachen, aber es war eher ein Ausdruck der Resignation als der Belustigung. Wir entschieden, die Sache zu beenden. Es war etwa siebzehn Uhr, als wir das Zollgebäude verließen.

»Wir haben zwei Möglichkeiten«, überlegte Rodenstock. »Entweder wir machen unterwegs Halt und übernachten, wenn wir müde werden. Oder wir fahren durch.«

»Ich bin fürs Durchfahren. Ich fahre auch, wenn du nichts dagegen hast.«

Er kuschelte sich auf den Beifahrersitz und schlief augenblicklich ein.

Offensichtlich träumte er schlecht, denn nach einer Stunde schreckte er hoch: »Habe ich etwa geschrien?«

»Nein, hast du nicht. Übrigens habe ich jetzt erstens Durst und zweitens Lust auf eine große, fettige Bratwurst.«

»Und ich gebe sie aus«, sagte er. Dann griff er zum Handy und rief seine Frau an. Nach den ersten Worten schaltete er den Lautsprecher ein und fragte: »Hast du diesen Bruder Rufus gesehen?«

»O ja«, antwortete Emma. »Rufus ist sogar sonntags in der Schule. Er gewährte mir eine kurze Anhörung. Ich kann nur sagen, der Mann lügt, wenn er das Maul aufmacht. Er ist kalt wie ein Heringsschwanz. Kaum zu beschreiben. Natürlich habe ich versucht, mit ihm über Sven Dillinger zu sprechen. Aber er lehnte das mit dem Hinweis ab, dass er kein Recht habe, über kranke Menschen zu urteilen, und dass Sven Dillinger die Leute, die ihn töteten, wohl selbst gerufen habe. Das sei Gottes Fügung, sagte er, und es stehe uns nicht an, ein Urteil zu fällen. Damit war das Thema erledigt. Kurz und knapp wird der kleine Sven als geisteskrank beschrieben. Ich habe auf die Uhr geschaut, ich habe mich nicht länger als sieben Minuten in dem Schulgebäude aufgehalten.«

»Glaubst du, er hat Angst?«

»Schwer zu sagen. Auf jeden Fall hat er Angst davor, dass jemand auf die Idee kommt, die beiden Morde hätten etwas mit der Schule zu tun. Wie ist es denn euch ergangen?«

»Wir kommen mit leeren Händen zurück. Wir sind schon auf dem Heimweg. Aber gleich gehen wir erst mal eine schöne, fettige Bratwurst essen.«

»Ihr seid ja verrückt!«

»Ja, wahrscheinlich, ein bisschen. Bis später.«

Wir konnten keine fettige Bratwurst essen, weil es keine gab, aber wir eroberten einen Leberkäse mit Spiegelei und Fritten, was so bedenklich schmeckte, dass wir die Hälfte zurückgehen ließen. Der Kaffee anschließend war von deutlich besserer Qualität.

Nachts um zwei Uhr waren wir wieder zu Hause. Die Eifel empfing uns standesgemäß: Es fiel ein sanfter, lauer Sommerregen.

Stunden später wachte ich aus einem traumlosen Schlaf auf. Jemand hatte die Lautstärke eines musikalischen Abspielgeräts so hochgedreht, dass jeder Normalsterbliche aus dem Bett fallen musste. Ich vernahm Beethovens *Freude schöner Götterfunken.* Klassik kann bohrend und zerstörend wirken. Es war erst neun Uhr.

Das Liebespaar saß auf der Terrasse und hatte – o Wunder – einen Kaffee für mich parat. Sie waren nicht eben zurückhaltend bekleidet, eigentlich waren sie überhaupt nicht bekleidet und eigentlich hätte die gesamte Nachbarschaft zur Besichtigung am Gartentor stehen müssen.

»Guten Morgen.«

»Morgen. Wie war es gestern? War eure Reise ein Erfolg?«

»Nein. Leerlauf über rund neunhundert Kilometer. Na ja, immerhin steht jetzt fest, dass neben Gabriele Sikorski Sven Dillinger in dem Porsche hockte. Die beiden wirkten wie ein glückliches Paar.«

»Was treibst du heute?«, fragte Clarissa.

»Ich werde versuchen, an Svens Vater heranzukommen.«

»Und wenn er Nein sagt?«, fragte Jeanne.

»Ich frage ihn so lange, bis er Ja sagt.«

Satchmo schlich laut maunzend heran und hüpfte auf meinen Schoß.

»Er hat gestern Abend eine Ratte angeschleppt. Ich dachte, ich sterbe«, erklärte Jeanne. »Er hat sogar Stücke davon gefressen.«

»So banal funktioniert das Leben in den Grundzügen«, erklärte ich. »Und jetzt gehe ich mich säubern.«

Pflichtschuldig rief ich Neumann in Hamburg an, versprach einmal mehr einen Haufen Fotos und stoppte seine Erwartungen gleichzeitig mit der Bemerkung, vom Mörder seien wir noch meilenweit entfernt, nicht einmal die Gerüchte seien vielversprechend.

»Elende Eifel!«, knurrte er, sagte aber zu, zwei Seiten einzuplanen, weil die Geschichte heftig makaber sei.

Dann rief ich Svens Vater an.

»Kanzlei Dillinger und Partner«, meldete sich eine Frauenstimme.

Ich betete meinen Spruch herunter und die Frauenstimme antwortete: »Einen Moment bitte.«

»Dillinger«, hörte ich Sekunden später.

Ich wiederholte meinen Spruch und fragte: »Wären Sie bereit, sich mit mir zu unterhalten?«

»Ja, meinetwegen. Aber erwarten Sie nicht, von mir etwas Neues erfahren zu können. Auch mir ist das Ganze ein Rätsel.«

Eine Viertelstunde später saß ich in meinem Auto und fuhr nach Stadtkyll.

Das Haus hatte ein Walmdach und wirkte riesig, wahrscheinlich wohnte die Familie auch hier. Vor dem Eingang links und rechts blühten üppig rote Rhododendren, in die doppelflügelige Eingangstür waren Butzenscheiben eingelassen. Ich bereitete mich auf eine massiv eichene Wohnzimmerwand vor.

Doch das Wohnzimmer erreichte ich gar nicht, Dillinger empfing mich in seinem Büro, einem soliden Gemisch aus Glas und Stahl. Fachliteratur füllte eine ganze Wand, der Schreibtisch war groß wie eine Tischtennisplatte. Dillinger war schlank und trug einen eleganten dunkelgrauen Anzug mit einer schwarzen Krawatte, er hatte ein asketisches Gesicht und wirkte beherrscht und kühl.

»Setzen Sie sich, bitte«, sagte er und wies auf einen Stuhl. »Was wollen Sie wissen?«

»Ich hörte, dass Sven seit Sonntagmorgen nicht mehr in diesem Haus war. War das dann auch das letzte Mal, dass Sie und Ihre Frau mit Ihrem Sohn gesprochen haben?«

»Noch nicht mal das. Ich habe ihn an dem Sonntag gar nicht gesehen. Meine Frau hat kurz mit ihm geredet, bevor er ging. Er sagte, er wolle zu einem seiner Freunde. Zu wem hat er nicht gesagt. Aber ich bin davon ausgegangen, dass er zusammen mit einem Kameraden lernen wollte.«

»Und es war normal, dass er tagelang nicht zu Hause auftauchte?«

»Ja. Wir hatten nur die Vereinbarung, dass er anrufen sollte, wenn er ein Problem hatte.« Er machte eine Pause. »Sie können einen Achtzehnjährigen heutzutage nicht anbinden.«

»War er ein guter Schüler?«

»War er, war er. Die Sachen fielen ihm zu, er brauchte nicht zu büffeln. Sven war der Typ, der eine Sache einmal liest und dann für ewig draufhat. Mich hat das immer wieder erstaunt. Ich selbst habe das nie gekonnt.«

»Aber er ist auch schon mal angeeckt, nicht wahr?«

»Ja, das stimmt. Er hatte etwas Rebellisches an sich.« Dillinger stockte, er drehte den Kopf weg und starrte in seinen Vorgarten.

Ich sagte leise: »Es tut mir leid.«

»Danke«, erwiderte er etwas zittrig. »Manchmal war es nicht ganz einfach. Sven hatte zum Beispiel mal Schwierigkeiten mit dem Lehrer in Altgriechisch. Der junge Mann hat sich oft im Ton vergriffen. Irgendwann war bei Sven Schluss. Ich musste zur Schule und habe begütigend mit dem Lehrer geredet. Kaum war ich wieder zu Hause, bekam ich einen Anruf, dass Sven dem Lehrer während der Griechischstunde einen zynischen Vortrag über Höflichkeit gehalten hat.« Er lächelte. »So war er.«

»Ich nehme an, es war Pater Rufus, der Sie angerufen hat?«

»Ja, klar, Pater Rufus. Wir sind befreundet.«

»Es wird behauptet, dass Sie die Schule finanziell unterstützen. Ist das wahr?«

»Das stimmt. Wir wollen, dass unsere Kinder die bestmögliche Ausbildung kriegen. Dafür muss man etwas tun.«

»Verraten Sie mir, wie hoch Ihre Zuwendungen sind?«

»Dazu möchte ich nichts sagen.«

Ich überlegte meine nächste Frage. »Nun ist ja diese Gabriele Sikorski aufgetaucht. Sie sagten, Sie hätten diese Frau nie kennengelernt. Bleibt es dabei?«

»Aber ja. Meine Frau und ich wissen nichts von einer Gabriele. Wir glauben auch nicht, dass Sven mit ihr befreundet gewesen ist, wir hätten den Namen zumindest mal gehört.«

»Da kann ich Sie eines Besseren belehren. Die beiden sind am Sonntag vor einer Woche in dem roten Porsche der Frau Sikorski in Guben, nahe der polnischen Grenze, geblitzt worden.«

Dillinger hob erstaunt die Augenbrauen, sagte aber nichts.

»Haben Sie eigentlich mal etwas mit dem Haus St. Adelgund in Hersdorf zu tun gehabt?«

»Nein, nicht das Geringste. Ich hörte zum ersten Mal von der Existenz dieses Hauses, als man mir mitteilte, dass mein Sohn dort gefunden wurde.«

Die Art des Mannes, diese vorgebliche Offenheit und Abgeklärtheit bei gleichzeitiger kompletter Ahnungslosigkeit, provozierte mich. »Ich habe eine letzte Frage: Wissen Sie irgendetwas vom Leben Ihres Sohnes?«

Er musterte mich, stand auf und sagte scharf: »So einen unhöflichen Scheiß muss ich nicht beantworten, Herr Baumeister. Da ist die Tür.«

Ich ging. Dieser Typ hatte seinen Sohn nicht gekannt. Und sich auch nicht für ihn interessiert. Das war offensichtlich.

Ich rief Rodenstock an und gestand, dass ich des Hauses verwiesen worden war.

Er lachte: »Dann habe ich heute mehr Schwein. Sikorski

hat mich für heute Nachmittag zu sich bestellt. Er will nun doch reden.«

»Ich komme mit, wenn du nichts dagegen hast.«

Wahrscheinlich in Vorbereitung auf ein zukünftig gemeinsames häusliches Glück hatten Clarissa und Jeanne die Küche erobert und stellten Königsberger Klopse her. Ich war beeindruckt.

Ich sah ihnen bei der Arbeit zu und erzählte von meinen jüngsten Erlebnissen.

Jeanne überlegte: »Vielleicht hat dieser Sven ja etwas herausgefunden, ist irgendwelchen Leuten in die Quere gekommen und musste deshalb sterben?«

»Möglich ist das. Aber warum dann die Kreuzigung?«

Meine Tochter mischte Kapern in das Gehackte und dozierte sehr souverän: »Für mich sieht es so aus, dass zwei Menschen, nein, Gruppen von Menschen aufgetreten sind. Die eine tötete, die andere kreuzigte. Das haben wir überlegt. Weiß jemand, wie viele Personen notwendig waren, um dieses Kreuz in den Saal zu schaffen und den Toten daranzuhängen? Braucht man dafür drei Leute oder sind zwei ausreichend? Oder geht es nicht unter vier?«

»Ein kluger Gedanke. Ich schätze, man muss mindestens zu dritt sein. Wahrscheinlich waren es vier. Das Kreuz war etwa drei Meter hoch und es gibt kipplige Situationen, zum Beispiel beim Aufrichten des Kreuzes. Der Körper ist schwer und das Ganze muss auf dem Parkettboden fixiert werden. Bei der Vorstellung lande ich eher bei fünf Personen.«

»Und alle Beteiligten trugen Handschuhe?«, fragte Jeanne.

»Ja, das ist eindeutig.«

»Nach dem Essen wollen wir los und die Geheimnisse der Eifel erkunden«, sagte Clarissa. »Würdest du uns dein Auto leihen?«

»Wenn ihr mich zu Rodenstock bringt, ist das kein Problem«, sagte ich.

Die Königsberger Klopse waren hervorragend, allerdings schmeckten sie nicht nach Königsberg, sondern eher nach solider Bergmannskost aus der Gegend von Dortmund-Aplerbeck. Aber man muss dem Nachwuchs eine Chance geben.

Ganz nebenbei erzählte Clarissa: »Mami hat sich gemeldet. Sie hat mit Jeannes Eltern geredet.«

»Was wollen sie?«

»Sie wollen, dass wir sofort nach München zurückkehren. Man könne doch über alles reden und alles sei nicht so schlimm gemeint gewesen. Und du könntest uns sowieso nicht helfen, weil du keine Ahnung hast.«

»Wenn das die allgemeine Meinung ist, dann müsst ihr nach München zurückkehren.«

»Wir wollen aber noch gar nicht zurück. Uns gefällt es hier.«

Das fand ich rührend.

Sie brachten mich nach Heyroth und zogen ihres Weges.

Rodenstock lag in einer Liege hinter dem Haus und sonnte sich.

Noch bevor ich ihn begrüßen konnte, schoss mein Hund Cisco um die Ecke und jauchzte in heller Begrüßungsfreude. Immer öfter lief er von Haus zu Haus, was immerhin rund zwei Kilometer pro Weg bedeutete.

»Hör zu«, sagte ich und kraulte ihn, »das ist nicht anständig, so zu tun, als sei dein Benehmen normal.«

Rodenstock grinste. »Sprichst du jetzt mit mir oder mit deinem Hund?«

»Mit meinem Hund. Es sind die schäbigen Reste meines Erziehungsprogramms. Gibt es was Neues?«

»Nicht das Geringste.«

»Aber wenigstens die Spurensicherung muss doch mal irgendwas finden. Was ist mit der Waffe?«

»Der Browning? Sie ist bisher nirgendwo aufgetaucht und nirgendwo wird eine vermisst. Vielleicht stammt sie ja noch aus der Nachkriegszeit und wurde vergessen. Damals besaßen sehr viele Bauern aus dubiosen Quellen Waffen, die sie einölten und dann versteckten. Bestenfalls wurden sie herausgekramt, wenn der Besitzer schwarz auf Jagd ging. Aber auch die Zeiten sind vorbei.«

Mein Handy sandte einen Klingelton.

»Pawlek hier«, sagte Maria Pawlek. »Besteht die Möglichkeit, dass wir uns heute Abend sehen?«

»Natürlich. Wann denn? Und wo?«

»Ich muss Ihnen etwas Merkwürdiges zeigen. Sagen wir um neun Uhr vor dem *Aldi* in Prüm?«

»Ich werde da sein.«

Ich steckte das Handy wieder ein. »Das war die Chefin von Dickie Monschan. Sie will mich sehen, sie hat etwas Merkwürdiges.«

»Wir nehmen jeden Strohhalm«, knurrte Rodenstock. »An die anderen Jugendlichen kommen wir übrigens momentan nicht ran. Die werden zum vierten oder fünften Mal in Wittlich und Trier in die Mangel genommen, sagen aber wohl immer das Gleiche, nämlich nichts von Belang.«

Emma kam auf die Terrasse und zündete sich einen Zigarillo an. »Ich habe heute Nacht geträumt, dass Sven mein Sohn sei. Natürlich wollte ich Rache üben und erfahren, wer ihn gekreuzigt hat. Ich habe gefragt und gefragt, aber niemand wusste etwas.«

»Und wie wolltest du Rache üben?«, fragte ich.

»Ich wollte den Mörder selbstverständlich töten. Mir war noch nicht klar, wie. Ich hätte eine Schusswaffe vorgezogen, aber es wäre auch mit einer Gitarrensaite gegangen.«

»Das ist aber nicht im Sinne unserer freiheitlichen Demokratie«, bemerkte Rodenstock ätzend.

Sie setzte sich auf einen Stuhl. »Das hat etwas mit Identifikation zu tun«, bemerkte sie klug. »Einen solch hübschen und intelligenten Jungen kreuzigt man nicht. Wisst ihr, was mich wirklich interessiert? Woher der oder die Täter diesen eleganten grauen Stoff hatten, der Sven um die Hüfte gebunden war. Ich bin nicht sehr firm in modischen Dingen, aber Kischkewitz sagte, dass der Meter locker dreihundert Euro kosten dürfte. So etwas zieht man nicht mal eben aus der Altkleidertruhe.«

»Wir fangen schon wieder an, Haare zu spalten«, murmelte Rodenstock.

»Lasst uns doch mal über die Besetzung nachdenken, die notwendig war, das alles zu arrangieren.« Ich stopfte mir eine Crown 300 von Poul Winsløw.

»Also, fünf für die Kreuzigung«, sagte Rodenstock sofort. »Um den Stamm auf dem Parkett zu fixieren, brauchst du drei Leute, die die seitlichen Bohlen befestigen, und zwei weitere, die den Stamm lotrecht halten. Haben sie Sven wohl vorher auf das Kreuz genagelt oder nachher? Die Sache mit den Nachrichten an die Medien und die Polizei erforderte mindestens drei Leute, die über fahrbare Untersätze verfügten. Und wir dürfen nicht vergessen, dass mindestens einer unterwegs war und die tote Gabriele im Wald abgelegt hat.«

»Das kann auch jemand getan haben, der vorher bei der Kreuzigung dabei war«, sagte Emma. »Oder anders herum. Erst wurde Gabriele entsorgt, dann die Kreuzigung arrangiert.«

»Wir haben keine Tür in das Geschehen«, stellte Rodenstock fest und es klang sehr endgültig. »Wir haben nicht einmal eine Ahnung vom Tatort. Wo wurden die beiden erschossen?«

Gegen vierzehn Uhr machten wir uns auf den Weg. Wir waren schlecht gelaunt und nicht die Spur angriffslustig.

Über dem Verwaltungsgebäude thronte eine Lichtreklame, die besagte: *Sikorski-Filter in aller Welt.* Nach den überfüllten Parkplätzen zu urteilen, brummte das Geschäft. Die Eingangshalle vermittelte den Eindruck von Pragmatismus und Professionalität, hinter einem enorm langen Tresen arbeiteten drei uniformierte junge Frauen an Computern.

»Wir werden vom Chef erwartet«, sagte ich. »Die Namen sind Rodenstock und Baumeister.«

»Ich bringe die Herren hinauf«, dienerte eine der drei Grazien und marschierte vor uns her zu einem gläsernen Aufzugskorb, der uns in den dritten Stock hob.

Sikorski war ein großer, kompakter Mann mit einem deutlichen Bauchansatz, der offensichtlich nicht gewillt war, in Trauer zu ersticken. Er hatte die Ärmel seines weißen Oberhemdes aufgekrempelt und kam uns entgegen.

»Setzen wir uns. Tasse Kaffee? Tee? Wasser?«

»Wasser«, erwiderten wir beide.

Die Grazie entschwand in unserem Rücken, Sikorski trat zu einem mannshohen feuerwehrroten Eisschrank und nahm drei Flaschen heraus. Er öffnete sie, goss uns ein, und das alles verlief mit sehr eleganten Bewegungen, kein Zittern seiner Hände.

Mit einem Schnaufer sagte er: »Ich bin bereit, alles zu denken, alles zu überlegen, nichts auszuschließen.«

»Dann müssen wir dieses Rätsel lösen«, sagte Rodenstock ebenso sachlich und legte die Aufnahmen der Geschwindigkeitsmessung vor ihn hin. »Das ist an der deutsch-polnischen Grenze aufgenommen worden.«

Der Unternehmer nahm die Fotos und betrachtete sie nachdenklich. »Gabriele war ein schönes Menschenkind«, sagte er leise, »und sie hat dieses Ende nicht verdient.«

»Sie haben gesagt, dass Ihre Tochter keine Verbindung zur Eifel hatte. Bleiben Sie dabei? Und darf ich eine Pfeife anzünden?«

»Selbstverständlich. Herr Rodenstock, eine gute Montecristo?«

»Und wie«, sagte Rodenstock beinahe inbrünstig.

Es dauerte eine Weile, ehe die Zigarren qualmten und die Pfeife in Brand gesteckt war.

»Sagen wir so«, erklärte Sikorski. »Ich habe nicht gewusst, dass sie eine Verbindung in die Eifel hatte. Wahrscheinlich habe ich mich anfangs so ausgedrückt, als sei das absolut auszuschließen. Das ist nicht mehr so. Sie ist in der Eifel erschossen worden. Und diese Fotos lassen darauf schließen, dass sie dort einen Freund hatte. Dieses andere Opfer.«

»Der Vater des Gekreuzigten hat mich heute rausgeschmissen, als ich die Frage stellte, ob er etwas über das Leben seines Sohnes wüsste. Damit klar ist, woran wir sind, frage ich Sie jetzt trotzdem auch: Was wissen Sie von Gabrieles Leben?«

»Ich werfe Sie nicht raus«, erwiderte er. »Ich denke, das brutale Erschießen der beiden zeigt deutlich, dass der oder die Mörder mit der Sachlichkeit von Henkern zu Werke gingen. Aus irgendeinem Grund waren sie jemandem im Weg.«

»Wie hat Ihre Tochter gelebt?«, hakte Rodenstock nach.

»Frei und ungebunden«, antwortete er. »Sie hatte eine Wohnung in der Weberstraße in Bonn, doch oft übernachtete sie noch bei mir. Sie müssen wissen, dass meine Frau vor drei Jahren an Krebs gestorben ist, ich war mit Gabriele allein. Ich habe meine Tochter in Ruhe gelassen, aber sie erzählte mir freiwillig, was ihr passierte. Wenn ein Mann auftauchte, der ihr sehr gefiel, zum Beispiel. Von diesem jungen Mann in der Eifel hat sie allerdings nichts erzählt. Aber vielleicht wäre das ja noch gekommen.«

»Wie war ihre finanzielle Situation?«, fragte Rodenstock.

»Ich habe ihr ein Konto bei der Kölner Sparkasse eingerichtet. Wenn es leer war, hatte die Sparkasse Weisung, Geld von meinem Konto einzuziehen. Geldsorgen hatte Gabriele also nie. Es ist vorgekommen, dass ihr Konto zweimal in einer Woche leer geräumt war. Aber in der Regel gab es dafür gute Gründe. Sie war zum Beispiel maßgeblich daran beteiligt, dass im Kosovo ein ganzes Dorf wieder aufgebaut werden konnte. Ich hatte niemals den Gedanken, dass sie mich ausnutzt oder dass sie ausgenutzt wird.«

»Gibt es eine beste Freundin oder einen Freund, dem sie sich anvertraute?«, fragte ich.

»Klar. Ein netter schwuler Kerl in ihrer Nachbarschaft. Der stellte ihr Blumen hin, griff auch schon mal zum Staubsauger, zankte sich mit dem Hausmeister, wenn es nötig war.«

»Können wir mit ihm reden? Wie kommen wir an den ran?«, fragte Rodenstock schnell.

»Kein Problem.« Er stand auf und drückte einen Knopf an seinem Telefon: »Henriette, wir brauchen den Herbert Bergmann, den Freund meiner Tochter. Er soll sich ins Auto setzen und herkommen. So schnell wie möglich.«

»Alles klar«, sagte eine weibliche Stimme.

»Und bringen Sie bitte eine Kleinigkeit zu essen. Melonen mit Schinken.« Sikorski setzte sich wieder. »Glauben Sie, dass dieser Herr Kischkewitz den oder die Mörder zu fassen kriegt?«

»Ja«, nickte Rodenstock. »Er kriegt sie immer.«

»Und Sie? Sie arbeiten parallel?«

»So kann man sagen«, bestätigte ich. »Wir haben einen anderen Ansatz, ich bin Journalist. Aber wir geben alle Informationen an ihn weiter.«

Eine Weile herrschte Schweigen.

»Was stellen Sie sich vor, was ist passiert?«, fragte Rodenstock.

Sikorski sah uns nacheinander an. »Da geht mir die Fantasie durch, und das ist gar nicht gut. Ich stelle mir vor, die beiden haben sich kennengelernt und sind in ein Abenteuer gestolpert, das sie nicht überschauen konnten. Es muss Leute geben, die meinten, die beiden wüssten etwas, was sie nicht wissen durften. Ich weiß, dass das hilflos klingt und der Wirklichkeit vielleicht nicht entspricht. Aber eine andere Idee habe ich nicht. Herr Kischkewitz hat mir gesagt, dass die Schüsse, die die beiden töteten, aus ungefähr sechzig Zentimetern Entfernung abgefeuert wurden. Das ist eine Hinrichtung, das machen doch nur Profis.«

»Was glauben Sie, konnte Ihre Tochter Gefahren erkennen und abschätzen?«

»Doch, ja. Sie hat sich ja in Hilfsprojekten engagiert, war in Krisengebieten unterwegs. Und sie war kein Bruder Leichtfuß, wie wir früher sagten.«

»Wissen Sie etwas über ihr Sexualleben?«, fragte ich.

»In diesem Punkt sind wir behutsam miteinander umgegangen. Sie redete mir nicht rein, ich redete ihr nicht rein. Sie war eine normale junge Frau von heute. Aber selbst in diesem Punkt bin ich unsicher geworden, denn was weiß man wirklich?«

Die Tür ging auf, eine der Grazien schwebte lächelnd herein und brachte ein Riesentablett mit Melonenscheiben und Schinken.

»Einfach hierher, wir essen das von der Hand. Danke dir.«

»Ich vermute, Sie sind schon Teil der Globalisierung?«, fragte Rodenstock.

»Allerdings. Wir liefern nach Indien und jetzt auch nach China und Korea. Die Märkte weiten sich aus, aber man muss sich hüten, verrückt zu spielen. Das tun leider sehr viele. Unbedachte Gründungen im Ausland. Die Banken singen schon schmutzige Lieder.«

»Wie kommt es eigentlich, dass sich Gabriele für geisteswissenschaftliche Fächer eingeschrieben hatte? Interessierte sie sich nicht für Ihr Unternehmen oder war es Ihr Wille, dass sie etwas gänzlich anderes machte?«

Rodenstock hätte das besser nicht gefragt. Sikorski erhob sich abrupt und wanderte zu der Fensterwand hinüber. Er hielt beide Hände im Rücken, ineinander verknotet, die Knöchel waren vor Anstrengung ganz weiß. Er stand still, leicht vornübergebeugt und dann begannen seine Schultern zu beben.

Endlich sagte er: »Nie hat mich die Hoffnung verlassen, dass Gabriele diesen Laden eines Tages übernehmen würde. Ist doch scheißegal, was einer studiert. Ich habe das alles eigentlich nur für mein Kind auf die Beine gestellt, habe mir immer vorgestellt, sie kriegt mal einen netten Kerl ab und Kinder und sie führt den Betrieb weiter. Ich hatte so ein schönes Geschäft und jetzt ist alles im Arsch.« Er drehte sich zu uns herum und fuchtelte mit den Händen: »Nehmen Sie doch, essen Sie.«

Also griffen wir zu und aßen, aber es war eine müde Veranstaltung und sie quälte sich mühsam vorwärts, bis Herbert Bergmann endlich eintraf: groß, hager und um die dreißig.

Vollkommen unbefangen ging er auf Sikorski zu, umarmte ihn und sagte: »Mann, tut mir das leid. Ich weiß gar nicht, wohin mit meiner Traurigkeit.«

Dann ließ er sich in einen Sessel fallen und heulte. Dabei verlief die Mascara an seinen Augen und zog schmutzige Bahnen über seine Wangen.

Wir stellten uns und unser Anliegen vor, dann erkundigte sich Rodenstock: »Hat die Mordkommission Sie eigentlich schon verhört?«

»Wir haben miteinander telefoniert und sie haben mir gesagt, ich würde noch zu einem ausführlichen Gespräch ins Bonner Präsidium vorgeladen.« Er tupfte sich die Tränen aus dem Gesicht und sagte mehrmals heftig: »Scheiße, Scheiße, Scheiße.«

»Kein Problem, Herbert«, sagte ich. »Was wissen Sie von Gabrieles letzten Tagen?«

»Nicht viel«, antwortete er. »Ich weiß nur, dass ein neuer Kerl da war und dass sie happy war, irrsinnig happy.«

»Wie hieß der?«, fasste ich nach.

»Na ja, Sven, wie sonst?« Herbert beugte sich vor. »Ich habe den ganzen Tag noch nichts gegessen. Darf ich mal?« Ungeniert griff er auf die Platte und nahm sich ein Stück Melone und einen beachtlichen Haufen Schinken. Er hielt das Arrangement mit links in einer ungemein künstlerischen Anordnung der Finger, stopfte es sich gierig ins Maul und sprach gleichzeitig. Faszinierend.

»Das war der Junge, der gekreuzigt worden ist. Der hieß Sven. Gabrielchen schwebte im siebten Himmel und betüterte ihn, als wäre er chinesisches Porzellan aus der Ming-Zeit. ›Gott-ach-Gott‹, sagte ich, ›dich hat es aber erwischt.‹ Daraufhin strahlte und flüsterte sie: ›Der ist perfekt.‹«

»Moment, Moment«, sagte ich schnell. »Wir peilen gerade zurück. Wann genau, bitte, war denn das?«

»Du peilst zurück? Was soll denn das, Schätzchen?« Er griff erneut zum Schinken, er wirkte gelassen, aber ich hatte den Eindruck, dass er etwas verschweigen wollte.

»Wir versuchen, Tage zu rekonstruieren«, erklärte Rodenstock. »Nach derzeitigem Wissensstand verschwand Gabriele am Freitag vor einer Woche. Ist das richtig?«

Sikorski nickte. »Exakt. Als sie sich bis Montag nicht gemeldet hatte, rief ich die Polizei an. Was war an diesem Freitag, Herbert? Wir müssen das wissen. Was ist da passiert?«

»Nichts, nichts Besonderes. Dieser Knabe kam schon am Morgen. Fiel quasi bei ihr ein. Sie sagte mir, ich solle Champagner besorgen und niemandem sagen, wo sie seien, machte die Tür zu und drehte aller Kommunikation den Hals ab.«

»Das hast du gemacht?«, fragte Rodenstock.

»Aber sicher, Schätzchen.«

»An eine genaue Uhrzeit erinnerst du dich nicht?«

»Ich denke, es war um neun Uhr. Eine unchristliche Zeit. Um zehn Uhr stand ich jedenfalls mit dem Laberwasser vor der Wohnungstür. Gabriele riss mir die Kiste aus den Armen und sagte: ›Ich liebe dich.‹ Das war alles.« Er warf beide Hände etwas theatralisch nach vorn. »Sie war glücklich, wenn ihr versteht, was ich meine.«

»Wie ging denn das weiter an diesem Freitag?« Rodenstock schien endlich wieder guter Dinge, endlich griff er an.

»Überhaupt nicht«, erklärte Herbert lapidar. »Man macht sich ja so seine Gedanken. Und nachmittags dachte ich mir, ich schau mal nach, ob die beiden noch irgendetwas brauchen oder ...«

»Stopp!«, unterbrach Rodenstock. »Bitte keine langatmigen Erzählungen ohne präzise Angaben. Wir brauchen Uhrzeiten. Sag nicht nachmittags, sag, wie viel Uhr es war. Das weißt du doch genau.«

»Sicher, Schätzchen. Also, um fünfzehn Uhr bin ich wieder zu Gabriele rüber. Als höflicher Mensche klingele ich. Keine Reaktion. Na gut, denke ich, dann gehen wir mal gucken. Ich betrete das Haus, steige die Treppe hoch und stecke den Schlüssel ins Schloss. Ich wollte ja nicht stören, nur sichergehen, ob alles klar ist. Aber die beiden waren nicht da. Die waren abgehauen, ohne ein Wort zu sagen, na, da war ich doch etwas sauer. Also rufe ich Gabrielchen auf dem Handy an. *Not available.* Aha, denke ich, das Glück ist vollkommen, also störe ich nicht länger. Ich räume die Wohnung auf, mach das Bett, räume den Geschirrspüler voll, bringe den Müll runter ...«

»Moment, Moment«, unterbrach ich. »Redest du jetzt von deiner Wohnung oder von Gabrieles Wohnung?«

»Von Gabrielchen natürlich. Meine Wohnung ist doch immer in Ordnung. Ich bin doch ihr Majordomus, ihr Kerl für alles Grobe.«

Von einer Sekunde auf die andere standen seine Augen wieder voller Tränen und er stotterte: »Verdammt noch mal, verdammte Hacke, ich konnte doch nicht wissen, dass ich sie nie wiedersehen werde. Was mache ich nur ohne sie?«

»Gabriele meldete sich also nicht mehr und du hast sie auch nicht mehr erreichen können«, stellte Rodenstock fest.

»Genau das, Schätzchen, genau das.« Fahrig fummelte er ein zerdrücktes Päckchen Tabak aus der Brusttasche seines Hemdes. Es war Gauloises, schwärzer als der Tod. Mit den Worten: »Das brauche ich jetzt«, begann er, sich eine Zigarette zu drehen, und drei Blättchen lang klappte das nicht. Er zitterte einfach zu sehr.

»Herrgott!«, stöhnte Rodenstock verbiestert. »Da glaubt man an einen Durchbruch und dann so was!«

In dem Moment klingelte erst sein Handy und eine Sekunde später meines, wir griffen nach den Apparaten.

»Ihr solltet zurückkommen«, sagte Emma. »Jemand hat versucht, den Vater von Sven Dillinger zu erschießen.«

»Wir starten sofort«, sagte ich.

»Wie? Mit einer Maschinenpistole? Bist du verrückt? – Oh, Entschuldigung. – Ja, klar, wir kommen.« Rodenstock sah mich an und nickte. »Grüße von Kischkewitz. Das klingt wie ein Ding aus dem Milieu. – Herbert, ich möchte dich bitten, uns zu begleiten. Auf den Vater des Gekreuzigten ist geschossen worden. Ihnen, Herr Sikorski, einen herzlichen Dank. Wir melden uns, wenn wir weitergekommen sind.«

Auf dem Weg zurück in die Eifel verzichteten wir darauf, unserer Fantasie freien Lauf zu lassen.

»Ist Dillinger denn verletzt?«, fragte ich.

»Steckschuss in der linken Schulter«, antwortete Rodenstock. »Aber nicht gefährlich.«

»Das klingt ja richtig nach Gangstern«, sagte Herbert vom Rücksitz. »Und ich habe nicht mal eine Zahnbürste dabei!«

»Ich schenk dir eine«, murmelte Rodenstock.

»Wieso nehmt ihr mich eigentlich mit?« Das klang etwas quengelig.

»Wegen der Rückpeilung«, erklärte ich und grinste Herbert an. »Ich will dich nicht beleidigen, Schätzchen, aber ich glaube, du hast drei Viertel der Story noch nicht erzählt.«

»Na hör mal, Schätzchen, ich habe doch keinen wirren Kopf, ich weiß, was ich sage.«

»Manchmal erinnert man sich plötzlich an eine bestimmte Sekunde, und das kann der Schlüssel sein für alle Sekunden danach«, erklärte ich einlenkend.

»Ich muss euch aber sagen, ich bin nicht besonders mutig. Wenn bei euch da in der Eifel geschossen wird, dann drehe ich ab und laufe nach Hause.«

»Auch bei uns wird nicht einfach so herumgeschossen«, sagte Rodenstock leicht säuerlich.

»Schätzchen, so lautete aber doch die Botschaft oder habe ich das missverstanden?«

Rodenstock begann zu kichern. »Das ist die Ausnahme, Herbert.«

»Na ja, ich weiß nicht, ob der mit dem Schießgewehr das auch weiß.« Plötzlich grinste Herbert breit und setzte hinzu: »Vielleicht ergibt sich ja eine Gelegenheit, dass wir in Ruhe mit ihm darüber reden können.«

FÜNFTES KAPITEL

Rodenstock fuhr nach Stadtkyll und landete vor einer polizeilichen Absperrung.

»Du kannst mitkommen«, sagte ich zu Herbert. »Du musst aber nicht.«

»Das sehe ich mir an«, erklärte Herbert lapidar und marschierte neben mir her.

Die komplette Technikercrew war im Einsatz und die Leute in den weißen Anzügen wieselten herum, riefen sich Einzelheiten zu und scheuchten uns zur Seite.

Kischkewitz bemerkte uns und kam heran. »Da waren Profis am Werk. Wahrscheinlich kamen sie in einem Renault Kangoo. Zwei Leute. Sie fuhren vor und stiegen aus. Der eine zielte auf die Scheibe, der andere auf Dillinger. Das Auto hatte natürlich kein Kennzeichen. Dass Dillinger noch lebt, ist reiner Zufall.« Er sah Herbert an. »Wer ist denn das, bitte?«

»Der Zeuge, der euch noch fehlt. Aus Bonn.«

»Ach, der. Danke, dass Sie gekommen sind. Wir können jede Hilfe brauchen.«

»Mach ich doch gern, Schätzchen.«

Kischkewitz zuckte mit keiner Faser seines Körpers.

»Was sagt denn Dillinger? Kann er überhaupt reden?«, fragte ich.

»Er behauptet, nicht die geringste Ahnung zu haben, weshalb diese Männer ihn töten wollten.«

»Glaubst du ihm?«, fragte Rodenstock.

»Nicht die Spur.« Kischkewitz sah mich durchdringend an. »Ihr Pressefritzen müsst ab jetzt mit einer Nachrichtensperre leben. Ab jetzt geben wir nichts mehr raus.«

»Was wisst ihr über die Waffen?«, fragte Rodenstock.

»Laut Aussage eines Anwohners kurzläufig. Könnten *Heckler-&-Koch*-Maschinenpistolen gewesen sein.«

»Gibt es eine brauchbare Beschreibung von den Männern?«, fragte ich weiter.

»Einer war groß und massig, der andere klein. Sonst nichts, nicht einmal eine Beschreibung der Kleidung. Alles ging blitzschnell. Wie gesagt: Profis. Nicht zu glauben, dass Dillinger vorgibt, keinerlei Ahnung zu haben. Das ist einfach dumm.«

Ich erbat mir Kischkewitz' Erlaubnis, mir Dillingers Büro ansehen zu dürfen.

Dort wandte ich mich an einen kleinen Mann. »Können Sie mir den Ablauf des Überfalls erklären?«

»Ich versuche es.« Er war drahtig und ungefähr vierzig Jahre alt. »Das Prinzip ist uralt, schon in den Gangsterkriegen in Chicago wurde es nachweislich angewandt. Glas stellt ein Hindernis dar, denn es führt dazu, dass die Geschosse abdriften. Deshalb braucht man zwei Leute. Der Erste zielt oben auf die Scheibe. Die zerbirst und regnet in kleinen Scherben runter. Der Zweite peilt das Opfer an, in diesem Fall Dillinger, der wegen der zerstörten Scheibe nun praktisch im Freien saß. Normalerweise hat das Opfer so keine Chance. Hier hat das Prinzip nicht geklappt, weil die erste Kugel Dillinger in der Schulter erwischt hat und den Mann aus dem Sessel warf. Sieh da die Wand: Die erste Salve war zu hoch, ging über Dillingers Kopf hinweg. Die zweite Salve lag voll auf der Höhe des Ziels, ziemlich genau in Brusthöhe eines sitzenden Menschen. Aber Dillinger war wohl schon vom Stuhl gerutscht.«

»Das ist wirklich unfassbares Glück.« Ich starrte auf Dillingers edlen schwarzen Lederstuhl, der förmlich zerfetzt worden war.

Es ging inzwischen auf neunzehn Uhr zu, ich erinnerte mich an Maria Pawlek, die mich in zwei Stunden in Prüm erwartete.

»Rodenstock, ich muss nach Hause, ich habe noch einen Termin. Fährst du in absehbarer Zeit oder soll ich mich abholen lassen?«

»Ich fahre«, sagte er.

Herbert war schweigsam geworden. Er murmelte: »Ich suche mein Gabrielchen in allen diesen Dingen und sehe sie nicht. Klar, sie hat nichts anbrennen lassen, aber sie war auch auf eine unübersehbare Weise unschuldig.«

»Das ist schön ausgedrückt«, nickte Rodenstock. »Die beiden sind da in etwas hineingeraten, was wohl wie eine Flut über sie kam. Sie hatten keine Zeit, eine Bedrohung zu ahnen. Und dann war es zu spät. Kannst du dir vorstellen, was die beiden veranlasst haben könnte, nach Polen zu fahren?«

»Nein«, sagte Herbert sehr sicher. »Gabrielchen hat niemals etwas von Polen gesagt.«

Sie setzten mich zu Hause ab.

Ich war sogar pünktlich.

»Wir nehmen mein Auto«, bestimmte Maria Pawlek.

»Wo geht es denn hin?«

»Mitten in die Botanik.«

»Und wer wartet da auf uns?«

»Das weiß ich nicht, das werden wir sehen.«

»Das klingt aber sehr geheimnisvoll.«

»Stimmt es, dass man auf Svens Vater geschossen hat?«

»Das stimmt.«

»Weiß man, wer?«

»Nein.« Ich kletterte auf den Beifahrersitz. »Darf ich hier rauchen?«

»Aber ja.«

Sie fuhr in Richtung der Schnee-Eifel und bog nach wenigen Kilometern auf eine schmale Nebenstraße ab. Nach Hontheim und Sellerich ging es hier, endlos tiefe Wälder, und jeder Waldsaum war ein Traum vom Schauen und Stille.

»Ich mache das gar nicht gern«, erklärte sie.

»Warum machen Sie es dann?«

»Weil ich mich sorge. Dabei habe ich geschworen, Dickie niemals zu verraten. Aber die Lage ist so, dass ich das tun muss.«

Sie schaute starr geradeaus, während ich mir eine uralte, schön geschwungene Jeantet stopfte.

»Also hat Dickie Geheimnisse.«

»Hat sie. Jedenfalls glaube ich das.«

»Und was wollen Sie mit mir?«

Sie antwortete nicht.

Rechter Hand zog eine asphaltierte Bahn in die Felder und Wiesen. Der Wald war ein großer Schatten in weiter Ferne.

»Ich denke«, sagte sie endlich, »dass Sie fair sind.«

»Was hat Fairness mit Dickie zu tun?«

»Sie braucht das, sie braucht das jetzt.« Ihre Wangenknochen mahlten, offensichtlich fühlte sie sich elend. »Wir sind gleich da.«

Wir stießen auf den Waldrand, einen Bestand von vielleicht sechzigjährigen Buchen, die einen hohen, lichtdurchfluteten Dom bildeten. Auf dem Boden wucherten lange Gräser. Nach hundert Metern verließen wir den Dom wieder und Eichen und Kiefern bestimmten das Bild. Maria Pawlek lenkte den Wagen in einen kaum sichtbaren Waldweg und parkte dort.

»Da im Schatten steht ein alter Golf«, sagte ich.

»Das ist Dickies Wagen. Sie fährt oft hierher.«

Ich dachte an Dickies T-Shirt: *Okay, ich bin dick. Aber Sie sind hässlich!*

»Sehen Sie am Hang diese alte, schiefe Hütte?«

»Ja, natürlich.«

»Das ist ein altes Jagdhaus, gehört dem Vater von Alex Wienholt. Wird nicht mehr benutzt.« Ihr Gesicht war jetzt weiß.

»Sind Sie sich sicher, dass Sie das hier wollen?«

»Ich muss mich einfach einmischen, sonst geht Dickie den Bach runter. Und es ist so, dass Dickie mir sagte, dass sie Sie mag.« Dann bestimmte sie: »Den Rest laufen wir.«

Wir marschierten los. Es würde einen roten Sonnenuntergang geben, die Vögel waren mörderisch laut, aus einer Dickung links querab waren Rehe getreten und ästen friedlich, ein Pärchen Eichelhäher jagte sich, sie waren offensichtlich dabei, das Leben aufregend und schön zu finden.

Schließlich standen wir vor der Hütte und Maria Pawlek sagte mit einem dicken Kloß im Hals: »Dickie.«

»Das hört sie nicht«, sagte ich. »Dickie?!«

Die schiefe Tür knarrte und schwang auf.

»Ach, ihr«, sagte Dickie nur. »Das habe ich schon erwartet.« Sie wirkte erschöpft, sie hatte wieder das spezielle T-Shirt an und trug dazu beige, halb lange Hosen.

»Wer ist noch da drin?«, fragte Maria Pawlek.

»Du hättest mich doch fragen können«, sagte Dickie leise. »Du brauchst dich doch nicht so heimlich hier heranzuschleichen.«

»Tut mir leid«, erwiderte Maria Pawlek nur.

»Wer ist da drin?«, fragte auch ich.

»Wanda«, sagte Dickie.

»Wer ist Wanda?«

»Das weiß ich nicht«, gab sie zur Antwort.

»Und wie kommt sie hierher?«

»Ich habe sie hierher gebracht. Wir wussten nicht, wohin mit ihr.«

»Wer ist ›wir‹?«, fragte ich weiter.

»Wer wohl? Alex Wienholt und ich.«

»Ich gehe da jetzt rein. Ist das okay?«

»Ja«, nickte sie.

Die Hütte war nicht sehr groß, drei mal fünf Meter, schätzte ich. Es herrschte ein Halbdunkel, denn das einzige Fenster war klein und vollkommen mit Spinnweben verdeckt.

Hätte sie sich nicht bewegt, hätte ich die Frau nicht bemerkt. Sie lag unter dem Fenster in einem großen Haufen von Decken und Kissen und außer ihrem Kopf war nichts zu sehen. Das Gesicht war kindlich, mit großen, weit aufgerissenen Augen. Sie hatte den Kopf leicht angehoben und wimmerte leise vor sich hin.

»Hallo«, sagte ich zaghaft.

Die dunklen Augen machten nicht den Anschein, als würden sie mich wahrnehmen. Die Frau schien in einem Traum gefangen, einem sehr hässlichen Traum. Das Haar wirkte strähnig und verfilzt. Sie blieb stumm, bis auf dieses Wimmern. Es war, als könne sie das nicht abstellen, als habe das mit ihrem Bewusstsein nichts zu tun.

Sie hob die Decke vor ihr Gesicht und drehte sich von mir weg. Die Stille war bedrückend.

Ich wollte schon wieder hinausgehen, aber dann roch ich es. Es roch faulig, nach Blut, nach Erbrochenem und nach Urin. Ich hatte in den Ländern, die wir leichtsinnigerweise Drittländer nennen, Krankenhäuser erlebt, in denen es genauso roch.

Ich trat vor die Tür und fragte schroff: »Wie kommt sie hierher?«

Dickies Gesicht war tränenüberströmt, sie hielt sich an

Maria Pawlek fest. »Alex und ich haben sie nachts auf der Straße aufgelesen. Sie taumelte da rum.«

»Sie was?«

»Sie taumelte, als sei sie betrunken, aber sie war nicht betrunken.«

»Wann war das?«

»Etwa vor einer Woche. Wir haben sie hierher gebracht. Sie kann kein Wort sprechen, sie wimmert nur, aber sie hat ihren Namen mit einem Ast in den Staub geschrieben. Wanda. Wir haben ihr was zu essen gebracht und die Decken und die Kissen. Und seitdem lösen wir uns ab und kommen jeden Tag her. Ich wollte sie waschen, aber sie will nicht. Ich habe gesehen, dass sie zwischen den Beinen voll ist mit getrocknetem Blut.«

»Schau sie dir an«, sagte ich zu Maria Pawlek. »Wir müssen Hilfe holen. Dickie, warum habt ihr das nicht gemeldet, die Polizei oder einen Arzt gerufen?«

»Sie leidet so. Und sie sieht so aus, als würde sie vor jemandem fliehen.«

Maria Pawlek verschwand in der Hütte.

»Was sollten wir denn tun?«, fragte Dickie weinerlich.

»Ist ja gut, reg dich nicht auf, wir helfen ja jetzt.«

»Was glaubst du, was sie hat?«

»Sie ist in einem Schockzustand. Hat sie Papiere bei sich?«

»Nein. Sie hatte eine Zweieuromünze und drei lose Zigaretten, aber kein Feuer. Das war alles. Erst hat sie nur geschlafen, den ganzen Tag.«

Ich wählte die Notrufnummer und versuchte, die Sachlage zu erklären. »Die Frau muss so um die zwanzig sein. Sie steht unter Schock, gehen kann sie wohl nicht.«

Maria Pawlek stand inzwischen wieder in der Abendsonne und steckte sich eine Zigarette an. »Das ist ja furchtbar«, murmelte sie. »Das arme Kind!«

»Gib mir mal deine Wagenschlüssel. Ich muss dem Krankenwagen entgegenfahren. Sonst finden die das nicht.« Ich lief los, setzte mich in das kleine Auto und rollte über das schmale Asphaltband des Wirtschaftsweges auf die Straße zu.

Ich hörte den Wagen, bevor ich ihn sah, und da ich mich gerade auf einer Kuppe befand, hielt ich an, schaltete die Scheinwerfer ein und dankte dem Schicksal, dass es das Rote Kreuz sogar in der Eifel gab. Dann fuhr ich vor ihnen her.

Auch die Sanitäter mussten ihren Wagen hundert Meter vor der Hütte zurücklassen. Mit der größten Selbstverständlichkeit trabten sie mit der Trage durch das Gebüsch, stellten sie ab und verschwanden in der Hütte.

Das Erste, was wir hörten, war ein markerschütternder Schrei. Dickie wollte ihrem Schützling sofort zu Hilfe eilen.

»Bleib hier!«, fuhr ich sie an. »Wanda kapiert doch im Moment gar nicht, dass ihr geholfen wird. Habt ihr herausgefunden, woher sie kommt? Und wenn sie redet oder brabbelt, in welcher Sprache?«

»Das weiß ich doch nicht, verdammt noch mal! Sie wimmert nur. Außerdem bin ich *Aldi* und nicht Gymnasium.« Dickie war in heller Wut.

»Beruhige dich«, bat Maria Pawlek.

Die Rot-Kreuz-Leute erschienen in der Tür. Zwischen sich hielten sie die Frau aufrecht. Ihr Kopf hing nach vorn, das Wimmern war nur noch ein endloser Ton, wahrscheinlich starb sie in jeder Sekunde einmal.

»Ich halte sie, du machst die Trage fertig.« Der Mann griff der Frau von hinten unter beide Arme und sein Kumpel klappte mit routinierten Bewegungen die Trage auf.

Als sie die Frau darauflegen wollten, entwischte sie und begann in irrwitziger Geschwindigkeit in die Farne zu laufen, die hinter der Hütte wuchsen.

Der mit der Trage schrie: »Scheiße!«, und hechtete hinter ihr her.

Es dauerte fünf Minuten, ehe die Frau flach auf der Liege lag und so stramm vergurtet war, dass sie sich nicht mehr bewegen konnte.

»Wo bringt ihr sie hin?«, fragte Maria Pawlek.

»Das wissen wir nicht, das können wir erst im Wagen abklären. Sie können sich bei der Leitstelle erkundigen.«

Wir sahen den Männern nach, wie sie schwankend die Trage durch das Unterholz schleppten und dann in ihrem Einsatzfahrzeug verschwanden.

»So, Dickie, und jetzt ganz langsam: Was ist hier abgelaufen?«, fragte ich.

»Das habe ich doch schon erzählt. Wir haben die Frau nachts auf der Straße gesehen, Alex und ich. Wir wollten ihr helfen und haben sie hierher gebracht. Sie war ja verrückt vor Angst, das konnte ein Blinder sehen. Und alles, was wir wissen, ist, dass sie Wanda heißt.«

»Vor einer Woche, hast du gesagt.«

»Genau.«

»Und auf welcher Straße hat sie sich herumgetrieben?«

»Zwischen Prüm und Niederprüm, an den Bahngleisen.«

»Dickie, dein Leben war bisher wahrlich kein Zuckerschlecken. Aber dass du eine vor Angst gelähmte junge Frau hierher schleppst und sie dann eine geschlagene Woche ohne ärztliche Versorgung herumliegen lässt, das passt nicht zu dir! Ich will wissen, was wirklich dahintersteckt.«

»Nun sag es schon«, drängte Maria Pawlek sanft. »Wer ist diese Frau? Wo kommt sie her?«

»Du hast mir nachspioniert!«, giftete Dickie plötzlich.

»Ja«, antwortete Maria Pawlek ungerührt. »Seit drei Tagen verschwindest du abends und nimmst Lebensmittel mit. Ich habe mich gefragt: Was macht sie da?«

»Hör zu, Dickie. Zurzeit herrscht überall Chaos. Sven wurde getötet und gekreuzigt, sein Vater fast erschossen. Svens Freundin ist ebenfalls erschossen worden. Hat diese junge Frau hier etwas mit Sven zu tun?«

»Nein!«, antwortete sie heftig. »Hat sie nicht.«

»Dickie!«, sagte Maria Pawlek vorwurfsvoll.

»Hör zu, Dickie. Ich gebe dir vierundzwanzig Stunden Zeit, mich anzurufen und die Geschichte hier zu erklären. Aber du musst sie erklären! Da sind Leute mit Maschinenpistolen im Spiel. Möglicherweise hast du Wanda nachts auf der Straße aufgelesen. Aber ich gehe jede Wette ein, dass du sie kanntest und genau wusstest, was zu tun war.«

»Was war denn zu tun?«, fragte sie scharf.

»Du hast ihr vielleicht das Leben gerettet«, antwortete ich ebenso scharf.

Sie schaute mich an, wandte sich ab, beugte sich vor, stemmte sich gegen eine kleine Eiche und begann, hemmungslos zu schluchzen. Sie zischte: »Scheiße!«

»Und noch etwas«, sagte ich. »Ich muss die Mordkommission auf diese Hütte aufmerksam machen – und auf Wanda sowieso. Überleg dir genau, was du sagst. Die Leute kannst du nicht an der Nase herumführen. Für wen, zum Teufel, tust du das alles? Für deinen Helden Sven?«

Sie drehte sich um und starrte mich an. Ihre Augen waren voller Hass.

Maria Pawlek stellte sich neben mich und sagte zu Dickie: »Ich will dich morgen früh bei der Arbeit sehen. Denk über Baumeisters Worte nach. Und komm nicht auf die Idee zu vergessen, dass ich dich lieb habe.«

Die beiden Frauen sahen sich lange an. Dann richtete sich Dickie auf und ging langsam durch das Gesträuch auf ihren Wagen zu. Sie wirkte wie verprügelt, als seien alle Hoffnungen zerstört.

Maria Pawlek streckte die Arme in ihre Richtung, aber das konnte Dickie nicht sehen.

Ich rief Rodenstock an und erzählte, was geschehen war. Ich bat ihn, die Mordkommission zu benachrichtigen.

»Hm«, brummte er. »Kommst du denn jetzt her?«

»Darf ich eine gewisse Maria Pawlek mitbringen?«

»Merkwürdige Frage. Ich dachte, wir sind eine Familie.«

»Ich bin wirklich hysterisch. Bis später.«

Als ich das Telefon weggesteckt hatte, sagte ich zu Maria Pawlek: »Hast du Lust mitzukommen und einen späten Abend mit Freunden zu verbringen?«

»Habe ich. Falls die Freunde nicht jenseits von Frankfurt/Oder leben.«

»Die Eifel erfordert ständige Mobilität«, erklärte ich großspurig.

Während wir auf Prüm zufuhren, entwickelte sich ein Patchworkdialog im Stakkato:

»Bist du eigentlich verheiratet?«, fragte sie.

»Nein. Ich war es einmal. Ist lange her. Und du?«

»Es war einmal, ist lange her. *Trial and error.* Gibt es Kinder?«

»Ja. Eine Tochter, die gerade zu Besuch ist. Du passt eigentlich nicht zu *Aldi* in Prüm. Wie kam es dazu?«

»Das sollte nur vorübergehend sein. Ich habe eigentlich einen Meisterbrief im Beseitigen von Krisensituationen in Handwerksbetrieben. BWL-Grundstudium. *Aldi* suchte jemanden, ich hatte nichts anderes und sagte zu.«

»Und wie ist dieser Job?«

»Mörderisch. Du musst versuchen, mit null Personal einen erstklassigen Delikatessenladen darzustellen. Manchmal sitze ich selbst an der Kasse oder nehme nachts um drei Uhr Ware an. Richtig heimelig. Und was treibst du?«

»Ich mache Reportagen, sogenannte Langzeitthemen. Das

sind Stoffe, die viel Recherche verlangen und die kein Mensch druckt, weil er sie nicht bezahlen will. Aber alles in allem fühle ich mich sauwohl und werde natürlich auf lange Sicht reich.«

Sie lachte. »Das kenne ich.«

»Und Dickie? Wie bist du zu der gekommen?«

»Ganz einfach, sie hat sich beworben. Und da gerade der Job im Warenlager frei war, gab ich ihr eine Chance. Ich bereue es nicht, sie ist ein Juwel. Und sobald sie das selbst merkt, wird sie gehen.«

»Hast du eigentlich Kinder?«

»Nein. Ich habe Dickie.«

»Hast du Träume für die Zukunft?«

»Nein. So luxuriös kann ich nicht leben. Oder doch: Ich hoffe, dass irgendeine Handwerkskammer auf mich aufmerksam werden wird. Bis dahin werde ich bei *Aldi* rösten und Schimmel ansetzen.«

»Kein Deutschland-Gefühl?«

»Um Gottes willen, weshalb denn das?«

»Was treibst du in deiner Freizeit?«

»Ich habe kaum welche. Ich versuche, zu mir selbst zu finden. Das ist sehr zeitaufwendig. Hast du denn ein Hobby?«

»Ja. Mein Hobby ist leben und manchmal macht es sogar Spaß.«

»Was ist mit den Leuten, zu denen wir jetzt fahren?«

»Das ist meine Familie.«

In Prüm stieg ich in mein Auto und sie fuhr hinter mir her.

»Das ist Maria«, sagte ich, als wir die Küche in Heyroth betraten.

»Die Maria von Dickie Monschan«, sagte Emma. »Herzlich willkommen. Wollt ihr was essen? Es gibt Räucherlachs auf Brot mit Meerrettich oder Bratkartoffeln mit einem Spiegelei.«

»Räucherlachs«, sagte ich.

Maria wollte Bratkartoffeln, Rodenstock schloss sich an.

»Ich habe mich erkundigt, sie haben die Kranke in die Psychiatrie nach Wittlich gebracht«, berichtete Rodenstock. »Du sollst morgen da aufkreuzen und irgendwas unterschreiben. Wer diese Frau wohl ist? Das Krankenhaus sagt, es könne Tage dauern, ehe sie spricht.« Dann gab er Maria die Hand. »Herzlich willkommen. Nehmen Sie Platz.«

Ich setzte mich neben sie und schilderte die Szenerie im Jagdhaus noch einmal in allen Einzelheiten.

»Passt es denn zu Dickie, eine hilflose Frau aufzulesen und sie zu versorgen?«, fragte Emma aus der Küche.

»Und wie!«, antwortete Maria. »Sie hat schon streunende Alkoholikerinnen aufgegabelt, sozial geschädigte Väter und und und. Aber sie lässt einen hilfsbedürftigen Menschen nicht ohne medizinische Versorgung liegen. Wenn an dieser Geschichte nicht irgendwas faul wäre, hätte sie einen Weg gefunden, das Krankenkassensystem auszutricksen. Mir meine Karte geklaut oder so.«

»Ich bringe den gekreuzigten Sven nicht mit dieser Frau in Berührung. Genauso geht es mir mit dem Mordversuch an Svens Vater. Wie passen das Gymnasium und Maschinenpistolen, Pater Rufus und eine in der Jagdhütte versteckte Schockpatientin zusammen?« Emma verteilte die Bratkartoffeln, darauf kamen die Spiegeleier – und das Ganze sah sehr nach Mutters vollen Tellern aus.

»Vergiss Polen und den roten Porsche nicht«, ergänzte Rodenstock. »Maria, hat Dickie je von Polen geredet?«

»Nie!«, antwortete sie sehr bestimmt.

»Ich war im Internet«, sagte Emma und trug die Teller zum Tisch, »und habe ein bisschen zu Vater Dillinger recherchiert. Auf seiner Homepage heißt es, er berät in allen juristischen Lebenslagen, seine Spezialität seien aber Verträge auf dem Bau- und Investitionssektor. Darüber hinaus dient er sich als Vermögensverwalter an. Sehr aufschlussreich ist das alles nicht, wie üblich liest sich das im Internet bombastisch. Ich würde gern en détail erfahren, was er macht, und ich frage mich, wer das wissen könnte.«

»Banken wissen das«, sagte Rodenstock. »Aber uns werden sie keine Auskunft geben.« Er schnaufte unwillig. »Mittlerweile sind zehn Tage vergangen, seit Gabriele Sikorski verschwunden ist, und vier seit dem Tod der beiden. Und wir haben keinen Faden, den wir aufnehmen können, warten nur darauf, was als Nächstes passiert. Da können wir genauso gut im Kaffeesatz lesen.«

Herbert schlenderte in den Raum und sagte: »Guten Abend allerseits. Ich rieche Verpflegung.«

»Bratkartoffeln oder geräucherter Lachs?«, fragte Emma.

»Beides, Schätzchen, beides.« Er wandte sich an Maria Pawlek, reichte ihr die Hand und säuselte: »Ich bin Herbert, ein mutmaßlicher Zeuge, der nicht weiß, an was er sich erinnern soll.«

»Aha«, lächelte Maria. »Ich bin Maria. Ich kann mich auch nicht an alles erinnern.«

»Dabei ist alles so einfach, mein Herbert«, seufzte Emma. »Ich glaube nicht, dass die Liebe an diesem sagenhaften Freitag wie ein Wasserfall über Gabriele und Sven hereinbrach. Du warst Gabrieles Vertrauter, du musst doch schon vorher etwas mitbekommen haben. Also: Was war da?«

»Da war nur die Sache mit den Handys«, erklärte er. »Aber das habe ich schon gesagt.«

»Moment«, reagierte ich scharf. »Du hast kein Wort von irgendwelchen Handys erwähnt.«

»Habe ich nicht?«, fragte er mit großen Augen zurück. »Ach, Gottchen, das tut mir leid.«

»Was war mit den Handys?«, fragte Rodenstock verärgert.

»Ich habe für beide neue Handys besorgen müssen, natürlich mit neuen Nummern.«

»Wann war denn das?«

»Anfang der Woche.«

»Wie lief das ab? Hast du mit Gabriele telefoniert? Habt ihr euch getroffen? Was hat sie gesagt, möglichst wortwörtlich, bitte.« Rodenstock war stinksauer.

Aus welchem Grund auch immer, Herbert war beleidigt. »Ihr fragt ja auch nicht genau, Leute.«

»Gabriele hatte doch keine Geheimnisse vor dir. Du weißt alles. Du musst dich nur erinnern, dann können wir vielleicht ihren Mörder finden.« Emma sprach mit ihm wie mit einem Kind.

»Fangen wir an einem anderen Punkt an«, schlug ich vor. »Du bist ja ein helles Sensibelchen, also wann empfingst du die ersten Signale, dass dein Gabrielchen die große Liebe erlebte?«

»Das war natürlich viel früher. Wobei das ja unter der Woche schwierig für sie war, Sven musste ja in die Schule gehen. Gabrielchen sagte, das sei doch egal, er könne schließlich blaumachen. Aber er hat gesagt: ›Wir dürfen nicht auffallen. Es muss so aussehen, als ob alles ganz normal ist. Wenn sie merken, dass wir etwas wissen, machen sie dicht.‹ Das hat er gesagt.«

»Wann fing das an, Herbert?«, fragte Emma. »Wann genau kam das erste Signal?«

»Also, eine Woche vor dem Freitag, an dem Gabrielchen verschwand«, sagte er.

»Hat sie erzählt, wie sie sich kennengelernt haben?«, fragte ich.

»Sicher. Das war an dem Wochenende. Ich hatte Krach mit Maxi, genau! Maxi ist, nein, war mein Lover. Wir hatten also Krach und ich hockte zu Hause rum. Da schellte es und

Gabrielchen stand vor der Tür. Sie war ganz außer sich und sagte: ›Ich habe eine Liebe gefunden!‹ Großes Ausrufezeichen. ›Wer ist es denn?‹, fragte ich. ›Einer aus der Eifel und er ist jünger als ich‹, antwortete sie.«

»Bitte, Herbert, hat Gabriele auch erzählt, wo sie sich zum ersten Mal getroffen haben?«

»In Köln, in irgendeinem Bistro. Aber den Namen habe ich vergessen.«

»Und wann hast du Sven das erste Mal gesehen?«, fragte ich.

»An diesem Wochenende«, erwiderte er. »Und ich fand, er war ein süßer Kerl.«

»Ja, ohne Zweifel«, nickte Emma. »Bei welcher Gelegenheit hast du ihn kennengelernt?«

Er senkte den Kopf. »Ich bringe immer die Tage durcheinander, ich weiß manchmal nicht, was an welchem Tag war«, sagte er leise. »Es war Samstagmorgen, als Gabrielchen klingelte …«

»Moment mal, das müssen wir dokumentieren«, sagte Rodenstock und trat zu den an die Wand gehefteten Packpapierbahnen. »Also, ich notiere den Samstag«, sagte Rodenstock und malte neue Spalten. »An diesem Tag hat Gabriele zum ersten Mal von Sven gesprochen. Wie ging das weiter? Was war am folgenden Sonntag?«

»Ich glaube, nichts«, sagte Herbert. Er wehrte sich schon wieder.

»Zum Teufel!«, fluchte Rodenstock. »Bei unserer ersten Begegnung hast du behauptet, von nichts eine Ahnung zu haben. Und jetzt stellt sich heraus, dass du beträchtliche Lücken füllen kannst. Warum zickst du so herum? Was soll das?«

»Ich denke immer noch, ich muss sie schützen«, flüsterte er. »Liebe muss man schützen.«

Rodenstock wollte platzen, aber Emma machte eine beschwichtigende Bewegung mit den Händen. »Das ist verständlich. Aber die beiden sind tot, endgültig tot. Vorhin hast du erwähnt, dass Gabriele vorgeschlagen hat, Sven solle blaumachen, die Schule schwänzen. Aber er hat erwidert, sie müssten so tun, als sei alles ganz normal. Du hast Sven mit den Worten zitiert: ›Wenn sie merken, dass wir etwas wissen, machen sie dicht.‹ Wer ist ›sie‹? Wer macht da dicht?«

»Irgendwelche Leute. Aus der Eifel, aus der Schule, Leute, mit denen Sven zu tun hatte. Ich weiß das nicht.« In Herberts Stimme klang Verzweiflung mit. »Ich hatte den Eindruck, die beiden hätten etwas herausgefunden. Aber ich habe nicht nachgefragt.«

»Klang es denn gefährlich? Ich meine, war es gefährlich, das zu wissen, was sie wussten?«, fragte Rodenstock.

»Wahrscheinlich schon. Denn Sven hat gesagt: ›Wenn sie das erfahren, greifen sie zum letzten Mittel.‹«

»Wie war das jetzt mit den Handys? Gabriele kam an dem Sonntag mit der Bitte zu dir und ...«

»Nein, nein, das war erst am Montag, also am Tag danach. Sie rief mich an und sagte: ›Wir brauchen zwei Handys. Eins für Sven, eins für mich. Du kaufst sie und meldest beide auf deinen Namen an und wartest auf die Freigabe.‹«

»Das hast du auch gemacht? Noch am Montagmorgen?«, fragte ich.

»Ja klar. Das war nichts Ungewöhnliches, Gabrielchen hat mich immer mal wieder gebeten, etwas für sie zu erledigen.«

»Wann hast du ihnen die Handys gegeben?«

»Am Dienstag. Ich habe sie zu ihr gebracht, da waren sie schon freigeschaltet.«

»Gut, und wie ging es weiter?«

»Na ja, da ich schon mal da war, hat sie mich gebeten, die Wohnung sauberzumachen und herzurichten.«

»Stopp«, sagte ich schnell, weil mir etwas auffiel. »Heißt das, dass Gabriele dich für deine Bemühungen bezahlt hat?«

»Sicher. Sie sagte immer, ich sei der beste Kümmerer auf der Welt.«

»Du übst also keinen Beruf aus?«, fragte Emma.

»Nein. Das kann ich nicht mehr, das regt mich zu sehr auf. Nach der letzten Therapie habe ich gekündigt.«

»Was war denn dein Beruf?«, fragte Rodenstock.

»Herrenoberbekleidung«, grinste er. »Ich wollte mich selbstständig machen, aber das klappte nicht.«

»Hat sie dich monatlich bezahlt?«, fragte ich.

»Ja. Ich habe mich um alles gekümmert.«

»Also auch um die Liebesgeschichte«, sagte Emma mit großer Selbstverständlichkeit.

»Ja, auch um die. Man muss ja an alles Mögliche denken. An Blumen, ans Bettenmachen, an die Staubsaugerbeutel, an die Kleinigkeiten im Eisschrank, an alles eben.«

Einen Augenblick war es still.

»Was ist mit deiner Krankenversicherung, den Versicherungen überhaupt?«, fragte Rodenstock mit mühsam unterdrückter Wut.

»Das hat alles Gabrielchen getragen. Ich war ihr Angestellter. Ihr einziger.«

»Herrgott!«, sagte Rodenstock nur.

»Wie oft hast du denn dann so mit Gabrielchen telefoniert.« Emma war gleichbleibend freundlich.

»Jeden Tag«, antwortete er, wie aus der Pistole geschossen. »Das mussten wir ja, ich musste ja Bescheid wissen, was zu tun war.«

Maria Pawlek flüsterte mir zu: »Ich muss gehen, ich muss um sechs Uhr aufstehen.«

»Ich würde dir gern in den Hintern treten und den Schuh stecken lassen«, murmelte Rodenstock.

»Ich sage ja alles«, versicherte Herbert.

»Ich schlage vor, dass ich mit Herbert alle Lücken schließe und der Rest sich verzieht«, sagte die vernünftige Emma. »Es macht keinen Sinn, dass wir uns alle die Nacht um die Ohren schlagen.«

»Nibelungentreue«, schnaubte Rodenstock verächtlich.

»Ja, und?«, entgegnete Herbert aufgebracht.

»War nett, euch kennengelernt zu haben. Einen schönen Abend noch. Bis demnächst.« Maria Pawlek stand auf, nickte uns allen zu und wollte hinausgehen.

»Ich komme mit«, sagte ich hastig.

»Gute Nacht!«, sagte Emma und grinste wie ein Faun.

Maria Pawlek wartete neben ihrem Wagen und meinte verunsichert: »Ich gebe nicht auf. Ich würde mich gern mit dir unterhalten, aber vielleicht nicht immer nur über blöde Zeugen und so was.«

»Ja, ich auch. Wollen wir telefonieren?«

»Das machen wir«, nickte sie.

Dann setzte sie sich hinter das Steuer, schnallte sich an, winkte kurz und brauste davon.

Als ich in mein Bett fiel, war es drei Uhr. Der Wind kam sehr frisch aus West und bald würde es regnen.

Cisco kratzte an der Tür und japste leise. Ich ließ ihn herein, er sprang auf das Bett und rollte sich zusammen. Satchmo kam nicht, wahrscheinlich hatte er aufgegeben, lag irgendwo beleidigt herum und schwelgte in Zerstörungsfantasien.

Ich wurde wach, weil Jeanne unten im Flur panisch rief: »Oh, mein Gott!«

Es war neun Uhr morgens.

Ich riss die Tür auf und fragte: »Was ist denn los?«

»Jeannes Vater steht vor dem Haus. Er sagt, er fährt nicht ab, ehe Jeanne neben ihm sitzt.« Clarissa hockte auf der untersten Stufe der Treppe und hatte ein vor Wut ganz zerknittertes Gesicht.

»Die Welt ist ein Tollhaus«, murmelte ich. »Ich ziehe mir etwas an. Jeanne soll ruhig zu ihrem Vater hinausgehen und die Lage erklären. Aber sie soll nicht in dieses verdammte Auto einsteigen.«

Ich beeilte mich mit dem Anziehen.

Clarissa stand vor der geschlossenen Haustür und lauschte angestrengt.

»Lass mich mal vorbei«, sagte ich, um Ruhe bemüht.

Die Szene war wie aus einem Bilderbuch. Der Vater saß verkrampft hinter dem Steuer eines schlohweißen Porsche und brüllte Unverständliches.

Seine Tochter stand drei Meter von ihm entfernt und weinte jämmerlich.

Unvermittelt kletterte er aus dem Wagen und befahl: »Du steigst jetzt ein und wir fahren!«

»Nein«, schluchzte Jeanne.

»Mein Name ist Baumeister«, sagte ich. »Ich bin Clarissas Vater und ich habe den beiden Asyl gewährt, wenn Sie das so nennen wollen. Und ich möchte Sie bitten, mein Grundstück zu verlassen!«

»Steig ein!«, wiederholte er verbiestert. »Wir reden unterwegs.«

»Sie reden nicht unterwegs«, sagte ich. »Sie will nicht mit Ihnen fahren.«

»Halten Sie Ihr Maul!«, entgegnete er scharf.

Es machte keinen Sinn, ihn als Erwachsenen zu behandeln.

»Oh, oh, ich erstarre in Ehrfurcht. Haben Sie die Karre schnell geleast, um Eindruck schinden zu können?«

»Sie interessieren mich gar nicht.«

»Ja, das mag sein. Aber Sie stehen immer noch auf meinem Grundstück. Und ich kann Sie nicht leiden. Trotzdem gebe ich Ihnen einen Tipp: Gehen Sie ein bisschen netter mit Ihrer Tochter um.«

»Das ist eine Sache zwischen meiner Tochter und mir.«

»Ja, das ist richtig. Aber Sie stehen immer noch auf meinem Grundstück.«

»Seien Sie endlich still!«

»Wenn ich Sie hier wegräume, könnte das schlimm werden.«

»Sie drohen mir mit körperlicher Gewalt?« Jeannes Vater war ein schöner Mann mit blonden Locken, aber er war auch ein Arschloch.

»Sie sind ein Arschloch«, sagte ich. »Und ich drohe Ihnen nicht, ich sage nur, was ich beabsichtige zu tun.«

Da sagte das Töchterchen: »Papa, du bist ein Arsch!« Sehr zu meinem Ärger klang es zärtlich.

Der Mann erstarrte. »Hat er dich angestachelt?«

»Falls Sie von mir reden: Nein!« Ich seufzte, weil er seinen Stachel schon verloren hatte. »Hauen Sie ab, Mann! Sie sind hier nicht willkommen. Machen Sie keinen Narren aus sich.«

Er war am Ende, wusste das aber noch nicht.

»Du steigst jetzt ein«, sagte er erneut.

»Tue ich nicht«, sagte Jeanne mit fester Stimme.

»Ihre Tochter ist mein Gast«, erklärte ich. »Und sie bleibt, solange sie will. Und Sie sollten jetzt heimfahren.« Ich starrte auf einen Haufen großer Schiefersteine, die ich gesammelt hatte. Es war eine beglückende Vorstellung, einen dieser Brocken mit einem Plopp auf seinen linken Scheinwerfer fallen zu lassen. Eine Delle und Scherben für rund zehntausend Euro – eine sagenhafte Träumerei.

»Ich habe keine Zeit für derartige Muskelspielchen«, fuhr ich fort. »Jeanne, was hältst du davon, wenn du schon mal ins Haus gehst. Wir können gleich frühstücken.«

»Ja, ist okay«, sagte sie leise und ging tatsächlich ins Haus.

»Das wird ein Nachspiel haben«, stieß ihr Vater hervor.

»Ja«, nickte ich.

»Glauben Sie nicht, dass Sie ungeschoren davonkommen«, giftete er.

»Nein, glaube ich nicht«, antwortete ich.

»Sie leisten diesem Zustand auch noch Vorschub!«, stellte er fest.

»Ja«, sagte ich. »Für mich stellt eine lesbische Tochter kein Problem dar.«

»Das ist Freiheitsberaubung.«

»Na, sicher.« Ich drehte mich um und ging ins Haus.

Dann standen wir zu dritt im Flur und warteten darauf, dass Jeannes Vater in seinen Wagen stieg und Gas gab. Es dauerte sehr lange, ehe er das tat.

»Ich hätte gern drei Spiegeleier auf Schinken«, dröhnte ich. »Und einen starken Kaffee.«

»Der kommt wieder!«, sagte Jeanne bang.

»Aber nicht heute«, beruhigte ich.

Es wurde ein ganz gemütvoller Morgen, denn wir hingen alle unseren Gedanken nach. Wahrscheinlich begriffen die jungen Frauen erst jetzt, dass sie noch den einen oder anderen Kampf auszustehen hatten.

Als Rodenstock anrief, klang er wie der Königsbote, der Unheil bringt. »Man muss sich nur schlafen legen und es gibt Neuigkeiten. Genauer gesagt zwei: Pater Rufus ist versetzt worden, von einer Sekunde auf die andere.«

»Wohin?«

»Zur Deutschen Bischofskonferenz nach Bonn.«

»An die Zufälligkeit dieses Schachzuges glaube ich keine drei Sekunden.«

»Ja«, bestätigte er. »Das geht Emma und mir genauso. Er wurde zur Seite geräumt, damit er nicht greifbar ist, gleichsam exterritorial. Aber es ist auch ein Indiz dafür, wie eng er mit Dillinger verbandelt ist. Dillinger wird angeschossen und Rufus aus dem Weg geschafft.«

»Wie geht es Dillinger denn?«

»Gut, soweit Kischkewitz erfahren hat. Seine Leute lauern darauf, dass sie ihn vernehmen können.«

»Und wie geht es Wanda?«

»Sie steht massiv unter Medikamenteneinfluss. Vergiss übrigens nicht, zur Psychiatrie zu fahren.«

»Mache ich gleich. Und was ist die zweite Nachricht?«

»Julia Dillinger, Svens Schwester, ist verschwunden. Sie sollte nur kurz bei einer Nachbarin etwas abgeben und kehrte nicht zurück, ist nirgendwo auffindbar.«

»Das ist ja ein Ding! Ist sie abgehauen?«

»Wohl eher nicht. Ihre Sachen sind noch komplett zu Hause. Nicht mal die Zahnbürste fehlt. Emma und ich haben überlegt, ob Dillinger vielleicht erpresst werden soll. Mit Julia in der Hand könnte seine Aussage dahingehend beeinflusst werden, dass Dillinger weiter behauptet, keine Ahnung zu haben, wer den Anschlag auf ihn verübt haben könnte. Nach dem Motto: Wenn du nichts weißt, passiert deiner Julia nichts.«

»Das leuchtet ein. Wir müssen mehr über Dillinger in Erfahrung bringen, was können das für Leute sein, die ihn so unter Druck setzen?«

»Was hältst du davon, wenn ich mich noch mal mit Hans Sikorski in Verbindung setze? Der Typ scheint mir mit allen Wassern gewaschen und als Unternehmer muss er über viele Kontakte verfügen. Vielleicht ist er bereit, sich mal umzuhören, was man sich in der Geschäftswelt so über Dillinger erzählt …«

»Das ist eine verdammt gute Idee. Ich melde mich, wenn ich aus Wittlich zurückkomme.«

Ich drückte Rodenstock weg und rief Maria Pawlek an.

»Tut mir leid, wenn ich störe, aber Julia Dillinger ist verschwunden. Ob wohl Dickie weiß, wo sie sein könnte?«

»Ich frage sie und melde mich. Bis später.«

SECHSTES KAPITEL

In der Psychiatrie in Wittlich traf ich auf einen Assistenzarzt, der mir erklärte: »Wir haben die Pflicht zu helfen, aber irgendjemand muss die Kosten übernehmen. In diesem Fall wird das wohl die öffentliche Hand sein. Da Sie den Transport der jungen Frau veranlasst haben, müssten Sie – freundlicherweise, versteht sich – das hier unterschreiben, damit die Dinge ihren Weg gehen können. Haben Sie eine Ahnung, woher die Frau kommt?«

»Nein. Ich hatte gehofft, dass Sie sie hier zum Reden bringen könnten.«

»Sie steht unter Schock, das wird noch eine Weile dauern. Da muss die Unterschrift hin.« Er deutete auf eine Leerzeile. »Und dann noch einmal hier. Danke schön. Tja, das wäre es dann.«

»Einen Moment noch. Die Frau war zwischen den Beinen voller Blut. Was ist da passiert? Eine Geburt oder eine Abtreibung, oder was sonst?«

Er wirkte bekümmert. »Ich fürchte, ich bin zu derlei Auskünften nicht befugt.«

»Kann ich Ihren Chef sprechen?«

»Warum wollen Sie das überhaupt wissen? Ich meine, das bringt Ihnen doch nichts.«

»Vielleicht doch. Es sieht so aus, als gäbe es zwischen dieser Frau und zwei Morden einen Zusammenhang. Ich bin Journalist und recherchiere.«

»Trotzdem – dass Ihnen Auskunft gegeben wird, wage ich zu bezweifeln.«

»Wie heißt Ihr Chef?«

»Dr. Manfred Sinnhuber«, antwortete er. »Er sitzt drei Räume weiter auf der rechten Seite.«

Ich bedankte mich und ging.

Dr. Sinnhuber wollte nicht mit mir sprechen, weil Dr. Sinnhuber keine Zeit hatte und weil Dr. Sinnhuber alles, was er wusste, schon Kischkewitz' Leuten gesagt hatte.

Die Krankenschwester, die mir das mitteilte, war ein Zweizentnerweib mit einem Busen, der wie die Armierung eines Schlachtschiffes in diese Welt ragte. Sie sah mich eindringlich an, als wollte ich unsittliche Anträge an ihren Chef richten.

»Woher rühren die Verletzungen zwischen Wandas Beinen?«, fragte ich.

»Wanda? Das ist das Erste, was ich höre, junger Mann.«

»Den Namen hatte sie in den Sand gekritzelt«, gab ich vorsichtig Auskunft.

»Demnach wäre sie aus Polen.«

»Möglich. Oder aus Russland. Oder – wenn mich nicht alles täuscht – aus Tschechien. Oder woher auch immer. Was ich weiß, ist, dass diese junge Frau sich elend und einsam fühlt und eine Sterbensangst hat. Und deshalb, verdammt noch mal, will ich wissen, was man ihr angetan hat!«

»Sie sind ganz schön hartnäckig«, sagte sie freundlich.

»Das ist mein Beruf«, nickte ich.

»Aber Sie nennen meinen Namen doch nicht, oder?«

»Wie sollte ich? Ich weiß ja gar nicht, wie Sie heißen.«

»Stimmt«, kicherte sie und beugte sich leicht vor.

»Also, was hat man ihr angetan?«

»Ich heiße Renate«, sagte das Schlachtschiff gut gelaunt.

»Und ich bin der Siggi«, sagte ich. Ob sie so gut gelaunt

war, weil ich der erste Mensch an diesem Tag war, der ihr gegenüber nicht von sich behauptete, er sei Napoleon? »Was ist mit Wanda geschehen?«

Unvermittelt wurde sie ernst. »Das muss furchtbar gewesen sein. Sie wurde eingeritten.«

»Wie bitte?«

»In Zuhälterkreisen ist es Sitte, junge Frauen so auf das Kommende vorzubereiten. Sie werden gezwungen, sich vielen Männern hinzugeben. Drei, vier, fünf oder mehr, je nachdem, wie viele in der Nähe sind. Das geht eigentlich nie ohne Verletzungen ab. Diese Frau ist schwer verletzt worden, sie wird wohl nie Kinder haben können. Sie wird in Kürze operiert werden. Erst danach werden wir versuchen, an sie heranzukommen.«

»Lieber Himmel«, sagte ich erschüttert. »Ich danke Ihnen.«

»Besser nicht«, sagte sie, drehte sich um und ging.

Der Fall wurde immer verworrener. Ich konnte nicht behaupten, alle Stränge gleichzeitig bedenken zu können.

Vom Parkplatz aus rief ich Rodenstock an und berichtete, was ich erfahren hatte.

»Ich fahre jetzt zu Dickie Monschan. Vielleicht erzählt sie mir etwas über Julia Dillinger. Gibt's denn inzwischen was Neues?«

»Nein, nichts. Meld dich wieder.«

Der schnellste Weg von Wittlich nach Prüm führt über die Autobahn, die weiter Richtung Belgien verläuft. Ich brauchte nur eine halbe Stunde und hielt auf einem Parkplatz. Ich musste mal durchatmen, einen Blick in die Landschaft nehmen und in Ruhe eine Pfeife rauchen.

Was hatte Sven Dillinger mit der jungen, missbrauchten Frau zu tun gehabt? Gab es überhaupt eine Verbindung? Bei diesem Fall führte nichts von einem zum anderen, bei diesem Fall gab es Tatkomplexe, die völlig isoliert zu stehen schienen, wie Inseln in einem ziemlich verdreckten Meer. Oder hing diese Wanda mit Svens Vater zusammen? Und was war mit Pater Rufus? »Wir sind Freunde«, hatte Vater Dillinger über sich und den Pater gesagt. Was für eine Sorte Freunde?

Möglicherweise hatten Sven und Gabriele diese Wanda aus Polen herausgeholt ... Aber warum? Weil sie in die Hände von Zuhältern gefallen war? War Dickie eingeweiht und hatte deshalb auf Wanda geachtet?

Ich rief erneut Maria Pawlek an. »Hast du inzwischen mit Dickie reden können?«

»Ja. Aber angeblich weiß sie nichts über Julia. Sie ist immer noch sehr verletzt, weil wir uns bei Wanda eingemischt haben.«

»Ich komme zu euch.«

»Gut. Klopf an die dritte Stahltür hinten rechts. Dickie wird dir öffnen. Wie geht es dir?«

»Nicht so toll. Diese Wanda ist wahrscheinlich von mehreren Männern vergewaltigt worden, um sie gefügig zu machen. Sie wurde schwer verletzt.«

»Du lieber Gott! Lass dich bei mir sehen.«

»Mach ich.«

Ich fuhr den kurzen Rest der Strecke und klopfte an die Stahltür.

Dickie öffnete mir sofort und sprudelte los: »Hör zu, ich kann dir nicht helfen! Das mit Sven ist Scheiße, aber ich weiß nichts darüber. Und Wanda hat damit nichts zu tun.«

»Darf ich reinkommen? Ich war gerade bei Wanda im Krankenhaus. Vielleicht interessiert es dich, wie es um sie steht.«

»Ich will auch mit Wanda nichts mehr zu tun haben. Ich habe ihr schließlich nur helfen wollen, sonst nichts.« Sie starrte mich an.

Ich blieb stumm und schließlich sagte sie schroff: »Komm rein, aber ich rede nicht drüber.«

Der riesige Raum wurde nur spärlich von ein paar Röhren erleuchtet, das Gewirr der Regale war groß und überall hingen weiße Pappschilder mit Bezeichnungen wie *SO II B.*

»Musst du das alles im Kopf haben?«, staunte ich.

»Ja, klar. Was hast du gedacht?«

»Ehrlich gestanden, habe ich nichts gedacht. Kann ich mich hier auf so eine Kiste setzen?«

»Ja, natürlich. Weiß man denn nun, woher sie kommt?«

»Nein, sie kann noch nicht sprechen. Der Schock. Sie haben sie untersucht und müssen sie erst operieren, bevor sie sich um ihre Seele kümmern können. Sie ist schwer verletzt, weil sie wohl von Zuhältern ... na ja, schwer misshandelt wurde.«

»Sie haben sie zugeritten, nicht wahr?«

»Ja. Sie wird nie ein Kind haben können.«

»Das will sie bestimmt gar nicht, nach der ganzen Scheiße.« Dickie trug Jeans und darüber einen alten, abgetragenen Kittel. Sie war verschwitzt.

»Jetzt mal zu dem, weshalb ich eigentlich hier bin. Nachdem gestern Svens Vater angeschossen wurde, ist nun die Schwester, Julia, verschwunden. Möglicherweise wurde sie entführt, damit Dillinger den Mund hält. Möglich ist aber auch, dass Julia abgehauen ist. Du kennst sie doch gut – wo könnte sie stecken, wenn sie nicht gekidnappt wurde? Gibt es einen Ort, an dem du sie suchen würdest?«

»Wieso fragen die Bullen nicht die Mutter? Ich meine, wenn überhaupt, dann muss die doch so was wissen!«

»Die Mutter hat keine Ahnung. Andernfalls wäre das Mädchen längst gefunden worden.«

»Ja, ja«, fuhr sie hoch, »falls die Kleine nicht doch einkassiert wurde, damit Papi die Schnauze hält.«

»Worüber soll Papi denn die Schnauze halten?«

»Woher soll ich das wissen?«

»Na gut. Gehen wir mal davon aus, dass Julia einfach abgehauen ist, weil sie die Nase voll hatte …«

»Wovon soll sie denn die Nase voll haben?«

»Ist das eine Frage an mich?«

»Von mir aus ist das eine Frage an dich. Wovon hat Julchen die Nase voll?«

»Ich kann mir vorstellen, von allem. Da wird der Bruder erschossen und dann gekreuzigt. Die Familie wird in die Mangel genommen, die Mordkommission erfragt jedes Detail, gibt keine Ruhe. Vater und Mutter wissen nichts, haben keine Ahnung, was ihr Sohn so getrieben hat. Sprechen nun aber auch nicht mit ihrer Tochter. Darüber, dass der Bruder nicht mehr da ist, dass er getötet wurde. Julia hat, so sehe ich das, einen geliebten Menschen verloren und niemand eilt ihr in diesem Schmerz zu Hilfe. Sie steht ganz allein da. Da haut sie ab. Und ich frage dich jetzt, wohin sie geflüchtet sein kann? Und wenn du keine Idee hast, wer kann es sonst wissen? Alex Wienholt?«

»Alex weiß so was nicht.«

»Was ist mit den anderen? Marlene Lüttich? Benedikt Reibold? Isabell Prömpers? Oder wie sie alle heißen. Mensch, Mädchen, kapier das doch: Ich will nur einen Hinweis.«

Sie setzte sich auf einen Haufen Kartons, in denen sich Butterpakete befanden. Sie zog ihren Tabak aus dem Kittel und drehte sich eine Zigarette, zündete sie an, paffte lustlos und wusste nicht, wohin sie blicken sollte. »Vielleicht hörst du dir mal an, wo meine Probleme liegen, denn ich denke …«

»Deine Probleme interessieren mich im Moment nicht. Überhaupt nicht. Deine Probleme sind mir scheißegal!«

»Die können dir aber nicht scheißegal sein, wenn es doch um Sven geht.«

»Du liebst ihn immer noch.«

»Na, und? Wie einen Bruder, ja. Aber das interessiert dich doch nicht.«

»Weißt du, dass Pater Rufus von der Schule weg ist? Seit gestern?«

Dickie merkte auf. »Und? Ist er jetzt endlich Bischof geworden? Das wollte er doch immer.«

»Er wollte Bischof werden? Im Ernst?«

»Na ja, so direkt gesagt hat er das nicht. Aber er wollte immer ganz oben mitspielen. Macht, das ist sein Ding.«

»Jedenfalls ist er von einer Sekunde auf die andere ins Sekretariat der Deutschen Bischofskonferenz versetzt worden.«

»Das hatten wir schon mal.«

»Bei Rufus?«

»Nee, nicht bei Rufus. Aber bei Bruder Gisbert, vor einem Jahr. Der musste gehen, weil er den Kleinen nach dem Sportunterricht beim Duschen gezeigt hat, wie man sich richtig und gründlich die Eichel wäscht. Dabei kam es ihm. Als das die Runde machte, wurde Gisbert von heute auf morgen an die Universität Eichstätt berufen. Mit Studenten konnte er das ja nicht machen.«

»Woher weißt du das?«

»Alle wissen das. Zumindest die, die es interessiert.«

»Interessierte das auch Sven?«

»Klar. Sven hat schließlich sogar etwas unternommen.«

»Was denn?«

»Wir sind nach Eichstätt gefahren und haben Pater Gisbert gefragt, ob er sich nicht bei den Schülern entschuldigen will. ›Wofür denn?‹, hat er gefragt. ›Für all die kleinen Pimmel‹, haben wir geantwortet. Daraufhin erwiderte er, er habe keine Zeit für so was, denn Gott der Herr habe ihn in das Lehramt berufen. Bei der Schulversammlung zuvor hatte der Direktor gesagt, der Weggang von Pater Gisbert sei ein schwerer Schlag für die Schule. Niemand hat widersprochen, auch der Elternbeirat nicht, und Anzeige ist nie erstattet worden. Aber als wir aus Eichstätt zurückkamen, da wusste Pater Rufus schon von unserem Besuch und er sagte zu Sven: ›Jetzt bist du reif!‹ Sven hat gelacht.«

»Hältst du es für möglich, dass Sven deshalb gekreuzigt wurde? Als Bestrafung für seine Rebellion?«

Sie musterte mich mit einem scharfen Blick: »Möglich ist alles.«

Ich seufzte. »Zurück zu Julia. Was ist nun? Hast du einen Tipp?«

»Fahr mal zur Alten Klause.«

»Wo ist das?«

»Habscheid. Am Hernackberg. Dort befindet sich ein altes Industriegebiet.«

»Ich danke dir. Pass auf, wir kriegen schon noch alles in die Reihe.«

»Haha!«, murmelte sie voll Verachtung.

Ich verließ das Lager und Dickie schloss dir Tür hinter mir. Überraschend war es heiß geworden, die Sonne strahlte grell, über mir kreiste ein roter Milan.

Maria Pawlek brütete in ihrem Büro über einer Menge Papiere. Sie stöhnte und sagte: »Setz dich.« Ihre Gesichtsfarbe war grau und unter ihren Augen lagen schwarze Schatten. »Hat Dickie was erzählt?«

»Ja, ich hoffe etwas Gutes. Und, wie läuft der Job?«

»Elend. Immer Druck von oben, immer mehr Umsatz. Was hat sie gesagt?«

»Julia könnte in der Alten Klause sein.«

»Richtig«, sagte sie. »Die Clique trifft sich da schon mal. Du, ich habe leider nicht viel Zeit.«

»Schon gut, ich bin schon wieder weg.«

Auch Maria Pawlek stand auf, drängte sich an mich und

gab mir einen zurückhaltenden Kuss auf die Wange. »Wir telefonieren.«

»Das machen wir«, erwiderte ich hilflos und machte mich auf den Weg.

Ehe ich Habscheid anfuhr, ehe ich in die wunderbaren Wälder tauchte, kaufte ich mir ein riesiges Schleckeis, das mir programmgemäß auf die Hose fiel und dort in Sekunden klebrig durchsuppte. Es war ein ekelhaftes Gefühl.

In Habscheid fragte ich einen Mann, der seinen Hund spazieren führte, nach der Alten Klause.

»Geradeaus, dann siehste's schon. Ist aber nichts mehr los. Willste dat kaufen?«

»Vielleicht«, sagte ich.

Kurz darauf stand ich vor einem zweistöckigen Backsteinbau aus der Wende des neunzehnten zum zwanzigsten Jahrhundert. Wahrscheinlich hatte es hier mal Bahngleise gegeben, wahrscheinlich den Hauch von Aufbau, sicherlich große Hoffnungen, gefolgt von rasanten Niedergängen. Und immer wieder den Willen, neu anzufangen. Die Gebäude hinter der Alten Klause waren nur noch Ruinen. In den Steinresten waren Weiden hochgeschossen und sogar eine beachtliche Blutbuche, die ihren Schirm gnädig über den Verfall breitete.

Die Alte Klause musste auch mal eine Gaststätte gewesen sein, denn ich entdeckte die schäbigen Reste einer Bierreklame. Alle Türöffnungen, alle Fenster waren mit Brettern vernagelt, ich sah keine Chance, von der Straße aus in das Gebäude zu kommen. Und da man flüchtige Sechzehnjährige nicht durch Geschrei verscheuchen sollte, rief ich auch nicht. Ich ging um den Bau herum.

Auch von hinten konnte ich das Gebäude nicht betreten, aber auf der Schmalseite befand sich ein Niedergang in den

Keller, der mir einigermaßen vertrauensvoll erschien. Ich stieß auf eine alte Eisentür, die weit offen stand. Ich fragte mich verwirrt, wie ein sechzehnjähriges Mädchen von Stadtkyll bis hierher gekommen war. Immerhin ging es um eine Entfernung von rund dreißig Kilometern. War sie per Anhalter gereist, besaß sie ein Moped, hatte sie sich von einem Freund fahren lassen?

Was gab mir eigentlich die Gewissheit, dass sie hier war?

Die Wände waren schwarz von der Zeit, es war stockdunkel und meine leisen Schritte hallten, als bewege ich mich in einem Gewölbe. Ich dachte an nächtliche Streifzüge durch den Wald, bei denen selbst gestandenen Männern unheimlich zumute wurde, weil sie die Geräusche um sie herum nicht deuten konnten. Ich blieb stehen, lauschte in das Haus hinein und hörte zunächst absolut nichts.

Dann vernahm ich das Tropfen von Wasser oder einer anderen Flüssigkeit. Der Abstand zwischen den Tropfen war gleichmäßig, ungefähr drei Sekunden. Es kam von irgendwo über mir.

Plötzlich war der Gang zu Ende, ich musste irgendetwas übersehen haben. Eine Tür oder einen Treppenaufgang.

Langsam gewöhnten sich meine Augen an die Finsternis, ich konnte das helle Rechteck des Eingangs gut erkennen und sah dann auch die Tür, die ich vorher nicht bemerkt hatte.

Ich blieb wieder stehen. Sie war sehr alt und aus Holz, aber die Aufhängungen blitzten wie neu. Jemand hatte sich sehr viel Mühe gemacht. Die Klinke war ebenfalls neu, die Legierung schimmerte wie Chrom.

Eine kindliche Stimme sagte: »Die Tür ist auf.«

Sie hat mich gehört, dachte ich, drückte die Tür auf und stand in einem schmalen Gang, von dem aus eine Treppe in das Erdgeschoss führte.

Sie mündete in einen großen, dunklen Raum. In einer Ecke brannte eine Petroleumfunzel, das Mädchen saß seitlich davon in einem alten Sessel.

Es war wie ein Wiedersehen mit dem gekreuzigten Sven, so groß war die Ähnlichkeit mit ihrem Bruder. Das gleiche blonde Haar, der gleiche schmale Kopf, die beinahe asketischen Züge vom Jochbein bis zum Kinn. Ich erinnerte mich, dass Emma über Sven gesagt hatte, er sei ein schöner Mensch. Das traf auch auf Julia zu.

»Ich gehe nicht mit nach Hause«, sagte das Mädchen sehr entschieden. »Das will ich nicht.«

»Wegen mir musst du auch nicht«, sagte ich. »Mein Name ist Siggi Baumeister, ich bin Journalist und recherchiere im Fall deines Bruders. Dickie Monschan hat mir den Tipp gegeben, dass du hier sein könntest. Mit deinen Eltern habe ich nichts zu tun, die wissen gar nicht, dass ich hier bin. Wir hatten Angst, dass du entführt worden bist. Von den Leuten, die versucht haben, deinen Vater umzubringen.«

»Weshalb sollen die mich denn entführen? So ein Scheiß!«

»Na ja, damit dein Vater nichts sagt.«

»Was soll der denn nicht sagen?« Das klang spöttisch, fast überlegen.

»Keine Ahnung«, gab ich zu.

Neben dem Sessel stand eine Kiste, über die ein blaues Handtuch gebreitet worden war. Darauf lagen ein Brot, eine Schachtel Margarine, ein Glas mit Marmelade. Die Petroleumfunzel hing an einem Haken in der Decke. Ein Bild äußersten Friedens.

»Im Ernst, warum verkriechst du dich hier?«

»Weil es hier gut ist«, antwortete sie. Sie trug Jeans, breite Sandalen und ein leuchtend pinkfarbenes Oberteil.

»Besitzt du ein Moped oder so was?«

»Nein. Isabell hat mich gefahren.«

»Isabell Prömpers?«

»Ja.«

»Bruder Rufus ist versetzt worden, weißt du das schon?«

»Ja. Meine Mutter hat das gesagt.«

»Woher wusste sie das?«

»Papa und Rufus sind doch befreundet.«

»Aber dein Freund ist Rufus nicht?«

»Nein.«

»Warum nicht?«

»Weil Rufus nicht sauber tickt. Das ist ein linker Hund.«

Einen Moment war es still. Ich wusste nicht, was ich als Nächstes fragen sollte. Wie kam ich an das Mädchen heran?

Da sagte Julia leise: »Seit die Frau bei Sven war, läuft alles schief. Sie hat ihm Unglück gebracht.«

»Redest du von Gabriele Sikorski? Von der Frau mit dem roten Porsche?«

»Ja. Alex sagt auch, dass das schiefgehen musste. Und Isabell war sowieso stocksauer. Vielleicht hat ja auch Isabell ihn verhext. Ich weiß es nicht. Er ist nicht mehr hier.«

»Kennst du eine Frau namens Wanda?«

Ich registrierte einen deutlichen Schrecken, Julia war zusammengezuckt.

»Nein. Wer soll das sein?«

Du tanzt auf sämtlichen möglichen Themen herum und hast das Gefühl, du kommst nicht an sie heran. Sie ist da, sie ist sehr höflich, aber das ist es dann auch. Von dem, was sie berührt, hast du keine Ahnung. Also tanz weiter zum nächsten Thema, Baumeister.

»Ich habe herausgefunden, dass dein Bruder mit dieser Gabriele am Wochenende vor seinem Tod in Polen war. Hast du eine Ahnung, was sie da gewollt haben?«

»Sven in Polen? Da lache ich aber«, antwortete sie todtraurig.

»Die beiden sind in eine Geschwindigkeitsfalle gerauscht und fotografiert worden.«

»Er war sicher nur wegen dieser Frau da unterwegs. Sie war immer geschminkt, trug so blöde High Heels und wirkte irgendwie lächerlich. Schon wie sie sich bewegte!«

»Seit Gabriele da war, hatte dein Bruder keine Zeit mehr für dich, nicht wahr?«

Stille, die dröhnte.

»Du willst nicht darüber sprechen. Das akzeptiere ich. Hast du dich mit deinen Eltern über Svens Tod ausgetauscht?«

Kein Laut, keine Antwort.

Die Petroleumfunzel blakte und schwärzte das Glas um den Docht.

»Schläfst du auch hier?«

»Klar, da auf der Liege.«

»War Sven jemals hier?«

»Sicher. Wir waren oft hier. Mit Bier und Coke und Bratwürsten und so was.«

»Und dann tauchte die neue Frau auf und alles war anders. Hat Sven dir das denn irgendwie erklärt?«

»Er wollte mit mir darüber reden, damit ich es verstehe. Aber dann war er weg.«

»Sven ist am Mittwochabend getötet worden. Mit einem Revolver. Kannst du dich erinnern, wo du um diese Zeit gewesen bist?«

»Ich habe bei Isabell im Gartenhaus übernachtet. Wir sind von da aus zur Schule gefahren.«

»Du hast in der Schule von Svens Tod erfahren?«

»Nein. Die Nachricht kam doch erst am Nachmittag. Da war ich schon wieder zu Hause. Das war an dem Nachmittag, an dem diese Männer bei Papa waren.«

»Was für Männer?«

»So Männer halt. Die waren irgendwie unheimlich und sie trugen alle Waffen.«

»Wann war das denn genau?«

»Direkt als ich von der Schule kam, so gegen zwei Uhr.«

»Woher weißt du das mit den Waffen? Hast du sie gesehen?«

»Ich habe eine geklaut«, sagte sie, griff hinter sich in den Sessel und hielt mir eine 44er Magnum hin, eine Zimmerflak, wie Profis lustvoll betonen.

Ich war baff und rührte mich nicht.

»Du kannst sie haben«, sagte Julia. »Ich brauche sie nicht. Sie ist geladen.«

Ich löste mich aus meiner Erstarrung und nahm die seltsame Diebesbeute in Empfang.

»Hat der Mann, dem du sie geklaut hast, das nicht bemerkt?«

»Nein. Wie auch? Er hatte ja die Jacke ausgezogen und über den Sessel gehängt. Und die Waffe steckte da drin und ich musste Bier und Cola bringen.«

»Und dann ging das Telefon und ihr erfuhrt von Svens Tod?«

»Genau. Papa schickte die Männer sofort weg. Und da entstand ein Durcheinander, deshalb hat der Mann nicht gemerkt, dass ich die Waffe hatte.«

»Weißt du, worüber die Männer geredet haben?«

»Nein, als ich reinkam, haben sie aufgehört zu reden. Aber das war immer so, wenn Papa Gäste hatte.«

»Weshalb, um Himmels willen, hast du die Waffe denn geklaut?«

»Ich wollte sie Sven geben.«

»Du hast ihn sehr geliebt, nicht wahr?«

Sie nickte nur und weinte. Es war ein stilles Weinen, ohne große Geste, ohne Pathos.

Ich hockte mich auf die Liege, auf der sie schlafen wollte,

und stopfte mir eine Raffaello aus Italien. Eine Weile rauchte ich, ohne Julia anzuschauen.

»Ich habe ein Problem mit dir«, erklärte ich dann. »Die Kripo sucht dich. Und weil ich ein gutes Verhältnis zu denen habe, muss ich Bescheid geben, dass ich dich gefunden habe. Wie machen wir das?«

»Nach Hause gehe ich nicht! Da ist nur meine heulende Mutter und labert mich zu.«

Ich hatte nicht erwartet, dass sie das so schnörkellos und hart formulieren würde.

»Vielleicht kannst du deiner Mutter helfen, mit ihrer Trauer fertig zu werden.«

»Wohl kaum. Meine Mutter trägt die ganze Welt auf den Schultern und sie ist die Einzige, die das aushalten muss. Damit macht sie mich verrückt.«

»Sie nimmt dich nicht in den Arm?«

»Sie mich? Sie steht im Wohnzimmer, breitet die Arme aus und schreit: Halte mich fest in meinem Schmerz!«

»Na gut. Dann müssen wir eine andere Lösung finden. Was ist, wenn ich dich zu Isabell Prömpers fahre? Kannst du nicht bei ihr bleiben?«

»Das geht nicht. Für Isabells Mutter bin ich ein schlechter Umgang, wenn du verstehst, was ich meine.«

»Und wenn ich dich mit zu mir nehme? Ich meine, ich habe gerade Besuch von meiner Tochter und deren Freundin. Du wärst also nicht mit mir allein.«

»Wohnst du in einem Hotel?«

»Nein, ich bin in Brück zu Hause.«

»Das kenn ich nicht. Wo ist denn dieses Kaff?«

»Am Arsch der Welt«, antwortete ich. Wir lächelten uns zögerlich an.

»Das können wir machen. Gibst du auch meiner Mutter Bescheid?«

»Natürlich. Was soll ich ihr sagen?«

»Nur dass ich lebe«, antwortete sie. »Ich kann jetzt nicht mit ihr reden.«

Im Schnelldurchgang erledigte ich die Telefonate. Ich sagte Julias Mutter, sie könne beruhigt sein, und die Frau antwortete: »In diesen schweren Zeiten ist niemand beruhigt.« Dann war Rodenstock an der Reihe, den ich bat, die Nachricht zu verbreiten, dass Julia bei mir zu Hause sei. »Außerdem habe ich eine Waffe«, sagte ich, »eine leibhaftige Magnum. Die muss untersucht werden.«

Ich zwang mich, langsam und betulich zu fahren, um Julia ein Gefühl von Gelassenheit und Sicherheit zu vermitteln.

»Soll ich die Musik andrehen? SWR1?«

»Nein, ist schon okay so. Das Gedudel geht mir auf den Geist.«

»Was hörst du denn gern?«

»Mozart. Keinesfalls so was wie *Tokio Hotel.*«

»Was mochte Sven?«

»Sting. Grönemeyer. Aber er hat nicht viel Musik gehört, er hat lieber diskutiert.«

»Dieses Haus St. Adelgund. Warst du dort mal drin?«

»Nein.«

»Wie sind Sven und deine Eltern miteinander ausgekommen? Gab es viel Zoff?«

»Richtigen Zoff eigentlich nicht. Sven kam mit Papa nicht klar. Aber es wurde nur selten laut, wenn du verstehst, was ich meine. Sven hat zu Papa mal gesagt: ›Du gehst mir am Arsch vorbei.‹ Daraufhin ist Papa ausgeflippt und Sven hat dagegengebrüllt: ›Du bist nichts anderes als ein katholisches Märchen.‹«

Mit dem schönen Wetter war es schon wieder vorbei, es begann zu regnen und ich schloss das Glasdach.

»Was, bitte, ist ein katholisches Märchen?«

»Na ja, Sven sagte: ›Religion ist eine verdammte Erfindung. Sie verbiegt alle. Und viele verstecken sich hinter ihrer Religion und lügen, wenn sie das Maul aufmachen.‹«

»Ist das nicht ziemlich einseitig?«

»Nein, wieso? Er hatte ja nichts gegen den Glauben, er hatte nur was gegen Leute, die sich den Glauben so zurechtbiegen, dass es für sie gut passt.«

»Und dein Vater war sauer.«

»Klar. Er hat alles dafür getan, dass wir das Abi kriegen. Hockte ständig mit Rufus zusammen. Spendete Geld. Ob wir gut waren oder nicht, spielte eigentlich keine Rolle. Und dann kommt Sven mit solchen Sprüchen.«

Ich wollte irgendetwas erwidern, fand aber keine Worte.

Und sie weinte wieder, weil sie etwas Wunderbares verloren hatte. Wahrscheinlich würden Wochen vergehen, ehe sie in der Lage war, alles zu begreifen, einzuordnen und über alles zu sprechen. Es würden Wunden bleiben, tiefe Wunden.

Angesichts der verletzten Seele neben mir fiel mir das Tagebuch des Selbstmörders ein. Thomas Steils Frau hatte es Rodenstock geben wollen – war das eigentlich passiert?

Mir wurde klar, dass ich in diesem Fall immer wieder den Überblick verlor, zu schnell wechselten die Szenerien, zu krass waren die Unterschiede der Milieus, mit denen wir zu tun hatten.

Als wir auf meinen Hof rollten, sagte ich: »Hier ist alles friedlich, hier sind Leute, die dich nicht mit dämlichen Fragen quälen.«

»Ja, gut«, nickte sie.

Noch im Auto rief ich Rodenstock an und erklärte meine Niederlage. »Ich muss erst einmal ein paar Dinge aufschreiben, ich blicke nicht mehr durch. Was ist zum Beispiel mit Steils Tagebuch?«

»Das habe ich, ich habe es auch schon gelesen«, sagte er.

»Wir kommen übrigens jetzt zu dir. Emma, Kischkewitz und ich. Kischkewitz will noch mal mit Julia reden. Sie soll sich ein paar Fotos angucken, vielleicht erkennt sie ja einen der Besucher ihres Vaters wieder.«

»Was ist mit Herbert?«

»Viel hat das nicht mehr ergeben. Erzähle ich später. Ich habe ihn nach Gerolstein zum Zug gebracht. Er ist heimgefahren nach Bonn.«

»Dann bis gleich.«

Jeanne und Clarissa saßen auf der Terrasse und hatten vor sich Gläser mit Leitungswasser stehen.

»Das ist Julia«, stellte ich vor. »Svens Schwester. Julia hat ein massives Problem mit ihren Eltern, deshalb habe ich ihr Asyl angeboten, bis alles etwas erträglicher ist. Im Übrigen kommen gleich auch noch Rodenstock, Emma und Kischkewitz. Bleibt dem Wohnzimmer daher bitte fern, Kischkewitz braucht wahrscheinlich einen Raum.«

»Möchtest du dich frisch machen?«, fragte Clarissa sehr praktisch.

»Ja, eine Dusche wäre irre gut«, antwortete Julia. »Aber ich habe überhaupt keine Klamotten dabei.«

»Kein Problem. Nimm was von uns«, sagte Jeanne.

Ich sah in meinen Eisschrank, weil ich ein guter Gastgeber sein wollte. Es war nichts da, selbst die Eier waren aufgebraucht, der Anblick hätte sogar Diätfreunde erschreckt.

»Jemand muss einkaufen gehen«, sagte ich. »Wir sitzen auf dem Trockenen.«

»Und was?«, fragte Jeanne.

»Alles. Von Brot bis Butter, von Fleisch über Wurst bis Käse. Ihr könnt meinen Wagen nehmen. Kartoffeln und ein paar Dosen Gemüse – irgendwas, was man kochen kann – wären auch nicht schlecht.« Ich hielt meine Geldbörse hoch. »Kauft, was ihr mögt.«

»Ich fahre«, sagte Clarissa zu Jeanne. »Du kümmerst dich um Julia.«

»Hat sich dein Vater eigentlich noch mal gemeldet?«

»Ja. Er war auf dem Weg zurück nach München und hat versprochen, nicht lockerzulassen.« Jeanne lauschte ihren Worten nach und schickte dann »Der Arsch!« hinterher.

Wenig später herrschte eine tröstliche Geschäftigkeit: Über mir rumorten Jeanne und Julia im Bad, Clarissa war einkaufen und ich versuchte, das Wohnzimmer auf Vordermann zu bringen. Währenddessen ließ sich im Fernsehen jemand endlos über den einmaligen Torinstinkt von Miroslav Klose aus. Im Eifer der Wortfindung nannte der Journalist den Fußballer ›Lieblingsklosi‹. Ich wünschte dem Reporter unseren Fall auf den Hals.

Maria Pawlek rief an und sagte mit genervter Stimme: »Ich mache jetzt Schluss hier, ich komme dich besuchen.«

»Hast du etwa gekündigt?«

»Nein«, lachte sie. »Ich habe nur für heute die Nase voll.«

»Ich freu mich auf dich.«

Selten war mein Hausstand in so kurzer Zeit in einem solchen Umfang gewachsen: Kischkewitz' alter Mercedes rauschte auf den Hof. Ihm folgte jemand auf einem schweren Bike. Nur Sekunden später trafen auch Emma und Rodenstock ein.

»Grüß dich. Die Waffe muss ins Landeskriminalamt nach Mainz«, sagte Kischkewitz.

Der Kradfahrer grinste mir zu und hielt die Hand auf: »Die Knarre, bitte.«

Ich holte meine Weste, zog die Magnum aus der Tasche und gab sie ihm.

Kischkewitz fischte nach dem Laptop auf seinem Rücksitz. »Wo ist die kleine Dillinger?«

»Oben im Haus. Sie duscht und zieht sich um. Sie will im Moment nicht zurück zu ihren Eltern.«

Der Biker hob grüßend die Hand und gab Vollgas. Die Maschine war lauter als die Kirchenglocken nebenan.

»Hast du zufällig ein kaltes Bier da?« Kischkewitz hatte nun alle seine Siebensachen beisammen.

»Zufällig nicht, aber das lässt sich ändern.«

Ich rief Clarissa an, die dem Lärm nach zu urteilen mitten im Supermarkt stand. »Rette meine Ehre und bring auch noch einen Kasten Bier mit.«

»Geht klar«, antwortete sie beruhigend.

Ich vermisste Emma und Rodenstock und fand sie in der Küche. Emma starrte in meinen leeren Eisschrank und war offensichtlich schockiert, Rodenstock stierte abwesend aus dem Fenster.

Hinter mir erkundigte sich Kischkewitz: »Darf ich dein Wohnzimmer besetzen?«

»Selbstverständlich«, nickte ich.

»Der Kaffee in der Kanne ist abgestanden«, äußerte Emma in einem Ton, als habe sie immer schon gewusst, dass hier ein Irrer wohnte.

»Dann koch doch neuen«, riet Rodenstock säuerlich.

»Europa wird an der Nichtachtung der Hausfrau zugrunde gehen«, gab Emma zurück.

»Rodenstock, komm, erzähl mir von Steils Tagebuch.«

Wir gingen auf die Terrasse, hockten uns hin und sahen in den Garten, der in der Sonne lag. Meine Kröte quakte eintönig, Libellen waren über dem Wasser, ein Zitronenfalter quirlte umher.

»Es gibt keine Schmetterlinge in diesem Jahr, sie sterben aus«, teilte ich mit.

»Uns wird es gelingen, den Planeten kaputtzukriegen«, war Rodenstocks Kommentar. »Ja, Thomas Steil und sein Tagebuch. Er schrieb übrigens gar nicht auf Altgriechisch, er benutzte nur das alte griechische Alphabet. Seine Sprache ist klar und er verwandte keine Kürzel. Meistens notierte er aber Gedanken mit nur einem Satz, insofern ist manches schon noch interpretationsbedürftig. Etwa vier Monate vor seinem Tod wusste er, dass er gefeuert werden würde. Wörtlich schreibt er: ›Sie werden mir keine Chance geben, ich werde ein neues Leben suchen müssen.‹ Neben allem anderen bereitete ihm dabei Kummer, dass er denunziert worden ist. Einige Mitglieder seiner Gemeinde hatten anonyme Briefe an das Generalvikariat in Trier geschickt. Steil bat schriftlich darum, diese Schreiben sehen zu dürfen, aber das Generalvikariat verweigerte ihm das, das sei nicht möglich. Irgendwie muss er aber doch in den Besitz von Kopien dieser Briefe gekommen sein, insgesamt waren es acht. Frau Steil hat sie leider nicht gefunden, ich habe sie gefragt. Mit einem Brief setzt sich Steil detailliert auseinander. Darin wird ihm vorgeworfen, im Stande der Todsünde zu verharren und auf Jugendliche einen höchst verwerflichen und verderblichen Einfluss auszuüben. Steil kommentiert das folgendermaßen: ›Fantastisch formuliert und brillant geschrieben, das kann nur von Rufus sein.‹ Er forschte nach, er wollte es genau wissen. Und drei Wochen vor seinem Tod stand für ihn fest: Der Absender dieses einen Briefes war tatsächlich Rufus. Ich kann dir nicht sagen, wie Steil den Beweis dafür gefunden und wie der Beweis ausgesehen hat. Dann, zwei Tage später, die Bemerkung: ›Rufus weiß, dass ich es weiß.‹ Wieder zwei Tage später: ›Er wird mich vernichten wollen.‹ Dann steht da plötzlich: ›Er hat erfahren, dass ich in Polen war, und auch von der Slowakei weiß er.‹ Zwischendurch bin ich auch immer wieder auf ganz persönliche, intime Bemerkungen gestoßen. Zum Bespiel, das hat mich wirklich gerührt: ›Ich habe geträumt, dass ich mit meiner Frau schlafe und dass ich sehr glücklich bin.‹ Eine andere Bemerkung gibt mir zu denken: ›Wie sollen diese jungen Menschen gegen eine solche Bedrohung ankommen?‹ Dann ein sehr brachialer Satz: ›Eigentlich müsste ich Rufus töten.‹ Einen Hinweis, warum er Rufus töten müsste, habe ich nicht gefunden. Dafür die Feststellung: ›Rufus vernichtet Menschen zur Ehre Gottes.‹ In der Folge werden die Bemerkungen immer düsterer, sind von Depression gezeichnet. Er schreibt: ›Gott hat mich verlassen.‹ Oder: ›Ich habe Gottes Ruf nicht mehr gehört.‹ Dann kommt Sven ins Spiel. Steil hat notiert: ›Rufus wird Sven vernichten. So viel Macht bei einem einzigen Mann.‹ Und dann taucht jemand auf, den wir nicht kennen. In dem Tagebuch steht: ›War bei Markus. Der rät dringend, den Job aufzugeben und fortzugehen. Er sagte: Sonst wirst du sterben oder getötet.‹ Markus wird drei Tage hintereinander erwähnt. ›Markus sagt: Geh fort!‹, ›Markus sagt: Rufus ist eine Schlange!‹, ›Markus sagt: Rufus wird dich anlächeln und mit beiden Händen das Messer führen.‹ Drei Tage vor seinem Selbstmord schreibt Steil: ›Ich wünsche diesen Kindern alles Glück der Welt.‹ Ich nehme mal an, das bezieht sich auf die Clique, denn die wird öfters erwähnt. Als habe sich Steil als Schutzpatron der Jugendlichen gefühlt. Kann natürlich auch sein, dass er seine eigenen Kinder meinte. Wie auch immer, er hat sich buchstäblich zu Tode gequält. Und sein großer Gegenspieler war eindeutig Pater Rufus.«

»Dann müssen wir also diesen Markus suchen. Allerdings gibt es in der Eifel Markusse wie Sand am Meer.«

»Vielleicht weiß Julia, wer das ist. Oder Dickie.«

Emma kam auf die Terrasse und sagte: »Es gibt frischen Kaffee.«

Auch Jeanne setzte sich zu uns. »Julia ist jetzt im Wohnzimmer bei dem Kriminalbeamten. Sauber und gut duftend.«

»Verdammte Hacke!«, stieß Rodenstock wütend hervor. »Wenn Rufus doch nur den Mund aufmachen würde. Aber ihn können wir ja nicht mehr fragen.«

»Können wir doch!«, schnaubte Emma. »Lasst uns einfach zu ihm hinfahren und ihn auf der Straße abpassen.«

»Deine vornehme Zurückhaltung schmückt dich sehr.« Rodenstock sah sie liebevoll an. »Vielleicht sollten wir das tatsächlich versuchen.«

»Er wird uns weiter anlächeln und schweigen«, warnte ich.

»Wenn wir ihn hart genug angehen, vielleicht nicht«, meinte Emma gut gelaunt.

»Wie willst du das anstellen?«, fragte ihr Ehemann.

»Ganz einfach.« Sie überlegte keine Sekunde. »Ich frage ganz direkt: Hat es Freude bereitet, Sven Dillinger zu kreuzigen?«

Mir verschlug es den Atem und auch Rodenstock hatte keinen Spruch mehr zur Hand. Er murmelte: »Das Schlimme ist, dass Emma so was bringt.«

Maria Pawleks kleines Auto rauschte auf den Hof, sie entdeckte uns durch den Dschungel meines Knöterichs und lief zu uns.

»Das scheint hier eine ständige Versammlung zu sein«, stellte sie fest. Ungeniert küsste sie mich auf das linke Ohr, weil sie anderes nicht traf.

»Ehe Sie sich setzen, junge Frau«, wandte sich Rodenstock gleich an sie. »Kennen Sie einen Markus? Es muss jemand sein, den Thomas Steil um Rat gefragt hat.«

»Markus? Das kann nur Markus Olten sein. Olten war bis vor acht Jahren Priester im Hillesheimer Bereich. Dann gab es Stunk wegen einer Frau. Er hat seinen Job geschmissen und die Frau geheiratet. Markus Olten ist ein ganz Kluger. Dickie hat ein paarmal seinen Rat gesucht, als es ihr so dreckig ging.«

»Kann man mit dem reden?«, fragte ich.

»Sicher, der hat immer ein offenes Ohr«, antwortete sie. »Ich meine, der wohnt …, warte mal, der wohnt in Deudesfeld.«

»Okay, danke«, sagte ich. »Den würde ich gern übernehmen.«

»Und ich nehme mir Pater Rufus vor!«, befand Emma. »Das wollen wir doch mal sehen.«

Die Tür zum Wohnzimmer öffnete sich und Kischkewitz trat heraus. Er hielt sich das Kreuz und murmelte schmerzerfüllt: »Ohhh!« Dann erklärte er: »Wir beide brauchen eine Pause, Julia und ich. Aber wir kommen gut voran.«

»Das Bier müsste gleich eintreffen«, sagte ich.

Nun trödelte auch Julia in den Garten, sie wirkte sehr nachdenklich und hockte sich auf eine Liege, wollte offensichtlich allein sein.

Sie starrte in den Teich und rief plötzlich hell: »Da ist eine Kröte!«

»Das ist Hulda«, erklärte ich. »Sie ist schon das dritte Jahr hier, aber immer noch sehr zurückhaltend.«

Endlich kehrte Clarissa vom Einkauf zurück und wir halfen ihr, die Dinge in die Küche zu tragen.

Sie sagte: »Emma, ich habe an ein Chili gedacht, mit Putenfleisch, höllisch scharf, weißt du. Mais, Bohnen, Paprika, grüne Bohnen, Sahne …«

»Grüne Bohnen?«, fragte Emma entsetzt. »Bist du verrückt? Das ist der Tod von Chili. Meine Tante Agnes sagte immer: Gib niemals was ins Chili, was lasch schmeckt!«

Ich packte drei Flaschen Bier auf das Eis.

»Und was ist mit großen weißen Bohnen?«, fragte meine Tochter eingeschüchtert.

»Die kann man nehmen!«, bestätigte Emma. »Hast du Chilipfeffer?«

»Ich habe vier Sorten Pfeffer. Papa hat mir leichtsinnigerweise seine Geldbörse gegeben.«

Emma wandte sich mir zu und fragte lächelnd: »Wie gefällt dir denn der Betrieb hier?«

»Sehr gut«, sagte ich. »Fehlt eigentlich nur noch Tante Anni.«

»Die ist unterwegs, ich habe ihr Bescheid gesagt«, grinste Emma.

Das erinnerte mich an die Flasche mit der echten Nelchesbirne. Ich füllte ein kleines Gläschen und stapfte zu Kischkewitz, der am Teich stand und offensichtlich nach Erleuchtung suchte.

»Hier ist etwas für deine Seele«, sagte ich. »Julia, was möchtest du? Cola, Wasser oder eine Apfelschorle?«

»Ein Bier, bitte«, sagte sie.

Ich sah Kischewitz an und er nickte: »Ein Glas ist genehmigt. Sie macht das großartig.«

Maria Pawlek spazierte durch den Garten auf uns zu, einmal mehr fand ich, sie war eine schöne Frau.

»Willst du auch einen Schnaps?«

»Ja, bitte« nickte sie.

»Ich bring dir einen. Sag mal, was für ein Typ ist eigentlich die Isabell Prömpers?«

»Ein sehr nettes Mädchen. Sehr höflich, sehr zurückhaltend. Aber sie hat erhebliche Probleme mit den Eltern. Die Eltern sind konservativ, wollen immer nur das Beste für ihre Tochter, fragen sie aber nie, was sie selbst für das Beste hält.«

»Ist es schwer, an das Mädchen heranzukommen?«

»Nein, überhaupt nicht. Da kann ich dir helfen.«

Ich ging durch das Wohnzimmer, um den Schnaps und das Bier zu holen, und sah, dass Kischkewitz seinen Laptop angeworfen hatte. Auf dem Monitor waren Bilder von Männern zu sehen, typische Polizeifotos, auf denen Menschen immer den Eindruck erwecken, als hätten sie gerade ein Verbrechen begangen.

Schwere Kost für eine Sechzehnjährige, aber Kischkewitz würde wissen, was er tat.

Dann hatte Tante Anni ihren Auftritt. Sie trug eine entzückende dunkelgrüne Spitzenbluse und so etwas betont Feierliches wie eine weite schwarze Leinenhose, bei der mir nicht klar war, wie sie an der schmalen Figur befestigt war. Vielleicht gedübelt.

»Welch ein Betrieb!«, strahlte sie. »Hast du einen Schnaps für mich?«

»Aber ja. Such dir einen Platz, ich komme gleich.«

In der Küche verrichtete eine heitere Runde ihre Arbeit. Sie fertigten ein Chili, Emma, Jeanne und Clarissa. Ich bepackte mich mit den Getränken und verdrückte mich wieder.

Ich suchte Maria Pawlek: »Bleibst du hier? Wartest du auf mich?«

Sie war etwas verwirrt. »Natürlich. Wieso?«

»Ich muss kurz weg, ich habe etwas zu erledigen«, sagte ich.

Tatsächlich fand ich im Telefonbuch unter Deudesfeld den Namen Markus Olten.

»Olten«, meldete sich eine Frauenstimme.

»Mein Name ist Baumeister. Ich würde gern Ihren Mann sprechen.« Ich sah auf die Uhr, der Tag marschierte seinem Ende entgegen.

»Olten«, hörte ich dann einen Mann sagen. »Ja, bitte?«

»Mein Name ist Baumeister und ich muss mich entschuldigen, dass ich so spät anrufe. Ich recherchiere den schrecklichen Fall Sven Dillinger. Da gibt es vieles, was ich nicht begreife. Und nun habe ich gehört, dass Sie mir vielleicht einiges erklären können.«

»So, so«, sagte er und lachte. »Wann wollen Sie denn kommen?«

»Jetzt, Sir, jetzt.«

»Moderne Zeiten, wie? Na gut, meinetwegen. Rotwein?«

»Keinen Alkohol. Vielleicht einen Kaffee.«

»Wir wohnen am Waldweg 3. Das ist ziemlich einfach zu finden.« Er beschrieb den Weg.

Ich sagte niemandem Bescheid, nahm die Schlüssel vom Haken und stahl mich vom Hof. Sie würden ohne mich auskommen.

Zuweilen ist es ärgerlich, in einer Gegend zu Hause zu sein, in der man, um jemanden zu treffen, grundsätzlich zwanzig Kilometer zurücklegen muss. Aber vielleicht ist das auch heilsam: Man überlegt sich jeden Gang zweimal.

Die Gebäude Am Waldweg waren alt, die Scheune lag still, das Wohnhaus war sanft erleuchtet, draußen standen zwei Golf. Eine Klingel gab es nicht, ein Namensschild auch nicht. Ich klopfte.

Eine Frau öffnete die Tür, ihr Alter war schwer zu schätzen. Sie konnte knapp über dreißig sein oder auch Ende vierzig.

»Mein Mann erwartet Sie«, sagte sie. »Gehen Sie einfach geradeaus.«

Er hockte in einem Sessel und schaute Fußball. Er schaltete den Fernseher nicht aus, drehte nur den Ton leise. »Willkommen. Wo liegen Ihre Schmerzen?«

Olten war ein Häuptling Silberlocke, mittelgroß und rundlich, und er strahlte Gelassenheit aus. Seine Stimme klang wie eine dunkle Trommel. »Die Japaner werden immer besser und die Brasilianer können sowieso Fußball spielen. Wenigstens für Minuten.«

»Ich will Sie nicht vom Gucken abhalten.«

»Das können Sie auch nicht. Wir zeichnen das Spiel auf. Wie sind Sie auf mich gekommen?«

»Thomas Steil hat Ihren Namen in seinem Tagebuch erwähnt. Er schreibt, dass er Sie um Rat ersuchte.«

»Ja, das stimmt.« Er deutete auf einen zweiten Sessel und schaltete den Fernseher jetzt doch aus, beugte sich weit vor, nahm eine dicke, gelbe Kerze in die Hand und zündete sie mit einem Streichholz an. »Aber leider konnte ich ihm ja wohl nicht mehr helfen. Sein Beruf hat ihn kaputtgemacht.«

»So ganz verstehe ich das ja nicht. Sicher, er hatte seine Stelle verloren. Andererseits war er ja noch gar nicht so alt. Er hatte doch gleichzeitig eine Chance gewonnen, die Chance neu anzufangen, sich von den Altlasten zu befreien.«

Olten schnaubte. »Ich glaube, Sie verkennen da etwas. Sie müssen das besondere Klima dieser Schule berücksichtigen. Eine fast diktatorische Struktur auf der einen Seite. Dann gibt es aber auch noch die andere, die emotionale. Thomas war gläubig, die Glaubensgemeinschaft im Grunde sein Zuhause. Doch dieses Zuhause verweigerte sich ihm mehr und mehr. Immer mehr Widersprüche und Widerstände taten sich auf – bis zum Rausschmiss. Tja, in der katholischen Kirche liegt vieles im Argen.«

»Was meinen Sie mit ›besonderem Klima‹? Auch wenn es eine Schule ist, die von Ordensleuten betrieben wird, ist es doch erst einmal eine ganz normale Schule, oder nicht?«

Er musterte mich scharf. »Normal? Diese Schule ist in den Fünfzigern stehen geblieben. Sie ist schlicht nicht mehr zeitgemäß. Genau das führt aber dazu, dass sehr viele Eltern glauben, dass dieses Gymnasium das Beste ist, was ihren Kindern passieren kann. Tradition schreit da jeder Backstein und Tradition beruhigt. Und eine solche Atmosphäre ist eine ideale Plattform für Männer wie Rufus. Er ist Ordensmann und in leitender Funktion an der Schule, er bestimmt, was katholisch ist, und er legt fest, welche Schüler gefördert werden und welche nicht. Kurz gesagt: Er hat die Macht. Jetzt werden Sie nach dem Schuldirektor fragen. Den gibt es natürlich, aber der ist ebenfalls Ordensmann und dreißig Jahre älter als Rufus. Er bildet sich ein, das Sagen zu haben, aber weil er sich nicht sicher ist, ob er noch alle Probleme überblicken kann, sagt er vorsichtshalber nur das, was Rufus ihm vorher eingibt. Und die Förderer dieser Schule finden das alles großartig. Denn bedenken Sie: Den Katholizismus prägt, dass einer sagt, wo es langgeht. Und die Eltern sind alle schwer katholisch, das lieben sie. Deshalb kann auch die Schule so funktionieren: Einer sagt, wo es langgeht, und siebenhundert Schüler folgen. Bis eben Sven Dillinger kam.«

»Was soll das heißen?«

»Sven war unbequem, nahm nicht einfach hin, was man sagte. Erst war er nur ein Stachel im Fleisch, dann war er jemand, den man nicht mehr übergehen konnte. Und zuletzt wurde er getötet.«

»Sind Sie denn der Meinung, dass Pater Rufus ihn getötet hat? Das wäre ja ungeheuerlich.«

Olten goss sich Rotwein ein und mir einen Kaffee. »Was ist daran ungeheuerlich? Ich würde das eher als unvermeidlich bezeichnen. Sven Dillinger, mein Freund, war einfach zu gut.«

»Das überfordert mich im Moment, das sprengt mein Vorstellungsvermögen.«

Er lachte unbekümmert. »Ja, das glaube ich. Sie sind selbst katholisch, nicht wahr?«

»Ja.«

»Und da fällt es leicht, über die Kirche zu lästern und zu spotten, aber wirklich ernsthaft dagegen zu argumentieren und das dann durchzuhalten, das fällt schwer. Das kenne ich, das kenne ich sehr gut.« Er sprach bedächtig. »Vielleicht steigen wir anders ein. Ich erzähle Ihnen etwas von mir, vielleicht verstehen Sie dann besser, was ich meine. Einverstanden?«

»Ja, danke, sehr.«

»Ich war ein Spätberufener, ich war zuvor Verwaltungsfachmann, hatte einen fantastischen Job, konnte mir aber irgendwann nicht mehr vorstellen, zwischen lauter Bürokraten alt zu werden. Ich wollte mit Menschen zu tun haben, etwas für Menschen tun. Erst 1990 wurde ich zum Priester geweiht, da war ich schon über dreißig. Und schon vorher, noch während ich Kaplan war, lernte ich meine Frau kennen. Natürlich traute ich mich nicht recht, damit glücklich zu sein. Aber ich liebte sie, das war Tatsache. Ich hatte ja viel mit Jugendgruppen zu tun, den Priesteranbetungsvereinen, wie wir das nennen. Jedenfalls war ich kaum im Beruf und eigentlich schon fest liiert. Die Bedenken schwanden, denn ich erfuhr in meinem Umfeld nichts anderes. Ich kannte nur Priester, die mit ihren sogenannten Haushälterinnen zusammenlebten. Wenn die zum Sonntagmittag in der Gemeinde zum Essen eingeladen wurden, brachten die ihre Frau mit. Jeder dachte sich seinen Teil – das durchaus Richtige. Meine Frau machte eine Ausbildung zur Gemeindereferentin. Wir veranstalteten gemeinsam Jugendlager und Kinderfreizeiten, wir waren ständig zusammen und zeitweise war es uns vollkommen egal, was unsere Schäfchen über uns redeten. Ich war ja kein schlechter Priester, die Leute mochten mich sehr.«

»Und die Kirche duldete solche Verhältnisse?«, fragte ich erstaunt.

»Bis zu einem gewissen Grad, ja.« Einen Moment stockte er. »Wo liegt denn die Schwierigkeit eines Pfarrers? Die beginnt an dem Punkt, an dem er am Sonntag die Leute mit dem Segen der Kirche aus der Messe nach Hause schickt. Dann wird es unheimlich still. Der Pfarrer kommt in ein leeres Pfarrhaus, in der Regel eine lieblos eingerichtete Umgebung, und niemand ist da, mit dem er wirklich reden kann. Der ganze elende Sonntagnachmittag liegt vor ihm.« Er lächelte schmerzlich berührt. »Wissen Sie, man sagt, dass Ärzte viel saufen, aber gleich an zweiter Stelle stehen die jungen Priester in den Pfarrhäusern, die versuchen, sich ihre Welt heil zu saufen, um zu überleben. Einschlägige Psychiatrieeinrichtungen sind voll mit depressiven katholischen Geistlichen, die mit so einer konzentrierten Form von Einsamkeit und dem Verbot geschlechtlicher Liebe nicht fertig werden. Mich hat meine spätere Frau gerettet, die allerdings klarstellte: Deine Haushälterin spiele ich niemals! Wir haben uns also entschieden. Eine Zeit lang funktionierte es. Aber dann wurde ich durch anonyme Briefe beim Generalvikariat in Trier angezeigt. Und zwar nicht, weil ich in wilder Ehe lebte. Sondern weil ich die Kommunion auch an geschiedene Gemeindemitglieder austeilte. Hinterher habe ich erfahren, dass einer der Briefschreiber ein Kollege war. Was immer den getrieben hat: Man muss sich das vorstellen – ich stehe vor dem Altar und vor mir reihen sich die Leute auf, um die Kommunion zu empfangen. Soll ich beim Anblick eines geschiedenen Mannes sagen: Du nicht! Das ist doch vollkommen unmöglich, das ist auch unmenschlich, das widerspricht dem christlichen Geist.« Er lächelte. »Tja, jetzt bin auch ich ein Geschiedener, ich habe mich von Mutter Kirche getrennt.«

»Und wo in dieser traurigen Welt finde ich Pater Rufus?«

Er trank einen Schluck Wein und sagte mit einer ganz fernen Stimme: »Eigentlich sollte ich in dieser Sache keine Auskunft geben ... Na ja, ich denke, er hat sich einen eigenen Garten eingerichtet. Er hat wahrscheinlich keine Geliebte, aber nur, weil er anders kompensiert: mit Macht. Er hat daran geleckt und sie ausgebaut, stückweise und mit großer Finesse. Kennen Sie die Geschichte mit dem Versicherungsagenten?«

»Ich kenne überhaupt keine Geschichten über Pater Rufus.«

»Der Anfang der Geschichte ist leider aus vielen Beispielen bekannt: Ein alter Lehrer erwies sich als pädophil. Im

Dezember spielte er immer mit Begeisterung den heiligen Nikolaus und betatschte dabei die Kinder. Das Ding war nicht totzuschweigen, dieser Mann war ein Skandal für die Schule. Und was unternimmt unser eifriger Pater Rufus? Er verschafft dem alten Mann innerhalb eines einzigen Tages einen Platz in einem Altersheim für katholische Priester irgendwo im Schwarzwald. Damit war der Skandal aber noch nicht vom Tisch, denn die Elternvertretung wurde aktiv. Der Vorsitzende war ein sehr agiler Mann, der blendende Geschäfte als Versicherungsvertreter machte. Und dieser Mann kündigte lauthals an, er werde einen Sturm der Entrüstung entfachen, an die Öffentlichkeit gehen. So ein Vorfall dürfe sich niemals wiederholen! Auf der kurz darauf stattfindenden Elternversammlung sagte er aber kein einziges Wort. Und warum schwieg der erst so empörte Vater? Pater Rufus hatte, schon lange vor dem Vorfall, einige dicke Versicherungen für die Schule bei dem Mann abgeschlossen. Und nun konnte er den Mund nicht aufmachen, das hätte ein berufliches Debakel für ihn zur Folge gehabt. Sehen Sie, das nenne ich den gezielten, vorausschauenden Ausbau einer Machtstellung. Rufus ist ein Meister darin, Netzwerke zu spinnen und die Leute glauben zu lassen, alles diene nur der guten Sache. Und so tanzen alle nach seiner Nase und spielen mit. Die Leute realisieren gar nicht mehr, wie da gelogen und betrogen wird. Da gibt es zum Beispiel auch noch die Geschichte mit dem Bus. Nach den Vorschriften des Staates muss ein altsprachliches Gymnasium ab der ersten Klasse Latein anbieten. Das tut diese Schule aber in der Realität nicht. Auf dem Papier schon, denn nur deshalb wurde ein zusätzlicher Bus genehmigt, der mittags über die Dörfer fährt, damit die Kleinen zum Lateinunterricht beziehungsweise wieder zurückkommen. Alle helfen mit, damit dieser blöde Bus fährt. Das Land hilft, der Landrat hilft, die Verwaltung hilft, die lokalen Größen helfen, die unterstützende und spendenfreudige Industrie hilft. Da fährt ein Bus mit der Begründung, dass Latein auf dem Stundenplan der ganz Kleinen steht. Und genau diesen Unterricht gibt es gar nicht, in Wahrheit sitzen die Mittagsschüler aus dem Silentium in dem Bus. Um trotzdem den Beweis für die zwingend geforderten Lateinstunden zu erbringen, sind die so weit gegangen, dass sie Strichlisten erstellt haben, die die Anwesenheit der kleinen Schüler dokumentieren sollten. Diese Listen waren gefälscht. Das ist ein Paradebeispiel für Rufus. Der lügt, dass sich die Balken biegen, und alle helfen mit.«

»Was meinen Sie, musste Rufus von der Schule weg oder ist er freiwillig gegangen?«

Er zuckte die Schultern. »Ist das nicht unerheblich? Für beide Seiten ist es besser, dass er nicht mehr so leicht greifbar ist. Die Ordensleute überblicken doch wahrscheinlich gar nicht, was Rufus alles angerichtet hat. Nun ist er geschützt. Selbst die Mordkommission wird ihn nicht mehr ohne Zeugen und ohne den Hinweis auf die Heiligkeit des Priesteramtes befragen können.«

»Was könnte er denn alles angerichtet haben?«

»Das weiß ich natürlich nicht, doch wenn er schon seinen Posten räumt, muss es erheblich sein.« Er lachte erheitert. »Aber ich wette mit Ihnen, dass er die Macht nicht abgegeben hat. Wahrscheinlich sitzt er im Sekretariat der Deutschen Bischofskonferenz und tut den lieben langen Tag nichts anderes, als mit seiner Schule zu telefonieren.«

»Ich muss Ihnen danken, dass Sie sich die Zeit für mich genommen haben«, murmelte ich.

»Na ja, wenn ich das richtig verstehe, habe ich Ihnen doch kaum helfen können.«

Er brachte mich zur Tür, blieb dort im Lichtschein stehen und winkte mir nach.

Langsam zockelte ich heimwärts. Hatte Olten recht? Was wusste ich denn jetzt mehr? Nun, doch, der Besuch bei Olten war hilfreich gewesen, ich musste lernen, mich von meinen Vorurteilen zu befreien. Seine Botschaft war eindeutig: Denken Sie nicht an Rufus' Priestertum, denken Sie nur an den Mann.

Es war schon spät in der Nacht, als ich auf meinen Hof rollte, aber noch niemand hatte das Weite gesucht. Sie saßen in großer Runde auf der Terrasse und hatten sich an meinen Weinvorräten gütlich getan.

»Wo warst du?«, fragte Emma streng.

»Bei diesem Olten, dem ehemaligen katholischen Priester in Deudesfeld. Ausgesprochen netter Kerl.«

»Habe ich es geahnt«, sagte Rodenstock. »Was sagt er?«

Ich erzählte ein wenig und erkundigte mich dann nach hier gefundenen Weisheiten.

»Julia hat tatsächlich einen der Männer wiedererkannt, die ihren Vater besucht haben. Ein Mann, der seine Finger wohl dick im Drogen- und Sexgeschäft hat. Paolo der Flieger, so nennt man ihn. Morgen weiß ich mehr.« Kischkewitz hatte ganz kleine Augen vor Müdigkeit.

Es war eine laue Nacht, zuweilen quakte die Kröte, wahrscheinlich beschwerte sie sich über die Störung der Nachtruhe.

»Ich muss nach Hause«, sagte Tante Anni endlich und läutete damit das Ende des Abends ein.

In weniger als zehn Minuten schlossen sich alle anderen an und verschwanden, nur Maria Pawlek blieb. Sie hockte still in ihrem Sessel, sah mich zuweilen an und schien zu überlegen, mit welch großartigen Sentenzen der Macker jetzt wohl aufwarten würde. Aber der Macker war todmüde.

»Wenn das hier dein normaler Betrieb ist, dann könntest du auf Dauer auch einen *Aldi* führen«, sagte sie schließlich.

»Das ist nur selten so«, murmelte ich. »Sehr selten. Und wenn im November die Nebel fallen, bin ich froh, wenn mein Schornsteinfeger sich für mich interessiert. Was treibt Dickie?«

»Sie ist durcheinander und die Clique kann auch nicht helfen, Sven fehlt. Ihr Held ist tot. Willst du die ganze Nacht mit mir über diesen Fall diskutieren?«

»Nein, will ich nicht.«

»Und, über was willst du reden?«

»Woher du kommst, wer du bist.«

»Das ist nicht sehr spannend.«

»Doch, ist es.«

»Ich bin viel zu brav.«

»Du weichst aus.«

»Ich bin müde, ich will jetzt nicht mehr über mich reden.«

»Dann gehen wir schlafen. Ich falle auch nicht über dich her.«

»Das ist aber schade. Schon gut, ich nehme das Sofa, ich muss sowieso in vier Stunden wieder raus.«

»Wie du willst.«

Sie legte sich tatsächlich auf das Sofa im Wohnzimmer und ich brachte ihr Kissen und Decken.

Als ich um zehn Uhr aufwachte, war Maria längst verschwunden, nur die drei Mädchen hockten in der Küche.

»Maria ist sehr nett«, strahlte Clarissa mich an.

»Ja, leider«, erwiderte ich und fand die Bemerkung gleich darauf unmöglich.

SIEBTES KAPITEL

Als ich mich mit einem Kaffee auf die Terrasse zurückzog, dachte ich an Isabell Prömpers. Sie war die Frau, die wahrscheinlich mehr über Sven wusste als alle anderen aus der Clique. Sven hatte mit ihr geschlafen, Sven war ihr Freund gewesen.

Ich rief Maria an. »Entschuldige, das war wohl eine verunglückte Nacht, aber dieser Fall macht jeden Tag zur Ausnahme. Wie geht es dir?«

»Ich bin müde, aber ich bin zuversichtlich, dich irgendwann zu treffen – unter normalen Bedingungen.«

»Du sagtest gestern, du könntest mir helfen, an Isabell Prömpers heranzukommen …?«

»Ja, ich gebe dir ihre Handynummer.« Sie diktierte sie mir. »Ruf sie aber nicht vor zwei Uhr an. Bis zwei ist sie in der Schule.«

»Ich danke dir. Wir sehen uns.«

»Ja, hoffentlich.«

Dann Rodenstock.

»Ich habe heute Nacht etwas vergessen: Hast du inzwischen mit Sikorski geredet? Hilft er uns?«

»Ja, der Mann ist wirklich in Ordnung. Er hat einen Spezi bei seiner Hausbank, ein hohes Tier. Und der ist bereit, Dillingers Finanzen auszuleuchten. Er wird irgendwelche Geschäftsanbahnungsgründe vorschieben. Mit einer Bank im Rücken kommst du an Infos, wovon unsereiner nur träumen kann.«

»Das ist gut. Meinte Emma das eigentlich ernst, dass sie Pater Rufus auflauern will?«

»Aber ja. Du kennst sie doch. Sie ist schon unterwegs nach Bonn, sie wird ihn auf der Straße ansprechen.«

»Warum bist du nicht mitgefahren?«

»Sie wollte das nicht. In dieser Beziehung ist sie empfindlich. Wie machst du weiter?«

»Ich rede mit Isabell Prömpers, heute Mittag nach der Schule. Ich melde mich, bis später.«

Damit hatte ich endlich mal wieder Zeit für meinen Teich und das, was da kreucht und fleucht. Ich konnte ihn weiter säubern, ich konnte aber auch an seinem Ufer sitzen und ein wenig träumen. Ich entschied mich für das Letztere, das war erfrischend bewegungsärmer und würde dem Geist zu neuen Tiefen verhelfen. Natürlich geriet ich ins Dösen, natürlich dachte ich ein wenig über Maria Pawlek nach, natürlich wurde die Szenerie stark erotisch gefärbt. Es ist ein Irrtum zu glauben, man könne vor dem Mittagessen nicht gut träumen.

Brutal wurde ich von meiner Tochter geweckt, die vor mir stand und leise sagte: »Papa, ich glaube, wir fahren doch nach München zurück. Die lassen alle keine Ruhe, rufen uns dauernd an. Wir denken, es ist besser, mit denen mal Klartext zu reden. Und das geht nicht von hier aus.«

»Da könntet ihr recht haben. Soll ich euch nach Koblenz bringen?«

»Brauchst du wahrscheinlich nicht. Vielleicht kriegen wir von Gerolstein aus einen Zug nach Köln. Dort steigen wir dann in den ICE. Wir erkundigen uns und sagen dir Bescheid.«

»Und du bist fit und kannst deine Sache vertreten?«

»Ja. Ich denke, das schaffe ich. Und danke, Papa.«

»Kein Problem. Wenn irgendetwas hakt, meldet euch. Ich bin immer für euch da.« Unvermittelt nahm ein sehr tief gehendes Gefühl von mir Besitz: die Trauer, sie nicht mehr im Haus zu haben.

Schon eine Stunde später teilten sie mir mit, da gehe ein Zug nach Köln. Also brachte ich sie nach Gerolstein zum Bahnhof und es wurde ein tränenreicher Abschied. Als wir uns trennten, waren wir eine leicht depressive Truppe mit guten Erinnerungen an ein paar aufregende Tage.

Ich kam nach Haus auf meine Terrasse, wo Julia Dillinger saß und sich ebenfalls in einem leicht melancholischen Zustand befand. Sie sagte: »Das ist Pech, dass die jetzt schon gefahren sind.«

»Ja«, nickte ich. »Aber sie müssen mit ihren Eltern ein Problem klären.«

»Das haben sie mir erzählt. Es muss sich gut anfühlen, Probleme bereden zu können. Ich habe es nicht so gut.«

»Vielleicht kommt das noch. Menschen ändern sich.«

»Nicht meine Mutter. Und mein Vater erst recht nicht.«

»Was mache ich denn jetzt mit dir?«

»Ich könnte zu Alex gehen. Oder zu Dickie.«

»Wegen mir kannst du auch hier bleiben, wenn du willst. Allerdings wirst du öfter allein sein.«

»Dann nehme ich das an. Danke schön.«

Isabell Prömpers erreichte ich um zehn Minuten nach zwei. Ich stellte mich vor und erzählte, dass ich mit Dickie bekannt sei.

»Würden auch Sie mit mir sprechen?«

»Warum nicht«, antwortete sie mit großer Selbstverständlichkeit.

»Wo soll ich hinkommen?«

»Ich bin zurzeit bei Benedikt. Benedikt Reibold. Fahren Sie nach Mürlenbach, Lieserstraße 16, auf der rechten Seite.«

»Okay, dann komme ich jetzt.«

Das Haus war ein vornehmes Haus, große Fensterflächen, gelbe Klinkerbauweise, flach, zurückgezogen, still.

Eine Frau öffnete mir die Tür und sagte manieriert: »Sie wollen sicher zu meinem Sohn. Bitte sehr.« Im nächsten Moment stockte sie und fragte gedämpft: »Das hat doch wohl nichts mit diesem … diesem Sven zu tun? Also, das wäre uns peinlich, der Junge war uns ja immer peinlich. So wild und ungezogen. Gar nicht so distengiert wie seine Eltern. Nun, er hat ja seine Strafe bekommen.«

Sie sagte tatsächlich ›distengiert‹. Sie war eine dunkelhaarige, ein wenig dralle kleine Frau mit einer entsetzlich flach am Kopf klebenden Dauerwelle, wie ich sie auf Bildern aus den Dreißigerjahren des vorigen Jahrhunderts gesehen hatte.

»Sie denken also, dass die Kreuzigung eine Strafe für Sven war?«

Ich hatte sie verunsichert, sie starrte vor sich hin auf die roten Fliesen. »Nun, mein Mann war immer der Meinung, dass so ein Verhalten auf lange Sicht nicht gut gehen kann. Und Pater Rufus hatte ja sogar Bedenken, diesen Sven auf der Schule zu behalten. Du lieber Himmel, was hat sich der Junge nicht alles erlaubt!«

»Was hat er sich denn erlaubt?«

»Er hat Gott gelästert, wird gesagt. Und unseren Herrn Pfarrer hat er einen Märchenerzähler genannt, das muss man sich einmal vorstellen! So kann man doch nicht leben.«

»Frau Reibold, der Junge wird als wild bezeichnet. Vielleicht war er aber gar nicht wild, vielleicht war er nur stinksauer auf seine Eltern und auf seine Kirche.«

Sie bekam große Augen. »Ja, aber, warum denn?«

»Vielleicht wurde ihm zu viel gelogen«, antwortete ich.

Mir wurde bewusst, dass sie mir in einem Anfall von Mut die Türe weisen konnte. Ich wollte aber ihren Sohn sehen und sprechen, also lenkte ich ein: »Machen Sie sich keine Sorgen, Ihr Sohn ist bestimmt ganz anders.«

Etwas beruhigt hauchte sie: »In unserem Garten steht ein Blockhaus. Da sind die beiden.«

Ich durchquerte ein großes Wohnzimmer, in dem zum Beweis absoluter Seriosität Seidenteppiche überlappend und im Stapel ausgebreitet waren. Es folgte eine Terrasse, auf der edles Holzgestühl herumstand, ein Rasen von ungefähr eintausendfünfhundert Quadratmetern und dann, im Schatten einer riesigen Buche, das braune Blockhaus.

Ich klopfte nicht, ich ging gleich hinein. In der Mitte stand ein Billardtisch, an den Wänden Regale mit Büchern und Aktenordnern, drei Fenster, es war eine feudale Behausung. Hinter dem Billardtisch sah ich eine kompakte Sitzecke, bezogen mit einem Stoff, auf dem vor braunem Hintergrund Dreiecke in Blau und Rot leuchteten.

»Mein Name ist Baumeister, ich bin Journalist, ich habe mit Ihnen telefoniert. Danke, dass Sie mich empfangen.«

Die beiden standen auf.

Das Mädchen war eine Blondine mit Beinen bis zum Hals. Sie trug Shorts, darüber ein lindgrünes Oberteil. Die rahmenlose Brille auf der Nase unterstrich den Eindruck von Kühle, sie war die Tochter aus bestem Hause.

Der Junge war ein Harry-Potter-Typ mit einer dunklen Tolle auf der Stirn und einer schwarzen Hornbrille. Er trug Jeans, dazu ein schwarzes T-Shirt, auf dem *Eltern sind auch nur Menschen* zu lesen war. Gemessen an den stämmigen Typen der Eifel, war er ein schmales Hemd.

Artig sagten sie Guten Tag und reichten mir die Hand.

»Nehmen Sie Platz«, bat der Junge. Die beiden setzten sich ebenfalls.

Ich kam mir vor wie bei einem Vorstellungsgespräch.

»Darf ich hier rauchen?«, fragte ich.

»Sicher«, antwortete Isabell. »Wir rauchen selbst.« Wie um es zu beweisen, griff sie zum Tabak und begann, sich eine Zigarette zu drehen.

Ich stopfte mir betulich eine Crown Viking und zündete sie an. Ohne lange drum herumzureden, sagte ich: »Ich habe ein Problem mit euch. Also mit eurer ganzen Clique. Ihr kennt euch seit Sandkastentagen und besucht, mit Ausnahme von Dickie, dieselbe Schule. Sven war euer Vordenker. Sven ist erst erschossen und dann gekreuzigt worden. Habt ihr eine Ahnung, wer das getan haben könnte?«

»Nein, das wissen wir nicht«, antwortete das Mädchen schnell.

»Keine Ahnung«, sagte Benedikt. »Wie auch? Wir sind eine ganz normale Clique.«

»Genau das ist mein Problem«, fuhr ich in aller Gemütsruhe fort. »Ihr seid keine normale Clique. Einer von euch wurde ermordet! Dickie hat eine junge Frau vor brutalen Zuhältern beschützt. Sven und seine neue Freundin, Gabriele Sikorski, wurden in der Nähe der polnischen Grenze mit zweihundertzwanzig Stundenkilometern geblitzt. Auf Svens Vater wurde ein Mordanschlag verübt. Aber natürlich habt ihr alle keine Ahnung von nichts. Denn ihr seid eine ganz normale Clique! Ihre Mutter, mein lieber Benedikt, sagte mir vor zwei Minuten, der Sven sei für die Elternschaft des Gymnasiums ein peinlicher Fall gewesen. Er sei ein Gotteslästerer, er habe katholische Priester als Märchenerzähler bezeichnet. Ihre Mutter sagte wörtlich, der Sven habe jetzt die Strafe bekommen, die er verdiente. Ich hoffe, dass Sie diese Ansicht nicht teilen.«

Benedikt räusperte sich und griff ebenfalls nach dem Tabakpäckchen. »Meine Eltern denken eben anders über Sven als ich. Wir können ja nicht irgendetwas sagen, bloß damit wir etwas sagen. Wir wissen nicht, was da abgelaufen ist, was

Sven außerhalb der Clique so getrieben hat. Das haben wir auch den Damen und Herren von der Mordkommission schon gesagt.«

Sieh einer an, da spricht ein Achtzehnjähriger von den Damen und Herren der Mordkommission. Das ist ein perfektes Versteck in den Dschungeln des höflichen, strikt konservativen Benehmens.

»Aber, Herrgott noch mal, Sie müssen doch eine Idee haben! Sie waren befreundet. Ihre Ahnungslosigkeit kauft Ihnen niemand ab!«

Isabell Prömpers wurde unruhig. Sie nahm Anlauf. »Nun schon. Vielleicht hängt sein Tod ja mit der schwulen Geschichte in der Schule zusammen. Oder mit dem verschwundenen Geld. Aber wir haben doch keine Ahnung, wie.«

»Können wir das mal in Ruhe auseinanderpflücken? Können wir bitte beide Komplexe nacheinander betrachten?« Lieber Himmel, Baumeister, sei jetzt vorsichtig. Ist das der Durchbruch?

»Zuerst die schwule Geschichte?«, fragte Benedikt, scheinbar unbeeindruckt.

»Einverstanden«, nickte ich.

»An der Schule gibt es einen schwulen Lehrer. Pater Lorenz. Der trifft sich seit mindestens einem Jahr mit drei Fünfzehnjährigen, angeblich um ihnen Nachhilfe zu geben, obwohl alle drei keine bräuchten. Rausgekommen ist das auf einer Klassenfahrt nach Hamburg. Da ist einem anderen Schüler nachts plötzlich schlecht geworden und er ist in das Zimmer von dem Lehrer, um sich Hilfe zu holen. Er kam rein und da waren die drei Mitschüler. Und sie … sie haben es getan. Das steht fest.«

»Was für Folgen hatte das?«

»Keine!«, sagte Isabell böse. »So was hat doch niemals Folgen.«

»Und die betroffenen Schüler?«

Benedikt grinste schief. »Pater Rufus hat dafür gesorgt, dass sie an anderen Schulen angenommen wurden.«

»Aber dieser Pater Lorenz muss doch Stellung bezogen haben.«

»Hat er ja auch«, nickte Isabell. »Er hat gesagt, die drei Schüler hätten etwas missverstanden, er sei überhaupt nicht schwul. Und es sei ja mal wieder typisch – derartige Geschichten zu verbreiten, sei ja regelrecht Mode geworden. Die Geschichte war aber nicht gelogen, ich habe mit diesen Schülern gesprochen.«

»Warum haben die sich das eigentlich gefallen lassen? Ist ihnen gedroht worden? Oder wurde ihnen etwas versprochen für … für ihre Dienste?«

»Bessere Noten«, sagte Isabell.

»Und was hat das jetzt mit Svens Tod zu tun?«

»Sven hat sich die Aussagen der Schüler schriftlich geben lassen. Mit Unterschrift. Mehr konnte er nicht mehr tun, dann war er tot.«

»Wo sind denn diese Protokolle jetzt?«

»Die müssen bei Svens Sachen sein«, meinte Isabell.

»Nun kommen wir mal zu den Finanzen. Ihr habt gesagt, da verschwand Geld. Wie viel war es denn?«

»Drei Millionen«, sagte Benedikt mit unbewegtem Gesicht, als habe er den Verlust einer Briefmarke festzustellen.

»Wie bitte?«

»Von einem Konto der Stiftung«, ergänzte Isabell.

»Und wann sind die verschwunden?«

»Vor etwa zehn Tagen«, antwortete Benedikt.

»Was ist das für eine Stiftung?«

»Eine Stiftung des Gymnasiums. Die wurde eingerichtet, um die Spenden auffangen zu können. Das ist für alle Beteiligten das Günstigste.«

»Wie sind die denn verschwunden? Ich meine, ist da verzeichnet, wohin sie verschwunden sind?«

»Nein. Das ist ja das Komische. Da sind nur drei Millionen weniger. Von einer Minute auf die andere. Und es wurde nicht irgendwohin überwiesen. Es war einfach nicht mehr da.«

»Wer führt das Konto denn?«

»Pater Rufus natürlich. Der ging ja mit dem ganzen Geld um.« Benedikt rutschte hin und her.

»Haben Sie das kopiert, haben Sie den Vorgang ausgedruckt, gibt es irgendetwas Schriftliches?«

»Ja, ich habe Ausdrucke«, nickte Benedikt.

Isabell warf Benedikt einen warnenden Blick zu.

»Kann ich die haben?«, fragte ich.

»Ja, klar. Ich hole sie schnell.« Benedikt stand auf und verließ den Raum.

Ich wandte mich an das Mädchen. »Waren Sie eigentlich nicht traurig, dass Sven plötzlich eine andere hatte?«, fragte ich. »Haben Sie mit ihm darüber geredet?«

»Nein«, antwortete Isabell. »Wir hatten keine Zeit mehr dazu.«

Sie saß sehr aufrecht auf dem Sofa und verlor auf eine bestürzende Weise ihre Kontrolle. Von einer Sekunde auf die andere war ihr Gesicht tränenüberströmt und kalkweiß.

Das wollte ich nicht ausnutzen, auch ich verließ die Hütte. Sie brauchte ein paar Minuten Alleinsein.

Benedikt trat aus dem Haus und wedelte mit einem weißen DIN-A4-Blatt.

»Sie weint wegen Sven«, sagte ich.

»Ja«, nickte er. »Das tut sie dauernd.« Dann hielt er mir das Blatt vor die Augen. »Sehen Sie hier. Da steht eine Habensumme von vier Komma eins Millionen Euro. Und einen Tag später sind es nur eins Komma eins Millionen. Es steht aber nicht da, wohin die drei Millionen gegangen sind.«

»Heißt das etwa, dass die drei Millionen bar abgehoben wurden?«

»Ja, für mich ist das ganz klar.«

»Wer könnte denn das Geld abgehoben haben?«

»Berechtigt zur Kontenführung ist nur Pater Rufus. Ist er nicht da, kann es auch Herr Dillinger, weil er der Vorsitzende der Stiftung ist. Sonst ist mir niemand bekannt.«

»Haben Sie der Mordkommission davon erzählt?«

»Ja, haben wir.«

»Das ist gut. Und noch eine Frage, bevor wir wieder zu Isabell gehen. Dass Sie in den virtuellen Netzwerken spazieren gehen können, weiß ich. Aber wären Sie auch in der Lage, ein Alarmsystem wie das, mit dem St. Adelgund gesichert ist, auszuschalten?«

»Wenn ich weiß, wie die Sicherung angelegt ist, ist das kein Problem.«

»Sie hätten das Haus also knacken können?«

»Ja, hätte ich.«

»Und – haben Sie?«

»Wie kommen Sie darauf? So was können doch viele. Julia zum Beispiel ist in so was fast besser als ich.«

Als wir die Hütte betraten, saß Isabell auf dem Sofa, als sei nichts passiert. Sie rauchte und wirkte wieder reichlich kühl.

»Was ist mit dieser Wanda? Kennen Sie sie oder wussten Sie von ihrer Existenz?«

»Nein, wir beide nicht«, sagte Benedikt.

»Vermuten Sie denn irgendetwas?«

»Nein«, sagte Isabell sehr bestimmt.

»Noch eine letzte Frage. Julia sagte, seit Svens neue Freundin aufgetaucht sei, sei alles schiefgelaufen. Sehen Sie das auch so?«

Sie schwiegen beide, sie sahen nachdenklich aus.

Schließlich meinte Benedikt leise: »So was kann ja passieren. Nein, aber dass wegen dieser Frau alles schiefgelaufen ist, das glaube ich nicht.«

»Ich auch nicht«, stimmte Isabell erstaunlicherweise zu. »Das war ja auch nicht das erste Mal.«

»Wie jetzt?«, fragte ich verblüfft.

»Vor einem Jahr«, erzählte Benedikt, »da zog Sven mit einer Frau aus Trier rum. Aber das war nach zwei Wochen wieder vorbei.«

Mein Handy schellte, ich hatte vergessen, es abzustellen.

Rodenstock sagte: »Kannst du reden?«

»Nein.«

»Komm bitte sofort nach Heyroth. Auf Pater Rufus ist ein Anschlag verübt worden.«

»Ich komme«, sagte ich und drückte das Gespräch weg. »Ich muss leider gehen, es ist etwas Dringendes. Ich lasse Ihnen meine Karte da, falls Ihnen noch etwas einfällt. Herzlichen Dank für das Gespräch. Allerdings möchte ich nicht verschweigen, dass ich den Eindruck habe, dass Sie nicht alles erzählen, wenn Sie nicht sogar lügen.« Ich machte eine Pause, setzte noch ein Ausrufezeichen. »Vielleicht schweigen Sie, weil Sie keinen Schatten auf Svens Leben dulden. Aber das ist nicht nötig, denn dass dieser Kerl fantastisch war, ist unbestritten.«

Ich nickte den beiden zu und ging.

So schnell es möglich war, fuhr ich Richtung Heyroth und hätte beinahe einen Lkw in den Straßengraben gezwungen.

Beide Wagen waren vor dem Haus geparkt. Emma war also aus Bonn zurück.

Sie saßen zusammen am Esstisch und schienen bedrückt.

»Was ist passiert?«, fragte ich.

Emma zündete sich einen Zigarillo an, ihre Hand zitterte. »Ich war sehr früh in Bonn. Rufus wohnt in einer kleinen

Privatpension, in der auch andere Priester untergekommen sind. Von dort bis zum Sekretariat ist es ein Fußweg von etwa sechshundert Metern. Erst geht es über eine Allee mit Platanen, dann rechts in eine schmale Gasse. Ich wollte ihn noch auf der Allee ansprechen. Er war nicht allein, sondern in Begleitung eines zweiten Priesters. Gerade als ich aufschließen wollte, schoss ein schwerer Wagen halb auf den Gehweg. Das war zielgerichtet, ein Irrtum ist ausgeschlossen. Er raste von hinten in die beiden Priester hinein. Der Begleiter von Rufus muss sofort tot gewesen sein. Rufus starb auf dem Weg ins Krankenhaus. Der Wagen fuhr zurück auf die Fahrbahn und verschwand. Natürlich habe ich mir die Nummer gemerkt, aber die Nummer stimmt nicht. LM für Limburg und dann VV 789. Mit dieser Nummer fährt ein anderes Fahrzeug, nicht der Audi, den ich beobachtet habe.«

»Wie viele Männer saßen denn in dem Wagen?«

»Zwei. Die Polizei will die Sache übrigens unter Verschluss halten, das wäre ein gefundenes Fressen für die Presse. ›Tragischer Unglücksfall mit Fahrerflucht‹, werden sie protokollieren. Jetzt ist das Bundeskriminalamt drin.«

Ich seufzte. »Ich bin so froh, dass du mir erhalten geblieben bist.«

Sie schluchzte auf: »So eine verdammte Schweinebande. Das waren Profis, wie bei Dillinger!«

»Das wissen wir nicht«, widersprach Rodenstock sanft. »Du solltest was zur Beruhigung nehmen.« Er grinste unvermittelt. »Ein Kognak, ein Kognak ist genau das, was du brauchst.«

»Damit du auch einen trinken kannst«, sagte sie und lächelte zaghaft.

»Genau!«, nickte Rodenstock. »So stelle ich mir das ideale Leben vor: ständig Kognak!«

»Ich bin ganz schön zittrig«, gab Emma zu. »So etwas sieht man ja nicht alle Tage.«

»Waren da keine anderen Passanten?«

»Doch, schon, aber niemand war so nah dran wie ich.«

»Vater Dillinger und Pater Rufus – was haben die gemein?«, murmelte Rodenstock und stand auf, um den Kognak herbeizuschaffen.

»Übrigens sind drei Millionen Stiftungsgelder verschwunden«, erzählte ich.

»Woher hast du das?«, fragte Emma.

»Von Isabell Prömpers und Benedikt Reibold. Das Gespräch war ein guter Erfahrungsaustausch.« Ich zog das DIN-A4-Blatt aus der Tasche und legte es auf den Tisch. »Dabei glaube ich nach wie vor, dass sie lügen. Das habe ich ihnen auch gesagt.«

Ich berichtete, so genau ich das konnte.

»Und jetzt?«, fragte Rodenstock anschließend und fragte dabei mehr sich selbst als uns.

»Wir brauchen das Verbindungsstück zwischen Pater Rufus, Vater Dillinger und den Leuten, die professionell töten. Meine Vermutung ist, dass es da Vereinbarungen gab, die jemand gebrochen hat. Oder dass Pläne gemacht wurden, hinter die jemand kam, der nicht darauf kommen durfte. Und dann Wanda, diese geheimnisvolle Wanda, die überhaupt nicht in irgendein Konzept passt.« Ich stopfte mir eine Jean Claude aus Frankreich, die mir Clarissa geschenkt hatte.

»Hat Wanda inzwischen was gesagt? Ist sie zu sich gekommen?« Emma saß sehr versunken auf ihrem Stuhl.

»Ich habe nichts mehr gehört«, sagte ich. »Ihr habt noch gar nicht erzählt, was das Gespräch mit Herbert noch ergeben hat.«

»Eigentlich nichts. Bis zum Mittwoch vor Gabrieles Tod hat er zwar jeden Tag mit ihr telefoniert, aber dabei kamen wohl nur Belanglosigkeiten zur Sprache. Wobei Herbert natürlich stets seine Wichtigkeit betonte. Tatsächlich waren das nichts anderes als Gespräche einer kleinen Unternehmerin mit ihrem Majordomus. ›Was ist in Bonn los? Wie geht es zu Hause?‹ Gegenfrage von Herbert: ›Wo treibt ihr euch herum?‹ Antwort grundsätzlich keine. Herbert hat nie gewusst, wo die beiden sich aufhielten, ob in Polen oder in der Eifel. Das heißt, wir können die zeitlichen Lücken nicht schließen.«

»Einbahnstraße. Wir kommen nicht weiter«, stellte Rodenstock fest.

»Und Julia Dillinger?«, fragte Emma.

»Du lieber Himmel, sie ist allein in meinem Haus. Ich habe sie vollkommen vergessen«, antwortete ich. Mir fiel etwas ein. »Sie ist ja ein bisschen anders als die anderen«, sagte ich langsam. »Sie beschreibt nicht alles mit Friede, Freude, Eierkuchen. Zum Beispiel meint sie, dass Gabriele Sikorski Sven Unglück brachte. Sie ist die Einzige, die den Stress mit den Eltern auf den Punkt bringt und sagt, ihre Mutter labert nur rum und mit dem Vater kann man gar nicht reden. Auf ihre Weise ist sie genauso strikt wie Dickie Monschan, die sofort offenlegte, sie sei von ihrem Vater missbraucht worden, außerdem sei er Alkoholiker. Das hilft uns aber nicht weiter. Wir könnten noch mit Marlene Lüttich, Sarah Schmidt oder Karsten Bleibtreu reden, die kennen wir noch nicht. Allerdings wage ich zu bezweifeln, dass wir Neues erfahren. Wir müssen jetzt die Entscheidung treffen, ob wir auf die Gangsterseite wechseln und unser Recherchenfeld neu aufrollen. Wenn wir das tun, dann aber bitte nicht allein, denn das wird kein Spaß.«

»Eine schöne Rede«, sagte Rodenstock. »Bring doch Julia einmal her, vielleicht gelingt es Emma, noch mehr aus ihr herauszuholen.«

»Ich fahre mit dir«, nickte Emma.

»Gut. Dann nehme ich mir zwei Stunden am Teich«, entschied ich.

Julia saß in einem Plastiksessel im Garten und wurde augenscheinlich nervös, als sie Emma hinter mir auftauchen sah. Obwohl sie sie am Abend vorher schon kennengelernt hatte und kein schlechtes Bild von ihr haben konnte, zog sie die Schultern hoch, ihre Hände begannen ein nervöses Spiel und sie sah Emma gar nicht an, sie war bemüht, so zu tun, als sei sie nicht da.

»Meine Freundin Emma kennst du schon«, sagte ich. »Ich muss vermutlich für eine längere Zeit fort, aber du kannst bei Emma in Heyroth absteigen. Dort ist es wie hier, nichts wird sich ändern, keiner dich belästigen.«

»Ja, ja«, sagte sie tonlos. Ihr Gesicht blieb ohne Ausdruck.

Ruhig sagte Emma: »Du hast deinen Bruder verloren, jetzt hast du Angst. Man kann etwas gegen diese Angst tun.«

»Und was, bitte?« Das kam ruppig und trotzig daher.

»Man kann über die Angst reden«, sagte Emma. »Die Angst verliert sich vielleicht nicht gleich beim ersten Mal, aber vielleicht beim dritten oder vierten Mal.«

Nach einer langen Pause setzte sie hinzu: »Komm mit nach Heyroth, du bekommst ein Zimmer für dich allein und kannst schweigen, solange du willst.«

»Ich habe noch Clarissas Klamotten«, entgegnete sie und sah mich an.

»Kein Problem. Behalte sie.«

Es dauerte erneut eine Weile, bis sie seufzte: »Also gut.«

Kurz darauf stiegen die beiden in Emmas Auto und fuhren fort. Irgendwie fühlte ich mich besser, jetzt, da ich Julia in Emmas Obhut wusste. Emma war der große menschliche Faktor in unserer Familie.

Ich trug den Plastiksessel unter die Linde und starrte auf den Teich. Doch ich hatte keine Ruhe. Ich stand wieder auf und stellte den Gartenschlauch an, der mit einem beruhigenden Plätschern meinen Fischen etwas Sauerstoff gab. Sie kamen sofort und begannen zu spielen, schwammen aufgeregt in den Wasserstrahl, machten blitzschnelle Kehrtwendungen, um erneut den Strahl zu kreuzen. So machte das Leben Spaß, so konnte es weitergehen.

Der Riesenschachtelhalm schickte vier große Triebe in den Dschungel aus wildem Reis und langblättrigen Gräsern. Mitten darin hatte sich eine Schlangenwurz breitgemacht und trieb ihre lanzettförmigen Blätter steil nach oben. An einem dieser Blätter klebte die Hülle einer Libellenlarve. Wahrscheinlich war es ihr ehemaliger Bewohner, der jetzt seine aufgeregten Flüge dicht vor meinen Augen vollführte und dabei wie ein Hubschrauber in der Luft stillstand, um sich genau zu begucken, was diese großen Menschen denn Besonderes an sich haben. Gänzlich furchtlos schoss die Libelle bis auf wenige Zentimeter an mein Gesicht heran, befand mich augenscheinlich für harmlos und zog an meinem rechten Ohr vorbei davon. Aus dem grünen Dickicht vernahm ich das leise Quaken der Kröte. Dann katapultierte sich der kleine Wels aus den schlammigen Tiefen nach oben und suchte nach etwas Fressbarem. Augenblicklich verschwand er wieder, abgetaucht in seine trüben Welten. Ich hatte Glück, wenn ich ihn zweimal im Sommer zu Gesicht bekam.

Langsam wurde ich ruhiger.

Sven und Gabriele. Plötzlich begriff ich, dass wir über diese Gabriele so gut wie gar nichts wussten. O ja, sie war zweifellos eine kluge und schöne Frau gewesen, mit scheinbar klaren Lebensvorstellungen und mit viel Neugier gesegnet. Aber die Umstände von Svens Tod hatten ihr viel Aufmerksamkeit geraubt. Wer war diese junge Frau wirklich? Was hatte ihren Mörder dazu getrieben, sie hinzurichten? War sie tatsächlich nur das Opfer unglücklicher Umstände, zufällig am falschen Platz gewesen?

Selbst die Neugierde und Geschwätzigkeit ihres Domestiken Herbert hatte der Frau kein Gesicht geben können. Für mich war sie ein blasses Wesen.

Der Tag ging bald zur Neige, im Westen schwamm der Himmel schon in rosafarbenen Tönen, durchmischt mit lichten blauen Streifen, es würde gutes Wetter geben.

Ich holte mir das Telefon in den Garten und rief Hans Sikorski an.

»Chefsekretariat«, sagte eine weibliche Stimme. »Was kann ich für Sie tun?«

»Ich war vor zwei, drei Tagen bei Ihrem Chef. Wegen des Todes seiner Tochter. Ich würde gern noch mal mit ihm reden.«

»Oh«, sagte sie. »Ich frag mal.«

Dann hörte ich: »Ja, Herr Baumeister?«

»Ich komme mit einer ungewöhnlichen Bitte: Erzählen Sie mir von Gabriele. Was Ihnen in den Sinn kommt, wie Sie sich erinnern. Macht nichts, wenn das ganz chaotische Gedanken sind.«

»Sie sind sehr gründlich.«

»Na ja, anders geht es nicht. Wenn Ihnen der Zeitpunkt nicht passt, ich kann mich auch morgen wieder melden, oder übermorgen.«

»Nein, nein, schon in Ordnung. Auf was sind Sie aus?«

»Ihre Tochter ist mir in dem elenden Szenario zu blass, sie hat kein Profil. Verstehen Sie, worauf ich hinauswill? Ich würde sie gern besser kennenlernen.«

»Ja, ja. Der Gekreuzigte ist eben gefragter.« Das klang leicht bitter.

»Also: Was für ein Mensch war Ihre Tochter?«

»Ich bin der Vater, also sage ich, sie war ein wunderbarer Mensch.«

»Wenn Sie an Gabriele denken, an was denken Sie?«

»An tausend Szenen.«

»Schildern Sie eine, bitte.«

»Sie muss vier oder fünf gewesen sein. Ich hatte ihr so ein kleines Schwimmbassin gekauft und im Garten aufstellen lassen. Gabriele kam, sah das Ding und fing bitterlich an zu weinen. Meine Frau und ich waren geschockt. ›Was ist denn los?‹, fragte ich. Sagt sie: ›Da waren vier Gänseblümchen drunter!‹ Das ist so eine Sache.«

»Gab es Reibungspunkte?«

»Natürlich. In Hülle und Fülle. Ein Reibungspunkt war über Jahre hinweg mein Geld, also mein Wohlstand.« Er machte eine Pause. »Gabi war in der Pubertät, hatte es schwierig, war eine Träumerin, aber auch eine Kratzbürste und kam in Kontakt mit Leuten aus der linken Szene. Eines Tages steht sie in meinem Büro vor mir und schreit: ›Du verdammter Kapitalistenarsch!‹«

»Wie haben Sie reagiert?«

»Zu scharf. Ich habe sie angebrüllt, ich sei zuständig für mehr als tausend Angestellte und Arbeiter und sie habe keine Ahnung, was das bedeute, eine solche Verantwortung zu tragen. Sie solle erst mal selbst lernen, was Arbeit ist.«

»Und dann?«

»Sie schwieg und drehte sich um. Wochen später teilte mir ein Personaler mit, meine Tochter habe sich um einen Ausbildungsplatz in der Planungsabteilung beworben. Wie sie mit der Bewerbung umgehen sollten. Meine Frau und ich waren von den Socken, haben aber beschlossen, das ernst zu nehmen. Wir haben sie für ein Jahr von der Schule abgemeldet. Gabriele war erst geschockt und hat dann akzeptiert. Sie erhielt ein Lehrlingsgehalt und arbeitete ein Jahr in meiner Firma. Als ich ihr dann an irgendeinem Wochenende ganz gedankenlos eine Taschengelderhöhung anbot, schrie sie, sie werde sich niemals kaufen lassen, und warf das Geld auf den Schreibtisch. Ende der Debatte.«

»Waren Sie eigentlich über ihr Liebesleben informiert?«

Schweigen, bedrohliches Schweigen, dann eine mühsam unterdrückte Heiterkeit, leises Gelächter. »Kaufen Sie mir ab, dass Väter gelegentlich völlig irre sind?«

»Das kenne ich von mir selbst«, sagte ich im Brustton mühsam erlernter Souveränität.

»Man sieht so ein Mädchen aufwachsen, dann entwickeln sich weibliche Formen und man stellt fest, das Kind wird immer hübscher. Es entdeckt die Macker dieser Welt und schwärmt beim Frühstück von einem gewissen Mike aus der Nachbarschaft. Dem Vater war bis dato völlig entgangen, was das für ein toller Typ ist, er war der Ansicht, dieser Mike sei ein widerlicher Macho, der mehr Gel am Kopf hat als Hirn. Manchmal habe ich regelrecht Panik bekommen, wenn ich mir anschaute, was sie da an Männlichkeit ins Haus schleppte. Und dann, wenn sie glaubte, man bekäme das nicht mit, dieses laszive Gehabe! Meine Tochter, das unbekannte Wesen, meine Tochter, die schöne Frau, die mit all den pickligen Heinis auf alte Matratzen geht, so dachte ich. Großer Gott, was habe ich für einen Affen aus mir gemacht. Meine Frau war da gelassener, die hat gelächelt, wenn ich mich ereiferte. Irgendwann später haben wir uns mal unterhalten, da habe ich Gabriele erzählt, wie sich das für einen Vater anfühlt, wenn die Tochter solche Jünglinge anschleppt. Und ich habe ihr die Namen hingeworfen, Mike, Fabian, Thomas, Gerd und wie sie alle hießen. Daraufhin hat sie gegrinst und gesagt: ›Papi, mit denen hatte ich zwar was, aber wir haben nicht miteinander geschlafen. Beruhige dich doch endlich!‹«

Sikorski verstummte, ich realisierte, dass er weinte.

Er sagte gepresst: »Scheiße, Scheiße, Scheiße!«

»Wir hören besser auf«, murmelte ich. »Es tut mir leid …«

»Nein, nein, nein«, unterbrach er mich hastig. »Das geht gleich wieder. Fragen Sie weiter.«

Trotzdem beschloss ich, das Thema Gabriele erst mal ruhen zu lassen. »Mal was ganz anderes. Mir ist heute zugetragen worden, dass vom Konto der Stiftung des Gymnasiums, das Sven Dillinger besuchte, drei Millionen Euro verschwunden sind. Es sieht so aus, als sei das Geld bar abgehoben worden …«

»Darf ich Sie kurz unterbrechen, Herr Rodenstock hat mich vorhin schon deswegen angerufen und mir die Situation erklärt. Dieses private Gymnasium des Ordens der Knechte Christi wird von einem Pater Rufus gemanagt. Und es gibt eine Stiftung, die unter anderem durch hohe Spenden Dillingers gespeist wird. Das Konto der Stiftung ist nur zugänglich für Pater Rufus und für Dillinger, der Vorsitzender der Stiftung ist. Ist das bis hierher richtig?«

»Richtig«, sagte ich.

»Kommen wir zu den verschwundenen Millionen. Eine Barabhebung scheint mir zumindest zweifelhaft. Ich habe mich mit meinem Freund, dem Bankmann, unterhalten. Keine Bank in der Eifel hat drei Millionen in bar auf Vorrat im Keller liegen. So etwas muss angemeldet werden. Und dann hätte das unter den Banken die Runde gemacht. Denn diese Geldleute sind gut vernetzt, glauben Sie mir, und eine Barabhebung von drei Millionen erlebt man auch nicht alle Tage. Vielleicht wäre es sinnvoll, erst mal herauszufinden, woher die Millionen auf dem Stiftungskonto genau stammen. Stammen die alle aus Spenden Dillingers? Wohl kaum, so viel wird er auch nicht zu verschenken haben. Wer sind die Spender? Oder verhält sich alles ganz anders und die

Millionen sind plötzlich auf dem Konto aufgetaucht? Wer sind die Absender? Lässt sich das recherchieren? Sind es Personen, Firmen oder Ungenannte? Mit anderen Worten: Wird die Stiftung dazu benutzt, Geld zu waschen? Eine andere Möglichkeit, die mir einfällt, was man Schönes mit so einem Stiftungskonto machen kann, ist zocken: riskante, kurzzeitige Spekulationsgeschäfte. Da kann man so eine Million schon mehren, andererseits aber auch viel verlieren. Also ist auch die Frage spannend, ob und wie das Geld normalerweise bewegt wird. Ihr Hacker, von dem Sie das mit den drei Millionen haben, sollte mal genau die Spuren des Geldes verfolgen.«

»Ich kann ihn anrufen, ich werde ihn bitten. Aber wo können denn in diesem Fall schmutzige Gelder herkommen?«

»Da, wo sie immer herkommen: Prostitution, Waffenhandel, Drogen, illegale Spielbetriebe …«

»Moment, Moment, Pater Rufus ist immerhin ein katholischer Priester!«

»Ja, und?« Ich hörte ein erheitertes Glucksen. »Sind Sie katholisch?«

»Ja, ja, ich habe es schon kapiert.«

»Vergessen Sie nicht, auch die katholische Kirche ist ein Wirtschaftsunternehmen und hat in den Reihen ihrer Priester exzellente Fachleute. Die Jesuiten sind in dieser Richtung immer schon bahnbrechend gewesen. Ich erinnere Sie daran, dass der Vatikan Besitzer einer Pharmafabrik für Antibabypillen war. Oder denken Sie an die Kokainkriege in Kolumbien. Das Bargeld der Dealer wurde in Plastiktüten aus den USA geflogen. Es war so viel Bargeld, dass deswegen eigens Offshorebanken aufgemacht wurden. Sie stellten Hausfrauen an, die Tag für Tag acht Stunden lang Bargeld zählten. Und einige dieser ehrenwerten Institute gehörten der katholischen Kirche. Das mag heute kein Mensch mehr hören, aber es bleibt Tatsache.« Sikorski lachte auf. »Wobei sich die Kirchen da alle nichts tun und wobei auch die Kirchen nicht vor Missmanagement gefeit sind. Kennen Sie den Fall der reichsten evangelischen Kirchengemeinde Deutschlands, der Evangelischen Kirche zu Düren? Die hat mal sehr viel Geld und Grund von Industriellen bekommen. Kennen Sie die Arie?«

»Nein, nie gehört.«

»Es beginnt mit einer glücklichen jungen Mutter. Eines Tages beklagt sie sich gegenüber ihrem Vater so nebenbei über die Unmengen von Windeln, die ein Baby verbraucht. Wie die die Abfalltonnen verstopfen und ja auch übel riechen. Vielleicht, erwidert der frischgebackene Opa, vielleicht gibt es eine Lösung. Er recherchiert und stellt fest: Krankenhäuser, Kinderkliniken und Altersheime veranschlagen jährlich vierzigtausend Euro für die Entsorgung dieser dämlichen Windeln. Der Opa beginnt zu tüfteln und er ist genial: Er erfindet eine Maschine, in die man die Einwegwindeln reinstopft, dann drückt man auf einen Knopf und übrig bleibt von jeder Windel nur eine Handvoll. Diese Maschine ist nur wenig größer als eine Waschmaschine und der Preis bewegt sich weit unter zwanzigtausend Euro, das heißt, das Ding macht sich nach dem ersten Jahr bezahlt. Und nun kommt die Evangelische Kirche zu Düren ins Spiel. Der geniale Erfinder wendet sich an eine evangelische Beschäftigungsfirma, in dem Glauben: Wenn ich irgendwo garantiert nicht übers Ohr gehauen werde, dann da! In der Leitung dieser Gesellschaft sitzen ehemalige Betriebsräte. Die sind nicht doof, sondern kapieren sofort, was dieses Maschinchen wert sein kann, aber sie haben keine Ahnung von Finanzen, von Handel, von der Logistik und von der Technik. Sie schaffen es in zwei Jahren nicht, einen brauchbaren Prototyp herzustellen. Der erfinderische Opa ist langsam mit den Nerven fix und fertig. Nun kommt dem Superintendenten der evangelischen Kirche des Rheinlandes der Fall zu Ohren. Wütend fragt er: ›Wie konnte es dazu kommen, diese Sache diesen Betriebsräten zu verantworten? So ein großes Rad können die doch gar nicht drehen!‹ Aber da ist es schon zu spät und der Kirchenboss muss schlucken, dass in Kirchenverordnungen festgelegt ist, dass er der Gemeinde in Düren in wirtschaftlichen Fragen sowieso nicht reinreden darf. Er darf ihr in derartigen Unternehmungen keinerlei Weisung erteilen, selbst dann nicht, wenn dabei nichts als ein Skandal herauskommt. Und wie geht es weiter? Der geniale Erfinder steigt aus, meldet ein neues Patent an, denn inzwischen hat er herausgefunden, dass die Maschine unter Zusatz spezieller Chemikalien aus einer Windel einen Rest fabriziert, der bequem in einer Streichholzschachtel Platz hat. Die Betriebsräte sind jedoch mittlerweile so wild auf die Windelzerkleinerungsmaschine, dass sie bei der EU in Brüssel um Fördergelder bitten. Und die EU stimmt zu und schickt Fördergelder. Das Verrückte ist nun, dass das erweiterte Patent den Herren Betriebsräten gar nicht mehr zu Verfügung steht, sie können nur eine schon überholte Technik bauen. Der geniale Erfinder ist inzwischen bei einem indischen Stahlkonzern vor Anker gegangen. Die in Düren entwickelte Windelzerlegungsmaschine, die todsicher ein Hit wird, wird also demnächst aus Indien importiert.« Sikorski räusperte sich. »Was lehrt uns das? Es gibt auch in den Kirchen finanzielle Idiotien, die so hanebüchen sind, dass man es nicht glauben mag. Aber gleichzeitig muss man immer wissen, dass derartige Geschichten in Kirchen besonders gern vorkommen, weil Kirchen eines perfekt beherrschen: das totale Schweigen. Wenn Sie sich gegen die Vorstellung wehren, dass ein geweihter Mann im Dienst der Kirche Schweinereien treibt, dann ist das geradezu rührend. Besorgen Sie mir so viele Daten, wie Sie kriegen können, und ich werde Ihnen dann sagen, wie die Schweinereien aussehen.«

»Ich danke Ihnen sehr.«

»Keine Ursache. Sie wissen ja, wie Sie mich erreichen können.«

Obwohl es inzwischen spät geworden war, rief ich Benedikt Reibold gleich darauf an. Zunächst war sein Handy besetzt, aber dann, nach einer halben Stunde, meldete er sich.

»Baumeister hier. Ich habe eine große Bitte: Können Sie in den Stiftungsunterlagen des Gymnasiums herumspazieren und so viele Daten sammeln und ausdrucken, wie nur möglich? Mich interessieren die Wege der Gelder, also alles, was nach banktechnischen Unterlagen aussieht.«

»Das kann ich versuchen. Weshalb?«

»Möglicherweise wurde über die Stiftung Geld gewaschen.«

»Stimmt es, dass Pater Rufus umgebracht worden ist?«, fragte er.

»Woher wissen Sie das?«

»Von einer Freundin.«

»Benedikt, ich möchte einen Namen hören!«

»Das Gerücht hat keinen Namen«, stellte er entschieden fest. »Tut mir leid.«

»Na schön, ich werde es nicht vergessen.«

Er sagte nichts mehr, er hatte die Verbindung unterbrochen.

Woher konnten sie die Nachricht haben? Na ja, inzwischen waren mehr als zwölf Stunden vergangen und hundert Leute konnten geredet haben. Eigentlich wäre es ein Wunder, wenn es gelänge, einen solchen Mord zu verschleiern.

Die Nacht war lau, irgendwo weit weg bellte ein Hund, von Westen her kam ein sanfter Wind, das Schilf ließ ein leises Rauschen vernehmen.

Ich ging unter die Dusche und anschließend sofort ins Bett.

Rodenstock rief um acht Uhr an. Langsam schien das zur Gewohnheit zu werden. Ungeheuer munter sagte er: »Wann fahren wir los?«

»Wohin?«

»Na, zu Paolo dem Flieger.«

»Aber du weißt doch gar nicht, wo der zu Hause ist.«

»Doch, doch, das weiß ich schon. Also, komm rüber, wenn du wach bist. Nicht vergessen: Fernglas, Kamera, drei, vier Taschenlampen.«

»Ist ja gut. Sei doch nicht so ekelhaft betriebsam.«

Das Telefon klingelte erneut und Benedikt Reibold meldete: »Ich war drin. Ich habe alle Bewegungen bis vor einem Jahr verfolgt und alles, was interessant schien, ausgedruckt.«

»Wird man sehen, dass Sie in einem fremden Rechner waren?«

Ich hörte förmlich, wie er vor Empörung die Luft anhielt.

»Nein, auf keinen Fall! Ich hinterlasse keine Spuren. Das ist wie bei der CIA oder wie beim BND. Das Ganze funktioniert spurlos.«

»Sie haben nicht geschlafen«, stellte ich fest. »Herzlichen Dank. Können Sie die Unterlagen in einen Umschlag stecken und an folgende Adresse schicken?« Ich diktierte Rodenstocks Adresse. »Und bitte erzählen Sie niemandem von dieser Geschichte.«

»Nein«, sagte der brave Geheimnishüter.

»Ich habe noch eine Bitte. Ist es schwierig, sich auch die Geschäfte von Svens Vater anzusehen? Also auch dort nach Daten zu suchen, mit deren Hilfe man Geldströme verfolgen kann?«

»Nicht sehr.«

»Dann tun Sie das, bitte, wenn Sie es nicht längst getan haben.«

»Ich schau mal«, erwiderte er tonlos.

»Sie sind richtig gut«, sagte ich, weil man junge Straftäter gelegentlich loben muss.

Ich versuchte, mich anzuziehen, wurde aber unterbrochen, weil schon wieder das Telefon ging. Eine Frauenstimme sagte: »Hallo, hallo? Bin ich da bei ... warte mal, bei Baumeister?«

»Ja, der bin ich. Siggi Baumeister.«

»Hier ist Schwester Renate aus der Psychiatrie in Wittlich. Sie haben mir Ihre Visitenkarte gegeben, wir haben doch die Wanda hier. Ich wollte mich mal melden, weil sich was getan hat.«

»Das ist sehr schön!«, sagte ich begeistert. »Ich weiß zwar nicht mehr, dass ich Ihnen eine Visitenkarte gegeben habe, aber das ist ja auch egal.«

Sie wollte alles richtig machen und jede Kleinigkeit zählte. »Sie haben gesagt, wenn irgendetwas ist, soll ich Sie anrufen. Deswegen doch die Visitenkarte.«

Jetzt stand sie wieder vor mir, das Schlachtschiff aus der Psychiatrie mit dem stählernen Busen und den strahlenden Augen. »Ja, das ist ja richtig. Ich hinterlasse den ganzen Tag über Visitenkarten wie für eine Schnitzeljagd. Was ist denn Neues passiert? Geht es Wanda besser?«

»Viel besser«, sagte sie. »Deswegen rufe ich ja an. Wir haben sie heute Morgen zum ersten Mal aus dem Heilschlaf geholt. Und sie redet, allerdings verstehen wir sie nicht. Ein Kollege, der mal im Wilden Osten praktiziert hat, meint, dass sie Polnisch spricht. Heute Nachmittag kommt deshalb ein polnischer Übersetzer. Immerhin wissen wir schon, dass sie wirklich Wanda heißt und woher sie kommt. Wir haben die Sache mit dem Atlas geklärt.«

»Wie bitte?«

»Ja, wir haben ihr einen Atlas in die Hand gedrückt und gebeten, sie soll mal zeigen, wo ihr Zuhause ist. Und was meinen Sie wohl, auf welche Stadt sie getippt hat?«

»Ich habe keine hellseherischen Fähigkeiten«, versicherte ich.

»Na, Sie sind mir einer. Sie muss aus der Gegend von Breslau kommen. Jedenfalls hat sie darauf gezeigt. Sie hat übrigens auch den Namen Sven immer wieder erwähnt.«

»Jesus und Maria! Wird Wanda eigentlich bewacht, ich meine, stehen Polizisten im Flur?«

»Nö, ich sehe niemanden«, sagte sie fröhlich. »Ich dachte, die Nachricht freut Sie.«

»Die Nachricht freut mich sehr«, versicherte ich. »Danke schön. Und passen Sie gut auf die Wanda auf.«

»Aber sicher«, sagte sie. »Bis zum nächsten Mal.«

»Ja«, sagte ich.

Ich versuchte, Kischkewitz zu erreichen, und hatte mit der dritten Nummer Glück.

Unwillig sagte er: »Ich sitze in einer Besprechung und kann nicht reden.«

»Das ist mir scheißegal. Wanda ist bei Bewusstsein. Die Klinikleute sagen, sie spricht Polnisch und sie stammt aus Breslau oder zumindest der Gegend. Ich rufe dich an, weil sie in Gefahr sein könnte.«

»Das ist mir doch längst klar«, nölte er. »Ich habe schon jemanden hingeschickt.«

»Ich hoffe, es geht dir gut?«, sagte ich.

»Nein«, stellte er fest.

ACHTES KAPITEL

Ich traf um elf Uhr in Heyroth ein. Kurz darauf war ich wieder unterwegs, nun in Rodenstocks Wagen. Er fuhr.

»Willst du irgendeinen Rekord brechen?«

»Wie kommst du darauf?«

»Na ja, weil du so zaghaft fährst.«

»Kann es sein, dass du schlecht drauf bist?«

»Nein. Im Gegenteil. Ich freue mich, dass wir Pfadfinder spielen. Das letzte Mal liegt lange zurück.«

»Ja«, nickte er. »Wir sind wieder auf der Pirsch. Wir fahren nach Bad Schwalbach. Dorthin, wo die wirklich reichen Leute versuchen, etwas aus ihrem Leben zu machen. Dort haust Paolo der Flieger.«

»Was wissen wir sonst noch über ihn?«

»Ich habe ein paar Leute vom BKA angezapft. Er ist vierundvierzig Jahre alt und heißt vollständig Paolo Meier. Lach nicht, das stimmt. Gelernt hat er den ehrenwerten Beruf eines Kaufmanns, übrigens bei einer Bank, und so bezeichnet er sich heute noch: Paolo Meier, Kaufmann. Nach seiner Ausbildung war er in verschiedenen Firmen tätig, bei einem Fliesenwerk, einem Stahlhändler, in einer Detektei, bei einem Grossisten für Pharmaartikel. Ganz normale Jobs, in denen er Leistung bringen musste und nebenbei etwas fürs Leben lernte. Aber schon immer hatte er einen starken Drang ins Nachtgeschäft. Puffs, Bars, Glücksspiel und so weiter. Seine herausragendste Eigenschaft ist die Unauffälligkeit. Er hat nie im Knast gesessen, aber meine Exkollegen und die verschiedensten Staatsanwälte hätten ihn schon sehr gerne dort gesehen. Es gab Verfahren wegen Mordes und wegen bandenmäßiger Drogengeschäfte. Doch die Anklagen verpufften, die Beweislage war nicht ausreichend. Mit anderen Worten, wir haben es mit einem Mann zu tun, dem nichts fremd ist und dem wahrscheinlich einige der bestlaufenden Puffs in Deutschland gehören. Wahrscheinlich, weil ihm auch das nicht zu beweisen ist.«

»Und jetzt lebt er im Milieu und fühlt sich dort zu Hause?«

»O nein. Wenn das so einfach wäre, hätten wir beide uns nicht auf den Weg gemacht. Paolo gibt immer noch Kaufmann als Beruf an und er handelt als solcher. Vorzugsweise im Immobiliengeschäft. Beispielsweise hat er in Hamburg, München und Frankfurt einige der begehrtesten Immobilien im Rotlichtmilieu erstanden. Und zurzeit ist er dabei, sich in Berlin einzukaufen. Jedenfalls wird das behauptet. Bei dem größten Teil seiner Tätigkeiten handelt es sich wohl um vollkommen legale Geschäfte. Andererseits vermutet das Bundeskriminalamt, dass er hinter einigen Waffenkäufen in Polen, Tschechien und Bulgarien steckt, aber auch das ist eben nur eine Vermutung. Also sagen wir mal: Paolo tanzt in der Szene herum, aber es ist nie zu erkennen, mit wem er gerade tanzt. Er soll exorbitant gute Verbindungen zur russischen Mafia haben, wobei man erst einmal definieren müsste, was denn Mafia auf Russisch heißt. Die Wahnsinnsgelder, die jahrelang von der EU nach Russland gepumpt wurden und von denen in aller Offenheit behauptet wird, dass mindestens die Hälfte in Korruptionskanälen gelandet ist, sollen Wege genommen haben, die Paolo der Flieger vorher festlegte. Das würde bedeuten, dass er von jeder Million mindestens zweihunderttausend kassierte. Ein weiteres Gerücht besagt, dass er Herointransporte aus dem Goldenen Dreieck finanziert. Für solche Geschäfte muss man endlos Geld und darf man keine Skrupel haben. Natürlich zahlt dieser Paolo aber brav Steuern. Das Vermögen, das er nicht versteuert, seine schwarzen Kassen der Bordelle, Spielsalons, Waffengeschäfte und so weiter, wird auf zwanzig Millionen geschätzt. Er hat sehr geschickt ein unendlich verzweigtes Netz an Firmen und Holdings aufgebaut – da sind die Geldströme für einen Außenstehenden kaum noch nachzuvollziehen.« Rodenstock grunzte. »Und die Banken werden ein Übriges tun. Ich finde es einfach lächerlich, dass der amerikanische Präsident die CIA und andere angewiesen hat, Geldströme bei den Banken zu verfolgen. Solche Geldströme wird es in den Banken entweder gar nicht geben oder sie werden sorgsam verborgen. Es gibt einflussreiche Banker, die nichts anderes tun, als Gelder zu verstecken. Das ganze System ist außerordentlich verlogen und alle Beteiligten, die es verwalten und in ihm zu Hause sind, verdienen ein Schweinegeld. Auch das ist Globalisierung. Na ja. Und abseits von Konten ist sowieso nur selten etwas beweisbar, da musst du schon danebenstehen, wenn das Bargeld über den Tisch geschoben wird. Paolo bevorzugt dabei übrigens die Methode des Nahen Ostens. Jemand zahlt bei einem Agenten zwei Millionen ein und bekommt dafür eine halbe Münze oder die Hälfte eines alten Schecks. Dann begibt sich dieser Jemand in den Nahen Osten und trifft dort einen anderen Agenten, legt dem die halbe Münze oder den halben alten Scheck vor und erhält das Geld in bar. Der Agent dort unten ist natürlich im Besitz der anderen Hälfte der Münze oder des Schecks.«

»Du lieber Gott, und wir armen Würstchen reiten jetzt auf seinen Hof und fordern ihn zum Duell. Was willst du eigentlich von ihm?«

»Ich will mit ihm über seine Beziehung zu Vater Dillinger reden.«

»Und wie willst du das anstellen?«

»Ich will bei ihm klingeln.«

»Und er sagt: Kommen Sie herein, meine Herren. Möchten Sie etwas zu trinken? Darf ich Ihnen meine Frau vorstellen? Und das hier sind meine lieben Kinderchen.«

»Es wäre schön, wenn es so läuft. Er ist tatsächlich verheiratet und hat zwei Kinder.«

Wir rauschten hinunter in das Rheintal.

»Du fährst zweihundertzwanzig«, bemerkte ich.

»Danke«, sagte er und verlangsamte sein Vorwärtsstürmen um etwa elf Stundenkilometer.

»Mich hat vorhin eine Schwester aus der Psychiatrie angerufen. Wanda ist wohl Polin. Und sie hat den Namen Sven erwähnt.«

»Bringt uns das weiter?«, fragte er.

»Wohl kaum, denn es erklärt nichts, es macht die Sache nur nebliger.«

»Wenn Sven Wanda kannte, dann ist sie wahrscheinlich der Grund, warum er mit Gabriele an der polnischen Grenze unterwegs war.«

»Ja, aber was wollte er mit einer schwer verletzten jungen Frau aus dem Milieu?«

»Sie retten?«, fragte er.

»Das würde schon zu ihm passen.«

»Ist Wanda das Erbe Svens?«, fragte Rodenstock. »Für mich wird immer deutlicher, dass Pater Rufus Sven kreuzigte. Er wollte darauf aufmerksam machen, dass dieser Junge sich gegen alle Autorität auflehnte, gefährlich war. Wie es damals bei Jesus Christus auch gewesen ist, der keine Ahnung davon hatte, dass seine angeblichen Nachfolger eine Weltreligion gründen würden.«

»Jesus hat fast nichts davon gewollt, was die Kirchen heute als Gottes Gebot hinstellen. Wenn ich mir anhöre, was der Papst über den Weltfamilientag im spanischen Valencia sagte, werde ich ganz stumm vor Ehrfurcht. Der spanische Ministerpräsident solle ein kleines bisschen verdammt dafür sein, dass er die Schwulenehe erlaubt hat, denn nur die Ehe zwischen Mann und Frau sei Gottes Gebot. Der Papst hat natürlich absolut recht, weil er das Sprachrohr des Heiligen Geistes ist oder irgendwie so. Woher nur nehmen diese Kirchenmänner diese verdammte Arroganz?«

»Das ist Macht«, sagte Rodenstock. »Man schläft sehr gut auf Purpur. Was macht eigentlich Maria Pawlek? In deinem Herzen, meine ich.«

»Sie macht mich sehr neugierig. Sie ist ein guter Typ.«

»Seid ihr zusammen im Heu gewesen?«

»Wie hätte ich das angesichts unserer Aktivitäten denn bewerkstelligen sollen? Morgens, zwischen 6.30 Uhr und sieben Uhr?«

»Ja, stimmt. Etwas eng. Essen wir an einer Raststätte oder in einem Restaurant am Weg?«

»Keine Raststätte. Da hängen nur müde Reisende rum, die sich um die letzten harten Eier prügeln. Da quengeln Kinder, da gehen Ehen kaputt. Das will ich nicht.«

Er fuhr in Idstein ab, auf Taunusstein zu. Und da lag im Schatten eines Waldes ein Restaurant, das mit ungefähr zehn kreidebeschriebenen Tafeln darauf aufmerksam machte, dass man hier bei bester Küche Schaschlikspieße und Jägerschnitzel, Bratwurst und deutschen Kartoffelsalat käuflich erwerben konnte.

»Kartoffelsalat«, sagte Rodenstock sehnsüchtig. »Darauf habe ich gewartet.«

Also bestellte er sich Kartoffelsalat mit Bratwurst und ich tat es ihm nach.

Als das Zeug vor uns stand, sehnte ich mich sofort nach der feinen Küche von Klaus Jaax in Brück. Der Salat war fettig und irgendwie schmierig und lag im Magen wie ein Haufen versehentlich aufgetischter Rheinkiesel.

»Es ist schlimm, aber schön«, sagte mein Rodenstock mit einem Seufzer. »So etwas habe ich früher jeden Mittag gegessen, bis meine Pumpe sich meldete.«

Wir fuhren weiter. Die Landschaft war beachtlich und lieblich und vermittelte den Eindruck, dass man hier zu leben verstand. Abgeschirmt hinter hohen Mauern, versteht sich.

Als wir in Bad Schwalbach einritten, bemerkte Rodenstock: »Wir müssen in die Straße Am Steinrausch, zur Nummer 2.«

Die Eingeborenen hatten uns freundlicherweise ein paar Abgesandte auf die Straße geschickt, die wir fragen konnten. Und dann standen wir vor der Nummer 2 der Straße Am Steinrausch und starrten gegen eine weiß getünchte Wand von ungefähr sechzig bis achtzig Metern Länge. In der Mitte befand sich ein doppelflügeliges Tor mit sehr schönen handgeschmiedeten Ornamenten. Wir zählten auf der Breite sechs Kameras und registrierten die sehr dünn und straff gezogenen Drähte auf der Mauerkrone.

»Einbrechen sollten wir besser nicht«, stellte Rodenstock fest. »Komm, klingeln wir.«

Wir taten es und erlebten die erste Überraschung des Tages. Eine Frauenstimme quäkte aus einem Lautsprecher. »Was kann ich für Sie tun?«

»Wir möchten Paolo Meier sprechen«, sagte Rodenstock ehrerbietig.

»Haben Sie einen Termin?«

»Nein«, sagte Rodenstock, »leider nicht.«

»Dann kann ich Sie nur auf sein Büro in Frankfurt verweisen. Da müsste er jetzt sein.«

»Hat er eine Telefonnummer?«, fragte Rodenstock.

»Doch, doch, meine Herren.«

»Und, was machen wir jetzt?«

»Na gut, ich erkläre es Ihnen«, erklärte die Frau huldvoll. »Kommen Sie rein.«

»Das ist nicht zu fassen«, hauchte Rodenstock.

»Achte auf Sprengfallen«, murmelte ich.

»Du bist aber auch so was von negativ.«

Ein Summer ertönte, ein kleines Törchen neben dem großen Tor klickte und schwang auf, und wir konnten hindurchgehen.

»Bewege dich normal«, mahnte Rodenstock, »schließlich werden wir gefilmt.«

Wir blickten auf das Haus: riesige nackte Wände aus Beton, nur zwei große Fenster auf der rechten Seite. Dahinter musste sich der Küchenbereich befinden, ich erkannte an Haken aufgehängte Töpfe und Pfannen und eine silbern schimmernde Dunstabzugshaube.

»Rechts außen, links außen«, zischte Rodenstock durch die Zähne, »zwei Männer mit Maschinenpistolen.«

»Angewinkeltes Dachfenster«, schnurrte ich zurück. »Ungefähr Baumitte. Ein dritter Mann, Fernglas.«

»Profis«, sagte Rodenstock.

Vor uns ging die Haustür auf, sie war überraschend schmal. Eine junge Frau sah uns entgegen und lachte freundlich. Sie mochte dreißig Jahre alt sein und hatte reichlich Hermès am Körper, aber keinerlei Schmuckstücke. Ihr schwarzes Haar hing ihr bis auf den Po und sie wirkte sehr selbstsicher.

»Es tut mir leid, dass mein Mann nicht da ist«, sagte sie. »Wollen Sie hereinkommen und ein Glas Wasser nehmen? Warum haben Sie denn nicht vorher angerufen?«

»Ich nehme gern ein Glas Wasser«, erwiderte Rodenstock schnell, damit sie auf keinen Fall auf die Idee kommen konnte, wir machten kehrt und verschwänden wieder.

»Treten Sie ein.« Sie drehte sich um und schwebte vor uns her in die Tiefe des Hauses.

Wir landeten schließlich in einer Art Wohnzimmer mit den Ausmaßen eines Bauernsaales, nur nicht so karg und schäbig. Es gab vier Sitzecken und vier große Fernseher, und irgendwo plätscherte Wasser in große Kupferbehälter. Friedlich das Ganze und sehr, sehr teuer.

Frau Meier trug einen Jeansmini auf Beinen in XXL-Länge und bewegte sich mit der Anmut einer Katze. Sie wies auf ein Gebirge aus blauem Leder: »Dort können wir uns hinsetzen. Julius, bitte ein Wasser für die Herren.«

»Jawohl, Madam«, antwortete Julius, den wir gar nicht sahen.

Wir nahmen Platz und starrten in einen Garten, der im Wesentlichen aus riesigen grünen Flächen bestand.

Clever gemacht, die Anlage. Rundherum eine Mauer, keine Fenster auf der Straßenfront, eine Maschinenpistole an jeder Ecke und nach hinten heraus eine wunderbare freie Schussbahn für Leute, die sich belagert fühlten, und garantiert schusssichere Scheiben.

Julius erschien. Er war tatsächlich mit einer gestreiften Weste, schwarzen Hosen und schwarzen Slippern bekleidet. Er lächelte ohrenbetäubend und goss mit routinierten Bewegungen die Gläser voll. »Zum Wohl, die Herren«, sagte er brav und zog sich wieder zurück.

»Wie kann ich Ihnen denn nun helfen?«, fragte die Frau des Paolo Meier.

»So richtig wissen wir das gar nicht«, erklärte Rodenstock mit übergroßer Freundlichkeit. »Es geht um einige merkwürdige Vorgänge bei uns in der Eifel. Für Ihren Mann sicherlich nicht sehr wichtig, aber umso wichtiger für uns.«

»Machen wir Geschäfte in der Eifel?«, fragte sie mit der Selbstverständlichkeit einer Universalerbin.

»Auch das wissen wir nicht so genau«, steuerte ich bei. »Allerdings ist das möglich. Denn Ihr Mann hat sich bei uns in der Eifel sehen lassen und ist dabei unter Umständen einigen Betrügern aufgesessen.« O ja, ich hatte kapiert, was Rodenstock wollte, und ich bohrte begeistert in der Wunde.

»Wir sind sozusagen vorbeugend hier«, ergänzte Rodenstock. »In der Eifel sind Leute mit automatischen Waffen aufgetaucht, um gewissermaßen andere Leute, ebenfalls mit automatischen Waffen, in die Schranken zu weisen. Und wir haben das auf dem Land nicht so gerne, weil sich letztlich ja mal ein Schuss lösen könnte. Und dann stehen wir da und sehen alle dumm aus und haben meist auch noch Schwierigkeiten mit der Leiche.«

Die Frau starrte Rodenstock an und sie fand ihn todsicher sehr komisch, denn sie schlug die rechte Hand vor den Mund und konnte sich ein dreckiges Grinsen nicht verkneifen. »Mein Mann und Maschinengewehre? Das scheint aber doch sehr weit hergeholt, meine Herren. Mein Mann ist ein reicher Mann, das ist richtig, und er ist auch ein wichtiger Mann, zuständig für ungefähr zweieinhalbtausend Mitarbeiterinnen und Mitarbeiter. Dass er seine Familie schützt, ist doch vollkommen normal, oder? Als wir neulich bei Elton John waren, da erzählte mir Groovie eine verrückte Geschichte. Da hat ein Mann, hintenrum versteht sich, Elton angesprochen, er hätte gern fünf Millionen für das Verschweigen der Tatsache, dass Elton mal ein Steuerproblem hatte. Vor einundzwanzig Jahren! Und was hat Elton getan? Elton hat gesagt: ›Verpiss dich!‹ Da ist der Kerl wieder abgezogen.«

»Ich weiß zwar nicht, wer Groovie ist«, sagte Rodenstock, immer noch fein lächelnd, »aber es geht hier nicht um Erpressung, gnädige Frau. Erpresser finden wir gar nicht schön und wir besitzen Geld genug, falls Sie das so aufgefasst haben. Uns interessiert, was Ihr Mann mit zwei Killern zu tun hat, die bei uns mächtig viel Lärm mit automatischen Waffen gemacht haben. Wir sind einfache Leute vom Land, wir mögen so etwas nicht.«

»Und Sie sind sicher, dass mein Mann in der Eifel war?«

»Daran besteht nicht der geringste Zweifel«, versicherte ich.

»Passen Sie auf«, sagte Rodenstock in einem väterlichen Tonfall. »Wir lassen Ihnen unsere Visitenkarten da und Sie richten Ihrem Mann aus, er möge uns mal anrufen. In den nächsten vierundzwanzig Stunden, bitte.« Damit griff er in seine Brusttasche und legte seine Visitenkarte auf das Tischchen. Ich tat es ihm nach.

»Und vielen Dank, dass Sie uns angehört haben.«

»Oh, never mind«, sagte sie fröhlich. »Ich werde es ausrichten. Ach Gottchen, die Kinder kommen gleich aus der Schule. Julius! Juuulius! Spann schon mal an, die Kinder holen. Aber vielleicht sollten Sie doch nach Frankfurt hineinfahren und es in seinem Büro versuchen.«

»Wir haben nur begrenzt Zeit«, erklärte ich. »Sie kennen das sicher: Zeit ist manchmal viel Geld.«

So standen wir auf, sie brachte uns höflich zur Tür und verabschiedete sich irritierenderweise mit den Worten: »Glück auf Ihrem Weg.« Dann schloss sich die Tür.

»Der Adler ist gelandet«, sagte Rodenstock durch die Zähne. »Dreh dich bloß nicht um.«

»Darf ich dich beglückwünschen?«

»Durchaus, aber nicht umarmen und küssen.«

Wir liefen durch den zauberhaften Garten Paolos und erreichten das kleine Tor, das wie von Geisterhand aufsprang und uns hinausließ.

»Du führst etwas im Schilde, ich kenne dich doch.«

»Ja«, nickte Rodenstock. »Jetzt suchen wir in Frankfurt

den Mann, der Paolo am meisten hasst. So einen Mann muss es geben.«

»Du bist ein Sauhund.«

»Das ist richtig. Steig in das Auto und halt den Mund.«

»Es ist besser, wenn du mich fahren lässt.«

»Warum denn das?«

»Weil Emma mich in der Luft zerreißt, wenn du gegen eine Wand fährst, weil du dich übernommen hast, alter Mann.«

»Ist meine Frau mir in den Rücken gefallen? Hat sie dich als Aufpasser engagiert?« Doch er grinste und warf mir die Schlüssel zu.

Mit einem geordneten Rückzug aus dem Land des Paolo hatten wir so unsere Schwierigkeiten, denn erst meldete sich mein Handy und zwei Sekunden später Rodenstocks.

»Ja, bitte?«

»Ich bin es, Papi, ich habe Probleme«, sagte Clarissa.

»Mit wem?«

»Na ja, vor allem mit dem Vater von Jeanne. Der Kerl ist verdammt link, weißt du.«

»Wie sehen die Probleme denn aus?«

»Er hat durchgesetzt, dass sie allein zu irgendwelchen Freunden nach Italien reist. Für vierzehn Tage, ohne mich. Damit sie, wie der Vater sagt, zu sich kommt.«

»Ja und? Das ist doch Jeannes Problem. Ihr müsst lernen, euch durchzusetzen! Ich kann am Verhalten von Jeannes Vater nichts ändern, gar nichts. Das müsst ihr selbst tun.«

»Mami ist der Ansicht, dass Jeannes Vater recht hat. Und sie hat gesagt, so eine Trennung sei ideal. Und für mich wäre das auch gut, sie würde mir vierzehn Tage an der Nordsee spendieren. Zum Nachdenken.«

»Wundert dich das?«

»Nein, das wundert mich nicht.«

»Und kann Jeanne nicht sagen, sie hätte von den Bevormundungen ihres Vaters die Nase voll? Kann sie das nicht?«

»Ich weiß nicht, ob sie das kann. Ich kann mit Jeanne nicht mal mehr telefonieren, ihr Handy ist abgeschaltet. Wenn du mich fragst, haben sie es ihr abgenommen und sie regelrecht eingesperrt.«

»Das wäre Freiheitsberaubung, das weißt du. Und sie ist alt genug, das nicht mit sich machen zu lassen.«

»Aber ich halte das nicht aus.«

»Das kann ich verstehen. Stell dir vor, du wärst zwölf Jahre alt und deine beste Freundin hätte Stubenarrest und dürfte auch nicht mit dir telefonieren. Was tust du in dem Fall?«

Es dauerte eine Weile.

»Ich ... Oh, Mann, du bist schon einer.«

»Tu es!«

Nun erst konnte ich verfolgen, wie Rodenstock neben mir mit den eleganten Handbewegungen eines Stardirigenten erklärte: »Langsam, meine Liebe. Wir bleiben doch wahrscheinlich nur für eine Nacht weg. Julia soll am besten nach Hause zurückgehen. Mach ihr deutlich, dass das eine vielleicht einmalige Chance ist, mit der Mutter endlich mal ein klärendes Gespräch zu führen, denn der Vater liegt ja Gott sei Dank noch unter Bewachung im Krankenhaus. Verdammt noch mal, wir haben ständig eine ganze Schülermannschaft um uns herum, wir kriegen demnächst eine Ehrenmitgliedschaft im Kinderhilfswerk der Unicef angetragen. Das muss mal aufhören. Und zu Maria Pawlek kann ich nur sagen, dass sie sich ein paar Stunden gedulden muss. Ich bringe ihren Helden heil in die Eifel zurück. Außerdem kann sie ihn ja anrufen. Ich verspreche dir, ich melde mich.« Er beendete das Gespräch und raunzte mich an: »Nun fahr schon! Oder sollen wir hier übernachten?«

»Was redest du da von Maria Pawlek?«

»Sie hat bei Emma angerufen und spitz gefragt, ob das bei dir immer so sei oder ob der Betrieb hin und wieder auch mal abebben würde. Regelrechtes Zickengehabe ist so was!«

»Maria ist keine Zicke!«

Er verdrehte die Augen und starrte in den Himmel seines Autos. Dann grinste er, blieb aber still.

Ich setzte den Wagen in Bewegung. Und weil ich folgsam bin, steuerte ich Frankfurt am Main an, genau gesagt, den Hauptbahnhof. Auf der proletarischen Seite des Bahnhofs bekamen wir, o Wunder, einen Parkplatz.

»Ich rufe einen ehemaligen Kollegen an«, sagte Rodenstock. »Und du kannst uns zwei Einzelzimmer im Frankfurter Hof bestellen.«

»Bist du wahnsinnig? Was sollen wir in dem Luxusschuppen?«

»Schlafen«, antwortete er milde. »Und ich hätte gern ein Steak mit Gorgonzolasoße. Ich muss unbedingt was gegen den Kartoffelsalat tun.«

Wir kletterten aus dem Wagen, zückten unsere Handys und regelten zwischen all den Blechdosen die Dinge, die es zu regeln galt. Nach langem Palaver ließ ich zwei Junior-Suiten reservieren, weil es anderes nicht gab. Dann rief ich Maria Pawlek an.

»Glaub mir, es ist nicht immer so, dass die Betriebsamkeit eines Falles mein Haus überflutet. Eigentlich bin ich ein normaler Bürger mit einem ruhigen, stressfreien Leben.«

»Du lügst.«

»Nein, ich lüge nicht. Wir ziehen nur das Ding hier durch und kehren dann zurück.«

»Was ist denn das für ein Ding?«

»Das kann ich unmöglich am Telefon erklären.«

»Siehst du«, sagte sie spitz. »Immer diese ungenauen Angaben.«

Ich überlegte, was ich darauf erwidern konnte, und entschied mich für meine eigene kleine Wahrheit. »Du drischst etwas kaputt, was noch gar nicht gegründet wurde.«

Sie schwieg eine Weile und sagte dann leise: »Ach Gott, ach Gott. Ja, du hast ja recht.«

»Macht ja nix«, erklärte ich großzügig. »Ich melde mich.«

Und weil ich die Anbindung an meine kleine provinzielle Welt zum Leben brauche und arbeiten wollte, wählte ich auch noch Benedikt Reibolds Nummer und sagte: »Ich hoffe, ich störe nicht, aber haben Sie sich bei Dillinger umsehen können?«

»Habe ich«, antwortete er. »Und merkwürdige Buchungen gefunden. Da treffen aus Luxemburg zwei Komma vier Millionen ein und dann gehen zehnmal zweihundertvierzigtausend raus. Siebenhunderttausend kommen an und quasi im gleichen Moment gehen zwei mal dreihundertfünfzigtausend raus. Und die kommen dann von genau sechs Firmen am gleichen Tag wieder rein. Das ist mir unverständlich, was soll das?«

»Mir nicht«, sagte ich beruhigend. »So macht man Geld ehrenwert, so wird es legal. Stellen Sie sich ein Geschäftsvolumen von einer Million Euro vor. Es geht um einen Container voller Krokodilhäute. Die kaufen Sie bei einer Partnerfirma in Südafrika. Dann verkaufen Sie diese Krokodilhäute an, sagen wir, fünf Firmen überall auf der Welt weiter, für je siebenhunderttausend Euro. Sie machen also fünf mal zweihunderttausend Gewinn. In Summe liegt der Gewinn bei einer Million. Kommen Sie klar bis hierhin?«

»Ja, ja, das habe ich verstanden.«

»Ja und? Merken Sie den feinen Unterschied?«

»Ich weiß gar nicht, auf was Sie hinauswollen.«

»Na ja, das ist eine Luftnummer. Sie verkaufen Krokodilhäute, die Sie für eine Million Euro gekauft haben, an fünf

Partner für jeweils siebenhunderttausend. Jetzt verstehen Sie das doch sicher.«

»Nein, ich stehe immer noch auf dem Schlauch, irgendwie ist mir die Birne verklebt.«

»Die Krokodilhäute existieren gar nicht, es hat sie nie gegeben. Alles findet nur auf dem Papier statt: Angebote, Wertgutachten, Verträge, Lieferpapiere, Rechnungen et cetera.«

»Aha«, sagte er andächtig. »So geht das also. Ja, und was sind das für Firmen?«

»In der Regel macht man so etwas mit Partnern, manchmal auch mit eigenen Firmen, die weitverzweigt in einer Holding versteckt sind. Laden Sie bitte so viel Daten wie möglich herunter.«

»Schon geschehen. Ist alles auf CD gebrannt.«

»Ich zahle Ihnen ein Honorar.«

»Für was? Für ein kriminelles Vergehen?«

»Aufwandsentschädigung.«

Der helle Knabe lachte und legte auf.

Rodenstock schlenderte durch die Reihen der Pkw auf mich zu und sagte: »Wir haben einen Termin.«

»Wann?«

»Sechs Uhr. Bei einem Dr. Robert Grind, Rechtsanwalt, Immobilienmakler und Verwalter von privaten Vermögen. Hier um die Ecke. Paolo hat ihn immer wieder gegen die Wand fahren lassen. Böser Paolo.«

»Woher hast du das?«

»Von einem lieben alten Kollegen, der beide, Paolo und Dr. Grind, von Herzen gern auf der Anklagebank sehen würde. Na schön, warten wir ab, was zu erreichen ist, und dann Schwamm über Frankfurt.«

»Heh, alter Mann, ich habe zwei Zimmer für uns.«

»Anschließend«, nickte er. »Mit dem Steak in Gorgonzolasoße.«

Viel Zeit blieb uns nicht, wir umrundeten den wunderbaren Parkplatz zweieinhalb Mal und dann war es auch schon so weit.

Die Welt des Dr. Grind war eine vollkommen andere als die des Paolo. Er residierte auf vielleicht dreihundert Quadratmetern in einem feudalen, ganz neuen Bürogebäude und die Atmosphäre war so gediegen, dass die Dame am Empfang flüsterte.

Grind war ein kleiner, knubbeliger Mann um die sechzig, der sich munter und rasch wie ein Gummibällchen bewegte. Er fuchtelte unnütz mit den Händen und sagte in rascher Folge: »Gundi, wir brauchen Kaffee, Wasser und eine Limonade mit Zitronengeschmack. Meine Herren, nehmen Sie Platz. Was kann ich für Sie tun?«

»Wir sind wegen Ihres Konkurrenten Paolo Meier hier«, begann Rodenstock in streng vertraulichem Ton. »Ich muss allerdings voranschicken, dass wir beide, also Herr Baumeister und ich, Herrn Paolo gar nicht persönlich kennen. Im Grunde haben wir auch keine Sehnsucht danach, nicht wahr?« Er sah mich auffordernd an.

»O nein!«, versicherte ich mit großen Augen.

»Wir sind einfache Leute aus der Eifel und haben bei uns eine merkwürdige Erfahrung mit diesem Paolo Meier gemacht, den man ja wohl auch Paolo den Flieger nennt.«

Es war keine Spannung an Dr. Grind zu bemerken, seine Hände blieben ruhig auf dem Schreibtisch liegen. »Wie kommen Sie auf die Idee, dass er ein Konkurrent ist?«

»Ich war in einem früheren Leben Kriminalist«, erklärte Rodenstock leutselig. »Lange her. Und ich habe einen alten Kollegen, der auch schon längst in Rente ist, gefragt, wer uns Auskunft über diesen Paolo geben könnte. Da fiel Ihr Name an erster Stelle. Deshalb sitzen wir hier.«

»Na, na, der Vergleich zwischen mir und Herrn Meier erscheint mir vollkommen unangebracht. Herr Meier bedient gänzlich andere Kunden als ich und mit seinen Methoden würde ich in zehn Tagen pleite gehen. Sagen wir mal so: Meine Kunden sind die Vermögenden dieser Stadt und Herr Meier widmet sich ausschließlich Neureichen, den Emporkömmlingen. Aber ganz unrecht haben Sie natürlich auch nicht, der Meier ist entfernt ein Konkurrent. Zumindest müssen das Nichteingeweihte so sehen. Vielleicht schildern Sie mir mal Ihre sogenannte merkwürdige Erfahrung mit Herrn Meier in … war es der Hunsrück?«

»Eifel«, sagte ich, »Eifel.«

»Die Geschichte geht folgendermaßen«, begann Rodenstock. »Ein Rechtsanwalt namens Dillinger erhält Besuch von Herrn Meier. Wir wissen nicht, um was es bei der Besprechung ging, aber dass Herr Meier dort war, steht zweifelsfrei fest. Er wurde eindeutig identifiziert. Am Folgetag tauchen zwei Männer auf und versuchen, Herrn Dillinger in seinem Büro zu erschießen. Nur einem Zufall ist es zu verdanken, dass Dillinger überlebte. Wir können uns vorstellen, dass zwischen beiden Ereignissen ein Zusammenhang besteht, jedoch …«

»Herr Meier streitet ab, jemals in der Eifel gewesen zu sein.« Dr. Grind lächelte vielsagend. »Das kenne ich, meine Herren. Aber ich fürchte, ich kann Ihnen nicht behilflich sein, denn über Wege und Aufenthaltsorte dieses Menschen bin ich nicht informiert. Wenn er identifiziert wurde, ist er identifiziert, so einfach ist das.«

»Kennen Sie denn jemanden, der uns Auskunft geben könnte, an welcher Ecke seines Lebens Herr Meier angreifbar ist?« Rodenstock strahlte die Gefährlichkeit einer Weinbergschnecke aus.

»Du lieber Himmel«, seufzte Dr. Grind. »Wenden Sie sich an die Steuerbehörden, die Kriminalpolizei oder die Staatsanwaltschaft. Alle wollen Paolo auf ihrer Strichliste abhaken, aber er ist schlau, das muss man anerkennen.«

»Schockiert Sie die Vorstellung nicht, dass Herr Meier offensichtlich in der Lage ist, zwei Killer in die Eifel zu schicken? Ich meine, das stört auch unsere Frauen und Kinder.«

Du lieber Himmel, wollte ich ausrufen, hör mit den Übertreibungen auf, gleich wirft er uns raus!

Aber Dr. Grind grinste und sagte: »Sehen Sie, meine Herren, da sieht man doch mal wieder, wo der Meier herkommt. Ich meine, sein Vater hatte einen Bratwurststand hinter dem Hauptbahnhof, einen Bratwurststand! Und seine Frau soll jahrelang Nackttänze in seinen Bars vorgeführt haben, weshalb man sie auch die Stangenjule nannte. Meier kommt von ganz unten, was erwarten Sie da?«

»Ja, Sie haben recht«, sagte Rodenstock kleinlaut. »Wir hatten nur gehofft, dass Sie uns vielleicht sagen könnten, wer diese Killer sind. Wir benötigen einfach Hilfe.«

Rodenstock, Rodenstock, dachte ich, gleich wirst du behaupten, Johannes der Täufer sei in Wirklichkeit ein verdeckter Wasserverkäufer aus Rom gewesen.

»Man sagt«, murmelte Dr. Grind, »dass er Bulgaren hat. Leute für die Drecksarbeit.«

»Haben die Namen?«, fragte ich.

»Kenne ich nicht. Doch wenn ich recht informiert bin, sind diese Männer sogar fest angestellt. Sie laufen als Security-Bengels. Einer von ihnen wird ›das Messer‹ genannt, er ist sehr zielsicher auf zwanzig Meter, heißt es. Aber entschuldigen Sie, das ist wirklich nicht meine Welt, das ist Abschaum.«

»Auf welche Weise hat denn der Herr Meier Sie übers Ohr gehauen?«, fragte Rodenstock »Ich meine, mir wurde erzählt, dass er Sie ausmanövriert hat. Wie lief das ab?«

»Tja, wie so etwas aussieht. Man bekommt ein Projekt angeboten, eine Immobilie für rund vier Millionen. Wir bieten beide, der Meier und ich. Dann stellt sich heraus, dass im gesamten Gebäude die Wasserinstallationen reiner Schrott sind. Die müssen ausgewechselt werden. Das kostet bei sechs Geschossen mit jeweils einer Fläche von rund tausendzweihundert Quadratmetern gut und gern zwei Millionen. Also steige ich aus, das ist mir zu viel. Und Meier kriegt die Immobilie. Später bringen wir in Erfahrung, dass das mit der Erneuerung der Installationen reiner Humbug war.«

»Sind Sie ihm jemals persönlich begegnet?«, fragte ich.

»Nein, und der liebe Gott möge mich davor bewahren. Meier betrügt und gebraucht Gewalt, er hat die besten Bordelle Berlins gekauft und ist ein ziemliches Ferkel, Meier arbeitet mit schlicht allen Mitteln und bescheißt dabei Gott und jedermann.«

»Sie sammeln Material, wenn ich das richtig begreife.« Rodenstock war sichtlich entzückt.

»Eines Tages kriege ich ihn«, stellte Dr. Grind wütend fest. »Oder jemand aus dem horizontalen Gewerbe schickt einen Torpedo und räumt ihn von der Platte. Mit derartigen Aufsteigern aus dem niedrigen Bratwurstgewerbe kann das auf Dauer nicht gut gehen. Irgendwann machen sie Fehler und dann bin ich da. Die Meiers dieser Welt sind eben nur vorübergehende Erscheinungen, allerdings verderben sie mein Gewerbe.« Nun wirkte er blasiert. Offensichtlich hatte er nicht bemerkt, wie dünn das Eis war, auf das Rodenstock ihn gelockt hatte. Unvermittelt vollführten seine Hände aufgeregte Bewegungen. »Moment, vielleicht wird es ihm auch wie Al Capone in den Vierzigern ergehen. Keine Handhabe wegen Betrug, Mord oder Totschlag, aber wegen banaler Steuerhinterziehung. Sie erzählten eben von einem Rechtsanwalt, wie hieß er noch … Dillinger, nicht wahr? Hat denn dieser Kollege Dillinger jemals auf einer Anklagebank gesessen?«

»Unseres Wissens nach nicht.«

»Na ja, was nicht ist, kann ja noch werden.« Grind strömte plötzlich Zuversicht aus. »Typen wie Meier wecken die übelsten Instinkte in den Menschen. Keine Rede mehr von Berufsethos und Moral. Nur noch Gier, reine Gier. Gibt es denn in der Eifel lohnende Puffs?«

»Weniger«, sagte ich. »Es gibt sie allerdings in Aachen, Trier, Koblenz, Bonn. Jedoch sehen wir keine Spur, die dorthin führt.«

»Waffen? Drogen? Menschenschmuggel?«

»Auch nicht«, sagte Rodenstock entschieden.

»Dann fehlt Ihnen die Verbindung zwischen Ihrem Herrn Dillinger und Paolo Meier?«

»Das beschreibt es sehr korrekt«, nickte Rodenstock.

»Nun, Berührungsängste hat Paolo Meier keine, das steht fest. Er ist eben ein schmieriger Teppichverkäufer. Was sagt denn dieser Dillinger?«

»Dillinger sagt, dass er sich nicht vorstellen kann, wer auf ihn schießen will.«

»Das Schweigen im Walde.«

»So ist es«, bestätigte Rodenstock. »Und natürlich kann es in dem Gespräch auch um ganz legale Investitionen gegangen sein.«

»Na ja, wenn ein Meier in so eine gottverlassene Gegend fährt, muss der Grund ein krummes Ding sein.«

»Oho, mit dem nicht vorhandenen Gott, da täuschen Sie sich aber«, streute ich ein.

»Wie dem auch sei«, sagte Rodenstock, »wir danken Ihnen jedenfalls. Sie haben uns sehr geholfen.«

»Vergessen Sie niemals, dass Meier Sie bescheißen wird, bevor er sich umgedreht hat.«

Dr. Grind wirkte untröstlich, aber ehrlich gestanden lag mir ein Typ wie Paolo Meier näher, obwohl wir ihn noch gar nicht kennengelernt hatten.

»Das war es«, stellte Rodenstock fest. »Nun muss sich nur noch der Meier melden und wir sind ein Stück weiter.«

»Wieso weiter? Solange wir nicht wissen, was Meier mit Dillinger besprochen hat, wissen wir gar nichts. Und jetzt in das Hotel, bitte. Ich brauche eine Dusche.«

Wir fuhren zum Frankfurter Hof und bekamen einen hoteleigenen Parkplatz zugewiesen, der zwar zwanzig Euro kostete, aber immerhin bewacht war, falls der Parkwächter nicht gerade schlief.

Unsere Behausungen waren ansprechend und wir brachten uns als Erstes hygienisch in Ordnung.

Dann klopfte jemand an meine Tür und ein Kellner mitsamt einem beachtlichen Servierwagen stand vor mir. »Der Herr nebenan hat bestellt und sagte, Sie essen hier.«

»Wenn er das gesagt hat.«

»Ja, Sie müssen bitte nur noch die Rechnung abzeichnen.«

Ich zeichnete die Rechnung ab und registrierte, dass sie mehr als einhundert Euro betrug. Trotzdem gab ich dem Kellner ein Trinkgeld und er verschwand. Ich vermutete, Rodenstock habe einmal quer durch den nächsten REWE bestellt, aber so schlimm war es gar nicht. Die Fleischportionen hatten zwar die Stärke, die normalerweise Gewichtheber zu sich nehmen müssen, aber das Gemüse unter der silbernen Kugel entsprach den Anforderungen eines strengen Diätplans. Es gab vier Schalotten pro Nase und zweimal die Andeutung einer Möhre. Dazu noch für jeden zwei Mandelbällchen.

Aber ich will nicht meckern, weil ich keine Erfahrung damit habe, wie es bei den Bessergestellten zugeht. Ich teilte Rodenstock mit, er könne zum Essen kommen.

»Du hast gesagt, Wanda muss Sven gekannt haben?«, fragte er.

»Ja, warum hätte sie sonst seinen Namen nennen sollen.«

»Gut. Nehmen wir an, er hat sie irgendwo an der Grenze zu Polen aufgelesen. Nach den Schilderungen über ihn passt das zu ihm, einem Rächer der Armen und Geknechteten. Aber für ihn gilt das Gleiche wie für Dickie: Wieso bringt er sie nicht gleich in ein Krankenhaus? Eine schwer verletzte und unter Schock stehende Frau. Das sieht ihm nicht ähnlich.«

»Vielleicht sollte niemand erfahren, wo Wanda war?«

»Das erklärt nicht, weshalb er sie buchstäblich unversorgt ließ. Die Frau muss wahnsinnige Schmerzen gehabt haben.«

»Er hat sich nicht mehr um sie kümmern können, weil er ermordet worden ist«, formulierte ich.

»Ja, das ist möglich«, nickte er. »Wenn wir wenigstens wüssten, wo Gabriele und Sven erschossen worden sind.«

»Vielleicht in ihren Autos?«

»Unmöglich«, widersprach er. »Man hat in den Autos nichts gefunden, keinerlei Spuren, kein Blut, keine Anhaftungen, nichts. Aber zurück zu Sven und Wanda: Wir wissen, dass Wanda zuletzt in Wienholts Jagdhütte war. Wo war sie vorher? Wohin hat Sven sie gebracht nach ihrer Rückkehr aus Polen? Wohl kaum in das Haus seiner Eltern und auch nicht in irgendein Gartenhaus, in dem jederzeit ein Erwachsener auftauchen konnte.«

»Ich könnte Maria fragen. Sie erwähnte mal, die Clique habe mehrere Treffpunkte, wir kennen längst nicht alle.«

»Dann ruf sie an. Am besten gleich. Ich gehe solange rüber in mein Zimmer und gucke fern. Ich muss mal abschalten.«

Also wählte ich Marias Nummer: »Entschuldige, aber ich muss dich noch mal um Hilfe bitten. Es geht um Folgendes: Wir vermuten, dass Sven Wanda aus Polen herausgebracht hat. Wo könnte er sie versteckt haben, bis sich Dickie und Alex ihrer angenommen haben?«

»Hm. Im Gartenhaus von Isabell Prömpers?«

»Nein. Ich denke an einen Unterschlupf, der nicht von irgendwelchen Eltern kontrolliert werden kann. Du kennst doch die Treffpunkte der Clique. Erinnerst du dich an einen möglichen Ort?«

»Hm, nein, tut mir leid. Dickie erzählt mir längst nicht alles, wie du weißt. Was ich im Prinzip aber auch richtig finde, sie muss ihr eigenes Leben leben.«

»Schade. Meinst du, es macht Sinn, wenn ich Dickie direkt frage?«

»Ich glaube nicht, dass du eine vernünftige Antwort bekommen wirst. Sie schmollt immer noch. Wann bist du denn wieder hier?«

»Morgen«, antwortete ich, aber es klang nicht überzeugend.

»Ich freue mich auf dich«, flüsterte sie.

So ein zähes Luder, dachte ich erfreut. Aber, Baumeister, sei ehrlich: Etwas anderes willst du doch gar nicht.

Ich war wohl in vollem Ornat eingeschlafen. Jemand donnerte gegen meine Tür und weckte mich. Es war zwei Uhr in der Nacht und ich dachte, der draußen vor der Tür habe sich geirrt. Aber dort stand Rodenstock.

»Meier erwartet uns.«

»Wo?«

»Zu Hause, da, wo wir schon mal waren.«

»Um zwei Uhr in der Nacht? Ist der Kerl verrückt?«

»Nein, nur konsequent.«

Dass man für drei Stunden Schlaf siebenhundertzwanzig Euro zahlen muss, hat mich erstaunt, aber ich will ja nicht kleinlich sein, schließlich bin ich bekannt für meine übergroßen sozialen Freundlichkeiten.

»Wir spielen mit offenem Visier«, bestimmte Rodenstock.

Was genau er damit meinte, wusste ich nicht, fragte aber sicherheitshalber auch nicht nach, sonst wären wir in einem pedantischen Gezänk stecken geblieben. Eine gute Ehe muss solche Bemerkungen aushalten.

Der Rückweg nach Bad Schwalbach verlief problemlos.

Wir klingelten, zum zweiten Mal innerhalb von vierundzwanzig Stunden, und ein Mann sagte: »Kommen Sie durch!« Das Torschloss klickte und wir konnten das Grundstück betreten.

Rodenstock stellte leise fest: »Die Männer mit den Schießgewehren sind immer noch da. Und sie tragen nun Helme und haben Restlichtverstärker auf den Waffen.«

»Was hast du anderes erwartet?«

»Jedenfalls keine Aufrüstung mitten in der Nacht.«

»Und was schließt du daraus?«

»Der Mann wird akut bedroht. Er ist kein Trottel.«

»Wir auch«, murmelte ich.

Paolo Meier stand in der offenen Haustür. Er musterte uns gründlich, sah sehr lange an uns vorbei in die Tiefe des Gartens, er wirkte nicht beunruhigt, eher als würde eine Routine ablaufen.

Der schmale, dünne Körper endete mit einem länglichen Gesicht, in dem kein Ausdruck zu erkennen war. Pechschwarze, kurze Haare über braunen Augen. Der Mann war die personifizierte Neutralität und mühte sich zu lächeln, aber überzeugend war die Vorstellung nicht. Er trug einen dunkelblauen Bademantel, dazu flache, weiße Latschen, als sei er gerade aus seinem Swimmingpool geklettert. Kein Goldkettchen um den Hals.

»Kommen Sie herein«, sagte er. »Entschuldigen Sie, aber ich habe morgen und übermorgen keine Zeit und Ihre Sache schien mir wichtig.« Seine Stimme war tief und beruhigend.

»Die Uhrzeit ist kein Problem für uns«, entgegnete Rodenstock.

In dem riesigen Wohnraum drehte Meier sich zu uns um. »Sie haben keinerlei Tonband dabei oder sind mit einem Sender ausgestattet?«

»Nein«, versicherte ich. »Nichts dergleichen. Kein falsches Spiel.«

»Das ist gut. Dann setzen wir uns in das schwarze Leder da. Und öffnen Sie bitte Ihre Hemden bis zum Hosenbund.«

Es gab die berühmten zwei Möglichkeiten. Entweder wir kamen seinem Wunsch nach oder die Friedlichkeit unseres Treffens war massiv bedroht. Rodenstock knöpfte seufzend sein Hemd auf, damit war die Entscheidung gefallen.

»Sie müssen das verstehen«, erklärte Paolo leichthin. »Ich darf, wenn ich mich mit fremden Leuten einlasse, nicht zu hohe Risiken beschwören. Außerdem sind Sie Kriminaloberrat gewesen und Sie sind Journalist.« Er lachte ein wenig abgehackt. »Das sind nicht gerade die Berufe, mit denen ich mich gern abgebe.«

Die Plätze in der schwarzen Ledercke waren klug gewählt, vom Garten her konnte uns niemand sehen, wenn wir uns in die Sitze lümmelten.

»Sind Sie in Sorge?«, fragte Rodenstock mit großer Gelassenheit.

»Eigentlich nicht. Aber man weiß nie, welches Arschloch hinter der nächsten Ecke steht.«

Eindeutig: Er war stark beunruhigt.

»Vollkommen richtig«, nickte ich. »Arschlöcher sind unberechenbar.«

»Wollen Sie rauchen? Hier sind Zigarren, sehr gute, aus Kuba. Und Zigaretten.«

»Ich stopfe mir eine Pfeife, danke«, sagte ich.

»Und für mich eine Montecristo«, bat Rodenstock.

»Und zu trinken?«

»Wasser«, antworteten wir wie aus einem Mund.

Dann bohrte Rodenstock weiter in der Wunde. »Sind Ihre Frau und Ihre Kinder noch im Haus?«

Meier erhob sich, öffnete einen Schrank und trug vor Kälte beschlagene Wasserflaschen und Gläser zu uns. »Ja, sie sind hier. Ich trinke einen Whisky, immer zum Tagesende. Sechsfach, damit ich wieder auf dem Boden ankomme.« Er lächelte matt, goss aus einer Jack-Daniels-Flasche ein großes Wasserglas halb voll und sagte: »Prost.« Dann blickte er durch die großen Fenster in den Garten hinaus.

»Meine Frau hat von Ihrem Besuch erzählt und ich kann bestätigen, dass ich in der Eifel bei Herrn Dillinger war. Und hätte ich mich auf meinen guten Riecher verlassen, wäre jetzt alles paletti. Dieser selten blöde Dillinger!«

Das kam überraschend.

»Verraten Sie uns, um was es bei Ihrem Treffen ging?«, fragte Rodenstock.

»Nun, es ging um ein gemeinsames, langfristiges Geschäft. Einzelheiten möchte ich nicht erzählen, da vieles auch gar nicht von mir abhing. Ich war nur zu einem geringen Teil und nur finanziell involviert. Aber das ist jetzt auch beendet.«

»Das Geschäft war in der Hauptsache Dillingers Ding?«

»So ist es«, bestätigte Meier. »Und wieder mal musste ich erfahren: Wenn man nicht alles selbst macht, fällt man schnell auf die Schnauze.«

So war er eben, unser Paolo, immer strikt geradeaus.

»Und dann haben Sie das Messer und einen guten Kumpel geschickt, die Dillinger ausknipsen sollten?«, fragte Rodenstock.

»Nein, habe ich nicht. Das wäre mir dieser Dillinger gar nicht wert. So eine große Nummer ist der nicht. Und selbst wenn, hätte ich nicht das Messer geschickt.«

»Warum nicht?«, hakte ich nach.

»Na ja, warum heißt das Messer wohl das Messer? Messer ist gut, aber nur mit dem Messer. Sie wollen also wissen, um was es bei der Besprechung ging?«

»Wenn möglich ein bisschen genauer«, nickte Rodenstock. »Die Richtung würde uns ja schon weiterhelfen.«

»Die Richtung heißt Pferdchen«, antwortete Paolo.

»Frauen also«, sagte Rodenstock.

»Genau, Frauen.«

In genau diesem Moment passierte es.

Mit einer Stimme, die in unserem eigenen Kopf zu sein schien, brüllte jemand schroff und schrill: »Danger! Lights off! Danger!«

Das Licht ging aus, wir saßen im Dunkeln.

»Ach, du lieber Gott!«, stöhnte Rodenstock ergeben.

»Freunde aus Berlin«, sagte Paolo zittrig vor Wut. »Negresco, dieses Arschloch. Bleiben Sie ruhig, stehen Sie auf, begeben Sie sich hinter Ihre Sessel und runter auf den Boden.« Das klang ähnlich freundlich wie die Durchsage in einer Lufthansa-Maschine vor schweren Turbulenzen.

Viele undeutbare Geräusche waren aus allen Teilen des Hauses zu hören, ein Kind schrie sekundenlang hoch und in Panik.

Paolo zischte: »Das werden mir die Schweine bezahlen.«

Rodenstock fragte triefend vor Ironie: »So, so, Freunde sind das also?«

Die Stimme meldete sich wieder: »Attention. Real enemy! Back front!«

»Auf den Boden! Platt auf den Boden!«, befahl Paolo.

Dann gab es ein schrilles, zischendes Geräusch, gefolgt von einem heftigen Knall. Die Fenster zum Garten regneten auf den Marmor. Irgendetwas fegte über unsere Köpfe in die Wand hinter uns. Ein klatschendes, lautes und nicht enden wollendes Getöse dröhnte in meinen Ohren. Plötzlich roch es nach frischem Mörtel, Porzellan schepperte, etwas Gläsernes ging zu Bruch.

»Die schießen mit Panzerwaffen«, stellte Rodenstock fest.

»Chef«, rief jemand auf Deutsch, »raus aus dem Raum! Das sind mindestens sechs Mann. Over.«

»Scheiße!«, sagte Paolo wild. »Bewegen Sie sich rückwärts zum langen Flur hin.«

Doch in dem Moment fielen die scharfen Lichtstrahlen von Taschenlampen in das Wohnzimmer. Jemand sagte: »Okay, Jungs. Geradeaus.«

Nun konnte ich die Fensteröffnungen ausmachen. Wenige Schritte von uns entfernt stand Paolo, leicht breitbeinig, die Arme gestreckt. Er gab einen Schuss ab und offensichtlich war er erfolgreich, denn vor den Fenstern ertönte ein qualvoller Schrei.

Dann war Rodenstock neben mir, ich roch ihn. »Vorsicht!«, flüsterte er.

Immer besser konnte ich die Umrisse erkennen, die Oberkanten der Möbel, die Oberflächen von Tischen, Schränken.

»Rodenstock?«

»Alles in Ordnung«, antwortete er leise. »Da kommen zwei weitere über den Rasen. Siehst du sie? Halb rechts auf zwei Uhr, dreißig Meter.«

»Ja.«

»Lass sie kommen. Nicht bewegen.«

Auf dem Rasen rief jemand: »Paolo, zeig dich, ehe wir dich in den Himmel schicken.«

»Du bist ein Arsch«, entgegnete Paolo verächtlich.

»Wir nehmen deine Frau und deine Kinder mit«, sagte der Mann im Garten.

Erneut tauchte Paolo vor einer der Fensteröffnungen auf und schoss. Augenblicklich verschwanden die beiden Männer, einer schrie auf. Anschließend waren schnell laufende Schritte zu hören, dann herrschte eine tödliche Ruhe.

»Chef«, sagte die Stimme, die die erste Warnung ausgesprochen hatte. »Sie sind weg über die Mauer.«

»Warten!«, befahl Paolo scharf.

»Chef, zwei fehlen.«

»Die liegen vor den Fenstern«, gab Rodenstock Auskunft.

»Licht, Chef?«

»Ja, Licht«, sagte Paolo. »Und seht nach, was unsere getroffenen Besucher so machen. Jonny sollte vielleicht die Bullen rufen. Und natürlich einen Notarzt.« Immer noch stand er vor dem zerschossenen rechten Fenster. Unvermittelt trat er gegen den Rahmen, dass es nur so schepperte. »Verdammte Scheiße! Soll ich deswegen hier weg?«

»Wir verdrücken uns«, murmelte Rodenstock. »Und zwar zügig.«

»Das kann ich gut verstehen«, sagte Paolo und grinste wie ein Gauner.

»Schnell noch eine Frage«, sagte ich. »Es ging also um Frauen. Woher kamen die?«

»Aus dem Osten«, antwortete Paolo prompt. »Wrocław, Brno, Olsztyn und Košice. Vier Tranchen zu je dreißig. Mehr sage ich nicht.«

»Zu welchem Preis?«, fragte Rodenstock dennoch.

»Achthunderttausend je Tranche. Nun ist aber endgültig Schluss. Und entschuldigen Sie die Aufregung, das war wirklich nicht beabsichtigt.«

»Grüßen Sie Ihre Frau recht herzlich von uns«, sagte ich. In einem gastfreundlichen Haus sind solche Sätze angebracht.

Wir stiegen über den Schutt, den der andere Besuch zurückgelassen hatte. Die Zerstörung war beachtlich und es würde einiges kosten, das wieder in Ordnung zu bringen.

»Ein cooler Typ«, meinte Rodenstock, als wir das kleine Tor erreichten.

»Ja, und wie so viele seiner Art hat er den falschen Beruf.«

Bevor Rodenstock den Wagen startete, notierte er etwas. »Wrocław ist auf Deutsch Breslau, Brno Brünn in der

Tschechischen Republik, Olsztyn Allenstein und Košice ist eine Stadt in der Slowakei. Ist das soweit richtig?«

»Richtig. Und wenn eine Tranche bei dreißig lag, ging es um insgesamt einhundertzwanzig Frauen. Viermal achthunderttausend Euro macht drei Komma zwei Millionen. Aber wozu so viele?«

Rodenstock grinste plötzlich über beide Backen. »Die Welt zu Gast bei Freunden. Moralgeschwängerte Kreise haben immer schon befürchtet, dass die Zahl der Huren anlässlich der Fußballweltmeisterschaft rapide in die Höhe schnellen würde.«

»Und wie verfahren wir jetzt weiter?«

Er strahlte vor Heiterkeit. »Du liebe Güte, wir haben so eine Tranche gesehen. Erinnerst du dich an den polnischen Bus mit den Oberschülerinnen, die zusammen mit einem katholischen Priester die Grenze passierten? Wir haben in Guben den Film der Überwachungskamera gesehen. Und ich habe hier im Auto die Mappe mit den Fotos.«

Rodenstock stieg aus und summte dabei vor sich hin. Dann saß er wieder neben mir und zückte ein Foto: »Schau hier, unser geliebter Pater Rufus. Und dann erinnere dich: Der Priester, den wir in der Aufzeichnung als Begleiter des Busses gesehen haben, sah genauso aus. Oder? Aber wir waren so grandios, nicht darauf zu kommen, weil wir das für unmöglich gehalten haben.«

»Da fehlt mir ein passender Fluch.«

»Und jetzt wird mir auch klar, was es mit Wanda auf sich hat. Sie ist eine dieser verkauften Frauen, sie hat doch gesagt, sie stamme aus der Gegend von Breslau. Sven hatte wahrscheinlich die miesen Geschäfte seines Vaters entdeckt. Wir wissen nicht, wie es dazu kommen konnte, aber wir wissen, wie grauenhaft es endete.«

»Du meinst wirklich, Pater Rufus persönlich hat Nutten

aus Polen und der Slowakei geholt? Das klingt wie eine Räuberpistole.«

»Es ging um viel Geld. Und wir haben doch gelernt, dass wir vergessen müssen, dass Rufus ein geweihter Mann war. Er war geil auf Geld. Punkt. Wofür auch immer er das Geld verwendet hat. In Trier gab es vor vielen Jahren einen Caritas-Skandal, es ging um mehrere Millionen. Einer der Täter hat später nachweislich gesagt: ›Was daran ist denn strafbar, zum Teufel, wenn man es für Mutter Kirche tut?‹ Vielleicht dachte Rufus das auch, aber das ist Humbug.«

Rodenstock verstummte und einen kurzen Moment hingen wir still unseren Gedanken nach.

Dann startete er den Motor, hielt den Kopf tief über das Lenkrad gebeugt und murmelte: »Mein Gott, muss dieser Junge gelitten haben.«

NEUNTES KAPITEL

Wir kamen um sechs Uhr zu Hause an und fühlten uns wie zerschlagen.

»Ich werde Kischkewitz Bescheid geben und du solltest ein paar Stunden schlafen.«

»Ja, Papi. Anschließend werde ich noch mal mit Dickie reden, wir sollten wissen, wo Sven Wanda untergebracht hat. Ich melde mich, wenn ich etwas Neues weiß.«

Ich fuhr nach Hause und erlebte meinen Garten in der frühen Sonne. Ich war zu aufgedreht, um einschlafen zu können, hockte mich an den Teich und sah der Sonne zu, wie sie sich an ihre Arbeit machte.

Als es halb acht Uhr war, meldete sich Maria. »Ich wollte dir einen guten Morgen wünschen«, sagte sie leise.

»Das ist eine schöne Idee. Du könntest mir auch gleich eine gute Nacht wünschen, wir sind erst vor knapp zwei Stunden zurückgekehrt.«

»Seid ihr denn erfolgreich gewesen?«

»Ja, das kann man sagen. Und nachdem ich nun deine Stimme gehört habe, werde ich auch einschlafen können.«

»Baumeister, du lügst schon wieder.«

»Ich lüge nicht, wenigstens nicht im Moment.«

Ich konnte tatsächlich einschlafen, und als ich wieder erwachte, war es zwei Uhr mittags und ich hatte bemerkenswert scharfe Kopfschmerzen.

Satchmo und Cisco lärmten auf die übliche sanfte Weise

vor der Schlafzimmertür, indem sie sowohl wie rasend an der Tür kratzten als auch ständig an ihr hochsprangen, sodass die Klinke angestoßen wurde.

»Ja, ist ja gut, ich komme.«

Als Erstes war die Treppe zu bewältigen, die an einem solchen Tag immer sehr steil und tückisch scheint. Aber ich schaffte sie und ich schaffte es auch, meine Tiere zu füttern und die Kaffeemaschine zu befüllen.

Erst jetzt riskierte ich einen Blick auf die Außenwelt und sah Maria Pawleks Auto, doch mir war nicht klar, ob es sich nicht nur um Wunschdenken handelte.

Sie saß auf meinem Plastikstuhl am Teich und rauchte eine Zigarette. »Hallo, Baumeister. Ich habe sehr überraschend eine Grippe mit Durchfall bekommen und dachte, ich komme mal vorbei, um nach dir zu sehen.«

Plötzlich störte mich, dass ich außer ziemlich schrägen, blau karierten Boxershorts nichts am Leibe trug. Wahrscheinlich hielt ich vorsichtshalber beide Hände vor mein gut verdecktes Geschlecht, was an sich verständlich ist.

»Es geht mir eigentlich gut«, sagte ich. »Und wie geht es dir?« Das war der Beginn eines grandiosen Dialogs. Und als absolute Krönung setzte ich nach: »Du kannst einen Kaffee haben, wenn du willst.«

»Gern«, nickte sie.

Auf der Stelle machte ich kehrt und rannte ins Haus, um zwei Becher mit Kaffee zu organisieren. Und Gebäck. Ich besaß noch zwei Dosen Plätzchen vom letzten Weihnachtsfest, handgeschöpft von Emma und Tante Anni.

Als ich zurückgekehrt war, sagte sie nur: »Erzähl.«

»Wir können uns nun in etwa vorstellen, was passiert ist. Höchstwahrscheinlich ist Sven hinter die kriminellen Machenschaften seines Vaters gekommen. Dillinger hat für den hiesigen Sexmarkt einhundertzwanzig Frauen aus Polen, aus der tschechischen Republik und der Slowakei herholen lassen. Es ging um drei Komma zwei Millionen Euro. Das Geld wurde über das Stiftungskonto des Gymnasiums gewaschen. Pater Rufus steckte in der Sache mit drin. Er hat auch den Transportbegleiter gegeben. Irgendwie ist wohl ans Licht gekommen, was Sven ahnte und wusste. Und daraufhin wurde er getötet. Gabriele hatte einfach Pech, als seine Begleiterin musste sie ebenfalls sterben. Wer die Taten wirklich ausgeführt hat, das wissen wir noch nicht, aber das kriegen wir noch heraus. Wanda ist eine der polnischen Frauen, Sven hat sie irgendwie aus der Gruppe lösen können und in die Eifel gebracht.«

»Pater Rufus«, wiederholte Maria.

»Ja. Die Kreuzigung hat nichts mit falsch verstandenem Katholizismus zu tun, wie ich erst glaubte. Auch der Antrieb für das Handeln von Pater Rufus ist schlicht die reine Gier.«

»Aber es tun sich doch immer wieder die gleichen alten Zöpfe auf!«, widersprach sie heftig.

»Schon richtig. Nur hat das nichts mit dem Glauben an Gott zu tun.«

»Nein, aber es hat etwas mit dem Glauben an Mutter Kirche zu tun.« Maria war nun wirklich sauer. »Pater Rufus hat ein Gymnasium geführt und seine Macht missbraucht. Obendrein hat er die Eltern in der Gewissheit gewiegt, ihre Kinder zu besonders guten Menschen zu erziehen, indem er ihnen streng katholische Werte vermittelte. Das ist massiver Betrug. Das ist der gleiche Mechanismus, der früher in den Dörfern angewandt wurde, um das Glaubensvolk folgsam zu halten.«

»Ja, du hast recht.«

Nach einer Weile meinte sie nachdenklich: »Neben Vater Dillinger und Pater Rufus muss es noch jemanden geben. Rufus wird sich kaum die Hände schmutzig gemacht und auf Sven geschossen haben, selbst wenn die Kreuzigung seine Idee war. Und dass der Vater den eigenen Sohn gerichtet hat, kann ich mir noch weniger vorstellen.«

»Das klingt einleuchtend. Aber hast du auch eine Idee, wer das sein könnte? Die Gangster, die wir getroffen haben, waren es nicht.«

Sie zuckte die Achseln.

»Lass uns von etwas anderem reden. Erzähl mal was von dir. Willst du dauerhaft in der Eifel bleiben?«

»Ja, wahrscheinlich schon. Meine Eltern leben in Straßburg und mein Verhältnis zu ihnen ist nicht das beste. Nein, ich will hier bleiben. Ich hätte gern einen eigenen Laden, und eines Tages kommt der auch.«

»Wie alt bist du eigentlich?«

»Sechsunddreißig.« Sie stellte ihre Kaffeetasse im Gras ab und sagte heiter: »So, und jetzt zeig mir dein Haus!«

Ende des offiziellen Teils.

In meinem Haus, das will ich betonen, sieht es immer so aus, als werde dort wirklich gelebt. Man kann auf keinen Fall Spiegeleier vom Boden essen und sollte auch nicht in unhöflicher Weise zu streng in die Ecken schauen oder die Spinnweben an den Lampen anstarren, den Staub auf den Büchern oder das Chaos rund um meinen Kopierer, auf dem ich meine Unterwäsche zu stapeln pflege.

Ich habe es eben immer gern dicht am wirklichen Leben und den hausfraulichen Umgang mit scharfen Reinigungsmitteln finde ich ausgesprochen dumm, denn da gehen die durchaus nützlichen Bakterien reihenweise kaputt.

Daher gestaltete ich die Führung so, dass ich die jeweilige Tür aufriss und kurz mitteilte: »Hier der ausgebaute Dachboden mit Billardplatte!« Tür zu. Oder: »Das ist das Kämmerchen für allen Ballast dieses Lebens!« Peng, Türe schließen. »Hier befindet sich mein Badezimmer!« Die Tür kurz aufstoßen und sofort wieder zuknallen, wobei mir einfiel, die Handtücher seit vier Wochen nicht gewechselt zu haben.

»Das Badezimmer?«, fragte Maria gedehnt. »Kann ich mal kurz, dauert nur ein paar Minuten.« Dann schlug sie mir die Tür vor der Nase zu, ich hörte sämtliche Wasserhähne gleichzeitig rauschen, stand im Treppenhaus und ahnte Fürchterliches. Dumpf starrte ich auf den Fangkorb einer Kreuzspinne, was in dieser Situation überhaupt nicht hilfreich war.

Dann erschien sie wieder in meinem Bademantel, hatte mit Sicherheit nichts darunter am Leibe, ging mir zielsicher und brutal an die Wäsche und versicherte: »Du brauchst keine Angst zu haben, ich habe schließlich auch welche!«

Irgendwie fanden wir die Tür zum Schlafzimmer und den direkten Weg in das Bett, und sie überraschte mich mit vielen wunderbaren, rücksichtslos erotischen Daseinsformen, wobei ich nicht mehr wusste, was unten und was oben war.

Nach der ersten, sehr heftigen Explosion unserer Körper und Seelen lag sie auf dem Rücken, hielt die Augen geschlossen, sah ausgesprochen schön und schon wieder begehrenswert aus. Dann bemerkte ich, dass ihr Gesicht tränenüberströmt war. Sie murmelte: »Ich war so lange allein.«

»Muss ja nicht mehr vorkommen«, sagte ich vollkommen außer Puste. »Da kann man etwas gegen unternehmen.« Nach einer Pause bekannte ich: »Ich war auch so ein Trottel.«

Erstes, vorübergehendes Ende des inoffiziellen Teils.

»Geh bloß vorsichtig mit mir um«, flüsterte sie. Unvermittelt kicherte sie und versicherte beruhigend: »Ich habe doch gar nicht gebohrt.«

Auf diese Art und Weise verbrachten wir den ganzen Nachmittag, versuchten unterwegs zu duschen, landeten triefnass erneut im Bett und scherten uns nicht um den Rest der Welt, bis wir irgendwann in der Küche endeten und feststellten, dass die Zeit für ein kurzes Frühstück gekommen war. Und zu diesem Frühstück zogen wir uns selbstverständlich an.

Es schellte: Tante Anni.

Sie stand vor uns, war erleichtert, uns zu sehen, und erklärte knapp: »Ich habe ein bisschen recherchiert. Auf den Feldern, die eigentlich schon längst fällig waren.« Sie lächelte allerliebst und sah mich fragend an.

»Auf welchen Feldern denn, bitte?«, fragte ich also.

»Na ja, die Sache mit dem Birkenkreuz ging mir nicht aus dem Kopf.«

»Komm rein, nimm Platz und trink einen kräftigen Schnaps«, schlug ich vor. Und um jedem Gerücht vorzubeugen, fügte ich hinzu: »Maria und ich waren bis eben im Bett.«

»Ach ja?«, nuschelte Tante Anni scheinbar desinteressiert. Dann merkte sie auf. »Ach so. Herzlichen Glückwunsch.«

Schließlich saßen wir alle drei auf der Terrasse und harrten der Dinge, die da kommen sollten.

Als Tante Anni den ersten Schluck von dem Schnaps nahm, machte sie einen Spitzmund, der sich mit äußerster Schnelligkeit zu drehen schien. »Wunderbar!«, sagte sie ächzend. Dann holte sie Luft, um Anlauf zu nehmen. »Also, der Stamm der Birke hatte unten am Fuß einen Durchmesser von etwa zwanzig Zentimetern. Nach den Fotos zu urteilen, reichte der Stamm bis beinahe an die Decke des Speisesaales. Damit dürfte der Stamm, ohne den Querbalken, etwa zwei Zentner gewogen haben. Könnt ihr mir folgen?«

»Alles klar«, versicherten wir.

»Gut. Jetzt kommt der Querbalken hinzu und weiter der kleine Balken, der Svens Füße stützte. Das Gewicht muss alles in allem bei etwa zwei Zentnern und sechzig Pfund gelegen haben. Das ist nicht von schlechten Eltern. Aber die eigentliche Frage kommt noch, denn die Täter mussten Sven zuerst am Kreuz befestigen. Und dann mussten sie das

Kreuz mit Sven darauf aufrichten. Der Bericht der Rechtsmedizin in Mainz gibt Svens Gewicht mit achtundsechzig Kilo an. Das heißt, die Täter hatten ein Gesamtgewicht von etwa vier Zentnern zu stemmen, und zwar ein Gewicht, das platt am Boden lag. Wer bringt so etwas zustande, ein solch schweres Kreuz aufzurichten und dann mit Hilfsbalken am Boden durch schwere Schrauben zu verankern?«

Sie schwieg, sah uns neugierig an.

»Ich weiß nicht, auf was du hinauswillst«, sagte ich.

»Ja, wer denn?«, fragte Maria.

»Denkt doch mal nach. Das Prozedere erinnert an das Aufrichten eines Maibaums. Da müssen viele Hände tätig werden.«

»Ich weiß immer noch nicht, auf was du aus bist«, beharrte ich.

»Ich denke, dass die Mordkommission etwas übersehen hat«, verkündete Tante Anni. »Oben in der Decke muss ein Haken gewesen sein, durch den ein Seil lief. Und – stellt euch vor – auf den Tatortfotos habe ich tatsächlich eine Stelle entdeckt, an der ein solcher Haken gewesen sein könnte. Die Täter haben ihn später einfach herausgeschraubt. Und davon steht nichts im Tatortbefund. Das ist Teil eins.«

»Das ist überraschend«, bemerkte ich anerkennend. »Und Teil zwei?«

»Teil zwei ist meine Mutmaßung über die Täter. Es müssen Männer gewesen sein, kräftige Männer. Mindestens drei, besser vier. Damit kommen wir dem Kern des Problems näher: Wer waren diese kräftigen Männer? Und da dieser Pater Rufus über allem wabert, habe ich mich gefragt, ob er drei oder vier Männer auftreiben konnte, die so etwas für ihn erledigten. Leider kann er ja nun selbst keine Auskunft mehr geben. Aber ich weiß die Antwort trotzdem: Er konnte.«

»Wie bitte?«, fragte Maria verblüfft.

»Na ja, er hatte doch diese polnische Truppe«, sagte sie, als könne sie kein Wässerchen trüben.

»Von so etwas höre ich zum ersten Mal«, sagte ich. »Wie bist du denn an diese Truppe gekommen, wenn es eine Truppe ist?«

»Sie ist eine«, sagte sie bestimmt. »Ein katholischer Priester, der unentwegt Gutes tut, muss in den Gaben, die er der Welt bringt, auch eine soziale Komponente unterbringen. Also sozusagen die katholische Welt ganz unten, die Beladenen. Im Fall des Pater Rufus sind das vier katholische Männer, persönlich von Pater Rufus in Polen auserwählt und in sein Gymnasium gebracht. Vor zwei Jahren.«

»Und was tun die im Gymnasium?«, fragte ich.

»Niedere Dienste, das Fronvolk gewissermaßen.«

»Wie bist du an all das gekommen?«, fragte Maria.

»Na ja, ich habe mit Kischkewitz telefoniert und ihn darauf aufmerksam gemacht, dass die Kreuzigung nur von echten Kerlen bewerkstelligt werden konnte. Und da hat er mir von diesen vier Polen berichtet. Und ich habe dann weiter geforscht.«

»Was, bitte, verstehst du unter niederen Diensten am Gymnasium?«, fragte ich.

»Das Gymnasium verfügt über einen großen Nutzgarten und den Park. Außerdem gibt es einen Sportplatz und in den Gebäuden ist sowieso ständig etwas zu richten und zu reparieren. Die vier bilden eine Hausmeistertruppe. Sie werden schlecht, aber regelmäßig bezahlt.«

»Wie ich dich kenne, weißt du auch schon vier Namen und vier Legenden.«

»Oh, danke für das Vertrauen. In der Tat kenne ich vier Namen und vier Legenden. Und ich kenne sogar noch zwei Namen und zwei Legenden mehr, das heißt, ich habe sechs Legenden für vier Männer.«

»Spuck es endlich aus!«, forderte Maria mit viel Heiterkeit.

»Zwei der Polen, beide so um die vierzig, sind in Ordnung, haben ordentliche Namen und ordentliche Lebensläufe. Den beiden jüngeren Männern auf die Spur zu kommen, das war etwas schwieriger. Die Namen, die sie an offiziellen Stellen angegeben haben, sind falsch, Vornamen wie Hausnamen. Ich nenne sie einmal Peter und Paul, die polnischen Namen sind unaussprechlich. Beide sind vorbestraft, beide wegen Raubes. Und sie werden in Polen gesucht. Deshalb musste sich Pater Rufus etwas einfallen lassen. Als die beiden hier eintrafen, hat er eine eidesstattliche Versicherung vorgelegt, dass es sich bei den beiden um die Polen Peter und Paul handele, die beide ihre Papiere verloren hätten. Aber ihre Lebensläufe seien ohne Fehl und Tadel und sie könnten eine Vollzeitstelle beim Gymnasium antreten. So kamen sie problemlos an neue Papiere und neue Namen und sind auf diese Weise in die Legalität abgetaucht.«

»Wie kann man so etwas herausfinden?«, fragte ich.

»Indem man ein paar Brocken Polnisch spricht und mit netten Kollegen da drüben redet«, erklärte Tante Anni handzahm, aber zutiefst stolz. »Wir haben also vier Figuren im Spiel, die durchaus die Kreuzigung bewerkstelligen konnten.« Sie zwinkerte ein bisschen: »Und jetzt hätte ich gern noch einen Schnaps.« Dann strahlte sie Maria an und bemerkte: »Du machst einen glücklichen Eindruck.«

»Das bin ich auch«, sagte Maria artig.

»Das muss auch sein«, nickte Tante Anni. Aber sie konnte es sich nicht verkneifen und setzte hinzu: »Wenigstens für eine Weile.«

Selbstverständlich war Maria daraufhin nicht in der Lage zu vermeiden, ganz nebenbei zu erwähnen, dass nur wir beide, ausschließlich sie und ich, das zu entscheiden hätten.

So ist das, wenn Zicken sich treffen.

Ich ging ins Wohnzimmer und informierte Rodenstock telefonisch über die Polen im Gefolge von Pater Rufus.

Doch wie so häufig in unserem gemeinsamen Dasein winkte er ab: »Kenne ich schon. Nur leider sind Peter und Paul, wie du sie nennst, flüchtig. Seit gestern Morgen. Entweder sind sie gewarnt worden oder sie haben aus dem Ausnahmezustand am Gymnasium und dem Wirbel um Pater Rufus die richtigen Schlüsse gezogen.«

»Was ist mit Julia?«

»Emma hat sie zu Hause abgeladen und die Mutter musste sich anhören, was ihr Kind zu sagen hat. Nach Emmas Bericht war das eine unerfreuliche und schrille Begegnung, denn Frau Dillinger lässt nichts auf ihren Mann kommen. Ihr Mann in kriminelle Machenschaften verstrickt? Völliger Blödsinn! Wobei sie das natürlich anders ausdrückt, sie sagt: ›Mein Mann ist moralisch wie ethisch jenseits jeder Kritik!‹ Und dann: ›Mein Mann ist von höchster katholischer Qualität!‹ So was habe ich noch nie gehört, aber wenn es um Fanatismus geht, werden konservative Geister allen Ansprüchen gerecht. Julia ist ihrer Mutter irgendwann ins Wort gefallen und hat erklärt, dass die einzige feministische Bewegung der Mutter Dillinger dreißig Jahre lang das Rühren im Hefeteig war. Die Diskussion war so unerfreulich, dass Emma mit der Mutter vereinbart hat, dass Julia vorläufig weiter bei uns bleibt.« Rodenstock lachte leise. »Ja, du hast vollkommen recht, wir sind zutiefst christlich und unsere Moral ist zutiefst katholisch, samt der Ethik, wie ich hinzufügen möchte. Wir machen uns um die Menschheit verdient.«

Ich kehrte auf die Terrasse zurück. »Die beiden Polen sind seit gestern Morgen verschwunden«, berichtete ich. »Sie suchen nach ihnen, bisher aber erfolglos. Und ich frage mich ernsthaft, ob wir nicht zum Markus nach Niederehe fahren sollten, um eine Kleinigkeit zu essen. Wir haben immer noch nicht gefrühstückt.«

»Du bist nur zu faul, was zu kochen«, äußerte Maria liebevoll.

»Stimmt«, nickte ich.

Ohne weitere Widerworte stiegen die beiden Frauen in mein Auto und ich chauffierte sie nach Niederehe. Bei Markus war es wie üblich brechend voll, an der Theke standen Männer, die nach harter Arbeit einen Schwatz hielten, im Restaurant hockten Hausgäste und solche, die es werden wollten.

»Heute dauert alles eine Viertelstunde länger«, warnte Markus.

Die Frauen wollten gebratene Forelle und ich entschied mich für ein Stück Fleisch, durch, mit Pfeffersoße.

»Habt ihr das Schwein?«, fragte der wie stets bestens unterrichtete Markus, als er die Bestellung aufnahm.

»Nein, haben wir nicht, aber wir sind guter Dinge.«

»Ich kannte diesen gekreuzigten Jungen ja. Er war mal hier, mit seiner ganzen Clique. Betriebsausflug haben sie das genannt.« Für die heiteren Ereignisse des Lebens hatte er eine feine Nase.

»Wann war denn das?«

»Das dürfte acht Wochen her sein. Sie feierten irgendwas, was, weiß ich nicht, hat mich aber auch nicht interessiert. Der Junge hatte eine Blonde neben sich und sie taten sehr verknallt.« Damit kehrte Markus zurück zu seinen Töpfen.

»Moment, das haben wir gleich«, meinte Maria und setzte ihr Handy in Gang.

»Ja, Dickie, Liebes, ich bin es. Wir sitzen gerade beim Essen in Niederehe und der Wirt erzählt, ihr seid vor Kurzem hier gewesen. Betriebsausflug habt ihr das genannt. Was habt ihr denn da gefeiert?«

Sie schwieg und hörte zu, dann sagte sie abwehrend:

»Okay, okay, ich habe es kapiert. Aber fragen durfte ich doch, oder?« Maria verzog das Gesicht und steckte ihr Telefon wieder weg.

»Also, die Clique war hier, aber der Anlass sei angeblich nicht erwähnenswert. Es war halt eben ein Ausflug, nichts weiter. Dickie wird immer noch sauer, wenn man sie nach etwas fragt, was mit der Clique zusammenhängt. Selbst wenn ich das tue.«

Ich überlegte. »Sven und Gabriele brachten Wanda in die Eifel und versteckten sie. Dickie hat später behauptet, sie und Alex hätten Wanda auf der Straße aufgelesen. Nun könnte man die Vermutung äußern, dass Dickie sehr genau gewusst hat, wo Wanda versteckt war. Und weil sie aus irgendeinem Grund Furcht bekam, Wanda könne irgendwem in die Arme laufen, hat sie sie quasi in die Jagdhütte verlegt.«

»Du entwickelst immer so wunderbare Gedankengänge«, bemerkte Tante Anni mit feinem Spott.

Maria legte ihre rechte Hand auf mein Knie und alles Bedrückende war ein wenig weniger bedrückend.

»Da kommt unser Essen, vergessen wir das alles mal für eine halbe Stunde.«

Wir schwiegen tatsächlich fünf Minuten, bis Maria bemerkte: »Wie Sven das wohl mit den beiden Frauen geregelt hat? Mit Isabell und Gabriele, meine ich. Ob Isabell von Beginn an wusste, dass da eine andere Frau war?«

»Auf jeden Fall war Isabell die Verliererin«, schob ich ein. »Und viel Zeit mit Gabriele hat er nicht gehabt.«

»Das Verhältnis mit Gabriele muss eine Bedrohung für die Clique gewesen sein«, überlegte Tante Anni.

»Wieso denn das?«, fragte ich erstaunt.

»Na ja, nach dem, was du erzählt hast, waren Sven und Gabriele doch wirklich heftig in Liebe entflammt. Wenn das von Dauer gewesen wäre, hätte das das Ende der Clique bedeutet. Der Chef orientiert sich anders, der Chef geht, der Chef steht nicht mehr zur Verfügung.«

»Das ist ein Aspekt, den ich bisher nicht bedacht habe«, sagte ich. »Vielen Dank, liebe Tante Anni.«

»Hilft aber nix, Sven sind sie trotzdem los, wenn auch auf andere Weise. Und seine Freunde bleiben in einer Eifel ohne Sven zurück. Das klingt pathetisch, aber so ist es ja.«

»Ich muss mal schnell telefonieren«, sagte ich. »Entschuldigt, bitte.« Ich ging in den Vorraum, der zum Saal führte und in dem Markus seine exquisiten Weine ausstellte. Ich wählte mich durch Kischkewitz' Nummernsammelsurium.

Ehe er etwas Muffiges von sich geben konnte, sagte ich hastig: »Nur ganz kurz. Konntet ihr inzwischen mit Wanda reden? Und darf ich mit diesem Beamten sprechen?«

»Kein Beamter, eine Frau«, antwortete er. »Tilla Menzel. Sie sitzt gerade zu Hause und schreibt den Bericht. Ich kann dich mit ihr zusammenbringen, aber sie entscheidet allein, ob sie mit dir sprechen will.«

»Das ist in Ordnung«, sagte ich.

»Sie wird dich anrufen«, sagte er. »Aber verwende nichts von dem, was sie erzählt, ohne das mit uns abzusprechen. Das ist ein sehr heikles Kapitel. Erpressung, Prostitution, Menschenraub, Menschenhandel.«

»Ich danke dir«, sagte ich, aber er hatte schon wieder aufgelegt.

Eine halbe Stunde später fuhren wir nach Hause und ich setzte Tante Anni vor ihrer Wohnung ab.

»Ich bin müde«, sagte Maria, als wir auf meinem Hof standen.

»Es gibt Betten« versicherte ich.

Aber Leute, die frisch verliebt sind, sind unberechenbar. Wir landeten zwar in meinem Bett, aber von erholsamem Schlaf war lange keine Rede.

»Ich möchte dich streicheln«, sagte ich.

»Dann mach das doch«, sagte sie.

Irgendwann schliefen wir – bis das Telefon klingelte und nicht aufhören wollte. Fluchend brachte ich mich zu Bewusstsein und erklärte anklagend: »Es ist noch mitten in der Nacht, oder?«

»Ist es nicht«, erwiderte eine Frau. »Wenn Sie wollen, kommen Sie her. Sie müssen nach Birresborn und da in die Kärrnergasse 7. Mein Name ist Tilla Menzel und übrigens, es ist sieben Uhr.«

»Wusst ich's doch, dass es mitten in der Nacht ist«, murmelte ich. »Vielen Dank. Ist es recht, wenn ich so in einer Stunde aufschlage?«

»Tee oder Kaffee?«

»Kaffee«, bat ich.

Ich gab den Tieren etwas zu fressen und entschied mich für eine eiskalte Dusche. Das passiert selten, ich bin ein eingefleischter Lauwarmduscher, aber ich wollte richtig wach werden, mich dem Leben stellen.

Dann betrachtete ich zwei Minuten lang in völliger Stille meine schlafende Gefährtin und schrieb auf einen Zettel: *Bin unterwegs, ruf mich an. Ja, und ich liebe dich!* Es ist schon erstaunlich, was Liebe aus einem vernunftbegabten Wesen macht.

Wenig später saß ich im Wagen und steuerte Birresborn im Kylltal an. In der Eifel passiert es schnell, eine Gemeinde mit einer Geschichte zu verbinden, einem Ereignis, irgendetwas Besonderem.

Birresborn war für mich gleichzusetzen mit Adnan Jamal. Ich hatte ihn selbst nie erlebt, ich kannte nur seine Schwester Rima gut. Die beiden stammten aus dem Libanon. Adnan hatte sich in Deutschland immer sehr schwergetan, war gelegentlich vom geraden Weg abgewichen, hatte immer mal wieder die Launen eines Machos aus Beirut ausgespielt. War trotzdem alles in allem ein liebenswerter Kerl gewesen, der sich mühte, die Menschheit gern zu haben. Dann passierte diese unselige Geschichte auf dem Bitburger Flughafen, dem ehemaligen Reich der amerikanischen Luftwaffe. Ein griechisches Rüstungsunternehmen hatte dort ein Areal gemietet, um irgendwelche kleinen Sprengkörper zu bauen, die dahinbrausende Jets ausstreuen konnten, um sie verfolgende Raketen abzulenken. Eines Mittags nun saß dort Adnan mit seinem Kumpel. Und neben ihnen – vielleicht auch vor oder hinter ihnen – lagen schutzlos zwei Kilogramm Magnesium in der prallen Sonne. Was auch immer die Jungs sich dabei dachten, was auch immer sie über Magnesium wussten, dass Zeug entzündete sich und es gab eine massive Verpuffung. Die beiden, knapp über zwanzig Jahre alt, waren in Sekundenschnelle lebende Fackeln. Sie taumelten umher, schrien und konnten sich nicht helfen. Als Adnan dann mit dem Hubschrauber in das Bundeswehrkrankenhaus nach Koblenz geflogen wurde, war seine Körperoberfläche zu mehr als siebzig Prozent verbrannt. Er hatte keine Chance, er starb nach wenigen Tagen.

Die Beerdigung war bemerkenswert. Die Gemeinde erlaubte sie nach arabischem Ritus, ein Imam kam. Adnan hatte sehr viele Freundinnen und Freunde gehabt und so standen unter einem knallblauen Himmel mehr als hundert Leute auf dem Friedhof. Ein Mann übersetzte ungelenk: »Der Imam sagt, wenn Adnan bei einem von euch Schulden hat, sei es wirtschaftlicher Art, sei es anderer Art, so bitten wir euch, Adnan zu verzeihen!« Allah, der Allmächtige, im schönen Kylltal, mitten in der Eifel. Es war eine tröstliche Beerdigung und es war auch etwas ganz Neues gewesen.

Tilla Menzel wohnte in einem alten, ehemaligen Bauernhaus im ersten Stock. Das Herz bildete ein Raum, der von drei Computern und drei Bildschirmen beherrscht wurde. Bücher an den Wänden, ein kleiner Schreibtisch mit einer Unmasse an Papieren bedeckt, eine alte zerwohnte Sitzecke.

»Ich bin Baumeister, ich danke Ihnen, dass Sie bereit sind, mit mir zu sprechen.«

Sie war eine zierliche Frau um die vierzig, schmal, mit einer großen Brille, die weit vorn auf der Nase saß und ihr das Aussehen eines freundlichen, neugierigen Vogels gab.

»Setzen Sie sich, wo Sie wollen. Am besten auf das Sofa da, das ist einigermaßen bequem. Ich hatte bis jetzt sechs Stunden mit Wanda. Die Fortschritte, die wir machen konnten, sind enorm, zumal sie mit sehr vielen inneren Hemmnissen zu kämpfen hat. Zu ihrem Schutz haben wir sie in eine andere Klinik gebracht. Ihren jetzigen Aufenthaltsort wollen wir nicht preisgeben.«

»Das verstehe ich, kein Problem.«

»Ich habe mit Herr Kischkewitz vereinbart, dass es allein bei mir liegt, was und wie viel ich Ihnen erzähle.« Sie lächelte leicht. »Ich habe ziemlich miese Erfahrungen mit der Presse hinter mir. Die liefen darauf hinaus, dass mir Journalisten ihre Verschwiegenheit zusicherten, und ich dann am nächsten Morgen sämtliche Details nachlesen konnte. Das möchte ich nicht noch mal erleben.«

»Sie kriegen meinen Text vor der Veröffentlichung zu sehen, Sie haben mein Wort drauf«, sagte ich.

»Also Wanda«, begann sie und drehte sich leicht auf ihrem Schreibtischstuhl. »Die Frau ist neunzehn Jahre alt und damit im gleichen Alter wie der Durchschnitt ihrer Leidensgenossinnen auf den vier Transporten, die wir bis jetzt rekonstruieren konnten. Alle Transporte waren von langer Hand geplant. Ihr Ziel waren Eroscenter und ähnliche Einrichtungen in Berlin, Düsseldorf, Hamburg und München. Die vier Fahrten erfolgten in einem zeitlichen Abstand von je vier Wochen, immer an einem Wochenende. Ehe ich auf bestimmte Personen eingehe, will ich kurz bemerken, wie diese Frauen rekrutiert wurden. Es handelte sich nämlich in der Regel nicht um Frauen mit einschlägiger Erfahrung. Die meisten hatten in ihrer Heimat keinen Kontakt zur Prostitution. Ach so, entschuldigen Sie, wollen Sie etwas zu trinken? Ja, Sie wollten Kaffee.« Sie stand auf, verschwand und tauchte mit einem Becher Kaffee wieder auf, den sie vor mir abstellte.

»Milch und Zucker stehen da. Die Vorbereitung der Transporte war sehr gründlich, richtig, das erwähnte ich schon. Die Frauen wurden in ihren Heimatorten angesprochen. Von Männern, von denen nicht bekannt war, dass sie in dieser Branche tätig sind. Wanda erklärten sie, sie könnten ihr die Einreise in den goldenen Westen ermöglichen, ihr eine eigene kleine Wohnung und eine Arbeitserlaubnis besorgen. Jede Frau hatte eintausendfünfhundert Euro an ihren Schlepper zu zahlen, denn was nichts kostet, taugt auch nichts. Dafür wollten die Männer auch bei der Suche nach Arbeit helfen. Sie versprachen Jobs als Putzfrau, als Toilettenfrau an Autobahnraststätten, als Haushaltshilfe, als Pflegerin in Altenheimen oder Krankenhäusern, als Bedienung in Lokalen und so weiter. Besonders die Stellen als Pflegepersonal für alte, kranke Menschen waren begehrt. Das, nur am Rande erwähnt, ja selbst in der Eifel tatsächlich knapp ist. Eine physische und psychisch schwere Arbeit, die schlecht bezahlt wird. Andererseits für die Betroffenen teuer, dreitausendfünfhundert Euro im Monat für einen Heimplatz sind ja kein Pappenstiel. Holen Sie sich eine Polin ins Haus, die Ihren Verwandten unter Umständen besser betreut, als es das Personal eines Heims kann, kostet Sie das nur zweitausend Euro. Aber für eine Frau aus Polen ist das eine Menge Geld. Kommt hinzu, dass sehr viele Polinnen, die den Weg nach Deutschland schon genommen hatten, ihren Verwandten schreiben oder sie anrufen und berichten, dass diese Pflegearbeit gut sei und gut bezahlt werde. Warum sollten die angesprochenen Frauen also nicht glauben, dass sie mit dem Schritt in den Westen die Welt vor sich hatten. Doch natürlich wussten sie auch um der Gefahr, in einem Bordell landen zu können. Trotzdem gingen sie das Risiko ein, viele sagten sich, letztlich sei auch das normal und im Fall des Falles müsse man einfach sehen, wie man weiterkäme, ohne sich sexuell anbieten zu müssen. Haben Sie bis hierher Fragen?«

»Nein. Keine.« Der Kaffee war sehr gut.

Sie grinste plötzlich und sagte: »Eigentlich nutze ich Sie aus, wissen Sie.«

»Wie bitte?« Ich war etwas verwirrt.

»Ich muss das alles auch noch auf einer Konferenz vortragen. Ich bin gerade dabei zu üben.« Sie lachte.

»Hervorragend«, nickte ich. »Dann machen Sie mal weiter.«

Sie wippte auf ihrem Drehstuhl. »Wir kommen jetzt auf den Tag der Abreise zu sprechen, ein Sonntag. Die Grenze nach Deutschland musste überquert werden. Die Aussagen der Zollbeamten und Grenzpolizisten decken sich in der Beschreibung, wie das ablief. Ein Deutscher rief an und gab sich als Pater Rufus aus, Angehöriger des Ordens der Knechte Christi. Gut gelaunt sagte er, ob man denn nicht ein Einsehen haben könne mit dreißig Oberschülerinnen auf dem Weg zu einem Jugendaustausch, zum Beispiel in Berlin. Man werde gegen halb elf die Grenze erreichen und es wäre ein erheblicher Zeitgewinn, wenn die Kontrollen nicht allzu streng ausfallen würden. Der Bus habe das Autokennzeichen sowieso. Die Leute an der Grenze kamen der Bitte nach, schließlich wollen auch Zöllner und Polizisten als gute Menschen gefeiert werden.«

»Zwischenfrage bitte. Wann tauchte Pater Rufus denn auf? Saß er von Anfang an mit im Bus?«

»Nein, tat er nicht, zumindest nicht in Wandas Fall. Bei der Fahrt stieg er ungefähr fünfzig Kilometer vor der Grenze zu. Auf dem Parkplatz eines großen Lokals, wo die Frauen alle mal pinkeln durften.«

»Und bis dahin war der Transport unbeaufsichtigt?«

»Nein. Drei Männer haben die ganze Reise mitgemacht. Die haben wir aber noch nicht identifizieren können. Wanda erzählte, dass das Erscheinen des katholischen Priesters auf die Frauen wie ein Beruhigungsmittel wirkte. Die Soutane war der Garant, dass die Männer ihre Versprechen wahr machen würden. Wie dem auch sei, von den Grenzern und den Filmaufnahmen wissen wir, dass erst Rufus alle Pässe einsammelte, an der Grenze aus dem Bus sprang und den Zöllnern die Pässe zeigte, die sie gar nicht sehen wollten. Wann Pater Rufus den Bus hinter der Grenze wieder verließ, vermochte Wanda nicht zu sagen, denn sie hatte die Reisegesellschaft schon vorher verlassen.«

»Wann passierte das?«

»Während dieser Pinkelpause, an der Raststätte, an der der Pater zustieg.«

»Aber, Augenblick mal, Wanda war schwer verletzt, als sie hier ankam.«

»Ja, ja, richtig, langsam. Wanda saß während der Fahrt in der Reihe vor den drei Männern. Die hatten die hintere Bank besetzt, so hatten sie die Frauen stets im Blick. Schon vor Antritt der Fahrt hat sie sich gefragt, ob ihre Entscheidung richtig war. Und dann hat sie mitbekommen, wie sich die Männer unterhielten, Wanda sagte wörtlich: ›Die redeten wie Zuhälter.‹«

Ich musste Tilla erneut unterbrechen: »Wieso weiß denn Wanda, wie Zuhälter reden?«

»Das habe ich auch gefragt. Die Antwort war, dass die Bemerkungen der Männer über die Qualitäten der einzelnen Frauen – ob sie stramme Titten hatten, zum Beispiel – eine eindeutige Sprache sprachen. Jedenfalls stiegen Wandas Bedenken immer mehr, sie wurde immer panischer und wünschte sich zurück nach Hause. Ach so, jetzt muss ich noch mal zurückgreifen auf etwas, was schon vor der Pause an der Raststätte passiert ist. Etwa zwanzig Kilometer vor dem Stopp fiel Wanda ein roter Porsche auf, der plötzlich hinter dem Bus klebte. Wenn Ihnen jetzt Gabriele Sikorski in den Sinn kommt, haben Sie selbstverständlich recht. Der Porsche überholte den Bus nicht, war ständig hinter ihm, mal etwas weiter entfernt, mal dicht dran. Die drei Zuhältertypen wurden natürlich auch auf den Wagen aufmerksam und offensichtlich unruhig. Kurz vor dem Rasthaus verschwand der rote Porsche dann. Wanda hörte, dass die drei Männer darüber redeten, ob vielleicht der Big Boss darin gesessen habe, möglicherweise wolle er den Transport kontrollieren, schließlich würde er den Betriebsausflug auch bezahlen. Und dazu lachten sie.

So, jetzt befinden wir uns wieder auf dem Parkplatz. Die Frauen verließen den Bus, die drei Zuhälter ebenfalls. Wanda blieb zunächst sitzen. Sie wollte nach wie vor weg, wusste aber nicht, was sie unternehmen konnte, um sich in Sicherheit zu bringen. Schließlich stieg sie doch aus und rauchte eine Zigarette, machte ein paar Schritte. Dabei bemerkte sie wieder den Porsche, der stand etwa zweihundert Meter entfernt auf einem Feldweg. Dann ging sie ebenfalls zur Toilette. Die Frauen standen in der Schlange. Als Wanda an der Reihe war, ging sie in die Kabine und hatte eigentlich vor, einfach sitzen zu bleiben, bis der Bus weg war. Doch hinter ihr hatte sich die Schlange noch nicht aufgelöst und die Frauen klopften ärgerlich an die Tür, sie möge doch endlich wieder rauskommen. Damit war sie keinen Schritt weiter. Unentschlossen ging sie zurück zum Bus. Dort stand Pater Rufus und unterhielt sich mit dem Fahrer. Die drei Männer kamen hinzu, zogen Pater Rufus beiseite und berichteten ihm von dem roten Porsche. Da sie englisch miteinander sprachen, konnte Wanda im Groben verfolgen, was geredet wurde, Englisch kann sie zumindest ein bisschen verstehen. Der Priester regte sich auf, nein, nein, der Porsche gehöre nicht dem Big Boss, der Mann in dem Sportwagen sei ein ganz übler Kunde, der den Transport in Gefahr bringen könnte. Und die Frau sei die Teufelin in Person. In den Sekunden war Wanda endgültig entschlossen zur Flucht. Sie passte den Augenblick ab, bis die letzten Frauen das Restaurant verlassen hatten, und rannte dann erneut zur Toilette. Sie schloss sich ein und wartete. Und dann geschah das Schreckliche.«

Sie hielt inne. »Diese Brutalität, das nimmt mich immer wieder von Neuem mit. Wollen Sie noch einen Kaffee?«

»Nein, danke, jetzt nicht.«

»Also, ich möchte darauf aufmerksam machen, dass sich Folgendes allein auf Wandas Aussage stützt. Zeugen für die Vorfälle haben wir noch nicht finden können. Und alles, was jetzt kommt, ist nicht für die Öffentlichkeit bestimmt. Das ist einfach nicht zu verantworten, wenn Sie verstehen, was ich meine.«

»Kein Widerspruch«, nickte ich.

Tilla Menzel hatte die Angewohnheit, die Augen zu schließen, wenn sie sich stark konzentrierte. Im Moment sah sie aus, als sei sie eingeschlafen.

Ausgerechnet jetzt meldete sich mein Handy und ich sagte hastig: »Entschuldigung«, und fragte: »Ja?«

»Ich bin es, Maria. Wo steckst du denn?«

»Bei einem Interview«, antwortete ich. »Ich rufe dich an, wenn ich fertig bin.«

»Ich fahre nach Prüm, nur damit du es weißt. Und ich mag dich sehr.«

»Ja«, sagte ich hilflos. Und dann zu Tilla Menzel. »Tut mir leid, ich habe vergessen, das blöde Ding auszuschalten.«

»Macht nichts«, antwortete sie. »Wanda hockte also in der Toilettenkabine. Sie schätzt, dass so zwei, drei Minuten vergingen, bis jemand sehr heftig gegen die Tür schlug. Zweifelsfrei erkannte sie die Stimme eines der Zuhältertypen aus dem Bus. Zweimal wurde sie aufgefordert rauszukommen, dann wurde die Tür eingetreten. Das muss einen ziemlichen Lärm verursacht haben. Und sie sagt, sie habe mit aller Kraft geschrien, aber anscheinend hat kein anderer Gast des Lokals etwas gehört, obwohl der Laden noch gut besucht gewesen sein soll. Wanda lag also unter der eingetretenen Tür. Die Männer zogen die Tür weg, packten Wanda, zwangen sie auf den Betonboden und dann haben sie sie vergewaltigt. Alle drei, nacheinander. Während zwei sie festhielten, kam jeder mal dran. Sie sagt, sie habe noch immer die Stimmen der Männer im Ohr, die den dritten anstachelten: ›Gib es ihr, gib es ihr!‹ Dass sie dabei schwer verletzt wurde, wissen Sie ja.

Als der dritte Mann dann endlich von ihr abließ und sich aufrecht stellte, knallte es. Eine Frau war in den Raum gestürmt und hatte eine Waffe auf die drei Vergewaltiger gerichtet. Und Wanda sagt, die Frau habe ohne Umschweife zwei Männern direkt ins Gesicht geschossen. Wahrscheinlich hat es sich um eine Schreckschusspistole gehandelt, die mit Gaspatronen geladen war. Das ist keineswegs eine harmlose Waffe, jeder Kenner der Materie wird zugeben, dass die Waffe aus nächster Entfernung in das Gesicht geschossen durchaus schwere Verletzungen im Augenbereich anrichten kann, bis hin zur Erblindung.

Die beiden Männer schrien und gingen zu Boden, der

dritte Mann flüchtete. An das, was folgte, hat Wanda nur lückenhafte Erinnerungen. Die Frau und ein junger Mann – wir setzen mal voraus, es handelte sich um Gabriele Sikorski und Sven Dillinger – schleppten Wanda die zweihundert Meter über den Acker bis zu dem roten Porsche. Sie legten Wanda hinten in das Auto, breiteten eine Decke über sie und stellten dann Taschen darauf. Von der Fahrt hat Wanda kaum etwas mitbekommen, sie wurde immer wieder ohnmächtig.« Sie stockte und fragte: »Haben Sie zufällig eine Zigarette für mich?«

»Tut mir leid, ich rauche Pfeife. Darf ich das hier?«

»Ja, selbstverständlich«, nickte Tilla Menzel. »Ich rauche normalerweise nicht, aber wenn ich nervös werde, bilde ich mir ein, eine Zigarette hilft – das ist natürlich Blödsinn. Ich gehe mal eben welche holen. Bin gleich wieder da.« Sie ging hinaus.

Nach ein paar Minuten kehrte sie zurück und befreite die Zigarettenschachtel umständlich von der Umhüllung. Sie rauchte nicht, sie paffte.

»Tja, Wandas Geschichte ist hart. Das Einzige, was sie von der Fahrt noch weiß, ist, dass Sven und Gabriele sie zu einer Frauenärztin brachten und …«

»Also doch«, rief ich aus. »Wir haben uns schon gewundert, es hätte nicht zu Sven gepasst, eine Schwerverletzte tagelang unversorgt liegen zu lassen.«

Tilla Menzel nickte. »Wir haben die Praxis ausfindig gemacht. Es handelt sich um die Frauenärztin Dr. Ruth Romanow in Lübbenau, direkt am Biosphärenreservat Spreewald. Ich muss Sie bitten, diesen Namen und die Stadt sofort wieder zu vergessen. Der Strafzettel hat uns geholfen, die Ärztin zu finden. Der Blitzer stand auf dem Weg nach Lübbenau. Von der Ärztin wissen wir, dass sie Risse und Quetschungen festgestellt, aber keine Lebensgefahr angenommen hat. Deshalb hat sie die drei auch wieder ziehen lassen. Allerdings nicht ohne Versicherung seitens Sven und Gabriele, dass sie Wanda zu Hause umgehend zur weiteren Versorgung in ein Krankenhaus bringen würden. Für die Fahrt gab die Ärztin Wanda ein Briefchen mit schweren Morphinen mit, insgesamt zehn Tabletten.«

Sie legte eine Pause ein, sie wirkte erschöpft.

»Machen Sie langsam«, mahnte ich. »Der Vortrag wird gut werden.«

»Das ist mir langsam wurscht«, sagte sie deftig. »Die Geschichte geht an meine Substanz, obwohl wir uns immer gesagt haben: Der menschliche Aspekt ist zwar wichtig, aber die Vorgänge sind wichtiger. Das ist wohl der Unterschied zwischen Theorie und Praxis.«

Ich stopfte mir eine Gotha 58, eine sanft geschwungene Pfeife von db in Berlin mit einer schönen Applikation aus Sterlingsilber zwischen Mundstück und Pfeifenkopf.

Sie zog sich eine weitere Zigarette aus der Schachtel, zündete sie mit einem Streichholz an und paffte. »Weiter im Text. Wanda sagt, dass sie die Eifel eigentlich nur nachts erlebte. Denn nachts kamen Sven und Gabriele, sie bekam etwas zu essen, nachts konnte sie mit den beiden reden. Sie verständigten sich auf Englisch. Sven und Gabriele konnten die Sprache nach Wandas Ansicht perfekt, sie selbst radebrechte, so gut es ging. Das erste Versteck war offensichtlich ein Keller in einem leer stehenden Haus. Zwei Wände waren aus Bruchsteinen, die anderen aus glattem Beton. Sie wissen, dass alte Häuser in der Eifel häufig nur über einen Kellerraum verfügen, dort hielt man früher Gemüse und Kartoffeln in Erdhaufen frisch. Dieser Kellerraum ist wahrscheinlich mal mit Betonwänden gestützt worden. Wo er sich befindet, das konnten wir noch nicht herausbekommen. Wanda weiß nicht, wie lange sie in diesem ersten Versteck war. Aber die Zeit war ihr auch nicht wichtig. Wichtig war, dass sie sich in Sicherheit fühlte. Dabei ging es ihr immer noch dreckig. Insbesondere hatte sie Schwierigkeiten mit dem Pinkeln, denn das tat höllisch weh. Und ein großes Geschäft zu machen, war ohne die vorherige Einnahme einer Tablette schier unmöglich, beim ersten Versuch ist sie vor Schmerzen ohnmächtig geworden. Wasser und Elektrizität gab es in dem Keller nicht, sie erleichterte sich auf einer Kellertreppe, und trotz ihres Dämmerzustands war es ihr mehr als peinlich. Aber sie hatte keine andere Wahl.«

»Sagte sie sonst noch etwas zur Einrichtung des Kellerraumes?«

»Ja, das tat sie. Sie lag oder saß auf alten Matratzen. Es gab saubere Decken, zwei Petroleumlampen, Becher, Teller, Tassen und Gläser. Außerdem standen in einer Ecke ein Kasten Sprudelwasser und sogar ein Kasten Bier.«

»Hat sie denn etwas gehört, Geräusche von draußen?«

»Traktoren, und seltener Lkw-Motoren. Das lässt uns vermuten, dass das Haus an einer wenig befahrenen Kreisstraße liegt. Manchmal waren wohl sogar menschliche Stimmen zu hören. Sowohl von Frauen wie auch von Männern. Aber Wanda verstand natürlich kein Wort. Mehrmals hörte sie Kinder, die offensichtlich in der Umgebung spielten. Die Stimmen waren aber nie so, dass sich Wanda bedroht gefühlt hätte.«

»Sie sprachen von dem ersten Versteck. Dann muss es auch ein zweites gegeben haben …?«

»Ja, und der Umzug kam sehr plötzlich. Wanda hat wohl geschlafen, als überraschend Sven neben ihr stand und sagte, sie müssten sofort abhauen. Wanda betrachtete die beiden als ihre Retter, also fragte sie gar nicht weiter. Als sie aus dem Haus traten, war der Himmel ziemlich dicht bewölkt, es regnete sogar leicht und es war sehr warm. Wir hoffen, mithilfe dieser spärlichen Angaben und den Leuten vom Wetteramt die Nacht bestimmen zu können, wann genau dieser Umzug stattfand. Wanda war sehr aufgeregt und weiß nicht, wie lange die Autofahrt dauerte. Sie sagt: Es kann eine Stunde gewesen, es können auch nur zwanzig Minuten gewesen sein. Sie wurde erneut in einen Keller gebracht. Wieder ein leer stehendes Gebäude, dieses stand aber mitten in einem Dorf. Wanda konnte andere Gebäude und dahinter einen Kirchturm sehen. Die Straße, auf der der Porsche geparkt wurde, war sehr schmal. In dem Keller waren nun alle Wände aus wuchtigen Bruchsteinen gefügt. Kein fester Boden, nur festgestampfte Erde. Dafür war die Einrichtung umso luxuriöser, wenn man das so bezeichnen kann. Der Raum verfügte über einen elektrischen Anschluss und eine Wasserleitung, die in einem alten, steinernen Becken endete. Die Matratzen waren neu. Decken und Kissen im Überfluss, dazu Konserven: Würstchen in Gläsern, Fertiggerichte und Früchte in Dosen und sogar haltbare Milch. Es gab eine kleine Küchenecke mit zwei Kochplatten, es gab also alles, was man braucht, wenn man sich mehrere Tage verstecken will. Bis hin zu Hygieneartikeln wie Tampons. Besonders beeindruckt hat Wanda, aber das ist nach den vorangegangen Erfahrungen auch nur zu verständlich, dass sie nun einen Abort benutzen konnte. Und zwar wie sie ihn noch von zu Hause kannte: ein großes, dickes Brett mit einem Loch in der Mitte. Also ein Plumpsklo.

Sie erinnert sich mit Sicherheit und lässt sich an dieser Stelle auch auf keine Varianten ein, dass Sven und Gabriele zu ihr sagten, sie kämen in der nächsten Nacht wieder und sie solle ruhig bleiben, es drohe keine Gefahr. Das war wohl ein Irrtum.

Es war wieder Nacht, als Wanda hörte, wie der Porsche in der Gasse hielt. Doch Sven und Gabriele kamen nicht runter in den Keller, stattdessen redeten sie mit irgendwelchen Männern. Wanda meint, es seien mindestens zwei fremde Stimmen gewesen. Und diese Stimmen klangen nicht freundlich, die Männer bedrohten Sven und Gabriele. Dann hörte Wanda die Geräusche eines Kampfes. Nur kurz, etwa zwei bis drei Minuten. Anschließend fuhren der Porsche und ein anderes Auto weg. Wanda war natürlich panisch vor Angst und glaubte, dass ihr Versteck nicht mehr sicher sei. Und sie ergriff die Flucht. Da sie ja nicht geringste Ahnung hatte, wo sie sich befand, nahm sie irgendeine Richtung, nur weg von den Gebäuden, raus aus dem Dorf. Es ging ihr nicht gut, die Aufregung tat ein Übriges. Sie geriet wohl ins Stolpern oder stand kurz vor einer Ohnmacht. Jedenfalls fand sie sich in einem flachen Straßengraben wieder. Die Nacht war wieder sehr warm und über ihr konnte sie einen Apfelbaum erkennen. Und dann kamen Alex Wienholt und Dickie Monschan mit ihrem Auto. Dickie sagte beruhigend: ›I will help you! Greetings from Sven!‹ Daraufhin stieg Wanda in den Wagen, sie hatte ja auch kaum eine Wahl. Alles Weitere kennen Sie. Wanda ist übrigens der festen Überzeugung, dass sie nur eine Nacht in der Jagdhütte war.«

Sie zündete sich ihre dritte Zigarette an, aber die schmeckte ihr wohl nicht und sie drückte sie sofort wieder im Aschenbecher aus. Dann lächelte sie: »Ich weiß, was wir jetzt trinken können. Einen Sekt!« Das kam sehr fröhlich daher.

»Machen Sie nur, junge Frau, ich trinke keinen Alkohol.«

»Oh, ein Abstinenzler.«

»Nicht ganz. Ich habe bis vor vielen Jahren mehr gesoffen, als Sie sich vorstellen können.«

»Ach so«, sagte sie. »Was nehmen Sie dann?«

»Ein Wasser, Kraneberger reicht.«

So hockten wir zusammen und tranken Sekt und Wasser.

Wir hatten keine Lust zu reden, wir dachten immer noch über Wandas Geschichte nach.

»Wer wohl diese beiden Männer waren, die Sven und Gabriele bedroht haben?« Meine Pfeife war ausgegangen, ich zündete sie erneut an. »Sollten das die beiden jungen Polen gewesen sein, die Pater Rufus als Hausmeister eingestellt hat?«, überlegte ich weiter.

»Das ist nicht auszuschließen. Wir vermuten aber etwas anderes. Wanda ist noch in Polen abgehauen. Und die polnischen Händler hatten auf polnischer Seite dafür Sorge zu tragen, dass mit dem Transport alles glatt lief. Wahrscheinlich haben die Polen im Vorhinein einen Abschlag für die Frauen bekommen, schätzungsweise zehntausend pro Bus, für alle vier Busse also vierzigtausend. Das ist so üblich in dem Metier. Jeder Bus war fünfundvierzigtausend Euro wert, nach Abschluss des Geschäfts hatte der deutsche Auftraggeber noch einhundertvierzigtausend Euro zu zahlen. Nun hat aber der Auftraggeber wahrscheinlich gesagt: ›Bringt die Sache mit dem roten Porsche in Ordnung, dann erst bekommt ihr das restliche Geld.‹ Sven und Gabriele mussten also sterben, damit die polnischen Händler kassieren konnten. Also haben diese Händler Killer in Bewegung gesetzt. Das ist doch viel logischer, oder?«

»Ja«, sagte ich. »Das ist sehr viel logischer. Aber warum die Kreuzigung?«

»Wir nehmen an, dass das einem Hinweis des Pater Rufus zu verdanken ist. Das würde passen, er hatte manchmal eine gefährliche Nähe zu perversen Ideen. Alles im Dienste des allmächtigen Gottes, versteht sich, und der ist katholisch.«

»Sie haben eine fantastische Arbeit abgeliefert«, sagte ich. »Vielen Dank.«

ZEHNTES KAPITEL

Ich betrachtete diesen Tag als angebrochen und so gut wie vergangen, wenngleich nicht einmal der Mittag gekommen war. Gelegentlich greift man zu so kleinen Hilfen, um das Leben runder zu machen. Ich fuhr von Birresborn direkt nach Prüm, mein Ziel hieß *Aldi.*

Unterwegs telefonierte ich mit Rodenstock und berichtete in groben Zügen, was Wanda erlebt hatte.

Anschließend meinte Rodenstock nachdenklich: »Das hört sich ja so an, als hätten Sven und Gabriele die Geschichte mit Wanda zunächst tatsächlich allein durchgezogen. Aber irgendwann müssen sie die Clique oder zumindest Dickie Monschan eingeweiht haben. Denn Dickie war doch nicht zufällig ausgerechnet dort unterwegs, wo Wanda gerade im Straßengraben lag.«

»Ja, so sehe ich das auch. Sven wird Dickie informiert haben, nachdem sie Wanda in das letzte Versteck gebracht hatten. Irgendwas hat ihn darauf gestoßen, dass die Polen ihre Spur aufgenommen hatten. Und Dickie einzuweihen war aus seiner Sicht wahrscheinlich so eine Art Lebensversicherung für Wanda.«

»Findest du das eigentlich nicht auch merkwürdig, wie viele Verstecke diese jungen Leute eingerichtet hatten? Wir wissen doch schon mindestens von vier.«

»Ja, und?«, gab ich zurück. »Ist doch nicht dumm. So gab es keinen Treffpunkt, an dem sie ein Erwachsener hätte mit

Sicherheit finden und nerven können. Viel interessanter finde ich nach wie vor die Frage, wo genau die Verstecke sind, in denen Wanda untergebracht war. Wüssten wir das, würden wir wahrscheinlich auch den Ort kennen, an dem Sven und Gabriele erschossen worden sind.«

»Kischkewitz' Truppe wird sich schon darum kümmern. Was treibst du jetzt?«

»Jetzt besuche ich Maria«, erklärte ich.

»Ich wusste doch, dass sich deine Arbeitsmoral im Sinkflug befindet«, sagte er mit triefender Ironie. »Grüß sie schön!«

So ist das auf der Welt: Du verliebst dich und bist von Herzen froh darüber, und dann kommt ein böser, alter Kumpel daher und macht dir aus reinem Neid alles madig.

Maria saß hinter ihrem Schreibtisch und sah schon wieder so aus, als würde sie in fünf Minuten ihre Kündigung einreichen.

Ohne jede Begrüßung eröffnete sie: »Stell dir vor, die Idioten schmeißen mal wieder Computer zu fantastischen Preisen auf den Markt. Aber ohne sich um die Organisation zu scheren. Die Logistik ist jedes Mal eine Katastrophe. Die Kunden werden morgens um sechs vor der Tür stehen und wir müssen zusehen, wie wir damit klarkommen.« Dann lächelte sie und sagte: »Schön, dass du da bist.«

Sie fühlte sich gut an.

»Möchtest du einen Kaffee?«

»Ja, gern. Ich wollte mich erkundigen, ob du nicht irgendwann in den nächsten Tagen noch einmal einen Anfall von fiebriger Grippe mit Durchfall kriegen kannst.«

Sie lachte. »Stell dir vor: Darüber habe ich auch schon nachgedacht. Nur heute geht es nicht, heute bin ich bis in den späten Abend berufstätig. Und anschließend möchte ich keinen Durchfall, denn dann ist Sonntag und sowieso frei.

Was macht dein Wohlbefinden, du hast so ein verspanntes Gesicht.«

»Mag sein, ich bin wütend, ich bin traurig, ich bin alles Mögliche, und nichts davon tut gut.«

»Gehst du gleich wieder auf den Kriegspfad?«

»Ja, nein ..., ich weiß noch nicht. Es wird langsam Zeit, den Kriegspfad zu verlassen. Das ist kein guter Weg, erst recht nicht für uns beide.« Mit einigem Erschrecken wurde mir klar, dass Maria mir nicht die notwendige Ruhe geben konnte, ich blieb nervös und gereizt, und wahrscheinlich hätte ich beim Schlagen einer Tür einen entsetzten Sprung gemacht. »Na ja, ich gehe mal wieder. Du hörst von mir. Es war mir wichtig, dich zu sehen.«

»Ja«, nickte sie nur. Sie war stärker als ich, sie konnte mit den Unwägbarkeiten und Rätseln leben und umgehen. »Komm wieder«, fügte sie hinzu.

Auf dem Weg nach Hause trat ich aufs Gas, als würde das helfen, meine Nervosität zu bekämpfen.

Erneut rief ich Rodenstock an. »Hast du Zeit und Lust, mir beim Nachdenken zuzuhören?«

»Aber ja. Um was geht es?«

»Ich bin verunsichert. Jetzt kommt die Mordkommission mit der Vermutung, dass zwei Unbekannte losgeschickt wurden, um die Insassen des roten Porsche zu erledigen. Damit das Geschäft als abgewickelt betrachtet werden konnte, damit die Polen auch die Restzahlung von einhundertvierzigtausend Euro erhalten konnten. Doch was ist mit Dillinger und Pater Rufus? Erst glaubten wir, dass Paolo der Flieger Torpedos geschickt haben könnte, um die beiden zu töten. Richtig? Paolo sagt aber, dass er keine geschickt habe, weil das die ganze Sache nicht wert gewesen sei. Mit anderen Worten: Wahrscheinlich hatte Paolo Geld in dem Geschäft stecken, das er aber inzwischen wieder rausziehen konnte, das sich möglicherweise sogar vermehrt hat. Wer hat also die Leute geschickt, die Vater Dillinger töten sollten und die Pater Rufus getötet haben? Wer hatte eigentlich ein Motiv, die beiden zu töten? Etwa die Polen? Nein, doch eher nicht. Das waren Geschäftspartner, die hatten ein massives Interesse, die Geschäftsverbindung am Leben zu lassen. Das brachte Bargeld.«

Rodenstock überlegte nicht lange. »Das ist verwirrend, zugegeben. Aber dir fehlt eine Information. Du musst bitte eine Eiflerin namens Gertrud Weingarten anrufen, sie ist seit fünfundzwanzig Jahren die Sekretärin von Dillinger.«

»Warum denn das?«

»Weil sie dir erklären kann, dass Rufus und Dillinger die ausstehenden einhundertvierzigtausend Euro nicht gezahlt haben, dass sie nie vorhatten, die zu bezahlen. Sie wollten die Polen über den Tisch ziehen, kriegten den Hals nicht voll. Und so etwas können ernsthafte Kriminelle nicht dulden, das muss bereinigt werden. Ist das klar?«

»Wo kommt denn diese Sekretärin auf einmal her?«

»Na ja, ist ja nicht so, dass Kischkewitz und seine Leute nichts tun. Sie sind schon seit ein paar Tagen an der Frau dran. Und nun hat sie endlich zugegeben, dass sie in die Schweinereien involviert war. Und sie hat fantastisch die Kontobewegungen erklärt, die Benedikt Reibold so spanisch vorkamen. Der Staatsanwalt für Wirtschaftsvergehen erlebt einen strahlenden Höhepunkt nach dem anderen. Ach, übrigens noch etwas: Die beiden jungen Polen, die mit falschen Papieren als Hausmeister im Gymnasium tätig waren, sind geschnappt worden. Auf dem Bahnhof in Saarbrücken. Sie wollten wohl nach Frankreich, sich Jobs als Saisonarbeiter in den Weinbergen suchen. Sie fallen raus, sie haben nach dem derzeitigen Stand der Ermittlungen nichts mit dem Fall zu tun.«

»Wie, um Gottes willen, konnte Dillinger damit leben, direkt oder indirekt den Tod seines Sohnes mit verantwortet zu haben? Wie konnte er das zulassen?«

»Das ist nicht erwiesen. Kischkewitz sagt, Pater Rufus und Dillinger haben geduldet, dass die Polen sich darum kümmerten, dass die Leute im roten Porsche schwiegen. Ob ihnen klar war, dass das zu einem Mord führen würde und dass der eine Insasse Dillingers Sohn war, weiß man nicht. Vielleicht hatten sie wirklich keine Ahnung. Sie waren völlig darauf fixiert, die Polen aufs Kreuz zu legen. Na ja, jetzt ist Dillinger am Ende, physisch, denn er wird nie wieder vollständig auf die Beine kommen, wie auch psychisch. Und sowieso den Rest seines Lebens hinter Gittern verbringen.«

»Was ist eigentlich mit dem Gymnasium?«

»Was soll damit sein? Das wird weiterlaufen wie eh und je. Die Leitung hat eine Verlautbarung herausgegeben, dass die Schule nichts von den Machenschaften Pater Rufus' gewusst hat. Das ist wahrscheinlich glatt gelogen, aber jetzt geht es vor allem darum, alles so schnell wie möglich vergessen zu machen. *Noli me tangere,* sagen die Lateiner, rühr mich nicht an. Um aber zu deinem Problem zurückzukommen – wir haben es also mit zwei Tätergruppen zu tun: einmal mit der, die Sven und Gabriele erschossen hat und Sven kreuzigte. Und dann mit der, die Dillinger und Rufus angegriffen hat. Alle wurden aber nach meiner Überzeugung von den gleichen Auftraggebern losgeschickt, einmal mehr oder weniger auf Geheiß Dillingers und Pater Rufus', das zweite Mal natürlich nicht.«

Ich seufzte. »Gönnen wir uns eine Pause. Bis später.«

Ich hockte mich in den Schatten der Linde, rauchte eine Pfeife, dachte über das nach, was mir in diesem Fall wirklich fehlte, fand es nicht, dachte an Maria, versuchte, mich in Sven Dillinger hineinzuversetzen, scheiterte, weil ich viel zu fahrig und sprunghaft in meinen Gedanken war. Ich hatte das Gefühl, etwas zu übersehen, obwohl es klar und einfach vor mir lag.

Ich musste etwas unternehmen, mich bewegen, mich ablenken. Was konnte ich noch tun? Genau das, was ich schon längst hatte machen wollen: Wandas Verstecke suchen.

Ich rief die Kreisverwaltung an und verlangte nach Manfred Simon. Er herrschte über eine Internetbörse. Die Seiten listeten sämtliche alten Gebäude im Kreisgebiet auf, die leer und zum Verkauf standen, aber deren Restaurierung richtige Schmuckstücke hervorbringen konnte. Ziel war es, einer Verödung der Dörfer, die mit dem Niedergang der Landwirtschaft eingesetzt hatte, entgegenzuwirken.

»Ich habe ein Problem«, sagte ich. »Ich suche nach Kellerräumen, die sich Jugendliche zu ihrem Treffpunkt auserkoren haben könnten. Es handelt sich nicht um Rauschgiftsüchtige oder Dealer, es geht eigentlich um ganz normale Jugendliche, die sich einen Raum mit einfachsten Mitteln gemütlich einrichten, um sich dort zu treffen, miteinander ein Bier zu trinken und zu quatschen.«

»Du lieber Himmel! Wir haben sechzig leer stehende Gebäude ausgewiesen. Alte, kleine Katen, manchmal auch Bauernhäuser mit Nebengebäuden.«

»Ich suche Häuser, die man betreten kann, ohne vom Dorf aus gesehen zu werden.«

»Das heißt Gebäude, die an der Peripherie liegen, die einen Zugang übers Feld oder vom Wald aus haben.« Er lachte. »Sie recherchieren diesen Fall der Kreuzigung, nicht wahr?«

»Genau. Und ich erzähle Ihnen jetzt was: Eine Frau ist einige Tage versteckt worden, die Gründe sind unwichtig. Sie weiß nicht, wo sie war, aber sie beschreibt, dass sie in einem Kellerraum saß und dass vor dem Haus eine Gasse vorbeiführte. Sie wurde nachts dorthin gebracht, in einem Auto mit einem auffälligen Motor, einem Porsche.«

»Ach du meine Güte, eigentlich haben wir heute kaum mehr Gassen in den Dörfern. Allenfalls Durchgänge zwischen Häusern, die nie asphaltiert worden sind. Ich fürchte, ich kann Ihnen kaum weiterhelfen. Bei den Objekten, die über unser Portal angeboten werden, wohnen oft genug die derzeitigen Besitzer nebenan. In der Regel alte Leute, die Erinnerungen mit ihren Häusern verbinden. Denen würde doch sofort auffallen, wenn sich jemand Zugang zu ihrem Eigentum verschaffen wollte. Erst recht würden sie aufmerksam werden, wenn sich nachts ein Auto nähert.«

»Fällt Ihnen denn gar nichts ein, was auch nur entfernt zu den Stichworten ›Gasse‹ und ›etwas abseits gelegen‹ passen könnte? In welchen Dörfern würden Sie mit der Suche beginnen?«

»Na ja, in Gönnersdorf wahrscheinlich.«

»Und noch ein Angebot?«

»Bewingen. Stroheich vielleicht. Das wird aber ein mühsames Geschäft, die Dörfer abzulaufen.«

»Das schreckt mich nicht. Einen Versuch ist es wert. Danke schön.«

Es war vollkommen gleichgültig, wo ich begann, und da Stroheich gleich um die Ecke liegt, begann ich dort.

Plötzlich lernst du, ein Dorf aus einer ganz anderen Perspektive zu betrachten. Du wanderst die Gebäude ab und steckst sie in Schubladen: Sind sie bewohnt, sind sie nicht bewohnt? Wann sind sie gebaut worden? Können sie Kellerräume haben? Da steht eine große Scheune, aber du entdeckst kein Wohngebäude, was dazugehören könnte. Das Haus ist wohl abgerissen, wurde nicht mehr gebraucht. Die Bauern, die dort zu Hause waren, kannst du auf dem Friedhof besuchen, falls ihre Gräber noch vorhanden sind. Dann fällt dein Blick auf ein kleines Wohngebäude, in dessen Nähe keine Scheune steht, kein Wirtschaftsgebäude. Wer wohnte dort? Der Lehrer, der Pfarrer, vielleicht ein Arzt? Wie viele Generationen hat das Gebäude schon kommen und gehen sehen und was überwog: das Leid oder das Glück?

Baumeister, schweif nicht ab! Konzentriere dich auf deine Aufgabe. Konzentriere dich auf das Gewirr der schmalen Streifen zwischen den Gebäuden, die einstmals kleine Dorfstraßen waren. Nimm das Fernglas und versuche, im Geist Verbindungen herzustellen zwischen Wohnhäusern und Scheunen, zwischen Stallungen, die seit vielen Jahren verkommen. Versuche herauszufinden, wo früher die Mitte des Dorfes war. Gehe von der elend kleinen Kirche aus, die kaum vierzig Leute fasst. Wohin gingen diese Leute, wenn die Messe zu Ende war? Dann findest du die Wege von einst.

Ich saß auf einem alten Pfad im Gras, gleich neben der Baumschule *van Pütten* und starrte hinunter auf die scheinbar planlose Anhäufung der Gebäude, die in meinem Kopf langsam an Struktur gewann.

Am jenseitigen Hang gab es Neubauten. Sie standen jeweils auf dem Ende schmaler, langer Grundstücke, deren andere Enden, zum Dorf hin, alte kleine Höfe bildeten, die leblos in der Sonne lagen.

Ich fuhr in die Senke, ließ den Wagen neben dem kleinen Kirchlein stehen und ging den Rest des Weges zu Fuß. Die Neubauten waren in den Sechzigern und Siebzigern des letzten Jahrhunderts gebaut worden, die alten Häuser waren hundert Jahre und älter.

Zur Straße hin waren die Gehöfte verrammelt, intakte Glasscheiben gab es nirgends, die Fensterhöhlen waren mit Brettern vernagelt worden, so etwas wie Vorgärten konnte ich nicht ausmachen, hatte es wohl nie gegeben. Ich spazierte durch einen schmalen Gang zwischen Gebäude eins und zwei und erreichte die Rückfront. Das erste Gebäude war auch auf dieser Seite mit schweren Hölzern abgedichtet worden. Doch im danebenliegenden Haus gab es eine Türöffnung ohne Bretter und einen Niedergang in ein Kellergeschoss.

Das Erdgeschoss war eine Trümmerwüste, keine Wand stand komplett, Sträucher waren hochgeschossen, einen Raum beanspruchte eine Weide für sich.

Dann der Niedergang zum Keller, eine anscheinend recht neu angelegte Treppe mit Stufen aus Beton. Ich machte mir nicht die Mühe hinabzusteigen, denn die massive Holztür unten war mit einem schweren Eisenriegel und einem großen Vorhängeschloss versehen worden. Das war das Ende, denn vom Erdgeschoss aus gab es keine Treppe nach unten.

Ich riskierte nichts, wenn ich mich erkundigte. Also marschierte ich über die Wiese ans andere Ende des lang gestreckten Grundstücks. Die Wiese ging in einen liebevoll angelegten Garten über. Es gab zahlreiche Apfel- und Pflaumenbäume und eine Rabatte, eng an einer Mauer. Die Hausfrau musste Blumen über alles lieben, hier herrschte der Sommer, hier war nichts verbrannt, die wildesten Farben blühten und Gräser mit schneeweißen großen Büscheln in fast zwei Metern Höhe wogten im Wind.

Auf einer Bank an einem Tisch saß eine stämmige Frau, neben sich einen großen Korb mit Stangenbohnen. Sie war Mitte fünfzig, schätzte ich.

»Guten Tag. Ich habe mir gerade unten den alten Hof angesehen«, sagte ich. »Der steht wohl schon länger leer, oder? Bis wann wurde er bewirtschaftet?«

»Bis nach dem Krieg«, gab die Frau freundlich Auskunft. »Ich glaube, bis etwa 1950. Lohnte nicht mehr, die Arbeit zu schwer und nur geringe Erträge. Mein Mann hat ja dann auch Installateur gelernt. Er war gar nicht mehr hier im Ort tätig. Nur der Opa passt noch ein bisschen auf den Hof auf und spricht von alten Zeiten.«

»Aha. Dann war er derjenige, der sich den Kellerraum hergerichtet hat?«

»Nein, nein«, antwortete sie leicht kichernd. »Den Keller hat er vermietet.«

»An wen kann man denn so etwas vermieten?«

»Tja, da müssen Sie Opa fragen. Jedenfalls kriegt er zwanzig Euro im Monat dafür.« Sie schüttelte leicht ihren Kopf, als sei das unfassbar.

»Kann man da mal rein?«

»Warum nicht? Ist ja kein Geheimnis. Suchen Sie einen Abstellraum?«

»Nein, das nicht. Wie ist dieser Keller ausgestattet, zu was wurde er benutzt?«

»Es gab doch früher keine Eisschränke, es gab nichts, worin man Verderbliches aufheben konnte. Gemüse, Kartoffeln, Milch, Eier, Würste, alles von der Schlachterei. Keller wie dieser dienten als Kühlkeller. Kartoffeln hielten da bis lange nach Weihnachten. Und die Leute waren ja nicht so anspruchsvoll wie heute. Die heute leben ja im Luxus und haben keine Ahnung, wie eng das mal war.« Da tönte leichte Verachtung mit.

»Soll ich Opa denn mal wecken? Er schläft jetzt viel und er braucht auch lange, um aufzustehen.«

»Ich will nur mal reingucken, sonst nichts.« Den Bruchteil einer Sekunde lang spielte ich mit der Idee, mich als Hobbyhistoriker auszugeben. Ich ließ es, es gibt Lügen, die nicht notwendig sind.

»Tja, dann hole ich mal den Schlüssel.« Sie stand auf, schlug die Schürze aus und ging in das Haus. Als sie wiederkehrte, sagte sie: »Ich war selbst noch nie da drin.«

Wir zockelten durch den Garten und über die Wiese.

»Was übrig blieb, was die Leute nicht selbst benötigten, brachten sie zum Tante-Emma-Laden«, erzählte sie weiter.

»Der nahm Eier und Milch und Käse und tauschte es gegen anderes wie Salz und Mehl und solche Sachen ein. Aber auch Nähgarn und Knöpfe und so etwas. Es gab ja nix, was es nicht gab.«

Unvermittelt lachte sie, drehte den Kopf zu mir und sagte: »Neulich haben wir uns mit Opa unterhalten, was man in alter Zeit so am Leibe trug. Wussten Sie, dass die Frauen und Männer gar keine Unterwäsche trugen, weil es keine Unterwäsche gab?«

»Nein, wusste ich nicht. Aber die Zeiten sind gründlich vorbei.«

»Ja«, sagte sie und dann lachten wir beide.

Die Frau stieg vor mir die betonierte Kellertreppe hinab und sagte plötzlich: »Oh! Vorsicht!« Sie deutete auf einen Haufen menschlicher Exkremente unterhalb der letzten Stufe. Ich dachte sofort an Wanda.

Sie drehte den Schlüssel, löste das Schloss und nahm den schweren Eisenriegel ab.

Ich hatte einen Glückstreffer gelandet, wie sie sonst nur in Filmen vorkommen: Gleich der erste Versuch hatte mich in den Keller geführt, in dem Sven und Gabriele Wanda als Erstes untergebracht hatten. Ich sah die Petroleumlampen, die Matratzen am Boden, ein kleines Regal mit Konserven darauf. Es stimmte alles, bis ins Detail.

»Ich muss die Polizei benachrichtigen«, murmelte ich.

»Nicht doch. Weshalb denn das?«, rief die Frau gleichermaßen erstaunt wie erschrocken.

Ich erklärte es ihr und sie wurde immer blasser: »Ach, so ist das.«

Ich rief Rodenstock an und sagte, was ich gefunden hatte. »Ich habe nichts angerührt, aber Kischkewitz' Truppe muss kommen. Wanda war hier, das war ihr erstes Versteck. Soll ich warten?«

»Das wäre auf jeden Fall das Beste. Wo bist du genau?«

»Moment mal«, sagte ich und wandte mich an die Frau. »Wie heißen Sie?«

»Biburg, wie die Stadt, nur ohne t. Vorname Elisabeth.«

»Ich hab's gehört«, sagte Rodenstock, »und gebe es sofort weiter. Was machst du?«

»Ich bin nicht sicher«, antwortete ich. »Ich kann andere, leer stehende Gebäude suchen, aber da kommen sehr viele infrage. Das ist also verdammt langwierig. So ein Glück wie hier werde ich wohl kaum noch mal haben. Das Einfachste ist, dass die Clique endlich damit rausrückt, wo ihre anderen Verstecke sind. Die wissen das doch alle. Ich bin für eine Art Vollversammlung.«

»Mit den Bullen?«

»Nein, ohne die Bullen.«

»Alle?«

»Alle!«, sagte ich.

»Ich probiere es. Du musst aber dort warten, bis die ersten Beamten kommen.«

»Das tue ich.«

»Wir schließen am besten wieder ab«, sagte ich anschließend zu Elisabeth Biburg. »Gleich kommen ein paar Beamte vorbei. Sie brauchen keine Angst zu haben, Sie sind ja nicht verantwortlich.«

»Aber Opa, der dreht durch ...«

»Der braucht nichts zu erfahren, dann dreht er auch nicht durch. Wie alt ist er eigentlich?«

»Neunundachtzig. Er will hundert werden und ich glaube, er kann das schaffen.«

»Dann sagen wir ihm nichts, sonst wird er nicht hundert.«

Sie brachte den Eisenriegel wieder an und hängte das Schloss vor.

»Haben Sie die Kellermieter mal gesehen?«

»Ja, ein- oder zweimal. Sie parkten ihren Wagen immer dort zwischen den Häusern.«

»Was waren das für Leute?«

»Junge Leute, mehr habe ich nie gesehen.«

»Frauen und Männer?«

»Puh, kann ich nicht sagen. Das ist ja heutzutage aus der Ferne schwer zu unterscheiden, wo alle Hosen tragen.«

»Kamen sie auch nachts?«

»Ja, aber nur selten.«

Wir stapften über die Wiese zurück zu ihrem Haus.

»Möchten Sie etwas trinken? Ein Wasser? Oder soll ich Kaffee kochen?«

»Das wäre toll.«

»Was denn nun, junger Mann?«, fragte sie lächelnd. »Ein Wasser oder einen Kaffee? Oder vielleicht eine Apfelsaftschorle, oder was?«

»Wasser«, bat ich. »Aber Kaffee zu kochen ist wahrscheinlich auch keine schlechte Idee. Gleich kommen Kriminaltechniker und die sind immer gierig auf Kaffee.«

Die Frau verschwand im Haus, kehrte mit einer Flasche eiskaltem Sprudelwasser zurück und stellte ein Glas vor mich hin. »Der Kaffee läuft«, sagte sie, als hätte ich es befohlen.

Sie setzte sich mir gegenüber und widmete sich wieder mit unglaublicher Geschwindigkeit ihren Stangenbohnen. »Die koche ich ein«, erklärte sie. »In den Geschäften gibt es nichts zu kaufen, was so gut schmeckt wie das Gemüse aus dem eigenen Garten.«

Ein Lächeln huschte wie ein Sonnenschein über ihr rotes, fröhlich schimmerndes Gesicht. »Opa hat immer gesagt, sein Leben wäre wie ein Roman gewesen, obwohl er nie im Leben einen Roman gelesen hat. Als er nach dem Krieg aus der Gefangenschaft heimkehrte, hat er angefangen, seine Kriegserinnerungen festzuhalten. Stückweise habe ich das gelesen. Er schreibt Sütterlin, was heutzutage ja kaum noch jemand lesen kann. Die Kriegszeit muss schrecklich gewesen sein. Aber Opa hat auch beschrieben, wie das Leben hier in den Dörfern war. Seine Frau hieß Käthe, sie hatten zusammen acht Kinder. Damals war das so, dass die meisten Menschen, wenn sie mal mussten, auf den Misthaufen vor der Tür gingen. Die Gülle lief das ganze Jahr über einfach in den Rinnstein und dann die Straße hinunter, wenn es denn einen Rinnstein gab. Jedenfalls hockte Käthe eines Tages oben auf dem Misthaufen und machte ihr großes Geschäft. In dem Moment kamen zwei Messdiener und der Pfarrer in vollem Ornat und mit der Monstranz in der Hand vorbei. Sie waren auf dem Weg zu einem Sterbenden, um die Letzte Ölung zu bringen. Es war so Sitte, dass der Pfarrer und die Messdiener zu jedem Menschen, der ihnen begegnete, sagten: ›Gesegnet sei der Name des Herrn.‹ Und alle knieten nieder. Und die Knienden antworteten: ›In alle Ewigkeit. Amen!‹ Nun hockte die Käthe oben auf dem Misthaufen, machte ihr Geschäft und krähte: ›Gelobt sei Jesus Christus, in Ewigkeit, Amen!‹ Der Pfarrer bemerkte die Käthe erst, nachdem sie das gesagt hatte, und zischte den Messdienern zu: ›Gebt Gas!‹«

Wir lachten beide schallend. Dann setzte die Frau nachdenklich hinzu: »Bald wird sich keiner mehr an diese ganzen fröhlichen Geschichten von früher erinnern.«

Ich stopfte mir eine Pfeife und schmauchte vor mich hin. Mit dieser Elisabeth war gut zusammenzusitzen, sie strahlte eine Ruhe aus, die wenig erschüttern konnte.

Endlich rief Kischkewitz an. »Wir sind kurz vor Stroheich. Du kannst dich vom Acker machen, wenn du willst.«

»Danke. Dann mach ich das.« Zu Elisabeth sagte ich: »Gleich kommt ein Mann namens Kischkewitz. Der wird sich den Keller ansehen.«

»Ja«, antwortete sie hilflos.

Plötzlich verspürte ich einen wilden Hunger. Als ich zu Hause war, schlug ich drei Eier in die Pfanne und legte sie auf einen Haufen Kartoffelsalat aus einem Plastikbecher. Es schmeckte genau so, wie es aussah, und ich aß nur die Hälfte. Den Rest gab ich in den Müll und nicht meinen Tieren, wer weiß, wie ihre empfindlichen Mägen auf solch ein Zeug reagierten.

Dann meldete sich Rodenstock mit der Feststellung: »Sie kommen. Heute Abend um neun.«

»Alle?«

»Alle. Sie müssen. Sie und ihre Eltern sind darüber informiert worden, dass die Schulverwaltung darauf besteht, dass sie endlich mit der Polizei kooperieren. Andernfalls würden sie vorläufig von der Schule suspendiert. Was im schlimmsten Fall bedeuten könne, dass jeder ein volles Jahr verliert. Und wer will das schon, so kurz vor dem Abi?«

»Wer ist denn auf diese irre Idee gekommen?«

»Kischkewitz natürlich. Ihm hat die Idee mit der Vollversammlung sehr gefallen. Und die Clique hat das geschluckt. Also bis neun.«

Ich trödelte durch den Garten und war begeistert über die plötzliche Explosion meiner Schmetterlingspopulation, ich sah den Kleinen Fuchs, den Admiral, den Purpurfalter, Bläulinge, zwei Ochsenaugen, Zitronenfalter, Kohlweißlinge …

Die Welt schien wieder in Ordnung, bis das Handy sich meldete und eine wütende Maria losbrüllte: »Jetzt wird die Clique erpresst! Wie kannst du das dulden?«

»Ich? Das dulden? Bist du verrückt? Ich habe nichts zu dulden.«

»Die Kinder werden erpresst!«

»Das sind keine Kinder mehr. Schon lange nicht.«

»Meine Dickie steht hier vor mir und schreit was von übler Erpressung, sodass schon Kunden aufmerksam werden.

Dabei kann ich froh sein, wenn sie mir nicht die Papiere auf den Tisch wirft und einfach abhaut.«

»Das wäre dann dein Problem und das Problem von Dickie. Es geht um Mord, Maria! Nach wie vor. Das kann man nicht kleinreden. Und diese Kinder, die keine Kinder mehr sind, stecken bis zum Hals da drin. Da tobt ein Krieg ...«

»Ja, aber das ...«

»Hör zu, hör mir einfach nur zu, Pawlek. Du hast doch nur Angst, dass deine Dickie heute Abend die Hosen runterlassen muss, dass da Dinge auf den Tisch kommen, an die wir noch gar nicht denken. Das wissen wir beide, denn wir beide haben doch schon festgestellt, dass die Clique das meiste verschweigt.«

»Aber die Kriminalpolizei einzusetzen und dann mit Schulverweis zu drohen – das ist doch der Hammer!«

»Du verstehst da etwas nicht. Das ist keine Drohung, das ist Realität. Das wird tatsächlich passieren, das muss passieren. Kischkewitz wird jeden Einzelnen einer scharfen Befragung unterziehen. Er hat es mit mindestens sieben Leuten zu tun und das kann sich über Wochen hinziehen. Kischkewitz steht unter dem berechtigten Druck der Staatsanwaltschaft und der Öffentlichkeit.«

»Ihr zieht die Kinder über den Tisch!«, zischte Maria. »Ich finde das einfach nur ekelhaft!«

Sie begann zu weinen und ich war ratlos. Glücklicherweise unterbrach sie die Verbindung.

Für zwei Minuten. Dann keifte sie: »Ich will dabei sein.«

»Das wird nicht gehen.«

»Warum denn nicht?«

»Weil du reinreden würdest. Das wäre nicht gut. Du kannst hierher kommen und in meinem Haus warten. Ich erzähle dir dann alles.«

Aber sie hatte in heller Wut schon wieder aufgelegt.

Dann schellte das Telefon erneut und jetzt bellte ich zornig: »Nun lass die Spielchen endlich sein!«

Brav wie ein Lämmchen fragte Dickie: »Du wirst uns nicht aufs Kreuz legen, oder?«

»Nein, versprochen. Keine Tricks.«

»Ja, bis dann.«

Auf einmal war ich zuversichtlich, überzeugt, dass wir alle Rätsel würden lösen können. Und selbst wenn welche zurückblieben, wir würden geduldig auf ihre Auflösung warten können. Da hatte sich ein Weg geöffnet.

Maria rief später noch einmal an und sagte mit kleiner Stimme: »Ich muss mich entschuldigen, ich war vollkommen von der Rolle. Ich habe mich schlecht benommen.«

»Das ist schon in Ordnung, ich habe das verstanden. Und ich finde nicht, dass du dich danebenbenommen hast. Schließlich bist du quasi Dickies Mutter, was nicht einfach ist. Und als Mutter bist du klasse.«

»Aber dir gegenüber war das eine hässliche Reaktion.«

»War es nicht und ich habe ein breites Kreuz.«

»Ich muss zugeben, dass ich eine Heidenangst habe vor heute Abend. Ich weiß gar nicht, was ich alles tun würde, um diese Zusammenkunft unmöglich zu machen.«

»Komm zu mir und warte hier auf mich. Ich lege den Hausschlüssel unter die Matte der Terrassentür. Vielleicht läuft ja ein guter Film im Fernsehen.«

»Danke«, sagte sie einfach.

Um zwanzig Minuten vor neun Uhr machte ich mich auf den Weg und traf achtzehn Minuten zu früh ein. Ich verkündete: »Ich fühle mich wie vorm ersten Examen meines Lebens, ich bin richtig aufgeregt.«

»Frag mich mal«, sagte Emma. Sie stand in ihrem Kommandostand in der Küche und schmierte Schnittchen.

Rodenstock hockte am Esstisch und wirkte vollkommen entspannt, er hatte nicht einmal sein kantiges Angriffsgesicht. »Ich hoffe, wir bekommen heute wirklich die komplette Geschichte zu hören. Na, warten wir es ab. Wie viele Stühle brauchen wir?«

»Zehn insgesamt«, sagte Emma.

»Dann müssen wir noch welche aus dem Keller holen«, stellte er fest.

Also trugen wir fünf Stühle aus dem Keller hoch und klappten sie auf.

»Wie sollen wir uns verhalten?«, fragte ich.

»Sanft«, entgegnete Rodenstock ruhig. »Sie wissen, dass sie am längeren Hebel sitzen. Wenn sie nicht mehr reden wollen, stehen wir da wie zuvor.«

Sie kamen alle zusammen und Emma schob auf dem Esstisch die Platten mit den Broten hin und her, als gäbe es ein Raster, in das sie millimetergenau eingepasst werden mussten.

Rodenstock tönte laut: »Herzlich willkommen! Suchen Sie sich einen Platz. Wir sind sehr froh, dass Sie gekommen sind.«

Die Gesichter der jungen Leute wirkten angespannt, die Augen hellwach und die Züge hart. Sie setzten sich auch nicht auf den erstbesten Stuhl, sondern achteten auf ihre Sitznachbarn. Das ergab ein kurzes, kleines Durcheinander.

Ich hockte mich neben Rodenstock am oberen Ende des Tisches, Emma hatte den Platz uns gegenüber gewählt.

»Langen Sie ruhig zu, bedienen Sie sich bei den Schnittchen«, sagte Rodenstock gemütlich. »Ich möchte dem Gespräch etwas vorausschicken. Sie alle haben im Verlauf der bisherigen Ermittlungen gelogen, wenn man Schweigen als Lüge bezeichnen darf. Nicht alle kennen wir uns, deshalb stelle ich uns kurz vor. Die Frau des Hauses, das ist meine

Emma. Sie war Kripobeamtin in Holland, ehe ich sie vor den Altar schleppte. Neben mir sitzt Siggi Baumeister, der gewöhnlich als Journalist arbeitet und auch über diesen Fall schreiben wird. Ich kann Ihnen allerdings versichern, dass er kein Originalzitat von Ihnen verwenden wird, ohne Sie vorher um Erlaubnis zu bitten. Ich selbst war Kriminaloberrat und habe während meiner aktiven Zeit Sonderkommissionen, aber auch Mordkommissionen geleitet. Wir zeichnen diese Unterhaltung nicht auf, es gibt keine Mikrofone, keine Bandgeräte, was auch immer. Wir wollen einfach nur mit Ihnen reden und geben nur das weiter, was Sie uns ausdrücklich erlauben. Das haben wir so mit der Mordkommission vereinbart. So, und jetzt wäre es schön, wenn Sie sich auch kurz vorstellen würden, damit wir wissen, wer spricht.«

Sie sahen sich kurz an, dann begann Alex Wienholt: »Alex Wienholt«, die anderen folgten: »Marlene Lüttich.« – »Benedikt Reibold.« – »Sarah Schmidt.« – »Karsten Bleibtreu.« – »Isabell Prömpers.« – »Dickie Monschan.«

»Ich danke Ihnen. Baumeister, machst du mal weiter?«

»Ja, natürlich. Sie werden davon gehört haben, dass ich heute Wandas erstes Versteck gefunden habe. Der Keller in Stroheich, hier ganz in der Nähe. Nun fragen wir uns, wo das zweite Versteck ist. Uns ist bekannt, dass Ihnen angedroht wurde, Sie könnten mit der Schule Probleme bekommen, wenn Sie nicht reden. Aber ich bin der Meinung, dass Sie so oder so Ihr Schweigen nicht aufrechterhalten können, denn eine Kette ist immer nur so gut wie ihr schwächstes Glied. Und irgendwann wird einer von Ihnen reden, weil er dem Druck nicht mehr standhält.«

»Wir verstehen durchaus, dass es Ihnen schwerfällt, über alles zu reden. Sie haben einen schweren Verlust hinnehmen müssen und sind in den letzten Tagen durch die Hölle gegangen«, mischte sich Emma ein. Ihre Stimme hatte einen sehr begütigenden Klang. »Besonders Sie, Isabell. Sie liebten Sven und mussten zusehen, wie er mit einer anderen Frau herumzog. Wobei ich vermute, dass keiner von Ihnen glücklich über Svens große Liebe Gabriele war. Früher oder später hätte Sven die Eifel wahrscheinlich verlassen. Und damit auch Sie, Sie alle ... Und bitte, wirklich: Greifen Sie zu den Schnittchen, die werden nicht besser.«

Einige lächelten dünn, aber alle blieben auf der Hut.

»Haben Sie irgendwelche Vorstellungen, wie der Abend hier ablaufen soll?«, fragte Rodenstock gemütlich.

»Wir wollten eigentlich erzählen, was wirklich passiert ist.« Das war Alex Wienholt mit geradezu unglaublich fester Stimme. »Wir dachten, einer fängt an und jeder, der etwas zu sagen hat, sagt was. Also, wir haben kein fertiges Drehbuch, wenn Sie das meinen. Aber Benedikt soll anfangen, der hat das meiste mitbekommen.«

»Das ist in Ordnung«, sagte ich. »Benedikt, Sie haben das Wort.«

Benedikt blickte sich aufmerksam um, ganz das Abbild von Harry Potter. »Ja, wo fang ich an ...« Er grinste jungenhaft, als habe er einen Teil seiner Hausaufgaben wegen Faulheit nicht erledigt. »Also, wir kennen uns alle ewig, weil unsere Eltern sich auch schon ewig kennen. Wie Sie wahrscheinlich wissen, sind unsere Familien alle nicht gerade arm und alle Eltern legen sehr viel Wert auf eine gute Ausbildung. Na ja, außer bei Dickie vielleicht, die hat's echt schwer. Aber ohne Dickie wären wir nichts, sie gibt nie auf, sie hat gute Ideen, sie setzt das alles um. Während wir noch diskutieren, hat sie schon am Problem gearbeitet.«

Dickie weinte lautlos, die Tränen liefen ihr über das Gesicht.

Er fuhr fort: »Dickie war die Erste, die kapiert hat, um was es eigentlich ging.«

»Um was ging es denn?« Emma fragte hart und schnell.

»Um Leben und Tod«, erwiderte Benedikt ernsthaft. »Die meisten von uns haben das viel zu spät geschnallt.«

»Das heißt, die Geschichte zog sich schon länger hin?«, fragte Emma nach. »Wann hat die Geschichte begonnen?«

»Etwa vor einem Jahr, würde ich sagen«, antwortete Karsten Bleibtreu. Er war ein hoch aufgeschossener Blonder mit einem schmalen Gesicht, das durch eine Brille klug wirkte. »Vor einem Jahr wurde die Sache ernst, aber keiner hat das begriffen, außer eben Dickie und Sven selbst natürlich. Er stand schon lange mit seinem Vater und Pater Rufus auf Kriegsfuß. Und Pater Rufus scheute keine Gelegenheit, Sven das Leben schwer zu machen. Als Sven dann entdeckte, dass sein Vater und Pater Rufus richtig irre Dinger durchzogen, und sagte: ›Jetzt wird es ernst, jetzt wird Pater Rufus mich vernichten‹, da haben wir gedacht, na ja, das wollte der immer schon, also was soll's? Uns war das Ausmaß dessen nicht klar, was Sven herausgefunden hatte.«

Leise sagte Isabell: »Eines Nachts sagte Sven mal, wir waren allein in unserem Gartenhaus: ›Wenn es hart auf hart kommt, werden sie Leute schicken, die mich töten.‹ Ich hab gedacht, der spinnt, jetzt nimmt er sich aber langsam zu wichtig.«

»Wen meinte er mit ›sie‹, wer würde Leute schicken?«, wollte Rodenstock wissen.

Isabell zögerte keine Sekunde mit der Antwort: »Ich habe selbstverständlich gedacht, er meinte Rufus und seinen eigenen Vater. Deshalb habe ich auch sofort erwidert, dass ich das für unmöglich halte. ›So was tut dein Vater niemals‹, habe ich gesagt. Sven hat nur fein gelächelt und nicht mehr darüber geredet. Was war ich nur für ein dummes Huhn! Aber war ja auch bequemer, dumm zu bleiben.«

»Moment, jetzt mal langsam«, sagte ich. »Benedikt, wann haben Sie sich zum ersten Mal für Sven in das Buchhaltungssystem seines Vaters eingehackt? Ich nehme doch an, dass er Sie darum gebeten hat.«

»Das ist richtig«, nickte Harry Potter mit einem Lächeln, als könne er kein Wässerchen trüben. »Das ist gut ein Jahr her. Ich habe alle Daten kopiert, die ich finden konnte, und sie Sven geben. Und zwei Wochen später habe ich mich in das System der Schule eingeklinkt und die Konten gesucht, die Pater Rufus verwaltet hat. Und dann entdeckten wir Übereinstimmungen. Gewisse Kontenbewegungen bei dem einen lösten bei dem anderen etwas aus. Sven hat genickt und gesagt: ›Genau das habe ich erwartet, die beiden Schweine. Das ist unfassbar!‹ Anfangs wirkte er eher niedergeschlagen, als würde er damit nicht fertig, aber dann sagte er: ›Ich werde was dagegen unternehmen!‹«

»Schön«, kam es von Emma. »Was hat er denn unternommen?«

»Wir sind in das Büro seines Vaters eingebrochen«, sagte Alex Wienholt. »Sven und ich. Nachts natürlich, als der Vater irgendwo anders war und nicht zu Hause.«

»Was haben Sie denn gefunden?«, fragte ich.

»Gesprächsnotizen über Verhandlungen mit einer Firma, die einem gewissen Paolo Meier gehört. Das war wirklich unglaublich, dass Svens Vater diese Notizen überhaupt aufbewahrte, und dann noch einfach so, in seinem Büro. Jedenfalls schlug dieser Meier Svens Vater wohl vor, gemeinsam in den Frauenhandel einzusteigen. *Frischfleisch aus Polen* stand auf einem Zettel. Damit nicht genug, haben wir auch einen Beleg über den Ankauf von zweitausend Kalaschnikows irgendwo in Bulgarien gefunden. Der Verkauf brachte einen Gewinn von zwei Millionen. Das Ganze wurde über das Stiftungskonto abgewickelt. Ach ja, ich erinnere mich an noch etwas: den An- und Verkauf von Magnesium-Flugkörpern. Die Dinger werden von Jets aus in die Luft abgelassen und explodieren dann. Der Explosionsherd lenkt durch die Hitze die Steuerung der Raketen ab, die die Jets verfolgen. Es ging um fünftausend dieser Teile. Der Verdienst betrug eins Komma sechs Millionen. Das Geld landete auf dem Stiftungskonto, blieb drei Tage da und wurde dann auf ein Konto nach Luxemburg überwiesen, das Dillinger gehörte. Der Käufer war eine Firma in Griechenland, die wiederum die NATO beliefert.« Er starrte versunken vor sich hin. »Wir haben nicht alles so genau verfolgen können und verstanden. Denn wir standen mindestens sechzehn Firmen gegenüber, die alle miteinander verstrickt sind und bei denen Dillinger zum großen Teil mindestens Teilhaber ist. Dafür haben wir das Prinzip gelernt, wie man Geld ehrlich macht.«

»Haben Sie diese Unterlagen noch?«, fragte Rodenstock.

»Ja, natürlich. In dem Büro stand ja ein Kopierer«, Alex grinste müde.

Einen Moment herrschte Schweigen.

»Sven wurde immer unglücklicher«, sagte Dickie endlich in die Stille. »Er redete nicht mehr viel und sah richtig scheiße aus.«

»Wenn er nachts mal bei mir war, schlief er oft keine Sekunde«, ergänzte Isabell. »Sein Gesicht war manchmal klatschnass von den Tränen. Ich wusste nicht, was ich tun sollte.«

»Zu Pater Rufus wurde er immer pampiger«, übernahm Benedikt das Wort. »Einmal begegneten die beiden sich zufällig auf dem Pausenhof. Rufus wollte einfach weitergehen, aber Sven stellte sich ihm breitbeinig in den Weg und sagte laut: ›Na, du keuscher Schwanzträger, wieder eine neue Sauerei ausgedacht?‹ Rufus muss gemerkt haben, dass Sven anders war als früher. Viel aggressiver. Und wahrscheinlich hat er sich zusammengereimt, dass Sven etwas wusste.« Benedikt nickte in der Erinnerung und bekräftigte: »Beiden, Pater Rufus und Svens Vater, muss klar gewesen sein, dass

Sven über ihre Geschäfte Bescheid wusste. Denn Sven nahm ja auch kein Geld mehr von seinem Vater.«

»Wie, er nahm kein Geld mehr?«, fragte Rodenstock.

»Ja«, nickte Marlene Lüttich, eine schmale, sehr grazile, dunkelhaarige Frau. »Er löste sich ganz von zu Hause. Jedenfalls kam er irgendwann zu mir und fragte mich, ob er ein paar Tage bei uns übernachten könne. Er bot sogar an, für das Gästezimmer zu bezahlen. Meine Mutter hat getobt: ›Was bildet der Bengel sich ein? Der will bestimmt nur mit dir schlafen.‹ Ich antwortete, sie habe nicht mehr alle Tassen im Schrank. Ich habe das nicht kapiert, was war denn dabei, Sven das Gästezimmer zu geben? Na ja, er zog wieder ab, ich konnte nichts tun, mir war das oberpeinlich. Er brauchte Hilfe und ich habe sie ihm nicht geben können.«

»Ich weiß definitiv, dass er zu Hause nicht mehr auftauchte. Seine Eltern taten aber die ganze Zeit so, als wäre alles ganz normal und die Welt in Ordnung. Sven schlief zunächst mal bei dem einen, mal bei dem andern.« Sarah Schmidt griff zu einem Päckchen Tabak und begann, sich eine Zigarette zu drehen. Sie war eine dralle, blonde Person und sprach, als würde sie nur zu sich selbst reden.

Das Päckchen Tabak wanderte von einem zum andern, alle drehten sich eine und ich dachte, das ist ein gutes Zeichen, sie sind bei uns angekommen und erzählen sich alles von der Seele.

»Und dann ging das mit den Bunkern los«, sagte Isabell, nachdem sie an ihrer Zigarette gezogen hatte.

»Was für Bunker?«, fragte ich.

»Na ja, diese Kellerräume«, antwortete sie. »Sven wollte uns und unseren Eltern nicht länger auf den Wecker gehen. Er suchte und fand diese Kellerräume. Den in St. Adelgund, zum Beispiel. Bei uns hießen sie einfach Bunker eins, Bunker zwei, Bunker drei und so weiter. Alle in verschiedenen Dörfern. Bunker eins ist der Keller, den Sie heute entdeckt haben. Bunker zwei befindet sich in Wiesbaum, Bunker drei in Meisburg. In Bunker zwei ist Wanda zuletzt gewesen.«

»Sagen Sie mal«, fragte Emma, »wenn Sven kein Geld mehr von seinen Eltern nehmen wollte, woher bekam er denn dann Geld? Ein bisschen was braucht doch jeder zum Leben.«

»Wir haben ihm alle geholfen«, sagte Dickie mit Stolz in der Stimme. »Mit Geld und mit Lebensmitteln. Und er konnte auf unsere Karten tanken, er konnte alles von uns haben. Für uns stellte das kein Problem dar. Aber er war schon so zermürbt durch das Ganze, dass er darüber geweint hat. Er war mit den Nerven richtig am Ende, ich hatte das Gefühl, gleich fällt er tot um.«

»Ich begreife das langsam so, dass Sven sich gejagt fühlte. Er war doch regelrecht auf der Flucht«, meinte Rodenstock. »Sehe ich das richtig?«

»Ja«, nickte Sarah Schmidt. »Sven hatte Angst und kam dagegen nicht mehr an. Er zog von Bunker zu Bunker. Er war ein Wrack und er erzählte dauernd etwas von Vernichten. Sie wollten ihn vernichten, sie würden ihn noch ins Grab bringen. Einige von uns waren der Meinung: Der spinnt! Ich auch. Doch er hatte recht.« Sie weinte plötzlich.

»Dann hatte Gabriele ihren Auftritt!«, sagte Emma heftig. »Und das Blatt wendete sich, nicht wahr? Gabriele, die Wunderfrau …« Blitzschnell begriff sie den falschen Zungenschlag und setzte hinzu: »So wirkte sie doch im ersten Moment, oder?«

»Tja«, nickte Dickie nachdenklich, »so wirkte sie. Sven veränderte sich von einem Moment auf den andern. Er tanzte rum, er sprudelte über vor Angriffslust, sprach nur noch von dieser fantastischen Frau. Er war überhaupt nicht mehr von dieser Welt.«

»Wie lange dauerte diese Phase?«, fragte ich.

»Ungefähr vierzehn Tage«, antwortete Alex Wienholt. »Vielleicht auch weniger.«

»Und dann?«, fragte Emma.

»Dann waren sie tot«, stellte Dickie fest. »Das konnte ja auch nicht gut gehen.«

»Aber wieso denn?«, fragte ich.

»Es hatte sich ja nichts geändert. Ich sagte ihm das auch: ›Die Bedrohungslage existiert immer noch! Vergiss das nicht!‹ Doch er wollte nichts davon hören, er war überglücklich und entgegnete: ›Ist mir scheißegal, ich habe jetzt Gabriele, jetzt mache ich reinen Tisch!‹ Die waren beide völlig verrückt.«

»Und was bedeutete das?«, fragte Rodenstock bedächtig.

»Na ja, sie wollten Svens Vater und Pater Rufus nageln und dann die Behörden benachrichtigen.«

»Halt, stopp!«, sagte Emma hastig. »Was heißt ›nageln‹?«

»Sie wollten die beiden überführen, Beweise sammeln«, erklärte Dickie, »dass man sie anklagen konnte. Die Geschichte zu einem Ende bringen.«

Benedikt Reibold hob einen Finger, um das Wort zu übernehmen. »An dem Wochenende, an dem der letzte Frauentransport starten sollte, fuhren die beiden nach Breslau. Das war das Wochenende vor ihrem Tod. Sie wollten den Frauentransport heimlich begleiten und fotografieren. Dann passierte die Sache mit Wanda und sie mussten sich auf einmal um diese Polin kümmern. Sie brachten sie in Bunker eins unter. Ihre Mörder waren ihnen ziemlich bald auf den Fersen, denn uns fiel ein neuer Mercedes der S-Klasse mit polnischem Kennzeichen auf. Isabell hat den Wagen als Erste gesehen, später auch Alex und Sarah. Die beiden Polen, wir wissen ja jetzt, dass es Polen waren, hatten natürlich schnell raus, wo sie Sven und Gabriele suchen mussten. Die beiden sind sogar in der Schule aufgetaucht und haben dort mit ihren beiden jungen Landsleuten, den Hausmeistern, geredet. Anschließend suchten sie Rufus auf und der hat ihnen garantiert Tipps gegeben. Zur Klarstellung: Diejenigen, die später auf Vater Dillinger geschossen haben, das waren andere Leute, nicht diese beiden Männer und auch die beiden Hausmeister nicht. Jeder von uns hat versucht, Sven zur Vernunft zu bringen. Dass er sich an die Polizei wenden sollte. Wir haben ihn gewarnt, da sind zwei Männer unterwegs. Doch er wollte davon nichts hören, sagte, die können uns doch nichts. Vorher hatte immer er davon geredet, dass man ihn töten wollte, nun waren tatsächlich zwei Männer hinter ihm her und er ignorierte das. Wir waren verzweifelt, aber wir kamen an ihn nicht heran. Ich bin kein Fachmann, aber ich denke, er war richtig krank im Kopf, von einer fixen Idee besessen. Das war nicht mehr normal.«

»Gut«, nickte Emma freundlich. »Wir sollten das erste Kapitel mal langsam schließen. Ihr habt ihre Leichen entdeckt. Sven und Gabriele waren erschossen worden. Wo befindet sich dieser Tatort?«

»Das ist Bunker drei natürlich«, antwortete Dickie. »Wir wollten Ihnen vorschlagen, dass wir jetzt dorthin fahren und Ihnen zeigen, was wir gefunden haben. Ich meine, Meisburg ist ja nicht weit.«

»Gerne«, sagte Rodenstock in einem Ton, als würden wir über einen kurzen Sonntagsausflug mit der ganzen Familie reden. »Und wer hatte die Idee, Sven zu kreuzigen?«

»Die stammt von mir«, sagte Dickie hell in die Stille. »Wir hatten Angst, dass dieses Verbrechen irgendwie kaschiert werden würde, dass niemand darauf kommen würde, was da passiert ist und dass Pater Rufus seine Finger da dick drin hat. Die Schule hätte mit Sicherheit so getan, als ginge sie das alles gar nichts an. Deshalb habe ich vorgeschlagen, aus Sven einen Gekreuzigten zu machen. Das war irgendwie furchtbar.«

»Und wer hat dabei mitgemacht?« fragte Emma.

»Wir alle, alle sieben«, antwortete Isabell, ohne zu zögern.

Nach einer unendlich langen Pause bemerkte Benedikt leise: »Wir sollten jetzt vielleicht zum Bunker drei fahren, damit wir es hinter uns bringen.«

Die Jugendlichen verteilten sich auf die vier Autos, in denen sie gekommen waren, wir fuhren in Rodenstocks Audi hinter ihnen her.

»Man merkt, dass sie wirklich froh sind, alles loszuwerden«, sagte Emma.

»Ja, und die Zahl der Rätsel hat stark abgenommen«, murmelte Rodenstock.

Wir schwiegen und hingen unseren Gedanken nach.

Sie nahmen den Weg über Deudesfeld, dann ging es nach rechts auf die Hügel von Meisburg. Schließlich sahen wir links der schmalen Straße einen uralten Hof, ausgestorben, leere Fensterhöhlen, das Elend alter Einsamkeiten.

Die sieben kletterten aus den Wagen und liefen uns voran auf das Gebäude zu. Weil sie höflich waren, leuchteten sie uns den Weg mit Taschenlampen aus. Ich kam mir vor wie Teil einer Besuchergruppe.

Auch auf der Kellertreppe blieben Emma, Rodenstock und ich hintan, unten schloss einer, den wir gar nicht mehr sehen konnten, auf und ließ die anderen eintreten.

Das Viereck der Tür wurde durch das Licht beinahe grellweiß und Dickie sagte mit leisem Spott: »Kommen Sie ruhig herein, hier beißt keiner mehr.«

Die sieben bildeten einen Halbkreis, sie standen da und wussten nicht so recht, wohin mit ihren Händen.

Vor einer Wand standen zwei kleine Sessel. In jedem saß ein toter Mann. Beide hatten eine rabenschwarze Schusswunde in der Stirn, ihre Haut wirkte grau. Das Blut aus den

Schusswunden war über die Gesichter gelaufen und hatte schwarze Striemen hinterlassen. Jemand hatte ihre Augen geschlossen. Sie trugen einfache schwarze T-Shirts zu blauen Jeans und die ganz weichen, weißen Laufschuhe von Puma. Fast hätte man meinen können, die beiden saßen da, um einen Plausch zu halten, aber dieser Eindruck ließ sich nur Sekunden aufrechterhalten. Jetzt erst roch ich es. Die Leichen stanken entsetzlich, obwohl der Keller die Hitze abhielt.

Die Stille dröhnte.

Rodenstock fragte ohne eine Spur von Aufgeregtheit: »Kann irgendjemand das erklären?«

»Das sind die beiden Männer, die Sven und Gabriele erschossen haben. Wir dachten, Sie hätten das geahnt.« Dickie blieb gelassen, hatte aber ein totenbleiches Gesicht. Sie bewegte beide Arme vor ihrem Bauch, als müsse sie sich vor etwas schützen. »Sie hatten Papiere bei sich. Die sind da auf dem Tischchen. Wie gesagt, die beiden stammen aus Polen. Da liegt auch die Waffe, die sie benutzt haben. Dann sehen Sie da auf dem Fußboden vor dem Eisschrank die Kreideumrisse zweier Personen. Dort haben wir Sven und Gabriele gefunden, nachdem diese Männer sie erschossen hatten. Sie haben sie abgelegt wie Müll.«

»Wer von euch hat diese Männer erschossen?«, fragte Emma.

»Alle!«, erklärte Sarah Schmidt.

»Das ist unmöglich«, widersprach Rodenstock.

»Einen habe wohl ich erschossen«, sagte Dickie leise. »Den rechten. Ich dachte noch, das geht aber leicht. Wer den anderen erschossen hat, ist aber wirklich nicht klar. Wir waren alle schrecklich durcheinander, es herrschte ein völliges Chaos und wir können uns nicht an alles erinnern, was in den Minuten geschah. Wir wissen nur eins mit Bestimmtheit, wir wollten diese Männer zerstören, töten.«

»Wo ist der Mercedes?«, fragte ich.

»In einer Scheune, nicht weit von hier. Die Scheune wird nicht mehr benutzt.« Benedikt Reibold sprach, als sei er ein Automat. »Meiner Meinung nach stimmt das nicht, Dickie hat nicht den Mann rechts erschossen. Der erste Schuss ging los, da stand Dickie neben mir, ohne Waffe in der Hand.«

»Ist Ihnen klar, dass wir unser Versprechen nicht halten können? Wir müssen der Mordkommission Bescheid geben«, sagte ich.

»Das wissen wir«, murmelte Isabell. »Wir haben aber keine Lust mehr, uns zu verstecken. Ich kann mich genau erinnern, dass ich die Waffe in der Hand hatte und auf eine Stirn richtete, aber ob ich geschossen habe, weiß ich nicht. Ich stehe jedenfalls dazu.«

»Warum, zum Teufel, haben Sie das alles bis heute verschwiegen?«, stöhnte Rodenstock.

Er griff nach seinem Handy und bat um Ruhe. »Kischkewitz? – Der Fall ist gelöst. Du musst mit der Truppe nach Meisburg kommen. Hier gibt es zwei Tote, erschossen. – Ja, wir bleiben hier, niemand geht weg.« Er drehte sich wieder zu den Jugendlichen. »Ich schlage vor, wir suchen uns draußen einen Platz, wo wir uns hinsetzen können.«

»Gehen wir hinters Haus, da wächst Gras«, sagte Isabell.

An die Rückwand des Hauses war eine Unmenge Brennholz gestapelt. Jeder nahm sich eine Holzbohle, um sich nicht ins feuchte Gras setzen zu müssen. Jemand fragte: »Wer hat den Tabak?«, ein anderer wollte wissen, ob im Eisschrank unten im Keller noch Sprudel sei. Es dauerte ein paar Minuten, dann saßen wir wie eine Jugendgruppe um ein erkaltetes Lagerfeuer und aus dem Kellerraum mit den Erschossenen waberte tröstlicher Lichtschein.

»Eigentlich sollte ich das nicht sagen«, meinte Rodenstock, »aber ich beglückwünsche Sie zu Ihrem Mut. Und ich hoffe, dass man eine vernünftige Lösung finden wird, dass Sie eine Chance für die Zukunft bekommen. Wäre jemand von Ihnen bereit, zu schildern, was in der Nacht von Mittwoch auf Donnerstag genau passiert ist?«

»Ich habe das aufgeschrieben«, sagte Benedikt, »aber ich kann das nicht vorlesen. Das bringe ich nicht.«

»Gib es her«, sagte Dickie resolut. Sie nahm zwei DIN-A4-Blätter in Empfang und beugte sich vor.

Sarah sagte: »Warte, ich habe eine Taschenlampe«, dann fiel der Lichtschein auf die Blätter.

Dickie räusperte sich und las vor: »Seit Montagmorgen wissen wir, dass jemand hinter Sven und Gabriele her ist. Sven hat schon lange behauptet, sein Leben sei in Gefahr, aber wir haben ihm das nicht geglaubt. Nun müssen wir es glauben. Zwei Männer fragten nach Sven und Gabriele, überall in der Eifel. Und immer wieder haben wir ihren Mercedes gesehen. Sven und Gabriele versteckten sich in Bunker drei, der Porsche stand weit entfernt irgendwo im Wald, um die Männer von der Fährte zu locken.

Wir haben versucht, Sven und Gabriele dazu zu überreden, zur Polizei zu gehen. Aber sie wollten nicht, sie sagten, sie wollten Pater Rufus zittern sehen. Ich entgegnete, das sei doch Scheiße, das sei die Sache nicht mehr wert, sie hätten doch sowieso schon gewonnen. Doch sie ließen sich nicht umstimmen.

Am Mittwochmorgen dann erzählte Sven lachend, nun habe auch er selbst endlich mal den Mercedes gesehen. Damit war mir klar, dass die beiden Polen das Versteck von Sven und Gabriele gefunden hatten. ›Bist du wahnsinnig?‹, fragte ich ihn. Er lachte wieder: ›Wenn sie klopfen, lassen wir sie rein, reden mit ihnen und schicken sie wieder nach Hause.‹

Sven kam mir völlig irre vor. Ich telefonierte die anderen zusammen, wir vereinbarten, dass wir uns abends um neun auf der Straße vor Bunker drei treffen. Als wir dann dorthin kamen, haben wir sofort den Mercedes hinter dem alten Haus stehen sehen und gewusst, dass wir zu spät gekommen waren. Wir haben uns ein wenig zurückgezogen und Alex Wienholt ist nach Hause gebrettert und hat seinem Vater ein Gewehr geklaut, eine Pumpgun. Als er zurück war, haben wir uns aufgebaut und die Tür aufgestoßen. Die beiden Männer saßen in den Sesseln und haben etwas gegessen. Und vor dem Eisschrank lagen Sven und Gabriele. Dann ging alles durcheinander, jeder schrie irgendwas. Neben mir brüllte Dickie: ›Ich kille euch, ich kille euch.‹ Nur Alex stand ruhig da und hielt die Polen mit diesem Gewehr in Schach. Alle anderen waren wir völlig hysterisch. Das war ein bisschen so wie in dem Film *Einer flog über das Kuckucksnest,* als alle Irren durcheinanderschreien und das große Chaos anrichten. Dann knallte plötzlich ein Schuss. Im ersten Moment dachte ich, nun ist noch einer von uns tot. Aber so war das gar nicht, sondern einer von uns hatte einen von denen erschossen. Den, der rechts saß. Der linke wollte etwas sagen, brachte aber nur ein Stottern heraus und hatte die Augen weit aufgerissen. Er hatte Todesangst. Als ich den Blick gesehen habe, wollte ich aus dem Keller raus, das konnte ich nicht ertragen. Kurz bevor ich durch die Tür kam, knallte es wieder. Dann war auch der linke tot. Ich habe keine Ahnung, wer geschossen hat. Und wenn jemand sagt, ich sei es gewesen, so ist auch das möglich.« Dickie ließ das Blatt sinken und nickte.

Kriminalromane von Jacques Berndorf

Eifel-Blues
ISBN 3-89425-442-4
Der erste Eifel-Krimi mit Siggi Baumeister
Drei Tote neben einem scharf bewachten Bundeswehrdepot: Verkehrsunfall? Eifersuchtstragödie? Spionageaffäre?

Eifel-Gold
ISBN 3-89425-035-6
Der zweite Eifel-Krimi mit Siggi Baumeister
Riesengeldraub in der Eifel: 18,6 Millionen sind weg. Wer war's? Und dann geschehen Wunder ...

Eifel-Filz
ISBN 3-89425-048-8
Der dritte Eifel-Krimi mit Siggi Baumeister
Totes Golferpärchen. Das Mordwerkzeug: Armbrust. Das Motiv: Eifersucht? Spuren führen zu internationalen Finanzkreisen.

Eifel-Schnee
ISBN 3-89425-062-3
Der vierte Eifel-Krimi mit Siggi Baumeister
Ole und Betty verbrennen am Heiligen Abend in einer Feldscheune. Ein Krimi über Sehnsüchte, Träume und Betäubungen junger Leute. Vom ZDF unter dem Titel *Brennendes Schweigen* verfilmt.

Eifel-Feuer
ISBN 3-89425-069-0
Der fünfte Eifel-Krimi mit Siggi Baumeister
Wer hat den General in seinem Landhaus liquidiert? Baumeister kämpft gegen die Desinformationstricks der Nachrichtendienste.

Eifel-Rallye
ISBN 3-89425-201-4
Der sechste Eifel-Krimi mit Siggi Baumeister
Auf dem Nürburgring und drum herum wird ein großes Rad gedreht – für einige Leute tödlich, für Baumeister lebensbedrohlich.

Eifel-Jagd
ISBN 3-89425-217-0
Der siebte Eifel-Krimi mit Siggi Baumeister
Ein Hirsch aus der Eifel kann teurer sein als ein Menschenleben – und Kugeln treffen nicht nur Wild.

grafit

Kriminalromane von Jacques Berndorf

Eifel-Sturm
ISBN 3-89425-227-8
Der achte Eifel-Krimi mit Siggi Baumeister
Ungeklärte Todesfälle im Umfeld einer geplanten Mega-Windkraftanlage – die Handschrift eines Profikillers?

Eifel-Müll
ISBN 3-89425-245-6
Der neunte Eifel-Krimi mit Siggi Baumeister
Fast jeder, der die 19-jährige Natalie gekannt hat, hatte auch ein Motiv, sie zu töten. Müllprofit und Liebe machen Menschen mörderisch.

Eifel-Wasser
ISBN 3-89425-261-8
Der zehnte Eifel-Krimi mit Siggi Baumeister
Toter Trinkwasserexperte lässt Rodenstock und Baumeister rätseln. Hat sich der Wasserkontrolleur beruflich Feinde gemacht?

Eifel-Liebe
ISBN 3-89425-270-7
Der elfte Eifel-Krimi mit Siggi Baumeister
Als in Annas Clique das große Sterben beginnt, erwacht Baumeisters Interesse. Ist die harmlose Clique in Wirklichkeit eine kriminelle Vereinigung?

Eifel-Träume
ISBN 3-89425-295-2
Der zwölfte Krimi mit Siggi Baumeister
Die Hildensteiner sind bestürzt. Wer tötete die 13-jährige Annegret? Ein Verwandter? Ein durchreisender Triebtäter? Eine Bürgerwehr formiert sich ...

Die Raffkes
ISBN 3-89425-283-9
Politthriller
Am Anfang explodiert eine Bombe mitten in Berlin. Am Ende gibt es zwei gescheiterte Existenzen und ein Milliardenloch, das eine Bank ihrem Land beschert hat. Staatsanwalt Jochen Mann wird mit einem der größten Skandale in Deutschland konfrontiert.

Jacques Berndorf/Christian Willisohn

Otto Krause hat den Blues

CD, 73 Minuten
ISBN 3-89425-497-1
€ 15,90/sFr 30,50

»Er ist nicht nur einer der besten Blues- und Boogie-Pianisten und -Sänger weit und breit, Christian Willisohn setzt sich auch mit Notenbüchern für den Nachwuchs und mit einem eigenen Label für Kollegen ein. Und er hat sich jetzt mit Jacques Berndorf, dem bekannten Eifel-Krimi-Autoren, auf ein spannendes literarisch-musikalisches Experiment eingelassen. Auf der Hörbuch-CD ›Otto Krause hat den Blues‹ erzählen die Reibeisenstimmen der beiden ein Bluesmärchen. Willisohns eigens dafür komponierte Stücke gehen nahtlos in die mal witzigen, mal traurigen Episoden rund um eine große Liebe über.«
Süddeutsche Zeitung, SZ Extra

»Kein Krimi diesmal von Jacques Berndorf, sondern ein Märchen, ein Bluesmärchen. Nichts fehlt darin: die große Liebe und die bittere Enttäuschung, Verlust und Hoffnung, Depression und Durchhaltevermögen, Mülltonnen und Fische im trüben Teich, Momente des Glücks und lange Phasen der Einsamkeit, Riesenschlangen und ein Happy End.«
Jazz Podium

»Das Zusammenspiel von Krimiautor Jacques Berndorf und dem Jazzer Christian Willisohn macht diese Scheibe zu einem schauerlich schönen Hör-Erlebnis.«
Neues Deutschland

grafit

Das Jacques Berndorf-Fanbuch

Jacques Berndorf – Eifel-Täter
Mit Texten von und über Jacques Berndorf
Herausgegeben von Rutger Booß
Fotografie: Karl Maas
Erweiterte Neuausgabe
Französische Broschur
16 x 24 cm, 176 Seiten
ISBN 3-89425-496-3

»Jetzt aber diese Bilder. Sie haben das Schwarz-Weiß der Krimis lebendig gefärbt, den beigegebenen Texten neues Leben eingehaucht, Lust am Wiederlesen gemacht. Vor allem aber haben sie eine Sehnsucht nach Besichtigung geweckt, die gar nicht stillbar ist. So anrührend kann man – bloß zu Besuch – die Eifel niemals vorfinden. Nehmen wir also das Buch in der Ferne dankbar nicht als die Eifel, sondern als die Eifel-Welt, die heile Welt des Eifel-Krimis.«
Prof. Erhard Schütz/WDR 5

»Für eingefleischte Berndorf-Fans ist dieses exzellent vierfarbig gedruckte Begleitbuch fast ein Muss.«
Bergsträßer Anzeiger

grafit